Umwelthinweis:
Dieses Buch wurde auf chlor- und säurefreiem Papier gedruckt.

Annie Gracie

Ein verführerischer Fremder

Roman

Aus dem Englischen von
Ute-Christine Geiler

MIRA®

MIRA® TASCHENBUCH
Band 25407
1. Auflage: November 2009

MIRA® TASCHENBÜCHER
erscheinen in der Cora Verlag GmbH & Co. KG,
Valentinskamp 24, 20350 Hamburg
Deutsche Taschenbucherstausgabe

Titel der nordamerikanischen Originalausgabe:
The Perfect Waltz

erschienen bei: Berkley Books, New York
This edition is published by arrangement with Berkley Books,
a member of Penguin Group (USA) Inc.

Konzeption/Reihengestaltung: fredebold&partner gmbh, Köln
Umschlaggestaltung: pecher und soiron, Köln
Redaktion: Bettina Steinhage
Titelabbildung: Harlequin Books S.A.
Satz: Buch-Werkstatt GmbH, Bad Aibling
Druck und Bindearbeiten: CPI – Ebner & Spiegel, Ulm
Printed in Germany
ISBN 978-3-89941-664-0

www.mira-taschenbuch.de

PROLOG

Manchester, England, März 1818

Seine kleine Schwester würde jeden Moment vom Dach stürzen und sich auf dem kalten, grauen Kopfsteinpflaster das Genick brechen!

„Halt, Cassie! Beweg dich nicht!“ Sebastian Reyne bemühte sich um einen beruhigenden Tonfall, während er hastig absaß und einem Stallburschen die Zügel zuwarf. Was, zum Teufel, hatte sie auf dem Dach zu suchen? „Bleib ganz still stehen, bis ich oben bin und dich retten kann.“

„Ich brauch nicht gerettet werden!“, schrie Cassie zornig, und um ihre Behauptung zu unterstreichen, balancierte sie noch ein Stück weiter auf dem schmalen Mauersims des stattlichen Herrenhauses.

„Dann geh sofort wieder zurück.“

„Nein. Nicht solange die blöde Kuh da drin ist!“ Sie kletterte noch ein bisschen weiter. Er zuckte zusammen, als sie mit einem Fuß ausrutschte und ein Ziegel aus dunklem Schiefer auf dem Boden zerschellte.

Sebastian schaute zu dem Fenster hoch, aus dem sich Miss Thringstone lehnte, die neueste Gouvernante seiner Schwestern. Sobald sie ihn erblickte, begann sie mit schriller Stimme zu zetern: „Sie hat mich geschlagen! Wirklich geschlagen! Diese Mädchen sind vollkommen unlenkbar …“

Er schnitt ihr das Wort ab. „In mein Arbeitszimmer, Miss Thringstone! Jetzt sofort! Ich werde mit Ihnen sprechen, wenn Cassie wieder sicher im Haus ist.“

Sie zögerte, ehe sie sich, sichtlich um Würde bemüht, wieder zurückzog.

Nach einem Augenblick fragte Cassie: „Ist sie weg?“

„Das sollte sie besser“, erwiderte Sebastian grimmig. „Und

wenn du weißt, was gut für dich ist, schaust du, dass du wieder reinkommst. Auf der Stelle!“

„Ich gehe nicht, wenn du mich dann auch schlägst.“

Auch? „Keine Sorge, Cassie, ich werde dich nicht schlagen. Aber du wirst mir dein Benehmen erklären, und wenn du es verdienst, wirst du bestraft werden.“

Mit klopfendem Herzen beobachtete er, wie Cassie einen Moment nachdachte und schließlich langsam zurückkletterte. Ein weiterer Dachziegel zerbarst auf dem Kopfsteinpflaster in tausend Teile, ehe sie durch das Kinderzimmerfenster stieg. Sebastian begann wieder zu atmen. Als Erstes würde er die Fenster in den Zimmern der Mädchen vernageln lassen.

„Und nun, mein Fräulein, erkläre mir, warum du dich in so große Gefahr begeben hast.“

„Das war keine große Gefahr. Ich bin ja nicht runtergefallen, oder?“

„Hast du Miss Thringstone geschlagen?“

Cassie warf trotzig den Kopf in den Nacken. „Ja, das habe ich. Ich weiß, es war falsch, aber das ist mir egal. Ich hasse sie!“ Sie legte ihren Arm um ihre jüngere Schwester. „Das tun wir beide.“

Wenigstens hatte sie zugegeben, dass es falsch gewesen war. Das war immerhin ein Anfang. Sebastian schaute die elfjährige Dorie an. Sie hielt den Kopf gesenkt, unter seinem Blick war ihr sichtlich unbehaglich. Argwöhnisch spähte sie unter ihrer dunklen Haarmähne hervor. Er sprach sanfter. „Miss Thringstones Aufgabe ist es, euch beide zu jungen Damen zu erziehen, Cassie. Ich weiß, dass das schwer sein muss. Aber ihr habt beide jetzt ein neues Leben, und Miss Thringstone ist hier, um euch dabei zu helfen, euch darauf vorzubereiten.“

Cassie zog Dorie dichter an sich und schob ihr Kinn vor. „Wir hassen die pferdegesichtige alte Hexe, und von ihr werden wir nichts lernen."

Sebastian ignorierte ihre absichtliche Verwendung von Schimpfwörtern. Cassie besaß ein hitziges Temperament und konnte außerordentlich schwierig sein, doch eines hatte er in den vergangenen vier Monaten über sie gelernt: In der Regel gab es einen Grund für ihr unerhörtes Benehmen. Nicht notwendigerweise einen guten Grund, aber immerhin einen Grund.

„Warum hasst ihr sie diesmal? Und warum hast du sie geschlagen?"

„Weil sie Dorie geschlagen hat!"

Sebastian erstarrte. Als sie vor vier Monaten hier in seinem Haus angekommen waren, zwei dürre kleine Straßenkinder, Dorie schweigsam zitternd und Cassie feindselig und Gleichgültigkeit heuchelnd, hatte er die Zeichen richtig gedeutet. In jenem Augenblick hatte er sich geschworen, dass sie nie wieder geschlagen werden würden. Er hatte der Gouvernante aufgetragen, dass sie, egal wie groß die Provokation auch sein mochte, die Mädchen auf keinen Fall mit Schlägen strafen dürfe. Niemals. Alle ernsteren Verfehlungen hatte sie ihm zu berichten.

Aber er musste ganz sichergehen. Cassie war gewieft und nicht darüber erhaben, die Lage zu ihrem eigenen Vorteil auszunutzen.

„Sie hat Dorie geschlagen?", wiederholte er. „Wie? Und warum?"

„Sie hat ihr eine Ohrfeige gegeben. Fest." Cassie schaute ihn herausfordernd an und fügte hinzu: „Für dumme Verstocktheit."

Sebastian atmete zischend aus. Dorie blickte auf. Ihr Haar fiel zurück, und Sebastian konnte ganz deutlich den roten Handabdruck auf ihrem blassen Gesichtchen sehen. *Für dumme Verstocktheit!*

Er streckte die Hand aus, um ihr tröstend übers Haar zu streichen, aber beide Mädchen zuckten ängstlich zurück. Er schluckte und sagte leise: „Geht und wascht euch die Gesichter, Mädchen. Cassie, es war richtig, dass du deine Schwester beschützt hast. Du wirst nicht bestraft."

„Eine ordentliche Tracht Prügel würde diesen beiden Mädchen nur guttun!", erklärte Miss Thringstone. „Ihnen fehlt es an Disziplin, Respekt und jeglichem Sinn für sittsames und anständiges Betragen."

„Ich glaube, ich habe meine Ansichten über körperliche Züchtigung deutlich genug zum Ausdruck gebracht." Mit mühsam beherrschtem Zorn zog Sebastian ein Blatt Papier von dem Stapel auf seinem Schreibtisch, das Empfehlungsschreiben, das sie als die „beste Gouvernante des Landes" beschrieb. Er wandte sich wieder dem Verfassen ihres Entlassungsbriefes zu.

Miss Thringstone zog ihre Jacke glatt und musterte ihn hochnäsig. „Ohne Prügel werden diese Mädchen niemals Zutritt zu irgendeiner ehrbaren Gesellschaft finden, geschweige denn Ihre lachhaften Ambitionen erfüllen!"

„Diese Mädchen werden in angemessener Zeit ihr Debüt in der besten Londoner Gesellschaft machen." Das war die Feststellung einer Tatsache.

Miss Thringstone ließ sich nicht einschüchtern. Da sie selbst von guter Herkunft war und eine ausgezeichnete Erziehung genossen hatte, hatte sie in den vornehmsten Häusern des Landes gearbeitet. Ihre Worte wurden in einem Ton gesagt, der dazu angetan war, die anmaßenden Forderungen eines neureichen Emporkömmlings zu entmutigen. „Mr. Reyne, ich glaube kaum, dass Ihr eigener Hintergrund es Ihnen erlaubt, die Fertigkeiten und Eigenschaften richtig zu beurteilen, die von einer jungen Dame in den oberen Gesellschaftsschichten erwartet werden. Herkunft und Erziehung sind keine Frage des Geldes."

Er hob eine Augenbraue. „In der Tat?"

Die Gouvernante vergaß sich so weit, mit dem Fuß aufzustampfen. „Ich kann jedes beliebige junge Mädchen darin unterweisen, die perfekte junge Dame zu werden, wenn das Ausgangsmaterial stimmt. In diesem Fall jedoch lässt das Material einiges zu wünschen übrig. Cassandra ist unerträglich wild. Sie ist grob, ungehorsam, gibt Widerworte und legt eine Ausdrucksweise an den Tag, die besser zur Gosse passt." Miss Thringstone erschauerte. „Wir haben bereits über den Gegenstand gesprochen, den sie am Körper trägt, daher werde ich ihn nicht noch einmal erwähnen. Nur ein Barbar würde so etwas bei sich haben!"

Er neigte den Kopf. „Ich bin überzeugt, sie hat ihre Gründe. Irgendwann wird sie sich sicher genug fühlen, um darauf zu verzichten."

Die Gouvernante rümpfte die Nase. „Einem ungezogenen, jähzornigen Kind zu erlauben, so ein Ding ständig bei sich zu haben – nun, Sir, das grenzt an Wahnsinn!"

Er zuckte mit den Schultern. „Vielleicht. Doch als sie Sie eben angegriffen hat, hat sie nur ihre Fäuste benutzt."

Sie schürzte die Lippen.

„Gut. Nun, Sie sagten eben, beide Mädchen bräuchten eine Tracht Prügel. Ich hoffe, Sie erwarten nicht von mir, dass ich glaube, Dorie habe Widerworte gegeben."

Sie wurde rot.

„‚Dumme Verstocktheit' war ihr Vergehen, glaube ich." Seine Worte hingen in der Luft.

Unbehaglich trat sie von einem Fuß auf den anderen und wich seinem Blick aus.

„Es kann wohl kaum etwas anderes sein“, erklärte Sebastian mit bedrohlich seidenweicher Stimme.

Trotzig sprudelte es aus der Gouvernante heraus: „Auf ihre eigene Art und Weise ist Eudora genauso halsstarrig wie ihre Schwester und ebenso ungehorsam. Und sie weigert sich rundweg, das Stehlen aufzugeben.“

Er machte eine wegwerfende Handbewegung. „Sich Essen in unserem Haus zu nehmen ist wohl kaum stehlen.“

Miss Thringstone presste die Lippen zu einer schmalen Linie zusammen. „Speisen vom Tisch, vielleicht nicht. Aber sie schleicht sich mitten in der Nacht nach unten und entwendet Essen aus der Küche.“

„Wir haben mehr als genug Lebensmittel. Diese Angewohnheit wird sie ebenfalls ablegen, wenn sie sich sicherer fühlt.“

So leicht gab sie sich nicht geschlagen. „Der Butler sagt, die Mäuse würden langsam zu einem Problem.“

„Ja, deswegen hat er auch schon mit mir gesprochen. Ich habe ihm geraten, eine Katze zu besorgen, aber da er von Katzen niesen muss …“ Er zuckte die Schultern.

Miss Thringstone vergaß sich erneut so weit, mit dem Fuß aufzustampfen. „Und werden Sie auch die Schultern zucken, wenn Eudora dazu übergeht, wertvollere Gegenstände zu nehmen? Weil sie gesehen hat, dass ihre Stehlereien ungestraft bleiben?“

Er schüttelte den Kopf. „Das wird nicht geschehen.“

Die Gouvernante warf die Hände in die Luft. „Das genau ist doch die Wurzel des Übels, Mr. Reyne! Sie sind der Grund dafür, dass diese Mädchen nie Aufnahme in der guten Gesellschaft finden werden! Ihnen sind ihr grässliches Benehmen oder ihre kriminellen Neigungen einfach gleichgültig.“

Seine Stimme war leise, aber stählern. „Oh, es ist mir mitnichten gleichgültig, Miss Thringstone. Wenn es das wäre, würde ich es vermutlich zulassen, dass Sie ihnen Zucht und Ordnung einprügeln." Er blickte sie aus kalten grauen Augen an und sagte: „Ihnen mag es unmöglich erscheinen, doch ich habe es mir angewöhnt, meine Ziele auch zu erreichen." Er ballte die Hand zur Faust. „Wenn die Zeit gekommen ist, *werden* die Mädchen bei Hofe vorgestellt, sie *werden* in die Gesellschaft eingeführt – und sie *werden* es mit jeder anderen jungen Dame dort aufnehmen können."

Miss Thringstone machte einen abfälligen Laut, der wenig damenhaft klang. „Sehen Sie den Tatsachen ins Auge, Mr. Reyne. Alles Geld der Welt wird den *Haute Ton* nicht dazu bewegen können, diese beiden in ihre Reihen aufzunehmen. Eine fluchende Wildkatze, die ein Messer um ihren Oberschenkel geschnallt trägt? Oder ein Mädchen, das geistig zurückgeblieben ist und nicht sprechen kann? Niemals!"

Unter dem Blick, den er ihr zuwarf, zuckte sie zusammen und wich einen Schritt zurück, als glaubte sie, er wollte sie schlagen. Doch seine Stimme blieb kühl und gefühllos, als er erklärte: „Ihre Anstellung in diesem Hause, Miss Thringstone, ist beendet. Sie werden innerhalb der nächsten Stunde abreisen."

Während die Gouvernante aus dem Zimmer stürmte, lehnte sich Sebastian resigniert in seinem Stuhl zurück und seufzte. Die siebte Gouvernante in vier Monaten. Eine neue anzustellen würde genau zu denselben Ergebnissen führen, daran zweifelte er nicht.

Er brauchte eine andere Lösung für sein Problem. Er streckte den Arm aus und zog an der Klingelschnur.

„Senden Sie nach Mr. Black", verlangte Sebastian, sobald ein Diener erschien. Er nahm sich ein frisches Blatt Papier und begann zu schreiben.

Vierzig Minuten später betrat Morton Black, Sebastians

Agent, den Raum. Er hinkte leicht wegen des Holzbeines, das er seit Waterloo benötigte.

Sebastian nickte zum Gruß. „Ein weiterer vertraulicher Auftrag, Black. Er beinhaltet eine Reise nach London."

Black wirkte leicht erstaunt. „Gut, Sir. Worum geht es bei diesem Auftrag?"

„Ich brauche eine Ehefrau, eine besondere Sorte Ehefrau. Sie wird nicht leicht zu finden sein. Ich habe alle wesentlichen Punkte notiert." Er reichte Black die Liste, die er eben geschrieben hatte.

Mit ausdrucksloser Miene nahm Black das Blatt und betrachtete es misstrauisch. „Verstehe. Und was soll ich damit tun, Sir?"

Sebastian runzelte die Stirn, ungeduldig über die ungewohnte Schwerfälligkeit seines Mittelsmannes. „Mir eine Frau finden – eine Dame der Gesellschaft –, auf die die Bedingungen zutreffen. Es wird nicht einfach sein, aber ich habe vollstes Vertrauen in Ihre Fähigkeiten. Lassen Sie mich den Namen wissen, und ich übernehme den Rest."

Black schluckte laut und erklärte hölzern: „Gut, Sir." Flüchtig schaute er auf die Liste. „Hier steht nichts über das Aussehen, Sir."

Sebastian zuckte die Achseln. „Darauf kommt es nicht an. Charakter ist alles, was zählt. Gutes Aussehen vergeht mit der Zeit, der Charakter hingegen festigt sich."

Black wirkte zweifelnd. „Aber Sie sind noch ein junger Mann, Sir."

Sebastian schaute auf. „Sind meine Anweisungen nicht klar, Black?"

Morton Black richtete sich auf, hätte fast salutiert. „Sehr wohl, Sir, ganz klar. Ich werde sofort anfangen, Sir."

Nachdem Black gegangen war, schrieb Sebastian einen Brief an seinen besten und ältesten Freund Giles Bemerton. Um sein Ziel zu erreichen, würde er jemandem den Hof machen müssen, etwas, worin er keine Erfahrung hatte. Er würde Giles' Wissen auf diesem Gebiet brauchen, seine Weltgewandtheit und sein *savoir-faire,* um Erfolg zu haben.

Auf diese Aufgabe freute er sich nicht im Geringsten. Er hatte nicht vorgehabt, noch einmal zu heiraten. Aber Sebastian Reyne war kein Mann, der sich vor seiner Verantwortung drückte.

1. KAPITEL

London, England, April 1818

„Aber sie hat überhaupt keinen Busen! Du kannst doch keine Frau ohne Busen heiraten!“

Sebastian zuckte die Schultern. „Blacks Bericht zufolge passt sie am besten zu meinen Anforderungen. Außerdem hat Lady Elinore Whitelaw sehr wohl einen Busen. Sie ist schließlich eine Frau, oder?“

„Vielleicht nicht“, erklärte sein Freund Giles Bemerton düster. „Bedenkt man, was für unförmige Kleider sie bevorzugt, wie sie sich in Unmengen grauen Stoff hüllt, wer kann da schon sicher sein?“

„Du redest Unsinn“, entgegnete Sebastian fest. Die beiden Männer saßen in einem kleinen gemütlichen Raum, der zu Giles' Junggesellenwohnung in London gehörte. Es war spät in der Nacht, und im Kamin flackerte lustig ein Feuer.

„Und sie ist mindestens zehn Jahre älter als du.“

„Nur sechs.“ Sebastian nahm einen Schluck von seinem Brandy. „Außerdem sucht ein Mann bei seiner Braut Reife.“

Giles warf ihm einen Blick zu, der vor Unglauben nur so triefte. „Sie hat die ganze Zeit nicht geheiratet, dabei muss sie trotz dieses Aussehens Anträge erhalten haben – ihr Vater hat sie gut versorgt zurückgelassen. Obwohl er von der Mutter entfremdet war. Warum sollte sie ausgerechnet jetzt ihre Meinung ändern?“

„Sie hat keine andere Wahl. Nach dem Tod ihrer Mutter letztes Jahr lebt sie in beengten Verhältnissen, und das Vermögen ihres Vaters erhält sie erst nach drei Jahren Ehe.“

Giles schürzte sie Lippen. „Ach so. Aber du brauchst doch kein Vermögen, warum also solltest du dich an einen kalten Fisch wie Lady Elinore binden? Weißt du, ich habe einmal mit ihr getanzt. Sie hat überdeutlich klargemacht, dass sie mich abstoßend findet. *Mich!*" Indigniert schaute Giles an seiner wohlgeformten Gestalt hinab.

Sebastian unterdrückte ein Grinsen. Dank Giles' angenehmen Äußeren geschah es nur sehr selten, dass ihn ein weibliches Wesen abstoßend fand. Trocken erwiderte er: „Ein weiterer Punkt, der für sie spricht. Damit beweist sie ein ausgezeichnetes Urteilsvermögen."

„Pah! Sie ist eine Exzentrikerin! Ihre ganze Leidenschaft gilt guten Werken – Museen, Not leidenden Straßengören und wohltätigen Zwecken." Giles erschauerte beredt. „Das ist Wahnsinn, lass dir das sagen. Warum sollte irgendjemand freiwillig einen dürren Stock mit einer Wagenladung Probleme wie Lady Elinore Whitelaw zur Frau nehmen, wo doch genug hübschere und amüsantere Mädchen auf dem Heiratsmarkt zur Auswahl stehen?"

Sebastian war es gelungen, letzte Woche ein Treffen mit Lady Elinore zu bewerkstelligen; er fand sie ruhig und unauffällig. Sie hatten die wohltätigen Einrichtungen besprochen, in denen sie sich engagierte, und Lady Elinores Antworten hatten ihn in seinem Entschluss bestärkt. Einen großen Teil ihrer Zeit widmete sie der Arbeit mit Waisenmädchen. Sie würde bestens passen. „Hör auf, Giles. Ich habe mich entschieden. Hübschere und amüsantere junge Mädchen besitzen nicht die ... die innere Stärke und Erfahrung, die eine Frau braucht, die mit meinen Schwestern zurechtkommen will."

Giles unternahm einen letzten Versuch. „Aber du hast nichts mit ihr gemein, Bastian. Sie ist unscheinbar und uninteressant. Einer dieser ernsten Blaustrümpfe."

„Das ist mir egal. Bei meiner zukünftigen Gattin suche ich keine Schönheit. Meine Schwestern brauchen Stabilität und Familiensinn. Ich kann ihnen das nicht geben, weil sie mir nicht trauen. Daher muss ich heiraten, und Lady Elinore ist genau die Sorte …"

„Was meinst du, sie können dir nicht trauen? Du bist der vertrauenswürdigste Mensch, den ich …"

„Danke", unterbrach ihn Sebastian ruhig, „aber in solchen Dingen entscheidet nicht der Verstand. Ihre … Erfahrungen machen es ihnen unmöglich, mir zu trauen."

„Das tut mir leid, Bastian. Ich weiß, wie sehr dir die Mädchen am Herzen liegen."

Unbeholfen zuckte Sebastian die Schultern. Niemand würde je erfahren, wie sehr ihn das fehlende Vertrauen seiner kleinen Schwestern verletzte. Aber Klagen führten zu nichts. „Der Schaden wurde angerichtet, ehe ich sie wiedergefunden hatte. Dennoch werde ich sie nicht aufgeben. Lady Elinore ist eine Frau von Verstand, die viel Wert auf Pflichtbewusstsein legt, und ihre Erfahrungen mit armen Kindern bedeuten, dass sie vermutlich weniger leicht zu schockieren ist als die meisten anderen." Er seufzte. „Nicht weniger als sieben Gouvernanten haben mich davon unterrichtet, wie unmöglich Cassie ist."

„Verstand und Pflichtbewusstsein!" Giles schnaubte abfällig. „Was ist mit Liebe?"

„Liebe ist doch bloß ein Märchen."

„Nein, es ist ein Spiel, ein höchst unterhaltsames Spiel."

Sebastian verzog zynisch den Mund.

„Und dabei warst du früher immer so ein Romantiker." Giles ballte die Hände zu Fäusten. „Ich wünschte zu Gott, du hättest die verfluchten Iretons nie getroffen. Diese Hexe und ihr Vater …"

Sebastian fiel ihm ins Wort und entgegnete ruhig, aber bestimmt: „Wenn du von meinem verstorbenen Schwiegervater und meiner verstorbenen Frau sprichst, dann bitte mit dem gebotenen Respekt. Wären sie nicht gewesen, würde ich immer noch in Armut leben, meine Schwestern wären für immer verschollen und nichts von dem hier wäre möglich. Alles im Leben hat seinen Preis."

„Ich weiß, aber trotzdem, was sie mit dir getan haben ..."

„Ja, und man darf nicht vergessen, was für ein zartes Pflänzchen ich bin. Lass es, Giles."

Ernüchtert schaute Giles ihn an. „Himmel, bist du stur."

Sebastian lächelte. „Ich weiß. Und es ist sehr nett von dir, dich mit mir abzugeben. Kann ich mich jetzt darauf verlassen, dass du mir hilfst, die Klippen der guten Gesellschaft zu umschiffen?"

Giles lachte. „Das möchte ich auf keinen Fall missen!"

„Danke. Ich frage mich, warum mir diese Antwort so zu denken gibt." Sebastian stellte das leere Glas ab und reckte sich. „Ich muss jetzt gehen. Morgen habe ich in aller Frühe etwas vor." Er schnitt eine Grimasse. „Tanzstunden. Mit einem affektierten Franzosen, der Rouge trägt!"

Giles brach in Gelächter aus. „Ich hätte große Lust, vorbeizuschauen und mir das anzusehen."

Sebastian warf ihm einen spöttischen Blick zu. „Aber auf eigene Gefahr, Bemerton."

„Alle Welt ist hier", versicherte ihm Giles, als sie etwa zehn Tage später gemeinsam den Ballsaal von Frampton House betraten. Unverzüglich begann er, den Freund auf wichtige Persönlichkeiten aufmerksam zu machen, doch Sebastian interessierte sich nicht für sie. Er war nur aus einem einzigen Grund heute Abend hier.

„Und Lady Elinore?" Er hatte sich ausgerechnet, dass er sie sechs bis acht Mal treffen müsste, ehe es angemessen wäre, ihr einen Heiratsantrag zu machen.

„Ja, ja. Sie ist dort drüben", antwortete Giles ungeduldig. „Obwohl ich nicht weiß, warum sie sich überhaupt die Mühe macht zu kommen, so wie sie sich anzieht."

„Gut, dann lass uns nicht weiter Zeit verlieren." Er ging geradewegs auf sie zu.

„Mehr Raffinesse, mein lieber Bastian. Ich bitte dich, zeige etwas mehr Raffinesse", beschwerte sich Giles, während er Sebastian durch die Menge folgte. „Ich stehe in dem Ruf, ein feinsinniger Mensch zu sein, denk daran. Nicht so schnell!"

Sebastian grinste, ohne an Tempo zu verlieren. Er wollte diese Brautwerbung so schnell wie möglich hinter sich bringen und sich wieder dem widmen, womit er sich am besten auskannte: Arbeit.

„Lady Elinore." Er machte eine Verbeugung. Aus dem Augenwinkel sah er, wie Giles ihm einen Blick zuwarf, der ihn an ihre Unterhaltung neulich erinnerte. Unwillkürlich blickte er an ihr herab. Giles hatte recht, sie schien keinen Busen zu haben. Hastig erklärte er: „Sie sehen heute Abend ganz reizend aus, Lady Elinore."

Sowohl sie als auch Giles schauten ihn zweifelnd an. Sie war eine kleine Frau, sehr blass und sehr dünn, mit mausbraunem Haar, das sie zu einem festen Knoten straff nach hinten frisiert und mit einer Art Haube bedeckt hatte. Heute hatte sie sich für ein schmuckloses Kleid aus dunkelgrauem Bombasin entschieden. Die Farbe ließ sie womöglich noch blasser erscheinen, und der strenge, hochgeschlossene Schnitt gab ihrer dürren Figur etwas Kantiges. Sie hatte keinen Schmuck angelegt.

Im Geiste zuckte Sebastian mit den Achseln. Es kam nicht darauf an, ob ihr das Kleid stand oder nicht. Frauen zogen Komplimente der Wahrheit vor. Wenigstens hatte Thea das. Außerdem hasste er solche Gesellschaften und fühlte sich in keiner Weise dem leichten Geplauder gewachsen, das Giles so mühelos beherrschte. Er fand, ein Kompliment war nie fehl am Platze.

„Wie geht es Ihnen, Mr. Reyne?“, murmelte Lady Elinore. „Ich habe mich schon gefragt, ob Sie heute hier sein würden.“ Mit einer leicht fragenden Miene schaute sie auf dem Platz links neben ihn.

„Ah, ja. Mein Freund, Mr. Giles Bemerton. Bemerton, ich glaube, du kennst Lady Elinore schon.“

Lady Elinore neigte ihren Kopf kaum merklich und sagte mit kühler Stimme: „Ich denke nicht, allerdings vermute ich, dass wir entfernt verwandt sind. Sie sind ein Staffordshire Bemerton, nicht wahr?“

Ganz offenkundig hatte Lady Elinore den Tanz, der sich derart in Giles' Erinnerung eingebrannt hatte, völlig vergessen. Sebastian verfolgte, wie sein Freund seine Erbitterung meisterte und eine anmutige Verbeugung machte. „Ganz recht. Erfreut, Sie zu treffen, Lady Elinore.“

Aus Furcht vor weiteren Wortgefechten bat Sebastian Lady Elinore um den nächsten Ländler und den Tanz vor dem Supper. Auch Giles bat die Dame um einen Kotillon und einen Walzer. Später darauf angesprochen, erklärte er, er habe unmöglich zulassen können, dass sein Freund als Einziger mit einem hoffnungslosen Mauerblümchen tanze. Sebastian dankte ihm mit ernster Miene für diese Umsicht.

Mit mühsam beherrschter Ungeduld strich Sebastian um die Tanzfläche. Einer Frau den Hof zu machen war eine langweilige Sache. Er hatte den Ländler mit Lady Elinore getanzt und wartete nun auf den nächsten Tanz. Unglückseligerweise würde es noch eine Weile dauern. Er hatte den Anblick der *Beau Monde* gründlich satt, wie sie sich vergnügte.

Die *Beau Monde* – die Welt der schönen Menschen. Menschen, die nichts Besseres zu tun hatten, als ihr Äußeres mit Schminke und Schmuck zu verschönern. Für sie waren Kleider eine Zierde, dazu gemacht, ihrer Figur zu schmeicheln, nicht um den Körper vor Regen und Kälte zu schützen.

Er schaute ihnen beim Tanzen zu, wie sie sich lachend drehten, und wie sie tranken, und seine Laune verfinsterte sich. Schön, frivol. Sorglos. Ein Leben in Hülle und Fülle. Sie hatten keine Ahnung von dem Kampf ums Überleben, den die meisten ihrer Zeitgenossen führen mussten. Ihre Leiber waren wohlgenährt und wohlgeformt, nicht halb verhungert und bucklig von langen Stunden kräfteraubender, eintöniger Arbeit in den Fabriken. Oder verkrüppelt im Kampf für König und Vaterland wie Morton Black.

Sebastian gehörte hier nicht her. Er gehörte nicht zur *Beau Monde*. Er hatte kein sorgenfreies Leben gelebt, wie die meisten Gäste. Er schaute auf seine vernarbten Hände, auf die beiden verkrümmten Finger an seiner linken Hand. Giles hatte ihm geraten, stets Handschuhe zu tragen, aber Sebastian hatte darauf verzichtet. Er wollte nicht verstecken, was er war.

Je eher er diese Brautwerbung aus dem Weg hatte und zu dem Leben zurückkehren konnte, das er verstand, desto besser. Sein Blick schweifte über das farbenfrohe Gedränge. Aber plötzlich hielt er inne, wie gebannt.

Er packte Giles am Arm. „Wer ist *das?*“ Er flüsterte die Frage nur, starrte quer über die Tanzfläche, unfähig, den Blick abzuwenden.

Giles stieß einen erleichterten Seufzer aus. „Endlich! Äh, ich meine, ausgezeichnet. Ich wusste doch, dass der Frampton-Ball einiges an Unterhaltung bieten würde. Da gibt es Dutzende hübscher ... äh, pflichtbewusster junger Damen mit Verstand. Nicht, dass du an einer anderen als Lady Elinore Interesse hättest, das weiß ich. Aber es schadet ja nicht, sich umzusehen. Welche hat deine Aufmerksamkeit erregt?“

Welche? dachte Sebastian benommen. Da war nur eine. Giles mochte sagen, dass Dutzende hübscher Mädchen im

Saal waren, vermutlich hatte er sogar recht. Aber diese junge Frau war nicht bloß hübsch, sie war schlicht und ergreifend atemberaubend. Unter den anderen stach sie wie ein Stern hervor, der zwischen Kerzen gelandet war.

Sie wirbelte am Arm ihres Partners über die Tanzfläche, lächelte ihm zu und schaute Sebastian dann einen Moment direkt in die Augen. Ihm stockte der Atem. Sie war von durchschnittlicher Größe, schlank, geschmeidig und vollkommen. Ihr Haar war golden – nicht blond oder flachsfarben, sondern fein gesponnenes Gold. Es umrahmte ihren Kopf in weichen Locken. Ihre Haut strahlte. Er konnte die genaue Farbe ihrer Augen aus dieser Entfernung nicht erkennen, aber sie waren groß und, so glaubte er, blau. Was ihr Gesicht anging, so hatte er keine Worte, es zu beschreiben; es war einfach das allerschönste Gesicht, das er je gesehen hatte.

Das Gesicht eines Engels, nur ohne die Selbstgefälligkeit und die künstliche Ruhe der gemalten Engel, die er gesehen hatte. Dieser Engel sprühte vor Lebensfreude und Übermut. Und vor Freude am Tanz.

Ein Blinder konnte sehen, dass sie zum Tanzen geboren war. Es war nur ein einfacher Ländler, die Figuren so vertraut, dass sie den meisten Menschen zur Routine geworden waren, aber sie – die personifizierte Anmut – brachte eine unverbrauchte Freude mit in den Reigen, die ansteckend war.

Sebastian beobachtete sie fasziniert. Bis jetzt hatte er Tanzen immer für Zeitverschwendung gehalten. Aber das hier war nicht die strenge Abfolge vorgegebener Schritte und Bewegungen, aus denen für ihn Tanzen bestand. Das hier war etwas ... Magisches.

Mit ungekünstelter Fröhlichkeit lachte sie ihren Partner an, und er lächelte zurück. Besitzergreifend. Sie wirbelte zu dem nächsten Tanzpartner weiter, und in ihr Gesicht trat neue Wärme. Sebastian schluckte. Der Empfänger ihres Lächelns zu sein …

Ihr neuer Partner war ein rüstiger älterer Gentleman, elegant und weit über sechzig. Was hatte er getan, sich solch … solch herzliche Vertrautheit mit diesem göttlichen Wesen zu verdienen?

Geistesabwesend zog Sebastian an seinem Halstuch, zerknitterte eine der streng geordneten Falten.

Der ältere Mann sagte etwas, und sie lachte wieder. Sebastian war sich ganz sicher, dass er es hören konnte, obwohl es im Saal laut war. Ihr Lachen, das wusste er, würde etwas Besonderes sein, wie das Wasser in einem Springbrunnen klingen, wie Regentropfen auf Diamanten …

Es rief ihn. Rücksichtslos drängte er den Gedanken zurück.

Sie war eine Schönheit der *Beau Monde,* verhätschelt, verwöhnt und beschützt vor allem Bösen der Welt. Sie war für Freude und Lebenslust geschaffen. Allein indem er sie ansah, wusste er, dass sie erwartete, durchs Leben zu tanzen. Und das würde sie auch.

Sebastian hatte den größten Teil seines Lebens in Lärm und Rauch, Schmutz und Härte verbracht. Selbst wenn er jetzt reich war, konnte er das Leben, das er früher geführt hatte, nicht einfach abstreifen. Er gehörte nicht hierher. Einzig, um eine Ehefrau für sich zu finden, wie seine Schwestern sie brauchten, hatte er diese Glitzerwelt betreten. Nicht, um sich in närrischen, unmöglichen Träumen zu verlieren.

Er brauchte eine starke Frau, eine, die die weniger schönen Seiten des Lebens kannte, eine Frau, deren ausgeprägtes Pflichtbewusstsein ihr über die Schwierigkeiten im Leben an seiner Seite helfen würde.

Diese fröhliche, vollkommene Elfe war nichts für Menschen wie ihn.

Man kaufte keinen rassigen Vollblüter und spannte ihn vor einen Kohlenkarren. Wenn er sie in seine grimmige Welt holte, würden die Freude und die Lebenslust in ihr ausgelöscht. Er hatte seine Mutter langsam dahinsiechen sehen; er hatte genug Schuld auf sich geladen, mit der er zu leben hatte.

Trotzdem konnte es nicht schaden, ihr beim Tanzen zuzusehen. Das war nicht verboten.

Sie glitt so leichtfüßig durch die Figuren, dass der ältere Gentleman übers ganze Gesicht strahlte, während er sich mühte, mit ihr Schritt zu halten. Das schien sie zu bemerken, denn sie lehnte sich plötzlich zur Seite und schaute ihn übermütig an. Der alte Mann schmunzelte. Und Sebastian konnte nicht anders, als ebenfalls zu schmunzeln.

Schlagartig erwachte er aus seiner Versunkenheit. Er stand auf den Stufen, die in den Ballsaal hinabführten, und versperrte den Eingang. Ein riesiger Raum voller adeliger Fremder, und er stand hier wie angewurzelt und grinste wie ein Narr, ohne den Blick von einer jungen Frau abwenden zu können, die er nie getroffen hatte und nicht kannte.

Grinste wie ein *Narr.*

Sebastian hüstelte, zog sein Halstuch gerade und ging eilig die Stufen hinab.

Giles führte ihn zu einem Alkoven seitlich der Tanzfläche. „Wir können genauso gut von hier zusehen." Er schnipste mit den Fingern nach einem der vorübereilenden Lakaien und bestellte etwas zu trinken, ehe er sich wieder der Frage zuwandte. „Nun, welches Fohlen ist dir ins Auge gestochen?" Er hob sein Monokel und sah sich um. „Ach, natürlich, eine der tugendhaften Zwillinge, gewiss. Die kann man nicht übersehen. Ganz reizende junge Dinger. Gleichen sich wie ein Ei dem anderen, und das in jeder Beziehung."

Sebastian schüttelte brüsk den Kopf. Seines – das Mädchen, das er entdeckt hatte – war einmalig. „Egal", erklärte er. „Es war nur vorübergehende Neugierde. Du weißt ja, dass ich allein Lady Elinores wegen hier bin."

Giles überhörte das. „Das Merkwürdige daran ist, die eine von beiden ist Rechtshänderin und die andere Linkshänderin – allerdings kann ich mir nicht merken, welche. Die Linkshänderin möchte nicht, dass es bekannt wird. Aber es ist mehr die Persönlichkeit als das Aussehen, woran man sie unterscheiden kann. Miss Faith ist ruhiger und Miss Hope lebhafter. Nicht dass ich sie näher kennen würde. Mädchen von guter Herkunft auf der Suche nach einem Ehemann – das ist nicht mein Stil, weißt du."

„Ja, das weiß ich. Schau, es ist nicht wichtig, Giles. Ich bin nicht hier, um mich umzusehen, ich habe meine Wahl bereits getroffen." Sebastians Stimme war fest.

Giles fuhr unbeeindruckt fort: „Ist es diejenige, die mit dem langen, dünnen Kerl in Gelb tanzt, oder die direkt neben Lady Augusta – die kleine rundliche Dame in lila Seide? Lady Augusta ist eine ganz bezaubernde alte Dame. Sir Oswald Merridew, der ältere Herr auf der Tanzfläche, ist von ihr ganz hingerissen, aber sie ist ihm in den letzten zwei Jahren gehörig auf der Nase herumgetanzt."

Sebastian machte einen Laut, der hoffentlich für höfliches Interesse durchgehen würde, während Giles weiterredete. Die kleine Lady in Lila oder wer nun von ihr hingerissen war oder nicht konnte ihm nicht gleichgültiger sein. Er wollte den Namen des herrlichen Geschöpfes in Blau wissen. Er hätte natürlich sagen können: „Die in dem blauen Kleid", aber aus irgendeinem Grund konnte er es nicht laut aussprechen.

Es würde dann … etwas bedeuten. Eine Art Eingeständnis oder so. Vollkommen lächerlich. Er wollte nicht, dass es irgendetwas bedeutete. Außerdem war er nicht interessiert. Er … schaute nur. Vertrieb sich die Zeit bis zum Supper. Erneut zerrte er an seinem Halstuch, und plötzlich kamen die Worte einfach aus ihm heraus. „In Blau."

„Eine der Zwillinge dann – sie tragen beide Blau. An deinem Geschmack gibt es nichts auszusetzen, Bastian. Beide sind herrliche Geschöpfe. Herrlich vernünftig, ernsthaft und pflichtbewusst, meine ich selbstverständlich!", verbesserte sich Giles hastig. „Also welcher Zwilling ist es?"

Sebastian runzelte die Stirn. Sie war ein Zwilling? Er betrachtete die anderen Tanzpaare und merkte, dass da noch ein Mädchen war, das seiner fröhlichen Elfe ziemlich ähnlich sah. Aber sie strahlte nicht von innen.

Giles stieß ihn ungeduldig in die Rippen. „Azur- oder himmelblau?"

Sebastian warf seinem Freund einen vorwurfsvollen Blick zu. „Woher soll ich wissen, was für ein Blau es ist? Blau ist blau!" Das war eine Lüge. Wahrscheinlich konnte er sogar die Inhaltsstoffe in dem Färbebottich einzeln benennen, in dem der Stoff gefärbt worden war, aber das würde er nicht sagen. Giles würde es nicht verstehen, und außerdem war es nicht wichtig. Er wusste nur, dass die zarte azurblaue Seide abwechselnd um ihren schlanken Körper wirbelte oder sich anschmiegte, sodass ihm die Kehle trocken wurde und das Herz schneller klopfte. Angestrengt schluckte er.

Giles schüttelte den Kopf und erwiderte mahnend: „Wenn du dich im *Ton* bewegen willst, mein lieber Bastian, dann musst du solche Sachen lernen."

„Ich will einer Frau den Hof machen, keinen Modesalon eröffnen!", knurrte Sebastian. „Und außerdem möchte ich mich gar nicht im *Ton* bewegen. Sobald ich Lady Elinore geheiratet habe, werde ich den ganzen Unsinn hier hinter mir lassen."

Übertrieben bekümmert schüttelte Giles den Kopf. „Du armer, fehlgeleiteter Mann. Zuallererst weißt du gar nicht, ob

Lady Elinore deinen Antrag annimmt.“ Er hob eine Hand, damit Sebastian ihn nicht unterbrach. „Und selbst wenn sie das tut, musst du lernen, mit weiblichen Wesen eine höfliche Konversation zu führen, denn Lady Elinore ist eine Frau, wenn auch zugegebenermaßen eine seltsame. Und deine Schwestern sind es auch – weiblich, meine ich. Außerdem werden sie Freundinnen haben. Glaub mir, solche Kleinigkeiten sind Frauen außerordentlich wichtig, den hüb… äh, exzentrischen, pflichtbewussten und vernünftigen Geschöpfen. Also, welches Mädchen in Blau ist es?“

Zunächst schwieg Sebastian, schließlich aber zwang er sich, es auszusprechen: „Die, die mit dem ältlichen Herrn tanzt.“

Giles blickte sich um. „Aha! Azurblau. Der ältere Herr ist Sir Oswald Merridew, und seine Partnerin ist seine Großnichte, Miss Hope, glaube ich.“

Sebastian runzelte die Stirn angesichts Giles' alberner Bemerkung. „Mishope?“ Was für eine Sorte Name ist das denn? Die gute Gesellschaft vergab gerne Spitznamen, das wusste er, aber Mishope?

„Ja, oder Miss Faith. Ich habe doch gesagt, dass ich die Zwillinge immer verwechsele.“

„Oh. Verstehe.“ Miss Hope. Ihr Name war Hope. Oder vielleicht auch Faith. Mit Mühe löste Sebastian seinen Blick von der Frau im blauen Seidenkleid und schaute zu ihrer Zwillingsschwester. Sie war sehr hübsch, aber keine goldene Elfe.

Miss Hope – wenn sie es war – schien von innen zu leuchten. Sie schäumte über vor Lebensfreude. Es war fast greifbar.

Er sollte sie nicht so anstarren. Schließlich war Lady Elinore seine Auserwählte. Sie anzuschauen war Wahnsinn, sonst nichts.

Aber er konnte einfach nicht anders.

Die nächste Frage kam ihm unbeabsichtigt über die Lippen. „Miss Hope wer?"

„Ihr Name ist Merridew. Von den Norfolk Merridews. Sie werden die tugendhaften Schwestern genannt, weil alle ihre Vornamen Tugenden bezeichnen." Er begann an seinen Fingern abzuzählen: „Da ist Prudence – Klugheit, jetzt Lady Carradice, und Charity – Mildtätigkeit, die den Duke of Dinstable geheiratet hat. Faith – Glaube – und Hope – Hoffnung – sind die Zwillinge, und dann ist da, glaube ich noch, eine, die Grace, Anmut, heißt. Sie ist ebenfalls eine Schönheit, aber sie ist noch im Schulzimmer. Egal, irgendein Witzbold hat sie die ‚tugendhaften Schwestern' getauft, und dabei ist es geblieben. Aber ihr Nachname ist Merridew. Während der Saison leben die Zwillinge bei Sir Oswald. Sonst wohnen sie bei Lord und Lady Carradice oder dem Duke und der Duchess of Dinstable."

Die vielen Namen perlten von Sebastian ab wie Wassertropfen. Nur eines blieb hängen. Ihr Name war Hope Merridew. Oder vielleicht auch Faith. Das Gewicht auf seiner Brust hob sich, und er stellte fest, dass er wieder atmen konnte, wenn auch abgehackt.

Giles rieb sich die Hände. „Gut, komm mit, ich werde dich vorstellen."

Sebastian legte ihm die Hand auf den Arm, um ihn aufzuhalten. „Nein, danke. Ich war nur … neugierig."

Sein Freund starrte ihn ungläubig an. „Du meinst, du willst nicht vorgestellt werden? Das sind verflixt feine Mädels, die tugendhaften Zwillinge." Er betrachtete Sebastian mit gerunzelter Stirn. „Nicht die üblichen Schönheiten, keine von beiden. Du wirst sie nicht dabei ertappen, dass sie ihre Verehrer gegeneinander ausspielen, einfach so zum Spaß. Miss Faith ist süß und ruhig, und Miss Hope – ich bin mir ziemlich sicher, dass sie das in dem azurblauen Kleid ist –, sie ist sehr lebhaft und charmant, immer lustig und gut gelaunt. Aber das kannst du ja selber sehen."

„Allerdings." Sebastians Stimme war rau von der Anstrengung, die es ihn kostete, unbeteiligt zu klingen. „Nur einen Augenblick lang war meine Aufmerksamkeit erregt von der Art und Weise, wie sie tanzt. Ein gewisser ... Überschwang."

„Ah, ja. Überschwang", erwiderte Giles, sofort wieder ernst. „Das stimmt. Da war entschieden Überschwang. Allerdings innerhalb der Grenzen des Anstands. Außerordentlich vernünftiger Überschwang. Kein bisschen frivol. Und ganz pflichtschuldig ausgeübt."

„Lass das, Giles!", knurrte Sebastian.

Sein Freund lachte nur. „Ich denke, du solltest sie kennenlernen. Diese Mädchen sind anders; sie heucheln keine Langeweile oder Abgeklärtheit, wie die meisten anderen. Wenn sie etwas mögen, dann zeigen sie es auch."

„Das sehe ich." Sebastian beobachtete, wie Miss Hope Merridew mit ansteckender Begeisterung die schwungvollen Bewegungen des schottischen Tanzes ausführte, bis jeder Mann in ihrer Reihe wie ein Idiot grinste.

„Nun denn. Wirklich erfrischend, wenn du mich fragst."

Sebastian verzog das Gesicht und erklärte kühl: „Wenn du meinst. Ich sehe eine junge Frau, die sehr freizügig mit ihrem Lächeln ist – sie schenkt es allen Männern, egal ob jung oder alt. Ganz nach dem Geschmack der Gesellschaft." Er drehte sich um, unfähig, sie länger anzusehen. Ihm war klar, dass sein Freund ihn mit offenem Mund anstarrte, aber er musste hier weg. Sie war gefährlich. Das konnte er mit einem Blick erkennen. Sie war alles, was er nicht wollte – oder brauchte. Für seine Bedürfnisse war Lady Elinore die perfekte Gattin. Das Gefühl, seine Welt sei in ihren Grundfesten erschüttert, würde vergehen. Er musste weitermachen, seinen

Atem wiederfinden und seinen Puls beruhigen. Der Versuchung widerstehen. Sich wieder seinem eigentlichen Ziel zuwenden.

„Bastian, nein. Das hast du falsch verstanden! Das habe ich nicht gemeint. Völlig respektable Mädchen mit gefälligen Manieren. Überhaupt nicht …"

Sebastian hob seine Hand. „Ich wollte ihre Respektabilität nicht anzweifeln, Giles. Aber ich bin hier, um Lady Elinore den Hof zu machen. An verhätschelten jungen Damen habe ich nicht das geringste Interesse. Lady Elinore ist reifer und verantwortungsbewusster, als Miss Merridew es je sein könnte. Gehen wir jetzt weiter? Ich dachte, du wolltest dir noch die anderen jungen Damen im Angebot heute Abend ansehen." Die Antwort seines Freundes wartete er gar nicht ab, sondern begann durch den Raum zu schlendern, atmete langsam und gleichmäßig und zwang seinen rasenden Puls zur Ruhe.

Wie erwartet, schluckte Giles den Köder. „Im Angebot?" Er zuckte übertrieben zusammen und folgte Sebastian, wobei er ihm mit gequälter Stimme erklärte: „*Ich* kann mit deiner fehlenden Raffinesse vielleicht leben – obwohl ich mir verflucht sicher bin, dass du so raffiniert sein kannst, wie du nur willst, wenn es dir in den Kram passt –, aber ehrlich, Bastian: im Angebot? Das ist ja fast schon vulgär. Und während es dir vielleicht egal ist, wenn du dich der Welt als ungehobelter Klotz präsentierst, könntest du schon ein wenig Rücksicht auf mich nehmen."

Sebastian hob sarkastisch eine Augenbraue.

Giles fuhr fort: „Ich stehe in dem Ruf, Charme zu besitzen, Raffinesse, Anmut, Feinsinn und …"

„Bescheidenheit."

„Das auch. Und ich schätze diesen meinen Ruf sehr."

„Ah, gut, mit dieser Anmut und Tugend bis in die Fingerspitzen wird deine unerklärliche Freundschaft mit einem ungehobelten Klotz aus dem Norden höchstens als Zeichen von Charakterstärke angesehen."

Giles lachte, fügte aber nüchtern hinzu: „Das meine ich ernst, Bastian. Du musst deine unverblümte Sprache zügeln. Sonst bringst du andere überflüssigerweise gegen dich auf. Es wird bereits über dich geredet. Darüber, woher du kommst, man spekuliert über deinen Hintergrund und so weiter."

Sebastian bedachte ihn mit einem unergründlichen Blick. „Die Menschen werden immer ... reden. Das Geschwätz der Gelangweilten bedeutet mir nichts." Er hielt den Kopf schräg. „Beginnt da nicht gerade der Kotillon? Hattest du nicht Lady Elinore aufgefordert?"

Giles fluchte leise und eilte über die Tanzfläche dorthin, wo Lady Elinore allein stand, eine kleine, graue Bohnenstange von Frau. Beinahe hätte Sebastian gelächelt, während er beobachtete, wie das ungleiche Paar sich zum Tanz aufstellte: Giles in seiner makellos eleganten Abendkleidung ganz geschmeidige Anmut und Charme, und Lady Elinore in ihrem formlosen grauen Kleid, kantig, frostig und steif.

Er schlenderte weiter, schaute seinem Freund zu, wie er sich bemühte, mit Lady Elinore eine Unterhaltung zu führen, während sie tanzten. Ohne nennenswerten Erfolg. Sebastian nahm es erfreut zur Kenntnis. Eine geschwätzige Frau war ermüdend.

Drei Tänze noch bis zum Supper. Seine Miene wurde immer finsterer von der Anstrengung, seinen Blick nicht wieder zu dem Mädchen in dem azurblauen Ballkleid zurückkehren zu lassen.

2. KAPITEL

Mrs. Jenner, wer ist dieser Mann?" Hope Merridew stieß ihre Anstandsdame an, eine modisch gekleidete Dame mittleren Alters. Hope hatte ihn während des letzten Teils des schottischen Reels bemerkt. Seinen Blick hatte sie auf sich gespürt wie eine Berührung, mit einer Intensität, die sie erschauern ließ.

Groß und kräftig gebaut, wirkte er hart und rau. Sie war unter der gestrengen Vormundschaft ihres großen, gewalttätigen und wahnsinnigen Großvaters aufgewachsen; nie würde sie sich leichtfertig in die Gewalt eines solchen Mannes begeben. Sie zog Eleganz roher Körperkraft vor.

Sie erschauerte erneut. Nicht, dass sie Angst hatte – sie besaß inzwischen mehr Erfahrung und Selbstvertrauen, seit sie und ihre Schwestern der brutalen Herrschaft ihres Großvaters entkommen waren, und sie ließ sich nicht mehr leicht einschüchtern. Aber da war etwas ... Besonderes in der Art und Weise, wie er sie anstarrte.

Seit ihrer Ankunft in London hatte sich Hope daran gewöhnt, die Blicke auf sich zu ziehen, sogar angestarrt zu werden. Die Leute fanden Zwillinge faszinierend; sie schauten sie immer an und verglichen sie, um die Ähnlichkeiten und die Unterschiede zu entdecken. Hope hatte die ursprünglich dabei empfundene Verlegenheit überwunden, aber ihre Zwillingsschwester Faith fand es oft noch unangenehm.

Aber dies hier fühlte sich irgendwie anders an. Als schaute er nicht sie beide an, sondern nur *sie*.

Er beugte sich vor und sagte etwas zu Giles Bemerton. Die beiden Männer hätten unterschiedlicher nicht sein können. Mr. Bemerton, der Salonlöwe schlechthin, war schlank und elegant und von goldener Schönheit. Sein Freund, der hoch gewachsene, geheimnisvolle Fremde, erinnerte eher an einen Raubvogel und besaß eine düstere Eindringlichkeit.

Der Schöne … und das Biest. Nicht, dass er bestialisch war, aber das Leben hatte Spuren auf seinem Gesicht hinterlassen; selbst aus der Entfernung noch konnte sie sehen, dass seine Nase mindestens einmal gebrochen worden war. Aber nicht sein ernstes, dunkles Äußeres fand sie so fesselnd, sondern dass er sich mit der kühnen Gleichgültigkeit eines Kriegerfürsten in zivilisierten Gewässern bewegte. Nicht arrogant, eher mit ruhiger Selbstsicherheit.

Mr. Bemerton war da viel eher Hopes Stil: unbekümmert, charmant und amüsant, immer vertraut mit den neusten Gerüchten.

Die beiden Männer schlenderten weiter, und Hope bemerkte, dass sie nicht die Einzige war, deren Blicke dem hoch gewachsenen Fremden folgten. Sie beobachtete, wie die zwei sich kurz trennten, als sie um eine Gruppe junger Debütantinnen herumgingen. Das Geplapper der jungen Mädchen erstarb, und jeder der kunstvoll frisierten Köpfe drehte sich nach ihm um.

„Wissen Sie, wer das ist?“, fragte sie ihre Anstandsdame erneut.

„Hm? Wer, meine Liebe?“ Mrs. Jenner schaute sich suchend um.

„Der hoch gewachsene Herr dort drüben. Er ist eher für eine Beerdigung gekleidet als einen Ball und schreitet mit finster gerunzelter Stirn durch den Saal. Ich glaube nicht, dass ich ihn schon einmal gesehen habe.“ Das hatte sie auf keinen Fall. Wer könnte einen Mann wie ihn vergessen?

„Welchen Gentleman meinen Sie?“ Mrs. Jenner hob ihr Lorgnon. „Beerdigung, sagen Sie? Die Hälfte der jungen Männer zieht sich heute wie für eine Beerdigung statt für einen Ball an. Zu meiner Zeit kleidete man sich prächtig wie Pfauen, in Satinhosen und kunstvoll bestickten Westen – ach du meine Güte, *der* Mann!" Mrs. Jenner zuckte leicht zusammen, als sie dem Blick ihres Schützlings gefolgt war. „Dieser grässliche Junge Giles Bemerton führt den Kerl in die besten Kreise ein. Für alle Andeutungen, es zu unterlassen, ist er taub – da stellt er sich stur."

„Warum sollte Mr. Bemerton ihn denn nicht überall vorstellen?", erkundigte sich Hope interessiert.

„Er hat Schultern wie ein gewöhnlicher Hafenarbeiter!" Mrs. Jenner rümpfte die Nase. „Keine Überraschung, bedenkt man, wo er herkommt."

Als merkte er, dass er das Thema ihres Gesprächs war, wandte er den Kopf und schaute sie geradewegs an. Er schaute Hope an. Nicht sie und ihre Zwillingsschwester. Er sah sich nicht im Raum um, sondern einfach nur zu Hope. Der Blick, den er ihr zuwarf, war unmissverständlich. In ihm loderte Verlangen. Verlangen nach Hope.

Unfähig, den Bann seines Blickes zu brechen, spürte Hope ein Prickeln in ihrem Körper.

„Schauen Sie weg, meine Lieben", verlangte Mrs. Jenner scharf. „Der Kerl hat im Ballsaal einer Dame nichts verloren. Und für zwei schöne, unverheiratete junge Mädchen ist er erst recht nichts." Damit drehte sie sich um und entfernte sich, ihre Schützlinge im Gefolge.

Faith zwinkerte ihrer Schwester zu, während sie zu einem ruhigen Alkoven geführt wurden, aber Hope war nicht in der Verfassung zurückzuzwinkern.

Der kurze, wortlose Austausch hatte sie erschüttert wie selten etwas. Er streifte durch den Saal wie jemand, der sich seines Platzes in der Welt sicher war, gleichgültig seiner Umgebung gegenüber. Als er hingegen Hope angesehen hatte, hatte sie Hunger in seinen Augen entdeckt. Sehnsucht, die ihr galt.

Es berührte etwas in ihr, von dem sie nicht gewusst hatte,

dass sie es besaß. Am liebsten wollte sie zurück in den Ballsaal gehen, sich vor ihn stellen und seine Hand nehmen. Sie wollte ihm in die Augen sehen und seine Stimme hören.

War das der Donnerschlag, von dem sie immer geträumt hatte? Das konnte nicht sein. Das Schicksal wäre nicht so grausam. Sie wollte keinen großen, hart aussehenden Mann, einen, der sie an ihren Großvater erinnerte!

Nachdem sie Sitzplätze gefunden hatte, ließ Hope sich dankbar nieder. Ihre Knie zitterten. Mrs. Jenner schickte die in der Nähe wartenden jungen Herren um Gläser mit Ratafia und danach ihrer Wege. „Lassen Sie uns bitte einen Moment allein, meine Herren", verlangte sie. „Die Mädchen und ich müssen wieder zu Atem kommen." Wie eine Schar neugieriger Gänse scheuchte sie die Bewunderer ihrer Schützlinge fort.

Von ihrem Platz im Alkoven aus beobachtete Hope ihn. Seine Größe machte es leicht, ihn in dem Gewühl zu verfolgen. Mr. Bemerton grüßte Bekannte hier und da, stellte seinen Freund vor, der seinerseits immer nur wenig zu erwidern schien und dann mit dem Anschein kaum gezügelter Ungeduld wartete, bis sein Freund weiterging.

Einmal hatte sie einen Tiger in einem Käfig gesehen, der erst kürzlich im Tower eingetroffen und genauso auf und ab geschritten war, ungeduldig mit seinem Schwanz schlug und sich keinen Deut um die Zuschauer draußen kümmerte.

Er sagte etwas mit gerunzelter Stirn zu Mr. Bemerton, der den Kopf in den Nacken warf und lachte. Der Tigerausdruck verschwand, an seine Stelle trat ironische Belustigung. Er war jünger, als sie zunächst angenommen hatte. Ungefähr genauso alt wie Giles Bemerton, entschied sie nun; noch nicht dreißig. Merkwürdig, dass er zuerst älter gewirkt hatte, als bedrückte ihn etwas.

Eine interessante Freundschaft, dachte Hope. Sie kannte

Mr. Bemerton nicht sehr gut, aber sie hatte ihn immer für unbeschwert gehalten, einen unterhaltsamen Plauderer, wie Mrs. Jenner es ausdrücken würde, und ein bisschen einen Frauenhelden. Nie hätte sie gedacht, dass er mit jemandem befreundet sein könnte, der so grimmig und eindringlich wirkte.

Während sie an ihren Getränken nippten, bemerkte Hope beiläufig: „Mrs. Jenner, Sie müssen mir das erklären. Wer ist er? Ich gestehe, meine Neugier ist geweckt. Er wirkt in dieser Gesellschaft fehl am Platze, aber kümmert ihn das? Nein, ihn nicht."

Mrs. Jenner rümpfte wieder die Nase, zögerte, ehe sie mit vornehmer Entrüstung erklärte: „Er ist ein Pilz."

Hope musste unwillkürlich lachen. „Ein ziemlich großer Pilz, möchte man meinen. Er muss sechs Fuß groß sein."

„Pah! Sie wissen, was ich meine – er ist ein Parvenü, ein Neureicher, ein Emporkömmling. Mehr noch, er ist jemand, der einfach nicht in den Salon einer Dame gehört. Giles Bemerton verdient eine Tracht Prügel – der arme Junge! Der Teufel muss ihn irgendwie in der Hand haben. Es gibt keine andere Erklärung. Giles' Mutter ist doch über jeden Zweifel erhaben."

„Wirklich?", hauchte Faith fasziniert. „Sie können doch nicht meinen, dass er Mr. Bemerton erpresst, ihn mitzunehmen und überall vorzustellen?"

Verdrossen zuckte Mrs. Jenner die Achseln. „Woher soll ich die schaurigen Einzelheiten wissen? Aber irgendetwas muss es sein – Spielschulden oder so etwas –, das sage ich Ihnen."

„Ich wäre mir nicht so sicher." Hope beobachtete die beiden Männer nachdenklich. Zwischen ihnen bestand aufrichtige Freundschaft, da war sie sich sicher. Und während der hoch gewachsene Mann aussah, als gäbe er keinen Deut darum, ob er das Gesetz brach, war er doch zu … irgendwie zu groß, um sich zu Erpressung herabzulassen. Erpressung war die Waffe der Schwachen. Und dieser Mann erweckte nicht den Eindruck, als besäße er auch nur die kleinste Schwäche.

Für einen Mann, der sich angeblich der Gesellschaft aufdrängte, gab er sich erstaunlich wenig Mühe, sich beliebt zu machen. Parvenüs versuchten, sich einzuschmeicheln. Soweit Hope es jedoch sehen konnte, unternahm dieser Mann nicht den kleinsten Versuch, jemandem zu gefallen oder zu schmeicheln. Es sei denn, er glaubte, finster die Stirn zu runzeln und gleichzeitig gelangweilt und ungeduldig auszusehen sei charmant, dachte sie amüsiert.

„Wie, sagten Sie, ist sein Name?"

„Den habe ich nicht gesagt." Mrs. Jenner nahm einen Schluck von ihrem Ratafia. „Ist der Ballsaal heute Abend nicht überaus geschmackvoll dekoriert?"

„Ja, sehr geschmackvoll", stimmte ihr Hope zu. „Und sein Name ist ...?" Sie fand die Entschlossenheit ihrer Anstandsdame, sie zu schützen, ausgesprochen lästig. Hope wusste um Großonkel Oswalds Wunsch, dass Faith und sie eine ausgezeichnete Verbindung eingingen – am besten mit einem Duke oder einem Marquis –, aber dies hier war immerhin ihre zweite Saison, sie waren keine jungen Mädchen mehr, die vor Unbill und unschönen Wahrheiten geschützt werden mussten.

Mrs. Jenner nahm ihren Fächer und fächerte sich in einem Anflug von Verzweiflung frische Luft zu. „Natürlich ist es von den Framptons wirklich nett, so einen gut besuchten Ball zu veranstalten, aber ich persönlich finde es hier ein wenig zu warm."

„Ja, sehr warm", pflichtete ihr Hope liebenswürdig bei, „aber der kühle Luftzug von den Fenstern her ist doch erfrischend, nicht wahr? Wissen Sie, ich kann seinen Namen auch von jemand anderem in Erfahrung bringen. Ich bin sicher, wenigstens ein Dutzend Leute wären nur zu froh, mich zu informieren. Die gute Gesellschaft hat so eine bedauerliche Vorliebe für Klatsch."

„Ausgesprochen verwerflich", erwiderte Mrs. Jenner matt. „Na gut, er heißt Reyne. Mr. Sebastian Reyne."

Sebastian Reyne. Das passte zu ihm. Groß, dunkel und irgendwie … geheimnisvoll. „Und weiter?", hakte Hope nach.

Mrs. Jenner verdrehte die Augen. „Er ist plötzlich aus dem Nichts aufgetaucht, hat jede Menge Geld – allerdings ist die Quelle seines Reichtums … trübe."

„Also hat er keine Familie?"

Mrs. Jenner schürzte die Lippen. „Was das angeht, so sind die Reynes durchaus bekannt und angesehen, aber sie erkennen ihn nicht an."

Hope zog die Augenbrauen zusammen. „Meinen Sie, er ist illegitim? Wenn das stimmt, dann ist es ein unglücklicher Umstand, aber ich begreife nicht, warum man ausgerechnet ihm daraus einen Vorwurf machen kann. Schließlich gibt es eine ganze Reihe von Leuten, von denen wir wissen, dass sie nicht die wahren Kinder ihrer Väter sind – das ist ein offenes Geheimnis."

Mrs. Jenner war entsetzt. „Pst! Sie dürfen noch nicht einmal daran denken, Mitglieder der guten Gesellschaft mit ihm zu vergleichen. Ich wollte nur sagen, dass die Reynes ihn nicht kennen. Jeder kann einen bestimmten Namen benutzen. Ob er auch das Recht dazu besitzt, steht auf einem anderen Blatt."

„Warum ist er dann unerwünscht?", fragte ihre Zwillingsschwester. „Er schaut unwirsch aus, und sein finsteres Stirnrunzeln ist ziemlich einschüchternd. Meinen Sie das?"

Unwirsch war etwas übertrieben, dachte Hope. Einschüchternd dagegen traf zu. Er schaute sie an, als wollte er am liebsten quer durch den Saal zu ihr laufen, sie sich über die Schulter werfen und forttragen.

Sie überlegte flüchtig, was für ein Gefühl es wohl wäre, wenn er das täte. Es würde ihr nicht gefallen, entschied sie.

Mrs. Jenner schüttelte den Kopf. „Meine Meinung von ihm beruht nicht auf seinem Aussehen – obwohl ich Ihnen recht geben muss, meine Liebe. Er ist ausgesprochen hässlich."

„Hässlich!", entfuhr es Hope unwillkürlich. „Ich finde ihn überhaupt nicht hässlich. Er sieht streng aus, sicher, aber da ist auch eine gewisse … männliche Stärke, die auf manche vielleicht anziehend wirkt." Sie fing die überraschten Blicke ihrer Schwester und ihrer Anstandsdame auf und brach ab, wurde vor Verlegenheit rot. „Ich nicht! Du weißt nur zu gut, Faith, dass er nicht nach meinem Geschmack ist. Aber du kannst auch nicht abstreiten, wie interessant er ist."

Interessant war eine Untertreibung. Und wenn er ihr ins Gesicht sah, dann raubte ihr der Ausdruck in seinen Augen den Atem.

Ein Hunger, wie sie ihn nie zuvor bei einem Mann gesehen hatte.

Sie trank einen Schluck von ihrem Ratafia und hoffte, niemandem würde das leichte Beben ihrer Finger auffallen. Es war sehr verwirrend.

„Mrs. Jenner", begann Faith beruhigend, „Sie brauchen sich keine Sorgen zu machen. Hope könnte sich nie für einen Mann wie ihn interessieren."

Hope schaute ihre Zwillingsschwester erstaunt an, und Mrs. Jenner erkundigte sich: „Warum?"

Faith lächelte. „Das ist doch offensichtlich. Gib ihm vierzig Jahre dazu, und wen siehst du dann? Großvater!"

Hope blinzelte. „Er sieht doch überhaupt nicht wie Großvater aus."

„Doch, ein bisschen hat er schon Ähnlichkeit. Und von seinem Körperbau her ist er genau das, was du und ich am meisten verabscheuen."

Darauf konnte Hope nichts erwidern. Es stimmte. Oder hatte gestimmt …

Trotz Faith' Erklärung beobachtete Mrs. Jenner Hope nach wie vor wie ein Habicht. Von der anderen Seite des Saales schaute der Mann sie an. Auch wie ein Habicht, nur ein viel größerer, gefährlicherer. Die Versuchung war zu groß.

Sie wartete, bis er das nächste Mal zu ihr blickte. Genau in dem Moment bewegte sie ihren Fächer herausfordernd, nicht kokett und auch nicht offen einladend, aber auf eine Art und Weise, die ihm verriet, dass sie sich seiner nicht unbewusst war.

Jäh wandte er sich ab, sein Stirnrunzeln finsterer als zuvor. Hope lächelte insgeheim. Der Tiger billigte Flirten also nicht. Aus irgendeinem Grund gefiel ihr das.

Mrs. Jenner berührte sie warnend am Arm. „Spielen Sie bloß nicht mit dem Feuer, Miss. Dieser Mann ist gefährlich. Die Gerüchte behaupten, er sei auf der Suche nach einer Gattin. Die arme Frau tut mir jetzt schon leid."

„Warum?", fragte Hope, beunruhigt über die vehemente Ablehnung ihrer Anstandsdame. „Warum tut sie Ihnen leid?"

Gerade, als Mrs. Jenner zu einer Antwort ansetzte, kamen zwei junge Herren, um die Zwillinge zum Kotillon zu holen, und der Moment war vorüber.

Während Hope die vertraute Schrittfolge ausführte, spürte sie wieder seine Augen auf sich. Die Haut in ihrem Nacken begann zu prickeln, sie war sich ihrer Umgebung bewusster, ihre Sinne geschärft. Das Gefühl hielt an, bis der Tanz zu Ende ging. Fast, als könnte sie den Atem eines anderen im Genick spüren.

Warum sollte Mrs. Jenner sie warnen?

Er sah wirklich gefährlich aus. Nur galten eine ganze Reihe der hier anwesenden Herren als gefährlich für unverheiratete junge Damen: stadtbekannte Frauenhelden, Mitgiftjäger, Spieler, Trunkenbolde und sonstige zwielichtige Gestalten. Hope und Faith wussten alles über sie.

Nach der Hochzeit ihrer Schwestern Prudence und Charity hatte sich Großonkel Oswald entschlossen, dass er jemanden brauchte, der die Zwillinge begleitete, während er sich darauf konzentrierte, Lady Augusta Montigua del Fuego den Hof zu machen. Er hatte Mrs. Jenner angestellt, die Witwe eines entfernten Cousins. In vielerlei Hinsicht war sie albern, aber sie war auch eine Quelle nützlicher Informationen. Großonkel Oswald, Lady Gussie und Mrs. Jenner hatten die Zwillinge über alle Stolperfallen und Klippen der Londoner Gesellschaft unterrichtet. Aber es gab eine Reihe von Dingen, die sie für die Ohren von jungen Damen für ungeeignet hielten. Vielleicht war dies eine dieser Sachen. Hope runzelte die Stirn. Es war lästig, wie ein Kind behandelt zu werden.

Der Tanz zum Supper stand unmittelbar bevor. Sie schaute sich im Saal um. Seine Aufmerksamkeit galt etwas anderem. Sie reckte den Hals, um es zu sehen, als er sich gerade in Bewegung setzte. Wie ein dunkles Schwert bahnte er sich einen Weg durch das bunte Gedränge.

Geradewegs zu Lady Elinore.

Sie blinzelte überrascht. Lady Elinore? Wer hätte gedacht, dass ein solcher Mann Interesse an einer bekennenden alten Jungfer wie Lady Elinore hätte? Hope zuckte die Achseln und ließ sich von ihrem Partner auf die Tanzfläche bringen.

Mr. Reyne tanzte mit Lady Elinore und begleitete sie anschließend zum Supper. Sie saßen mit Mr. Bemerton und seiner Partnerin zusammen, einer üppigen Dame in einem grünen Seidenkleid. Umgeben von Familie und Freunden, beobachtete Hope sie heimlich. Mr. Bemerton und die Dame in Grün bestritten den Hauptteil der Unterhaltung.

Warum bemitleidete Mrs. Jenner seine zukünftige Gattin? Sie wollte fragen, doch der Tisch war voll, und es ergab sich keine Gelegenheit für ein vertraulicheres Gespräch.

Nach dem Supper tanzte sie mehrmals, war aber stiller. Daran nahmen ihre Partner keinen Anstoß, denn sie waren nur zu glücklich, sie mit Geschichten ihrer Abenteuer zu ergötzen. Hope hörte mit halbem Ohr zu und suchte den Saal währenddessen mit den Augen nach einem großen, dunklen Mann ab.

Als der Abend sich allmählich seinem Ende zuneigte, ärgerte sie sich über sich selbst. Wie konnte ein einziger Mann sie so beschäftigen? Noch dazu einer, der sich nach den anfänglich bohrenden Blicken noch nicht einmal die Mühe gemacht hatte, sich ihr vorstellen zu lassen? Sie war hier, um sich zu vergnügen, und das würde sie auch. An den verflixten Mr. Reyne würde sie keinen weiteren Gedanken verschwenden. Es gab schließlich genug andere, und gleich würde der letzte Walzer beginnen.

Der letzte Walzer eines Abends war für Hope ein besonderer Tanz. Eines Nachts vor vielen Jahren, als sie in tiefster Verzweiflung lebten, hatten Hope und ihre Zwillingsschwester einen herrlichen Traum gehabt, einen Traum von Liebe und Schicksal, den ihnen, da waren sie beide sicher, ihre Mutter gesandt hatte. Sie waren beide mitten in der Nacht aufgewacht, und als sie ihre Träume verglichen, war es beinahe unheimlich: die Ähnlichkeit und die kleinen, aber wichtigen Unterschiede …

In Hopes Traum stand sie im klaren, kühlen Mondlicht, umgeben von bedrohlichen Schatten. Sie wartete, allein und schrecklich einsam. Plötzlich trat aus den Schatten ein Mann. Sie konnte sein Gesicht nicht sehen, aber er nahm sie in die Arme, und dann tanzten sie. Die Schatten waren vertrieben, und Hope war nie wieder einsam oder unglücklich.

Faith' Traum war fast genauso, außer dass der Mann in ihrem Traum nicht tanzte. Er musizierte …

Der Traum war so eindringlich und machtvoll gewesen, dass keine der beiden ihn je vergessen konnte. Er hatte die Hoffnung genährt in den schlimmen Jahren mit Großvater, und er bestimmte ihr Tun während ihrer ersten und dann auch ihrer zweiten Saison in London. Sie hatten viele Anträge erhalten, aber keinen davon angenommen. Ihre Traummänner waren noch nicht erschienen.

Vom Beginn der ersten Saison an hatte Hope sich stets geweigert, den letzten Walzer auf ihrer Tanzkarte zu vergeben, sodass sie sich bis zum letzten Moment die Entscheidung offen hielt. Sie wusste nicht, wer er sein würde oder wie er aussah, aber der düstere, schneidige Mann ihrer Vorstellung würde sich nicht zahm in ihre Tanzkarte eintragen und warten, bis er an der Reihe war. Daher hielt sie diesen einen Walzer für ihn frei, weil er eines Tages kommen würde – beim Walzer würde sie ihn erkennen. Es würde der perfekte Walzer sein, geradezu magisch.

Hopes Gewohnheit war allgemein bekannt, nur der Grund dafür nicht. So kam es, dass am Ende jedes Abends eine Gruppe Gentlemen sich in ihrer Nähe sammelte in der Hoffnung, ausgewählt zu werden. Sie entschied sich niemals zweimal für denselben Mann.

Eine gefällige Stimme neben ihr sagte: „Miss Merridew, darf ich Ihnen einen Freund als Partner für den Walzer vorstellen?"

„Vielleicht …", begann sie kokett, brach dann aber überrascht ab. Es war Giles Bemerton, seinen großen, finster blickenden Freund neben sich. In ihrem Magen schien sich ein Loch aufzutun, und sie konnte einen Moment nicht richtig atmen. Er verschlang sie mit seinem Blick. Gebannt starrte sie zurück.

„Giles, wie reizend, Sie zu sehen." Mrs. Jenner eilte geschäftig herbei. Ihr breites Lächeln wurde durch das kriegerische Funkeln ihrer Augen Lügen gestraft. „Wie geht es Ihrer lieben Mutter? Sie wünschen mit Miss Merridew zu tanzen. Selbstverständlich, lieber Junge." Sie ergriff Hopes Hand und legte sie mit sanfter Gewalt in Mr. Bemertons.

Aber Giles Bemerton, so wohlerzogen er auch war, war jeder Anstandsdame gewachsen. „Es ist mein Freund Mr. Reyne, der mit Miss Merridew tanzen möchte. Was für eine Freude, Sie wiederzusehen, Mrs. Jenner. Lassen Sie uns unsere Bekanntschaft auffrischen, während wir tanzen. Was sagen Sie?" Ohne ihre Antwort abzuwarten, zog er die verdutzte Anstandsdame auf die Tanzfläche, ließ Hope allein mit einem ernst blickenden Sebastian Reyne zurück.

Aus der Nähe wirkte er noch größer und einschüchternder. Seine Augen waren grau, von dichten dunklen Wimpern gesäumt, sein Blick war eindringlich. Hope wich zurück.

„Miss Merridew." Seine Stimme war leise und tief und schien in ihr widerzuhallen. „Gewähren Sie mir die Ehre dieses Walzers?" Er hielt ihr seine Hand hin.

Hope zögerte, betrachtete zweifelnd seine große, narbige Hand und seine kräftige Gestalt. Seine körperliche Überlegenheit war beunruhigend, aber er hatte etwas an sich, das sie faszinierte. Die wartenden Gentlemen bemerkten ihr Zögern und drängten vorwärts, um sie selbst aufzufordern. In dem Augenblick entschied Hope sich. „Ja, Mr. Reyne."

Jemand hätte ihn warnen sollen. Irgendjemand – der Tanzlehrer oder Giles – hätte ihn warnen müssen, dass es eine Sache war, mit einem kleinen, ältlichen Franzosen durch einen leeren Raum zu wirbeln, aber eine ganz andere, mit Miss Merridew zu tanzen.

Unbeschreiblich, unglaublich anders.

Als er sie berührte, verflog sein Gefühl für Rhythmus. Sie streckte ihre rechte Hand aus – ihr Arm war wunderschön. Sekundenlang starrte er sie an, wie verzaubert, ehe er sich zusammenriss. Er ergriff ihre Finger und war sich überdeutlich des Kontrastes bewusst – ihre weiche, zarte Hand in seiner großen, hässlichen Faust. Wie ein Ungeheuer kam er sich vor. Dann legte er seine andere Hand auf ihre Taille und spürte durch den dünnen Stoff ihre seidenweiche Haut. Und war wiederum verloren. Die Musik begann zu spielen. Sebastian stand stocksteif da, hielt sie in seinen Armen und versuchte, sich unter Kontrolle zu bekommen.

Wie sollte er nur tanzen? Er sollte sie halten, aber es war ihm nicht gestattet, sie an sich zu ziehen. Leichtfüßig sollte er sich mit ihr durch den Saal drehen, dabei eine geistreiche Unterhaltung führen – wo er sich doch nichts mehr wünschte, als sie fest an sich zu pressen.

Aus Angst, dass er sich vergaß, achtete er streng auf den korrekten Abstand und machte steif den ersten Schritt, als stürzte er sich von einer Klippe. Nur nicht nach unten schauen. Schweiß bildete sich auf seiner Stirn.

Er war sich ihrer Nähe überdeutlich bewusst. Ihre Berührung, so leicht sie auch war, rief etwas in ihm wach, ein Prickeln, das sich von ihrer Hand bis in seine Seele ausbreitete und Gefühle weckte. Gefühle, die er sein Leben lang unterdrückt hatte.

Sebastian Reyne handelte nicht instinktiv. Logik und Vernunft waren das, worauf er sich immer verlassen hatte.

Er begehrte sie.

Begierden währten nicht lange, sagte er sich. Sie vergingen, wie dieser Tanz auch bald vergangen sein würde.

Sie drehten sich; anmutig wirbelte sie in seine Arme, folgte mühelos den unausgesprochenen Befehlen seines Körpers.

„Eigentlich ist es üblich, sich zu unterhalten, während

man tanzt", bemerkte eine sanfte Stimme von irgendwo unterhalb seines Kinnes.

Unterhalten? Sebastian blinzelte. *Unterhalten?* Er hatte nicht den blassesten Schimmer, was er sagen sollte. Und selbst wenn ihm die Worte einfallen würden, war er sich nicht sicher, ob seine Stimme ihm gehorchen und sie aussprechen würde. Sein Mund war trocken, seine Zunge dick, und jede Faser seines Körpers reagierte auf sie. Er war vollkommen damit beschäftigt, das zu verbergen.

„Ah. In der Tat. Nun gut, fangen Sie an", gelang es ihm. Brillant!

Ein leises Lachen drang an sein Ohr; es klang wirklich wie das perlende Wasser eines Springbrunnens.

Als Antwort darauf verspannte sich sein ganzer Körper, verlangte, dass er sofort handelte. Sie hielt. Sie für sich forderte. Sie an sich presste und sie küsste, bis sie beide alle Vernunft verloren.

Er befand sich mitten in einem Ballsaal. *Eins-zwei-drei. Eins-zwei-drei.*

„Ich habe Sie bei keiner anderen Gesellschaft gesehen. Sind Sie neu in London, Sir?" Ihre Stimme klang leise und melodisch.

„Bin ich, ja", brachte er heraus. Ihre Haut war wie die Blütenblätter einer Rose. Ihr Rock schwang und raschelte bei jeder Bewegung, und der zarte Stoff streifte seine Beine. Jeder Instinkt in ihm schrie danach, sie dicht an sich zu ziehen, ihren weichen Körper an seinen zu drücken – selbst jetzt spürte er, wie seine Arme sie kaum merklich näher zogen. Sein Griff festigte sich, als er sich zwang, den richtigen Abstand einzuhalten.

„Haben Sie vor, länger zu bleiben?"

„Nicht lange." So lange, wie es dauerte, um Lady Elinore zu heiraten.

„Oh, wie schade. Es gibt so viel Schönes in London zu sehen."

Gerade jetzt gab es viel Schönes in seinen Armen zu sehen. Sebastian versuchte, sich zu konzentrieren. *Eins-zwei-drei. Eins-zwei-drei.* Ihr zarter Duft war betörend, der Duft von Frau mit einem Hauch von ... Rosen? Vanille? Der Ballsaal war vollgestopft mit Menschen, schwitzende Körper drängten sich dicht an dicht, hunderte verschiedener Parfums mischten sich. Wie konnte er sie da überhaupt riechen? Aber er konnte es. Er konnte ihr Haar riechen, den feinen Duft üppiger goldblonder Locken. Er sehnte sich, sein Gesicht darin zu vergraben. Stattdessen führte er sie in eine Rückwärtsdrehung.

Sie lehnte sich in seinen Armen zurück, überließ sich vollkommen seiner Führung, reagierte auf jede seiner Bewegungen mit federleichter Anmut. Ihre Lippen waren einen Spalt breit geöffnet und ihre Augen halb geschlossen. Sie seufzte hingerissen. „Der Walzer ist ein so himmlischer Tanz. Lieben Sie ihn nicht auch, Mr. Reyne?"

„Nein", presste Sebastian hervor, unfähig den Blick von ihren geöffneten Lippen abzuwenden. So nah ... und doch so weit außerhalb seiner Reichweite. Tantalusqualen!

Sie riss die Augen auf, die sogleich belustigt funkelten. „Sie faszinieren mich, Sir. Wenn Sie nicht gerne Walzer tanzen, warum haben Sie mich dann zu einem aufgefordert?" Sie lachte.

Ein Paar kam ihnen gefährlich nahe. Der schwergewichtige Mann in lila Kniehosen und einem überreich verzierten Rock war offenkundig betrunken, und während Sebastian ihn noch mit einem kalten Blick warnte, Abstand zu halten, verlor er das Gleichgewicht. Seine Partnerin, eine stark geschminkte Frau, die vor Lachen kreischte, versuchte ihn zu stützen, aber er war zu schwer, sodass sie einen Schritt zurücktrat und ihn sich selbst überließ. Ein Zusammenstoß war unvermeidbar.

Sebastian zog Miss Merridew an seine Brust und machte eine halbe Drehung, schlang einen Arm schützend um sie, damit er die Wucht des Aufpralls abfing.

Der Mann stolperte und griff Halt suchend ins Leere. Mit seiner freien Hand packte Sebastian ihn und zerrte ihn an seinem Kragen hoch, dann stieß er ihn zur Seite. Der Mann entschuldigte sich lautstark. „Tut mir leid, guter Mann. Ausgerutscht, wissen Sie. Die dummen Dienstmädchen waren mal wieder zu großzügig mit dem Bohnerwachs."

„Und die verflixten Gäste haben dem Brandy zu großzügig zugesprochen", knurrte Sebastian und tanzte weiter, Miss Merridew immer noch fest an sich gedrückt. Besorgt betrachtete er sie. „Alles in Ordnung, Miss Merridew? Der Tollpatsch hat Sie nicht getroffen, oder?"

„Nein, überhaupt nicht, danke." Sie war ganz rot im Gesicht, unternahm aber keinen Versuch, den angemessenen Abstand zwischen ihnen herzustellen. Mit ihren großen blauen Augen schaute sie zu ihm auf. „Sie haben mich vor dem Zusammenstoß bewahrt. Haben Sie sich wehgetan? Lord Streatfield ist mit voller Wucht gegen Ihre Schulter geprallt, und er ist bestimmt nicht klein."

Verwundert starrte er sie an. „Natürlich nicht. Es ist mehr als ein betrunkener Rempler nötig, um mir etwas zu tun." Er führte sie durch eine enge Drehung.

Sie zog die Brauen zusammen, als sei sie nicht ganz überzeugt, und ihre Sorge wärmte ihm das Herz. Um sie zu beruhigen, bewegte Sebastian ein paar Mal seinen Arm hin und her. „Sehen Sie, nichts passiert." Sie schaute ihn weiter an, ein kleines, nachdenkliches Lächeln auf den Lippen. Ihr Körper ruhte warm an seiner Brust, während sie weitertanzten.

Zieh sie dichter an dich. Sebastian bekämpfte den Drang.

Vielleicht war sie erschütterter, als sie zugeben wollte. Vornehme junge Damen waren gewöhnlich sehr empfindlich. Miss Merridew war schlank und zierlich und sah zerbrechlich aus. Zweifelsohne war sie ihr Leben lang in Watte gepackt worden. Der Zwischenfall mit dem betrunkenen Lord hatte sie bestimmt aufgewühlt. Das war sicher auch der Grund, warum sie sich so an ihn lehnte und nicht daran dachte, wie ungehörig es war. Das musste der Grund sein. Niemals würde ein Mädchen wie sie einen Mann wie ihn ermutigen.

Der primitive, unehrenhafte Teil seines Wesens wollte ihren Zustand ausnutzen, sie so lange wie möglich dicht an sich gezogen halten – am liebsten für immer. Der vernünftige Teil von ihm wusste, dass es eine alberne Fantasie war, und mahnte ihn, es sei seine Pflicht, ihren Ruf zu schützen. Er wich ein Stück zurück und sagte leise: „Sie müssen erschüttert sein. Soll ich Ihnen etwas holen – ein Getränk vielleicht? Oder möchten Sie den Rest des Tanzes lieber irgendwo sitzen?"

Sie lachte. „Himmel, nein! Ich bin kein so empfindsames Geschöpf. Und ich möchte um nichts in der Welt auch nur einen einzigen Augenblick unseres ersten Walzers versäumen." Sie schenkte ihm ein strahlendes Lächeln und erklärte: „Ich genieße ihn außerordentlich, Sie nicht auch?"

Er stolperte und fluchte tonlos. *Unser erster Walzer.*

Nicht einfach „unser Walzer". Unser *erster.* Als sähe sie in ihrer Zukunft eine ganze Reihe von Walzern mit ihm. Als ob dieser erste Tanz ihr etwas bedeutete, so wie ihm. Sein allererster Walzer. Und vielleicht auch sein letzter. Er hatte bereits beschlossen, mit keiner anderen Frau je Walzer zu tanzen.

Sebastian benötigte fast eine Minute, um seinen Rhythmus wiederzufinden – ihr Lächeln und ihre Worte hatten ihn seiner Konzentration beraubt –, aber er war auf seine Selbstbeherrschung stolz. So tanzten sie schon kurze Zeit später wieder schwungvoll durch den Saal. Er riskierte einen Blick in ihr Gesicht, um zu sehen, ob sie ihre Bemerkung über ihren ersten Walzer ernst gemeint hatte oder es nur eine höfliche Floskel gewesen war.

Zu seiner Überraschung schaute sie ihn an, einen Ausdruck in den Augen, den er nicht deuten konnte. Zwei Grübchen erschienen auf ihren Wangen. Er blickte sich um, konnte aber nichts entdecken, das sie belustigt haben könnte. Fragend runzelte er die Stirn.

Ihre Augen funkelten amüsiert. „Es ist alles in Ordnung. Es stört mich nicht, dass Sie plötzlich verstummt sind. Es ist schwierig zu tanzen und gleichzeitig zu reden. Das verstehe ich vollkommen, und ich verspreche, Sie nicht zu belästigen. Als ich auf meinem ersten Ball getanzt habe, war ich außer mir vor Sorge, meinem Tanzpartner auf die Zehen zu treten."

Ihre Stimme war voller Sympathie, aber ihre Worte störten Sebastian. Er tanzte fehlerlos. „Es ist nicht mein erster Ball."

„Dann vielleicht der zweite?" Ihre unglaublich strahlend blauen Augen glitzerten. Seine primitiven Instinkte antworteten ungestüm. Grimmig rang er sie nieder.

Es stimmte, natürlich. Während er mit präzisen, genau bemessenen Bewegungen weitertanzte, fügte sie hinzu: „Ich habe auch erst vor kurzem tanzen gelernt. Monsieur Lefarge wäre fast verzweifelt, weil ich einfach nicht den Rhythmus halten konnte. Ich bin so ungeschickt."

Ungeschickt? Die Vorstellung, dass diese zierliche Elfe ungeschickt sein sollte, war lachhaft. Dann registrierte er auch den Rest ihrer Bemerkung und runzelte die Stirn. *Lefarge.* Das war der Name seines Franzosen.

Ohne etwas zu merken, fuhr sie fort. „Ganz lange musste ich immer lautlos mitzählen: *Eins-zwei-drei. Eins-zwei-drei.*"

In ihre unwahrscheinlich blauen Augen trat ein träumerischer Ausdruck. „Fast war es Ironie des Schicksals, festzustellen, dass ich eine so ungeschickte Tänzerin war. So lange schon hatte ich mir verzweifelt gewünscht, Walzer tanzen zu lernen. Nach London zu gehen und in den Armen eines gut aussehenden Mannes zu tanzen war, worum sich all meine Träume drehten." Sie schaute ihn an, dann wandte sie den Blick ab und errötete.

Das hatte eine unmittelbare Wirkung auf ihn. Erregung. Sebastian war entsetzt. So etwas war ihm noch nie in der Öffentlichkeit geschehen – nicht seit er ein Halbwüchsiger gewesen war. Er schloss die Augen, um sie zu unterdrücken.

Um seine Verwirrung zu verbergen, platzte er mit der Frage heraus: „Sind Sie eigentlich Miss Hope oder Miss Faith?" Er verfluchte sich im Stillen dafür, dass er sich wie ein dummer Junge anhörte – und auch so fühlte.

3. KAPITEL

Hope lächelte. Ihr gefiel seine Ehrlichkeit. Leute taten oft so, als könnten sie die Zwillinge auseinanderhalten, aber es gelang nur wenigen. „Ich bin Hope. Meine Schwester Faith trägt heute Abend Himmelblau."

Er nickte. „Hope", sagte er, und von seinen Lippen klang der Name ungewohnt.

Sein Akzent war kaum zu hören: Er sprach kultiviert, aber mit einem Hauch von rauem Nordenglisch darin. Irgendwie anders, doch ihr gefiel es. Nach ihrer begrenzten Erfahrung hatten die Menschen, die keine vornehme Abstammung aufzuweisen hatten, entweder einen fast trotzigen Dialekt oder eine bemüht reine Aussprache.

Er erwies sich als völlig anders, als sie ihn sich erst vorgestellt hatte. Sie war nicht länger von seinem hart aussehenden Äußeren oder seiner mühsam gezügelten Kraft eingeschüchtert. Wie konnte sie das, wenn er eben beides dazu benutzt hatte, sie so wirkungsvoll zu schützen? Aber obwohl es noch zu früh war, zu sagen, was für ein Mann er war, verriet der Tanz ihr viel, auch wenn seine Unterhaltung wenig ergiebig war.

„Sie haben gar nicht gesagt, was Sie nach London bringt, Mr. Reyne."

Er beschrieb mit ihr einen exakt bemessenen Kreis. „Verschiedenes."

„Verschiedenheit ist gut. Wo sind Sie zu Hause?"

„Ich lebe im Norden."

Schwatzhaftigkeit kann man ihm nicht zum Vorwurf machen, dachte Hope. „Also nur ein kurzer Aufenthalt in London?"

„Ja, ein paar Wochen. Vielleicht auch länger. Das hängt davon ab."

Hope schaute ihn fragend an. „Wovon?“

Er antwortete nicht. Damit hatte sie auch gar nicht gerechnet. Mrs. Jenner hatte gesagt, er sei auf der Suche nach einer Frau. Das würde er kaum seiner Tanzpartnerin erzählen. Aber er war dabei, sich wieder hinter Formalität zu verschanzen, und das wollte Hope nicht. Ihr kam der Verdacht, dass er aus purer Sturheit so wortkarg war.

Sie selbst konnte auch stur sein. „Und welchen Eindruck haben Sie von der Stadt?“, fragte sie.

Er zuckte die Achseln. „Ich war zu beschäftigt, um Besichtigungen zu machen.“

„Oh, wie schade!“, rief sie. „Sie können doch unmöglich nach London kommen und sich nicht all die Sehenswürdigkeiten anschauen.“

Er machte einen unverbindlichen Laut. Hope lächelte insgeheim. Sie wusste, sie plapperte, aber sie war entschlossen, ihm eine Antwort zu entlocken.

Also fuhr sie im Plauderton fort: „Wie sind die Leute bei Ihnen zu Hause? Würde ich sie mögen?“

Er warf ihr einen finsteren Blick zu. Hope lächelte ihn arglos an. Sie mochte es, wenn er dieses ernste Gesicht aufsetzte.

„Es wäre doch jammerschade, wenn Sie nach Hause zurückkehren – wo auch immer das liegt – ohne eine einzige Geschichte“, stellte sie fest. „Haben Sie Lord Elgins Marmorstandbilder gesehen? Er hat sie aus Griechenland mitgebracht, wissen Sie, und sie sind Tausende von Jahren alt.“

„Ich habe keinerlei Interesse an Antiquitäten, ob nun aus Griechenland oder von sonst wo.“

„Nun, natürlich nicht!“, rief sie und tat schockiert. „Niemand interessiert sich für Antiquitäten. Aber diese Marmorstatuen sind der letzte Schrei, daher muss man sie gesehen haben. Man muss immer mit der Mode gehen, wissen Sie?

Meine jüngere Schwester ist von alten Sachen fasziniert, daher kenne ich mich mittlerweile aus. Wenn Sie einen Führer brauchen, dann könnte ich …“ Sie sprach absichtlich nicht weiter, sodass eine bedeutungsvolle Pause entstand. Kein Gentleman ihrer Bekanntschaft wäre in der Lage, das auszuschlagen.

Er schaute sie kurz an, und sie spürte, wie sich seine Hand fester um ihre Mitte schloss, aber sie merkte rasch, dass er sie damit nur entschiedener auf Abstand halten wollte. Alles, was er sagte, war: „Ich interessiere mich nicht für Lord Elgins Marmorstatuen. Oder die von jemand anderem.“

Verflixt. Er war kein Gentleman, das hatte sie vergessen.

Der Walzer ging zu Ende. Mr. Reyne verneigte sich, dankte ihr und geleitete sie von der Tanzfläche. Mrs. Jenner kam herbeigeeilt, Mr. Bemerton im Gefolge. Sie nickte Mr. Reyne kühl zu und nahm Hopes Arm. „Wir wollen uns einen Augenblick zurückziehen, meine Liebe. Auf Wiedersehen Mr. Reyne, Giles“, sagte sie knapp.

Mr. Reyne verneigte sich erneut, bedachte Hope mit einem langen, eindringlichen Blick, und wandte sich entschlossen ab, wobei er seinen Freund Giles Bemerton mit sich zog.

Hope schaute ihm nach. Sie erschauerte, fühlte wieder die Kälte, jetzt, da sie ihn nicht länger berührte. Wie widersprüchlich dieser Mann war. Nachdem er ihre Bekanntschaft gesucht hatte, hatte er sie konsequent auf Abstand gehalten, und das in mehrfacher Hinsicht. Warum?

Und was ihre eigene Reaktion anging … ihr eigenes Verhalten war noch unverständlicher. Seine körperliche Kraft und Stärke stießen sie ab, aber die Sanftheit darunter wirkte unglaublich anziehend auf sie. Er hatte ihr gegenüber keinerlei Charme gezeigt, aber gerade das hatte ihr gefallen. Und obwohl er keinen Versuch unternommen hatte, sie für sich zu gewinnen, zitterte sie tief innerlich, sobald er sie mit diesem eindringlichen, hungrigen Blick ansah.

Sie hatte immer gezittert, wenn Großvater einen Wutanfall hatte. Doch wenn Sebastian Reyne sie anschaute, zitterte sie nicht aus Furcht.

Und als er sie, um einen Unfall zu verhindern, fest an seinen großen, kräftigen Körper gezogen hatte, hatte sie das nicht im Geringsten beunruhigt. Ganz im Gegenteil, sie hatte sich auf eine Art und Weise sicher und beschützt gefühlt, die ihr den Atem raubte.

Faith eilte herbei. „Wir sind nächsten Donnerstag zu einem Konzert bei Lady Thorn eingeladen. Offensichtlich ist ein wunderbarer neuer Violinist in London eingetroffen – ein ungarischer Graf, wie man hört, er soll genauso schneidig sein wie begabt –, und Lady Thorn ist es gelungen, ihn für ihren musikalischen Abend zu gewinnen. Man hat mir gesagt, Teile der Damenwelt auf dem Kontinent sind sogar ohnmächtig geworden, so überwältigt waren sie von seiner göttlichen Musik. Können wir bitte gehen, Mrs. Jenner? Bitte?“

„Natürlich, meine Liebe“, versicherte ihr Mrs. Jenner. „An dem Abend haben wir noch nichts vor, und obwohl ich sagen muss, dass für mich alle Violinisten gleich klingen, weiß ich, wie sehr Sie Musik lieben. Und wenn dieser Ungar gut aussieht, haben Hope und ich wenigstens etwas zum Anschauen.“

Faith lachte. „Danke. Es wird herrlich, da bin ich sicher. Ich habe gehört, er kann sein Instrument zum Singen bringen, und sein Vibrato …“

Mrs. Jenner tätschelte ihr die Hand. „Ja, ja, meine Liebe. Oh, da sind Sir Oswald und Lady Augusta. Der arme Mann ist ja ganz dunkelrot im Gesicht nach dem langen Walzer. Das kann in seinem Alter nicht gut für ihn sein. Aber kann er das zugeben? Warum bitten Sie beide ihn nicht, Sie kurz an die frische Luft in den Garten zu begleiten? Ich werde unterdessen mit ein paar alten Bekannten sprechen.“

Sie schaute Hope an, während sie das sagte. Offenbar wollte sie hören, was man über Mr. Reyne redete.

Hope war hin und her gerissen. Einerseits wollte sie jede Kleinigkeit über ihn wissen, andererseits wollte sie den Klatsch nicht weiter beachten und langsam selbst hinter seine Geheimnisse kommen. Klatsch ging selten freundlich mit einem um. Aber Mrs. Jenner ließ sich nicht aufhalten, erkannte sie. Es war die Pflicht einer Anstandsdame, alles herauszufinden.

Faith unterbrach ihre Gedankengänge. „Armer Onkel Oswald, er sieht so erhitzt aus, und Lady Gussie so kühl wie eine frische Brise. Komm, Hope, lass uns den Armen vor seinem männlichen Stolz retten.“ Damit hakte sich ihre Schwester bei ihr unter, und zusammen gingen sie zu ihrem erhitzt wirkenden Vormund, der sich bemühte, nicht zu keuchen.

Lady Augusta Montigua del Fuego fächelte sich anmutig mit einem Fächer aus Ebenholz. Als die Zwillinge sie erreichten, bemerkte sie: „Ein herrlich großer, kräftiger Kerl, den du da zum Walzer hattest, Hope, mein Liebes. Ach, ich mag hünenhafte, gefährlich aussehende Männer. Diese Schultern …“ Sie seufzte bewundernd. „Wenn ich halb so alt wäre, würde ich ihn dir wegschnappen. Wird er den Erwartungen gerecht?“

Großonkel Oswald schnaubte abfällig. Lady Gussie zwinkerte Hope zu.

Hope lächelte breit. „Er war … faszinierend.“

Faith schaute sie erstaunt an.

Bedeutungsvoll hob Lady Gussie die Augenbrauen. „Faszinierend – das gefällt mir. Er erinnert mich irgendwie an meinen zweiten Ehemann – den Argentinier. Er war auch so ein dunkler Typ …“ Sie seufzte bei der Erinnerung. „Und ein Teufel im B…", sie fing den warnenden Blick ihres Galans auf und verbesserte sich, „… wenn seine Leidenschaft geweckt war."

Großonkel Oswald verschluckte sich fast. „Gussie!"

Mit einer Unschuldsmiene, die niemanden auch nur einen Augenblick täuschte, erklärte sie: „Er war überaus leicht in Rage zu bringen!" Sie schaute den Großonkel der Zwillinge unter gesenkten Wimpern an und fügte hinzu: „Du hast dasselbe … wilde Temperament, Oswald." Sie klimperte mit den Wimpern.

Hope und Faith kicherten. Großonkel Oswald versuchte, die Stirn zu runzeln, aber er war so entzückt über das ungehörige Kompliment, dass seine Augenbrauen nur unbestimmt zuckten. Er lief so rot an, dass Hope fürchtete, er könnte explodieren.

„Es ist so heiß hier drinnen", erklärte sie hastig. „Lasst uns nach draußen gehen, um etwas Luft zu schnappen."

Lady Gussie lachte leise. Hope hakte sich bei ihrem Großonkel unter, und ihre Zwillingsschwester bei Lady Gussie. Für eine ältere Dame weit jenseits der fünfzig war Lady Gussie bemerkenswert unkonventionell. Es war ein offenes Geheimnis, dass Großonkel Oswald seit zwei Jahren versuchte, sie dazu zu bewegen, ihn zu heiraten, aber sie war noch nicht bereit, sich zu binden. Sie sei zum zweiten Mal verwitwet, erklärte sie, und das müsse ihm eigentlich zu denken geben. Zum ersten Mal in ihrem Leben genieße sie es, eine Witwe zu sein, besonders, weil sie eine lustige sei.

Einmal hatte Hope sie sogar sagen hören, Großonkel Oswald könne sich gerne nach Herzenslust mit ihr vergnügen, aber sie würde ihn nicht heiraten. In der Vergangenheit hatten Faith und sie stundenlang spekuliert, ob das hieß, dass Lady Gussie Großonkel Oswalds Mätresse war.

Inzwischen zweifelte Hope nicht mehr daran, und aus

Faith' Miene zu schließen, erging es ihrer Schwester nicht anders. Es war schockierend – auch noch in ihrem Alter! –, aber irgendwie auch süß.

Es wäre schön, auch im Alter noch verliebt zu sein, überlegte Hope wehmütig. Sie sehnte sich danach, verliebt zu sein. Es gab Tage, an denen die schmerzende Leere in ihr beinahe nicht zu ertragen war.

Dabei hatte sie *wirklich* versucht, sich zu verlieben. In den vergangenen beiden Saisons hatte sie mit Hunderten Männern getanzt, hatte sie ermutigend angelächelt und interessiert ihren Geschichten gelauscht. Viele hatten ihr Komplimente gemacht, Blumen geschenkt und kleine Aufmerksamkeiten; mehrere hatten sie sogar gebeten, sie zu heiraten. Sie hatten ihr die Hand geküsst und ein- oder zweimal sogar die Lippen, aber keiner von ihnen hatte sie innerlich berührt.

Quer durch den Saal blickte sie zu Mr. Reyne, der sich gerade über Lady Elinores Hand beugte, und runzelte die Stirn. Schon wieder Lady Elinore?

Sebastian fühlte ihren Blick und versuchte, ihn nicht weiter zu beachten. Er war um Lady Elinores willen hier. Von allen Damen auf Morton Blacks Liste stach Lady Elinore wie für seine Zwecke maßgeschneidert hervor. Sie war still, bedächtig und ernst – alles Eigenschaften, die er bewunderte. Er fand es einfach, mit ihr zu reden; sie schien sich an Gesprächspausen nicht zu stören, und sie erwartete nicht, mit charmanten Komplimenten und Firlefanz umgarnt zu werden.

Und sie war rational. Alle seine Unterhaltungen mit Lady Elinore hatten sich bisher um vollkommen rationale Themen gedreht, was ihn sehr erleichterte. Er verstand die Frauen nicht. Genau genommen kein einziges weibliches Wesen. Eine rationale Frau war da auf jeden Fall vorzuziehen.

Am besten war, dass er so nicht Gefahr lief, von ihr verletzt zu werden. Sie gehörte nicht zu der Sorte Frau, in die man sich Hals über Kopf verliebte. Für Sebastian machte das die Sache perfekt. Sie würde eine gute Ehefrau abgeben, und er würde für sie sorgen.

Verstandesmäßig war sie die beste Wahl, das hatte er gründlich überprüft. Er war kein Mann, der von einmal gefassten Plänen abwich, er führte sie bis zum Ende durch. Und wenn unvorhergesehene Probleme auftauchten, räumte er sie aus dem Weg und machte weiter.

Er schaute quer durch den Saal. Sein unvorhergesehenes Problem runzelte die Stirn. Eine entzückende Falte hatte sich zwischen ihren Brauen gebildet, ihr makellos geformtes Kinn war leicht vorgeschoben und ihre roten Lippen nachdenklich gespitzt, was in ihm das Verlangen weckte, sie zu küssen – wenigstens ein Mal.

Im Kreis ihrer Familie und Freunde stand sie auf der anderen Seite des Ballsaals, lachte plötzlich mit ihnen über irgendeinen Scherz. Statt des Parkettbodens hätte sie genauso gut ein unüberwindlicher Abgrund trennen können.

Er stieß Giles an und bedeutete ihm, er wolle gehen. Innerhalb von Minuten standen sie vor ihrer Gastgeberin und verabschiedeten sich.

„Was ist los?“, fragte Giles, während sie darauf warteten, dass ihnen Mäntel und Hüte gebracht wurden. „Ich dachte, du amüsierst dich.“

„Der Walzer war ein Fehler.“ Sebastian schlüpfte in seinen Mantel. „Ich muss diese Brautwerbung so schnell wie möglich zu Ende führen.“ *Und jeden Kontakt mit Miss Hope so weit wie möglich vermeiden.* Er nahm seinen Hut von einem livrierten Lakai entgegen und stülpte ihn sich über.

„Warum soll der Walzer ein Fehler gewesen sein?“ Vorsichtig setzte Giles sich seinen seidenbezogenen Hut in einem verwegenen Winkel auf und klemmte sich den Gehstock unter den Arm. „Sie hat dir eine besondere Ehre erwiesen, indem sie dir den letzten Walzer gewährt hat, weißt du. Der Ballsaal war randvoll mit Männern, die für dieses Privileg töten würden."

Sebastian machte einen unverbindlichen Laut. Er wusste es und hatte versucht, der Sache nicht zu viel Bedeutung beizumessen. Bei der Erinnerung schlug sein Herz schneller. Und genau das war der Grund, weswegen der Walzer ein Fehler gewesen war – dieses verdammte Herzklopfen.

Giles fuhr unbeeindruckt fort. „Ich finde, ihr beide gebt ein schönes Paar ab. Und ich bin sicher, mit ein bisschen Übung wirst du auch lockerer." Sie stiegen die Eingangsstufen hinab in die kalte, feuchte Nachtluft.

Sebastian runzelte die Stirn, entschloss sich aber, Giles nicht zu erklären, dass nicht seine mangelnde Kenntnis der Tanzschritte das Problem war, sondern die verheerende Wirkung der Dame auf seinen Verstand. Und seinen Körper.

„Gutes Aussehen kommt für mich nicht in Betracht."

Giles starrte ihn an. „Warum denn nicht? Du musst dich nicht mit Lady Elinore begnügen. Bloß weil Miss Hope wie ein Engel aussieht, heißt das nicht, das sie nicht auch die Qualitäten aufzuweisen hat, die du suchst."

„Ich wäre dir überaus dankbar, wenn du aufhören könntest, in diese Kerbe zu schlagen", erklärte Sebastian. „Miss Hope gehört nicht zu der Sorte Frau, wie ich sie brauche, und damit hat es sich." Ihre Schritte hallten laut auf dem Pflaster.

Ungerührt erwiderte Giles: „So wie ihr getanzt habt, würde ich sagen, ist sie genau das, was du brauchst."

Sebastian runzelte die Stirn, entschied sich aber, die Sache nicht weiterzuverfolgen. Mit Würde antwortete er: „Eine Ehefrau brauche ich ja nicht für mich, sondern für meine Schwestern."

Giles lachte leise. „Ich glaube nicht, dass das in England erlaubt ist.“

„Sei nicht albern. Du weißt, was ich meine. Meine Schwestern brauchen eine Mutterfigur. Ein Mädchen, das nur ein halbes Dutzend Jahre älter als sie ist, eignet sich wohl kaum dafür, oder?“ Er beschleunigte seine Schritte. Nebelschwaden hingen in der Luft.

„Genau betrachtet, wäre deine Ehefrau ohnehin ihre Schwägerin, keine Mutter. Und wer will denn wissen, ob eine ältere Schwester, die nur wenig älter ist als sie, nicht genau das Richtige für sie wäre?“

Entschlossen schüttelte Sebastian den Kopf. „Ich benötige eine Frau, die etwas vom Leben gesehen hat, eine Frau, die Härten erlebt hat und sich nicht so leicht von meinen Schwestern …“

Giles fiel ihm ins Wort. „Miss Hope könnte dich überraschen. Sie ist widerstandsfähiger, als sie aussieht, und verfügt aus erster Hand über Erfahrung mit Härten …“

Sebastian winkte ab. „Warum beharrst du so auf Miss Hope? Wir haben doch nur einmal miteinander getanzt.“

Giles grinste. „Ja, aber wie! Und die Blicke …“

Sebastian schnaubte abfällig und ging schneller.

Giles lachte wieder. „Du kannst so viel schnauben, wie du willst, aber ich habe dein Gesicht gesehen, als du sie angeschaut hast. Jedes Mal, wenn du sie angeschaut hast. Wenn es je einen Mann erwischt hat … Und wenn du schon wild entschlossen bist, deinen Kopf in die Eheschlinge zu stecken, warum dann nicht mit jemandem, der so gutherzig und schön wie Miss Hope ist? Du hast auch Bedürfnisse und Wünsche, weißt du.“

Inzwischen rannte Sebastian fast. „Meine Wünsche und Bedürfnisse sind nicht wichtig. Miss Hope mag all das sein, was du behauptest, aber sie eignet sich nicht für die Mädchen. Ich brauche jemanden, der mit der harten Realität fertig wird, kein junges Ding, das sein Leben lang in Watte gepackt wurde."

„Ja, aber ich habe dir doch schon gesagt, die Merridew-Schwestern haben selbst erlebt ..."

„Genug! Das Thema ist abgeschlossen", fuhr Sebastian seinen Freund an. So wie die allermeisten anderen Mitglieder der oberen Gesellschaftsschichten hatte Giles keine Ahnung, was echte Härten waren. Trotz seines mitfühlenden Wesens, trotz dem, was er über Sebastians Leben wusste, hatte er keine echte Vorstellung davon, wie der Rest der Welt lebte.

Miss Hope mochte etwas erlebt haben, das sie als hartes Los empfand, aber er bezweifelte, dass sie je gehungert hatte oder misshandelt worden war. Die Merridew-Schwestern waren vielleicht Waisen, aber sie waren reiche Waisen, und sie hatten eine liebevolle Familie, die sie beschützte. Er hatte selbst gesehen, wie vernarrt Sir Oswald in sie war.

Hope und ihre Schwester waren zu fröhlichen, lachenden jungen Mädchen herangewachsen. Dorie betrachtete die Welt mit Argwohn und hatte in den vier Monaten, seit er sie entdeckt hatte, keinen Laut von sich gegeben. Und Cassie trug ein Messer um ihren Oberschenkel geschnallt. Ein Kind von vierzehn Jahren. Diese Tatsachen allein sprachen Bände.

Seine Schwestern hatten Schrecken durchlebt, von denen Hope Merridew nichts wissen konnte.

Und es war seine Schuld. Er musste es wiedergutmachen. Und wenn die Ehe mit Lady Elinore dazu nötig war, würde Sebastian sie mit Freuden heiraten.

„Ich hatte recht, Hope. Sie müssen sich von ihm fernhalten; er ist keine passende Partie für Sie – oder für irgendein anderes Mädchen unserer Bekanntschaft."

Hope hob fragend eine Augenbraue. Sie mochte es nicht, wenn man ihr Vorschriften machte. Faith, die ihre Verärgerung bemerkte, legte ihr beschwichtigend den Arm um die Mitte, und etwas von ihrer Spannung wich. Es wäre nicht gut, wenn ihre Schwester oder ihre Anstandsdame bemerkten, wie sehr sie sich zu Mr. Sebastian Reyne hingezogen fühlte. Und wie wenig es ihr gefiel, vor ihm gewarnt zu werden.

Mrs. Jenner fuhr fort: „Er war ein bettelarmer Fabrikarbeiter, in einer der Spinnereien, die ihm heute gehören …"

„Armut ist keine Schande, und harte Arbeit auch nicht", unterbrach Hope sie. „Unser Großvater mütterlicherseits war ein Metzger, glaube ich."

Mit dem Fächer gab Mrs. Jenner ihr einen leichten Klaps auf den Arm. „Um Himmels willen, verbreiten Sie das bloß nicht, denn es wird Ihnen nicht zugutekommen! Außerdem geht es darum nicht. Es war nicht harte Arbeit, durch die Mr. Reyne sein Vermögen gemacht hat, sondern niederträchtige List."

„Was meinen Sie?"

„Er hat die Tochter des Fabrikbesitzers mit seinem Charme umgarnt und dann in die Ehe mit ihm gelockt."

Verheiratet! Hope hatte das Gefühl, als bekäme sie keine Luft mehr. Verheiratet!

„Der Himmel weiß, was ihren Vater getrieben hat", fuhr Mrs. Jenner fort, „als er das zugelassen hat. Sie war schon seit Jahren auf dem Heiratsmarkt. Reyne muss gut im Süßholzraspeln sein."

Hope runzelte die Stirn. Sie konnte selbst bezeugen, dass er das nicht war.

Die Anstandsdame schnalzte mit der Zunge. „Das närrische Ding! Sie war die einzige Erbin ihres Vaters. Was dachte sie, weswegen er sie wollte? Und er war Jahre jünger als sie."

Hope gelang es, in – wie sie hoffte – beiläufigem Ton zu

sagen: „Da er verheiratet ist, sehe ich nicht, inwieweit er Faith oder mir gefährlich werden kann."

„Er ist Witwer."

Hopes Magen kehrte wieder an seinen angestammten Platz zurück.

„Aber er ist auf der Suche nach einer neuen Frau! Und es ist eine Schande, dass er keine Schwierigkeiten haben wird, eine zu finden. Reichtum öffnet alle Türen und kann alles kaufen, Ehefrauen eingeschlossen – gleichgültig mit welchem Risiko."

Hope warf den Kopf zurück, verärgert über das Getue ihrer Anstandsdame. „Welches Risiko meinen Sie? Jede Ehe ist in gewisser Weise ein Risiko."

„Nein, nicht wie in diesem Fall." Mrs. Jenner senkte die Stimme. „Ich habe mit einem Dutzend Leuten über ihn gesprochen, und keiner von ihnen hatte etwas Gutes über ihn zu berichten." Sie zählte die Namen an den Fingern ab. „Sir George Arthurton – der mehrere Geschäfte in Manchester hat, wo der Mann herkommt – hat mir erzählt, er sei vollkommen gewissenlos! Andere haben mir das bestätigt. Lord Etheridge sagte, Sebastian Reyne sei ein überaus gefährlicher Mann, genau das waren seine Worte! Er ist in der Baumwoll-Industrie und muss es wissen. Und Mrs. Beamshaft hat mir einiges über seine Vergangenheit eröffnet. Urplötzlich ist er aus dem Nichts aufgetaucht. Und am Ende besaß er alles. Sein Schwiegervater und seine Frau waren beide tot." Sie lehnte sich zurück, um ihre Worte wirken zu lassen.

Dass Mrs. Jenner so selbstzufrieden und zugleich entzückt über ihren schändlichen Bericht aussah, störte Hope. „Was wollen Sie also sagen, Madam? Sie können doch nicht ernsthaft andeuten wollen, dass Mr. Reyne seinen Schwiegervater und seine Frau umgebracht hat."

Mrs. Jenner legte sich einen juwelengeschmückten Zeigefinger an die Nase und wiegte den Kopf.

„Was für eine Antwort soll das denn sein?“, rief Hope erbost. Ihre finster gerunzelte Stirn galt ihrer Anstandsdame und ihrer Schwester. Wie konnten sie so dasitzen, insgeheim den entsetzlichen Klatsch über Sebastian Reyne genießen. Für sie war es nicht mehr als eine ergötzliche Geschichte. Doch für Hope war es mehr, wichtiger. Warum, das wagte sie nicht genauer zu hinterfragen. Aber sie wollte die Wahrheit wissen.

„Er ist zu allem fähig“, beharrte Mrs. Jenner. „Man braucht ihn nur anzusehen, um zu wissen, dass er eine brutale Vergangenheit hat.“

Hope schnaubte empört. „Ich glaube kein Wort davon. Wenn er seine Frau und ihren Vater ermordet hat, warum ist er dafür nicht gehängt oder deportiert worden?“

Mrs. Jenner rieb Daumen und Zeigefinger aneinander. „Ein paar Guineas hier, ein paar da, eingeschüchterte Zeugen – oder schlimmer. Alles ist möglich, wenn man Herr von allem ist, so weit das Augen reicht, aber nicht zum Gentleman erzogen ist. Und das ist er nicht.“

Hope verdrehte die Augen. Wie viele Mitglieder der guten Gesellschaft war Mrs. Jenner schnell dabei, aus einer Mücke einen Elefanten zu machen. Aber Hope ließ nicht locker und fragte: „Herr von allem, so weit das Auge reicht? Was erblickt sein Auge denn?“

Mrs. Jenner machte eine ausholende Handbewegung. „Sie müssen es nur nennen, meine Liebe. Spinnereien, Webereien und Fabriken im Norden. Bergwerke, Kanäle, Schiffe – er ist unermesslich reich, ohne Zweifel. Wie er dazu gekommen ist, ist eine andere Sache. Man muss sich ja nur sein Gesicht ansehen.“ Sie erschauerte. „Diese mitleidlosen, kalten grauen Augen.“

Hope fand seine Augen weder mitleidlos noch kalt. Einsam vielleicht. Hungrig, da war sie sicher. Nur worauf?

Sie war nie leicht eingeschlafen, und so lag Hope nach dem Ball hellwach im Bett und dachte über den geheimnisvollen Mr. Reyne nach. In dem anderen Bett schlief Faith friedlich, ungestört von lästigen Gedanken oder unerfüllten Träumen.

Hope sehnte sich danach, von jemand anderem als ihren Schwestern geliebt zu werden. Von einem anderen Mann als ihrem Großonkel. Von dem Mann ihrer Träume.

Sebastian Reyne kam dem Schattenmann aus ihrem Traum sehr nahe: dunkel, geheimnisvoll und brütend. Er durchstreifte den Saal voller Selbstsicherheit und ohne sich um die Meinung der Gesellschaft zu scheren, verfolgte sie mit hungrigen Blicken wie es ein Traummann tun würde.

Hope seufzte enttäuscht. Er kam ihm nahe, aber nicht nahe genug. Mit ihm zu tanzen war nicht wie mit irgendeinem Traummann zu tanzen. Nur wenn es perfekt war, wurde ihr Traum wahr.

Er war ein grässlicher Tänzer, der arme Mann. In dem Augenblick, da er sie berührte, war er steif geworden, seine Bewegungen abgehackt und peinlich präzise. Er hatte sie auf Abstand gehalten, als wäre sie ein wildes Tier, und über die Tanzfläche dirigiert, als sei sie eine zarte, zerbrechliche … Schubkarre.

Aus irgendeinem Grund weckte das in ihr den Wunsch, ihn zu umarmen.

Die meiste Zeit während des Tanzes hatte er leise mitgezählt und auf seine Schritte geachtet. Aber als Lord Streatfield mit ihnen zusammengestoßen war, war Mr. Reyne keine Sekunde aus dem Takt gekommen. Ohne zu zögern, hatte er einen Arm um sie geschlungen und sie mit seinem Körper geschützt. Er hatte den betrunkenen Earl auf die Füße gezerrt, ihn dafür zurechtgewiesen, zu viel getrunken zu haben, und sich nicht im Geringsten darum gekümmert, was der davon hielt. Dann hatte er weitergetanzt und sie dabei gehalten, als sei sie das Kostbarste auf der Welt.

Indem er sie beschützte, hatte er alle Verlegenheit und Steifheit abgelegt, und seine Kraft und seine Stärke waren wie ein Schutzschild um sie geflossen.

Es hatte ihr den Atem geraubt. Und ein paar Augenblicke lang hatte sie vergessen, wo sie war.

Noch nie hatte sie jemanden wie ihn getroffen. Er war so eine Mischung aus Widersprüchen. In der Öffentlichkeit selbstsicher und privat schüchtern. Körperliche Kraft und unbedingte Sanftheit. Warum sie sich so seltsam zu ihm hingezogen fühlte, konnte sie nicht erklären; es hatte etwas damit zu tun, wie er sie hielt – mit zärtlicher Steifheit.

Sicher lag es nicht an seinen Umgangsformen. Er besaß kein Konversationstalent. Hübsche, blumige Komplimente waren ihm nicht über die Lippen gekommen. Und er hatte sie ganz finster angesehen, als er sie fragte, welcher Zwilling sie sei. Fast hatte er abgelenkt gewirkt, als gälte seine volle Aufmerksamkeit in Wahrheit gar nicht ihr.

Und doch hatte sie sich nicht ignoriert oder gekränkt gefühlt, sondern beinah irgendwie … verehrt. Was albern war, wirklich – es war ja nur ein Tanz. Und noch dazu kein guter.

Es war eine Schande, dass er nicht ihr Traummann war. Weil er sie interessierte. Aber der Walzer war so weit von vollkommen entfernt wie nur möglich.

Wieder seufzte sie und kuschelte sich unter die Bettdecke. Sie sollte endlich einschlafen.

Ein leises Lachen entschlüpfte ihr, als ihr Mrs. Jenners Bemerkung wieder einfiel. Süßholzraspeln lag ihm nicht. Sebastian Reyne war so stachelig und abweisend, dass er einer Distel noch etwas beibringen konnte. Und sie hatte ihm jedes Wort mühsam abringen müssen.

In der Eingangshalle unten schlug die Uhr drei.

Er hatte nur an Hope und an Lady Elinore Interesse gezeigt. Es war ein Rätsel. Sie waren völlig verschieden. Warum Lady Elinore?

Der unwillkommene Gedanke ließ sich nicht vertreiben. Lady Elinore war eine Art Außenseiterin, eine reiche, hausbackene alte Jungfer, die keine Familie hatte, um sie vor Mitgiftjägern zu beschützen.

Sie drehte sich im Bett auf die andere Seite und zog die Decke fester um sich. Er war nicht, was Mrs. Jenner behauptete. Das war er nicht.

Er begehrte Hope. Sie wusste das, konnte es spüren. In ihren beiden Saisons hatten die Zwillingsschwestern gelernt, zwischen der Vernarrtheit eines Jungen und der Leidenschaft eines Mannes zu unterscheiden. Sie und Faith wussten, wie man Männer entmutigte, ohne ihre Gefühle zu verletzen, ehe es ernst wurde. Aber dies hier lag außerhalb ihrer Erfahrung. Sein mühsam gezügeltes Verlangen war etwas völlig Neues für sie. Tief in ihr weckte es einen Widerhall.

Bei dem Gedanken erschauerte sie unwillkürlich.

Sie wünschte sich, er wäre nicht so groß und kräftig. Er war sogar noch größer und kräftiger als Großvater. Was bedeutete, dass er ihr schlimmer wehtun konnte …

Er verkörperte alles, von dem sie immer geglaubt hatte, sie würde es nicht mögen. Aber sie hatte noch nie so rasch, so heftig auf einen Mann reagiert.

Würde Mr. Reyne ihr wehtun? Das war die Frage. Sie hatte die Kraft seiner Muskeln gespürt und war innerlich erbebt. Aber sie erinnerte sich auch an die Mühelosigkeit, mit der er sie vor Schaden durch den betrunkenen Lord Streatfield bewahrt hatte. Er hatte sie beschützt. Mit gezügelter Kraft.

„Man muss ihn nur ansehen, um zu wissen, dass er eine brutale Vergangenheit hat“, hatte Mrs. Jenner gesagt.

Hope hatte auch eine brutale Vergangenheit.

Sie drehte sich wieder um und schob ihr Kissen in eine bequemere Position. Es war zu viel, worüber sie nachdenken musste. War er dies? War er das? Ihre Gedanken wirbelten durcheinander. In der Nacht ergaben Dinge selten Sinn, sagte sie sich. Morgen war ein neuer Tag.

4. KAPITEL

Es war einer dieser Morgen. Ein paar abgehärtete Londoner Vögel zwitscherten, obwohl es fast noch dunkel war. Hope war hellwach und hatte das Gefühl, jeden Moment aus der Haut zu fahren. Wie eine aufgezogene Feder.

Sie blickte zu ihrer schlafenden Zwillingsschwester. Wenn sich Faith so fühlte, fand sie Entspannung in der Musik. Bei Hope klappte das nicht. Sie musste aktiver werden.

Leise schlüpfte sie aus ihrem Bett und spähte aus dem Fenster. Kühl und trocken. Perfekt. Aus dem Schrank nahm sie sich ihr altes braunes Reitkostüm, Stiefel, Hut und Gerte und ging auf Zehenspitzen in das angrenzende Zimmer, um sich anzuziehen.

Mit den Stiefeln in der Hand trat sie auf den Korridor hinaus und stieg die Stufen empor zu den Dienstbotenquartieren unterm Dach. Vorsichtig klopfte sie an eine der Türen. Beim zweiten Klopfen erklang ein gedämpftes Stöhnen von der anderen Seite. „In Ordnung, Miss Hope. Ich bin gleich unten."

Zufrieden lächelnd lief Hope die Treppe hinunter und setzte sich auf die unterste Stufe, um sich die Stiefel anzuziehen. James, der Lakai, würde zwar murren, aber insgeheim genoss er ihre unerlaubten Morgenausritte. Außerdem war die Guinea, die sie ihm dafür zusteckte, weil sie ihm seinen Schlaf raubte, eine willkommene Ergänzung seiner Ersparnisse: Es war kein Geheimnis im Merridew-Haushalt, dass James Geld sparte, um nach Amerika gehen zu können.

In der Küche schnitt sie zwei Scheiben Brot ab und bestrich sie dick mit Butter und Aprikosenmarmelade. Eine hatte sie in kürzester Zeit selbst verzehrt, die andere gab sie James, als er in die Küche kam.

Er betrachtete die krumme Scheibe zweifelnd, dann grinste er. „Wollen Sie mich etwa damit bestechen, Miss Hope?"

Hope erwiderte das Grinsen. Sie hatte noch nie eine Brotscheibe gerade abschneiden können, aber wenigstens war sie nicht geizig. „Aber natürlich, lieber, mürrischer James. Ich schneide sie extra so, weil du immer so hungrig bist. Jetzt beeil dich. Ich will so schnell wie möglich los."

Als Antwort griff er nur nach dem Brot und folgte ihr nach draußen. Da er die Merridew-Zwillinge seit ihrer Kindheit kannte, war er ihre Art gewohnt.

Als die Sonne sich anschickte, die Kirchturmspitzen golden aufleuchten zu lassen, trabten sie durch Grosvenor Gate. Hyde Park lag verlassen. Hopes kastanienbrauner Wallach tänzelte übermütig seitwärts, scheute nervös vor ein paar welken Blättern und eingebildeten Schatten. Er war voller Energie, kaute auf dem Zaumzeug und wartete ungeduldig auf einen schönen Galopp. Hope wusste genau, wie er sich fühlte.

„Komm, du Faulpelz, wir reiten um die Wette", rief sie James zu und trieb ihr Pferd ohne weitere Vorwarnung an.

Der Wallach bewegte sich geschmeidig unter ihr, seine Hufe trommelten auf dem Weg. Nachher würde sie dem Stallburschen noch ein Trinkgeld zustecken, denn seitdem sie ihre Vorliebe für das feurige Tier erklärt hatte, stand es ihr wie durch Zauberei stets zur Verfügung. In den vergangenen paar Wochen waren Pferd und Reiterin immer vertrauter miteinander geworden, und Hope konnte inzwischen beinahe alles mit ihm tun, was sie wollte. Heute Morgen schien es die Geschwindigkeit genauso wie sie selbst zu genießen.

Es war herrlich, durch die frische Morgenluft zu reiten, frei und wild, ohne Sorgen. Beinahe so gut wie auf dem Land – in mancher Hinsicht sogar besser, denn hier zu galoppieren hatte etwas köstlich Verbotenes.

Die kühle Luft strich über ihre heißen Wangen, füllte ihre Lungen, befreite sie von all den Regeln und Vorschriften, nach denen sie leben musste. Jetzt und hier fühlte sie sich schwerelos und herrlich lebendig. Der Wind umströmte sie, als würde sie fliegen. Wie sehr sie diese geheimen Ausritte liebte! Das Morgengrauen war die einzige Zeit, zu der sie so wild und schnell reiten konnte, wie sie wollte.

Später am Tag würde sie vermutlich mit Großonkel Oswald, Faith und Grace in den Park kommen. Höchstens ein Trott war dann möglich, alle paar Minuten blieben sie stehen, um jemanden zu grüßen und leere Gemeinplätze auszutauschen.

Sie gestattete dem Pferd, seine überschüssige Energie loszuwerden, lenkte es in einem großen Bogen, immer in James' Sichtweite. Sie blickte zurück und musste lächeln. James hatte den Stallburschen unfreundlich angefahren und deswegen das lahmste Pferd bekommen, eine wahre Schnecke. Er schnaufte in einiger Entfernung.

Der Park war immer noch menschenleer. Sie konnte ein bisschen üben. Die Zügel fest in der Hand, begann sie ihr Pferd durch die verschiedenen Figuren zu führen. Zuerst sträubte es sich ein wenig, aber schon bald antwortete es auf ihre Befehle perfekt.

„Miss, nicht!“, rief James.

Sie lachte. „Du kannst ja versuchen, mich aufzuhalten, wenn du das mit deiner Schnecke schaffst. Es macht solchen Spaß. Dieses Pferd ist einfach herrlich.“

Sebastian erwachte früh am nächsten Morgen, wie gewöhnlich. Den größten Teil seines Lebens war er immer vor dem Morgengrauen aufgestanden. Maschinen standen nicht still, und die Arbeiter mussten ihren Schlaf nach ihnen richten.

Er reckte sich, wünschte sich, wieder einschlafen zu können, aber einmal wach, war ihm das versagt. Ohnehin brauchte er nicht viel Schlaf. In der Fabrik war ihm das immer zustattengekommen, und jetzt auch, da es ihm erlaubte, die Erfordernisse seiner Geschäfte mit den neuen gesellschaftlichen Verpflichtungen zu vereinen.

Heute Morgen hatte er eine Menge zu erledigen, aber die Ereignisse des verflixten Balls gestern ließen ihn nicht zur Ruhe kommen. Er hatte nicht gut geschlafen. Dabei schlief er immer gut, selbst wenn er manchmal von seinen inneren Dämonen geplagt wurde. Auch aus diesem Grund hatte er ein Haus mit Ställen auf der Rückseite gemietet – am besten wurde er die Dämonen los, wenn er wie der Teufel ritt.

Aber gestern hatte es fast die halbe Nacht gedauert, bis er einschlief. Und es waren nicht seine gewöhnlichen Dämonen gewesen, die durch seine Träume spukten, sondern Hope Merridew. Er hielt sie in den Armen, so dicht, wie er wollte, und sie schmiegte sich an ihn, bewegte sich langsam mit ihm.

Am Morgen war er aufgewacht, voll unbefriedigter Begierde wie ein dummer Junge.

Er brauchte einen klaren Kopf. Und musste sich bis zur Erschöpfung verausgaben. Ein guter, harter Ritt würde das bewerkstelligen.

Hastig zog er sich an und ging zu den Ställen. Der Stallbursche wachte auf, als er eintrat, aber Sebastian sandte ihn zurück ins Bett, zog es vor, sein Pferd selbst zu satteln.

Die Stadt erwachte gerade erst, als er durch das Haupttor in den Hyde Park ritt. Zehn Jahre seines Lebens hatte er kein Pferd angefasst. Als Kind hatte man ihm das Reiten beigebracht, aber erst nach seiner Hochzeit mit Thea hatte er wieder Gelegenheit dazu gehabt. Insgeheim hatte er sich gesorgt, er könnte sich lächerlich machen, indem er vor den Augen seiner Frau, seinem Schwiegervater und deren Freunden vom

Pferd fiel. Aber in dem Augenblick, da er im Sattel saß, kam alles zu ihm zurück, so als sei das Reiten immer schon ein Teil von ihm gewesen.

Er begann mit einem langsamen, kontrollierten Trab, dann ließ er das Pferd schneller werden und schneller, verlor sich in der Geschwindigkeit und dem Rhythmus der Bewegung.

Sein Blut sang, und er fühlte sich jung und stark, sorglos und bereit, die Welt zu erobern. In diesem Moment sah er es: Ein kastanienbraunes Pferd, das in halsbrecherischem Tempo durch den Park galoppierte mit, wie es auf den ersten Blick aussah, einem Bündel Kleider, das seitlich vom Sattel hing. Dann bemerkte er den Hut, der wenige Zoll neben den Pferdehufen dicht über dem Boden wippte, und einen Schimmer goldblonder Locken. Entsetzt erkannte Sebastian, dass es kein Kleiderbündel war, sondern eine Frau. Mit einer Hand klammerte sie sich am Sattel fest, ihr rechtes Knie war um den Knauf ihres Damensattels gehakt, aber ansonsten hing sie an der linken Seite des Pferdes herab. Ihre linke Hand hatte sie dicht neben den mächtigen Vorderläufen ausgestreckt und fasste hilflos nach dem Gras, in einem bizarren Versuch, das durchgehende Pferd aufzuhalten. Ihr Gesicht konnte er nicht sehen. Sie schrie nicht. Wahrscheinlich war sie halb ohnmächtig vor Furcht.

Sebastian betete, dass sie genug bei Bewusstsein blieb, um sich noch ein paar Sekunden länger festzuhalten, drückte seinem Pferd die Fersen in die Flanken und trieb es an, genau auf sie zu.

Ein Reiter in der Ferne winkte und rief. Ihr Ehemann oder der Pferdebursche. Sebastian winkte zurück. Er würde sie retten.

Mit donnernden Hufen folgte er ihr. Ihr Pferd war gut, aber seines war stärker und schneller. Er kam rasch immer näher. Währenddessen überlegte er fieberhaft, wie genau sie sich festhielt. Sollte er versuchen, sie aus dem Sattel zu heben, oder besser die Zügel des Tieres zu fassen zu bekommen? Beides war riskant. Wenn sie sich in den Steigbügeln verfangen hatte, würde er sie nicht so einfach in Sicherheit ziehen können. Aber sie war nur Sekunden davon entfernt, unter die Hufe zu geraten.

Er entschied sich dafür, sie aus dem Sattel zu heben. Wenn ihr Reitkostüm irgendwo festhing, würde er sie trotzdem halten und ihr Pferd zum Stehenbleiben zwingen können. Jetzt war er dicht dran. Er nahm seine Zügel in eine Hand und streckte den rechten Arm aus, um sie zu packen, als sie sich plötzlich aufrichtete und mit einem triumphierenden Lachen einen Zweig vor seiner Nase schwenkte.

„Ich habe es geschafft!"

Es war Miss Hope Merridew. Ihre Wangen waren gerötet, und ihre Augen blitzten triumphierend.

Sie hatte überhaupt nicht in Gefahr geschwebt.

„Oh, Mr. Reyne, guten Morgen. Haben Sie das gesehen? Ich habe es geschafft!" Sie hielt den Zweig in die Höhe.

Er konnte auf einen Blick sehen, dass sie eine ausgezeichnete Reiterin war. Sie hatte nicht in großer Gefahr geschwebt – sie war absichtlich in halsbrecherischer Geschwindigkeit geritten, ihr Kopf nur wenige Zoll neben den Pferdehufen über dem Boden, *um einen Zweig aufzuheben?*

Mit einem Mal war Sebastian wütend.

„Sind Sie verrückt?", brüllte er. „Ihren Hals für so etwas Idiotisches zu riskieren?"

Sie grinste völlig unbeeindruckt, ließ aber ihr Pferd langsamer werden. „Es ist das erste Mal, dass es mir gelungen ist!" Sie klang kein bisschen kleinlaut oder beschwichtigend, sondern vielmehr, als sei sie stolz auf das Erreichte.

„Was, zum Teufel, hat Sie dazu getrieben, diesen Wahnsinn zu versuchen?"

„Oh, ich habe es schon Dutzende Male *versucht*“, verbesserte sie Sebastian. „Ich habe ewig üben müssen. Heute ist es mir zum ersten Mal *gelungen,* einen Zweig aufzuheben.“ Sie schwenkte ihn fröhlich.

Ihre heitere Unbekümmertheit erzürnte ihn. Er war sprachlos. Die Vorstellung, dass sie ihren schönen Hals jeden Morgen riskierte, raubte ihm den Atem. Wie konnte sie nur?

Schließlich hatte er sich so weit unter Kontrolle, dass er wieder sprechen konnte. „Um Himmels willen, tun Sie das nie wieder“, knurrte er, während sein Herz von dem Schrecken noch wild klopfte. „Warum, zum Teufel, erlaubt Ihnen Ihr Reitknecht das eigentlich?“

„Erlauben? James?“ Sie lachte glucksend. „Ihm bleibt nichts anderes übrig. Er könnte mich nicht aufhalten, wenn er wollte.“

Verzogen. Eine verwöhnte, behütet aufgewachsene Tochter aus adeligem Haus, der man ihr ganzes Leben lang jeden Wunsch von den Augen abgelesen hatte. Sie konnte sich nicht vorstellen, dass ihr jemals etwas zustoßen würde. Während sich Sebastian nur zu deutlich ausmalen konnte, wie sie mit gebrochenem Genick oder zerschmetterten Gliedern dalag … Der Gedanke war zu schrecklich, um in Worte gefasst zu werden. Am liebsten wollte er sie vom Pferd reißen und in Watte packen. „Klingt mir nach einer armseligen Entschuldigung für einen Reitknecht“, bemerkte er knapp.

„Genau genommen ist er unser Lakai, kein Reitknecht. Aber trotzdem macht er seine Sache gut. James kennt uns schon unser Leben lang. Er mag es nicht, wenn ich diese Kunststückchen mache, aber er weiß, er kann es nicht verhindern. Darum kommt er mit, um wenigstens ein Auge auf mich zu haben.“

Sebastian schaute sich um und erklärte beißend: „Das macht er ausgezeichnet. Er ist ja eine gute halbe Meile weit weg.“

Sie lachte wieder. „Oh, das ist meine Schuld. Ich stifte den Stallburschen immer an, ihm ein langsameres Pferd zu geben. Heute hat er eine richtige Schnecke bekommen."

Was sie brauchte, war eine wesentlich festere Hand am Zügel, dachte er. Wenn er für sie verantwortlich wäre, wäre sie nicht früh am Morgen im Park allein und schutzlos unterwegs und würde auch ganz gewiss nicht ihr Leben aufs Spiel setzen, um einen Zweig aufzuheben! Würde sie ihm gehören, wären sie beide nicht am frühen Morgen draußen! Eine Vision erschien vor seinem Auge, wie sie in seinem Bett lag. Er schluckte und verdrängte das Bild. Um den Augenblick der Schwäche zu überspielen, sagte er barsch: „Die Aufgabe eines Reitknechtes ist es, für Ihre Sicherheit zu sorgen, nicht zuzusehen, wie Sie sich Mühe geben, sich den Hals zu brechen."

„Unsinn! James liegt viel an meiner Sicherheit", widersprach sie. „Er hat sich sogar eigens diesen Gurt hier ausgedacht. Nur damit gelingt es mir überhaupt." Sie zog ihren Reitrock hoch und zeigte ihm den Ledergurt.

Sebastian warf einen flüchtigen Blick darauf und versuchte nicht zu bemerken, wie eng sich der Stoff ihrer Röcke um ihre anmutig geformten Beine schmiegte. Er sagte nichts, denn er war zu wütend, dass ihr sogar dabei geholfen wurde, dieses Wagnis für einen nutzlosen Trick einzugehen.

„Vorher bin ich zu oft vom Pferd gefallen."

Er war so entsetzt, dass er am Zügel gezerrt haben musste. Sein Pferd wurde abrupt langsamer, und sie ritt an ihm vorbei, aber er hatte sie gleich wieder eingeholt. „Sie sind heruntergefallen?" Warum, verflixt, war sie so darauf aus, ihr Leben für solchen Unsinn aufs Spiel zu setzen?

Sie lachte. „Nur kleinere Stürze. Ich bin sehr vorsichtig, wissen Sie."

„Vorsichtig? Wenn Sie das unter vorsichtig verstehen, dann

sollte man Sie einsperren“, knurrte er, halb zu sich selbst.

Augenblicklich wurde ihr Gesicht ernst. „Ich weiß nur zu genau, wie es ist, eingesperrt zu sein, Mr. Reyne“, sagte sie. „Genau das ist der Grund, weshalb ich die Freiheit so schätze, Sachen wie dies hier zu tun.“ Ohne Vorwarnung galoppierte sie fort, lenkte ihren Wallach in eine unerwartete Richtung.

Er riss sein Pferd herum und folgte ihr, aber sie hatte einen zu großen Vorsprung, und er konnte sie nicht rechtzeitig einholen. Unter seinem entsetzten Blick beugte sie sich einmal mehr seitwärts zum Boden, streckte die Hand aus und hob einen weiteren Zweig auf.

„Ha!“ Wieder schwenkte sie siegreich den Zweig.

Wutentbrannt angesichts dieser Provokation, trieb Sebastian sein Pferd an. Dieses Mal hatte er keine Zweifel. Als er sie erreichte, streckte er einen Arm aus und hob sie aus dem Sattel. Sie quietschte überrascht, wehrte sich einen Augenblick, dann hörte sie aber plötzlich auf, ließ die Zügel und den Riemen los und befreite ihre Füße aus den Steigbügeln.

Er zog sie vor sich, schlang einen Arm fest um sie.

Eigentlich rechnete er mit einer Standpauke, einer Ohrfeige oder irgendeinem anderen Zeichen weiblicher Empörung. Sie überraschte ihn. Offenbar kein bisschen besorgt wegen der groben Behandlung, schwieg sie und rutschte nur in eine bequemere Sitzposition. Er musste ein Stöhnen unterdrücken. Ihren warmen, weichen Körper auf seinem Schoß zu haben stellte seine Selbstbeherrschung auf eine harte Probe. Schweiß bildete sich auf seiner Stirn.

Sie schlang einen Arm um seine Mitte und lehnte sich gegen seine Brust. „Was denken Sie eigentlich, tun Sie hier?“, erkundigte sie sich fast beiläufig, und fuhr dann in einer Nachahmung seiner Rede von vorhin fort: „Sind Sie verrückt,

Ihren Hals für etwas so Idiotisches zu riskieren?" Sie klang belustigt! Seidige, goldblonde Locken kitzelten ihn am Kinn. Er konnte ihr Parfum riechen und ihren ganz eigenen weiblichen Duft. Unwillkürlich festigte er seinen Griff und biss die Zähne zusammen. Es war gut möglich, dass er verrückt war, überlegte er grimmig. Nie zuvor hatte er eine Dame von ihrem Pferd gerissen. Er hatte keine Ahnung, was ihn dazu getrieben hatte.

Sie verlagerte ihr Gewicht, und er versteifte sich. Nie zuvor hatte er eine Dame vor sich im Sattel sitzen gehabt.

Mit ihrer linken Hand spielte sie an den Knöpfen seiner Weste. „Entführung ist ein Verbrechen, wissen Sie." Sie klang kein bisschen besorgt. „Welches Lösegeld wollen Sie verlangen?"

Er schnaubte. Ein weiterer Beweis dafür, wie behütet ihr Leben verlaufen war. In Wahrheit hätte er sie mühelos entführen können. Jeder hätte das. London war ein Sumpf des Verbrechens. Und sie wäre ein hübsches Sümmchen wert.

Entführungen waren früher einmal eine angesehene Betätigung für Adelige gewesen. Eine akzeptierte Methode, um die Truhen zu füllen. Und die Arme … Er genoss ihr warmes Gewicht an seinem Körper. Es war nicht schwer zu verstehen, warum die Leute früher so gehandelt hatten. Wäre er ein mittelalterlicher Ritter und sie ein entführtes Edelfräulein, würde er kein Lösegeld für sie verlangen. Er würde sie heiraten. Die Muskeln in seinem Arm spannten sich. Aber das Leben war kein Märchen. Besonders sein Leben nicht. „Sie wissen sehr gut, dass ich Sie nicht entführe. Ich rette Sie vor den Folgen Ihres Leichtsinns."

„Verstehe. Das also ist es? Eine Übung in Schicklichkeit. Entschuldigen Sie bitte, dass ich das nicht gleich erkannt habe." Sie wackelte wieder mit ihrem Po. Die Wirkung war das genaue Gegenteil von schicklich.

„Halten Sie still!“, knurrte er, dann fiel ihm noch ein, „Bitte!“, hinzuzufügen.

Als Antwort wand sie sich erneut. Er gab einen erstickten Laut von sich, und sie bemerkte atemlos: „Entschuldigung, aber diese Reitstellung ist neu für mich und ein bisschen … beunruhigend. Vorher bin ich keinem Mann näher gekommen als beim Walzer.“

Was er darauf erwidern sollte, wusste er nicht. Er musste an ihren Walzer denken. Ihr unschuldiges Geständnis verriet ihm, dass auch sie erregt war, allerdings ohne es zu wissen.

Langsam ritt er mit Miss Hope Merridew im Arm zurück. Ihr Duft – Rosen, Vanille und Frau – stieg ihm neckend in die Nase, ihre Locken kitzelten ihn am Kinn, und ihr weicher Po drückte sich gegen seine Lenden.

Er begehrte sie, wie er noch keine Frau begehrt hatte. Wenn sie doch nur so weiterreiten könnten, in eine Zukunft, an einen Ort weit weg, wo seine Probleme sich in Luft auflösten …

Aber Probleme lösten sich nie in Luft auf, das wusste er. Man setzte sich mit ihnen auseinander, oder sie wurden schlimmer. Sebastian wusste, wie er mit seinen Problemen fertig wurde. Er hatte schon eine Lösung gefunden. Und Miss Hope Merridew kam darin nicht vor. Sie war nur ein schöner Traum.

Und er war kein Mann, der sich Träumen hingab. Er zog Pläne vor.

Er schaute sich um und sah ihren Reitknecht zu ihrem Wallach reiten, sich bücken und die baumelnden Zügel aufheben. „Wie ich sehe, hat Ihr Reitbursche endlich etwas getan, um sich seinen Lohn zu verdienen.“

„Er ist nicht mein Reitbursche, und ich werde nicht zulassen, dass Sie ihn kritisieren.“

Sebastian schnaubte abfällig. „Wie wollen Sie mich davon

abhalten? Seine Aufgabe war es, Sie zu beschützen, und dabei hat er versagt."

Sie sagte nichts, aber es war ein so herausforderndes Schweigen, dass er sie ansah – ein großer Fehler. Ihre Blicke trafen sich. Er zögerte einige Sekunden, versank in ihren Augen, während er noch dagegen ankämpfte. Eigentlich wusste er es besser, als eine komplizierte Lage noch komplizierter zu machen, und Hope Merridew war eine ausgewachsene Komplikation. Er schluckte. Ein einziger Kuss konnte nicht schaden, sicher nicht ... Sie nur einmal kosten, zu wissen, wie ...

Sie schaute ihm tief in die Augen, ihre babyzarte Haut rötete sich reizend dabei. Ihre Augen waren groß und so blau wie der Himmel an einem Sommermorgen. Aus dieser Nähe konnte er jede einzelne ihrer dunkelgoldenen Wimpern erkennen. Sie flatterten, und ihre Lippen teilten sich. Das war alles an Einladung, was er brauchte. Er schaute ihr unverwandt in die Augen, während er sich hinunterbeugte, und senkte seinen Mund auf ihren.

Ihr Geschmack stieg ihm zu Kopfe. Erneut kostete er sie, tiefer und heißer, intimer. Er sagte sich, er sollte aufhören, dass er das hier nicht tun dürfe – aber er konnte sich nicht helfen. Sein Körper sehnte sich nach mehr; er drängte sich dichter an sie, wollte sie überall erkunden.

Er spürte ihre bloßen Hände auf seinen Wangen. Sie schob ihre Finger in sein Haar und zog ihn dichter an sich, als sei sie genauso in dem Kuss versunken wie er.

Das Pferd tänzelte seitwärts, unterbrach den Kuss. Er starrte auf sie herab, auf ihre feuchten roten Lippen.

„Ich bin so froh, dass wir uns heute Morgen begegnet sind", flüsterte sie. „Der Walzer gestern war sehr schön, natürlich, aber dies hier ..." Sie seufzte und lächelte verträumt. „Das hier ist so viel schöner."

Bei ihrem süßen Lächeln überkamen ihn unvermittelt

Schuldgefühle. Er sollte nicht mit einem Unschuldslamm spielen. Und er spielte mit ihr; etwas anderes durfte es nicht sein. Schon vor Wochen hatte er seine Lage von allen Seiten betrachtet und einen Plan gefasst. Er würde dem einmal eingeschlagenen Weg weiter folgen, die Würfel waren gefallen.

Diese junge Dame passte nicht in seine Pläne. Ihr Körper schmiegte sich zwar perfekt an seinen, passte zu ihm, als sei sie für ihn geschaffen, aber in jeder anderen Hinsicht war sie nicht die Richtige für ihn – oder für seine Schwestern und deren Bedürfnisse. Nein. Es war unmöglich, jetzt die Richtung zu wechseln. Vielleicht war sie das, was er sich wünschte, aber seine Wünsche waren unwichtig. Sie war nicht, was er bei einer Frau suchte. Das war Lady Elinore.

Bei dieser Erkenntnis spürte er, wie sich seine Züge verhärteten. Miss Hopes Reitbursche kam zu ihnen, ihren Hut in der Hand, ihr Pferd am Zügel. Mit jedem Schritt verschloss Sebastian sein Herz ein Stückchen.

„Wenn er ein guter Reitknecht wäre, hätte er Sie hiervor auch beschützt." Er gab ihr einen letzten hungrigen Kuss, dann hob er sie von seinem Schoß und stellte sie sanft ins taufeuchte Gras.

„Auf Wiedersehen, Miss Hope." Er ergriff ihre erhobene Hand, drückte sie. „Gehen Sie keine idiotischen Risiken mehr ein. Nicht mit Kunststückchen und auch nicht mit fremden Männern." Damit galoppierte er davon.

Er reitet wie ein Gott, dachte Hope. Im Moment zwar ein sehr beherrschter Gott, aber vorhin, als er zu ihrer Rettung gestürmt war, sie mühelos aus dem Sattel gehoben hatte – ohne sich um die Tatsache zu scheren, dass er währenddessen auf einem kräftigen Hengst saß, der in halsbrecherischem Tempo galoppierte –, hatte er sie eher an einen Zentaur als einen Geschäftsmann erinnert. Das war vermutlich auch der

Grund, weshalb sie ihn hatte gewähren lassen.

Nachdenklich schaute sie zu, wie er in der Ferne verschwand. Wieso konnte ein Mann, der als einfacher Fabrikbursche angefangen hatte, reiten, als sei er im Sattel geboren?

„Ist alles in Ordnung, Miss Hope?“ James kam bei ihr an. „Was ist geschehen?“

Hope seufzte hingerissen. „Ich habe einen Mann getroffen.“

„Ja, das habe ich gesehen. Tut mir leid, Miss Hope, ich hätte es verhindern müssen.“ Er fixierte sie mit einem strengen Blick. „Aber auch wenn ich nicht hier war, Miss Hope, wissen Sie sehr wohl, dass Sie nicht mit einem fremden Mann so reiten dürfen.“

Sie lächelte träumerisch. „Ich weiß. Aber er ist kein fremder Mann. Gestern habe ich mit ihm getanzt.“

„Wollen Sie etwa sagen, dass das Treffen heute verabredet war, Miss? Wenn das stimmt, will ich damit nichts zu tun haben und werde mit Ihnen nicht mehr morgens …“

„Beruhige dich, James. Es war nicht verabredet, versprochen. Ich hatte keine Ahnung, dass irgendjemand hier sein könnte. Er kam wie aus dem Nichts angaloppiert.“ Sie rieb ihrem Pferd die samtige Schnauze und sagte leise: „Er dachte, er müsste mich vor dem sicheren Tod retten, und ich hatte nicht das Herz, ihn aufzuhalten.“

James schnaubte.

„Er war so wütend, als er erkannte, dass ich keiner Rettung bedurfte.“ Sie lächelte, als sie wieder an den besitzergreifenden Zorn dachte und wie behutsam er sie an seinen Körper gezogen hatte. „Ich glaube, ich habe einen Helden getroffen, James.“

James schnaubte wieder.

Sie warf ihm einen übermütigen Blick zu. „Bekommst du etwa eine Erkältung, James?“

„Wenn irgendjemand Sie gesehen hat, Miss, dann sitzen Sie in der Patsche. Und ich auch."

„Ach was! Niemand hat mich gesehen, und du weißt sehr gut, dass ich niemals zulassen würde, dass dir jemand die Schuld an meinem schlechten Benehmen gibt. Jetzt hör auf, den Moralapostel zu spielen, und hilf mir bitte beim Aufsitzen. Ich bin hungrig und möchte mein Frühstück."

„Lady Elinore erwähnte, dass sie heute den Musikabend bei Lady Thorn besuchen wolle", bemerkte Giles beiläufig. Die beiden Männer dinierten in Giles' Club. „Und da ich im Besitz einer Einladung bin, habe ich mich gefragt, ob du nicht hingehen möchtest. Die Werbung voranbringen und all das."

„Ein Musikabend?" Sebastian schnitt eine Grimasse. „Eine Meute alter Klatschbasen lauschen hingerissen irgendeinem albernen Sopran!" Er schüttelte den Kopf. „Nein, danke. Das ist nichts für mich."

„Und es wird getanzt, nehme ich an", erklärte Giles mit einem ironischen Blick. Er stellte sein Glas Port auf den Tisch und streckte die Beine aus. „Ist auch egal. Ich dachte nur, du würdest freudig die Gelegenheit ergreifen, Lady Vernünftig weiter den Hof zu machen. Ich glaube, sie besucht unweigerlich solche Veranstaltungen. Und es ist kein Sopran, sondern ein ungarischer Violinist, frisch vom Kontinent. Wie man hört, sind alle Frauen von ihm hingerissen." Er konnte es sich nicht verkneifen hinzuzufügen: „Sogar die vernünftigen, pflichtbewussten. Ich dachte, ich schaue mir das mal an, um zu sehen, worum sich das ganze Theater dreht. Bist du sicher, dass du nicht doch mitkommen willst?"

Sebastian schüttelte den Kopf. Abgesehen von der Tatsache, dass er sich nicht für Musik interessierte, wollte er es nicht riskieren, Miss Hope über den Weg zu laufen. „Nein, ich unternehme morgen mit Lady Elinore eine Ausfahrt in den Park. So macht man einer Frau am besten effizient den Hof. Ich gehe nach Hause und schreibe ein paar Briefe." Es ging ihm nicht nur um Effizienz. Der Ausflug in den Park hatte noch einen anderen Zweck. Er musste das ausgesprochen hartnäckige Bild von einem schlanken Frauenkörper aus seinem Kopf vertreiben, der seitlich vom Pferd hing, von goldenen Locken, die ihn am Kinn kitzelten, und von einem warmen weiblichen Körper in seinen Armen.

Ein Ausflug in den Park mit einer anderen Dame würde diese Bilder vertreiben, dachte er. Und in Zukunft würde er Begegnungen mit Miss Hope so weit wie möglich vermeiden.

Giles nickte. „Eine viel bessere Idee. Lady Thorn nennt es eine kleine private Soiree, aber es heißt, die Hälfte der Damen der guten Gesellschaft habe vor zu kommen. Dieser Fiedelspieler hat sie alle in Aufregung versetzt. Es wird bestimmt ein grässliches Gedränge." Bedächtig pflückte Giles einen Fussel von seinem Rock. „Leider werden die Merridew-Schwestern nicht da sein. Ich hätte sie gerne besser kennengelernt. So reizende Mädchen. Aber an Musik haben sie kein Interesse."

Sebastian runzelte die Stirn. Wenn Miss Hope nicht dort sein würde, gab es eigentlich keinen Grund, warum er nicht teilnehmen sollte. Er trank seinen Port aus und stand auf, um zu gehen. Während sie auf ihre Mäntel und Hüte warteten, sagte er nachdenklich: „Jetzt, wo ich es mir durch den Kopf habe gehen lassen, ist es vermutlich doch keine schlechte Idee, heute zum Konzert zu kommen. Es wird Lady Elinore und mir ein Gesprächsthema für unsere Ausfahrt geben."

Es schien, als hätte Giles mehr Fusseln in den Falten seines Mantels entdeckt, denn er murmelte eine Antwort, die Sebastian nicht verstehen konnte. Als er schließlich seinen Mantel anhatte und aufschaute, funkelten Giles' Augen belustigt. „Sehr vernünftig von dir, Bastian, da muss ich dir recht geben. Es wird ein sehr rationales Gesprächsthema abgeben.“ Er setzte sich seinen Hut gewagt schräg auf den Kopf. „Dann auf zu Lady Thorn zu einem Abend, der ganz dem ernsten Streben, äh, ich meine natürlich dem kulturellen Streben gewidmet ist. Mit höchstem Pflichtbewusstsein. Jegliches Vergnügen, das uns nahen will, wird sogleich des Hauses verwiesen.“

5. KAPITEL

Lady Thorn stürzte sich fast auf Giles und Sebastian. „Zwei junge Herren! Wie wunderbar! Es ist immer so schwierig, eine ausgeglichene Gästezahl zu bekommen, wissen Sie – ich kann mir gar nicht vorstellen, warum die Leute glauben, nur die Damenwelt würde die Musik des lieben Grafen genießen." Sie lächelte verschwörerisch, während sie sie in den Salon führte. „Ich werde Sie gerecht unter den Damen aufteilen. Giles, lieber Junge, wie geht es Ihrer Mutter? Es ist ewig her, seit ich sie das letzte Mal gesehen habe! So eine Schande, dass sie zu dieser Saison nicht nach London gekommen ist. Setzen Sie sich bitte hierher." Sie schob Giles in die Mitte einer Gruppe junger Damen.

Lady Elinore war eine davon, sah Sebastian, in unerbittlich grauen Twill gekleidet. „Lady Thorn, ich würde lieber hier bleiben bei …"

„Unsinn! Sie können sich nach dem Konzert zu Giles gesellen. Die Damen werden Sie nicht beißen, und ich werde keinen Mann verschwenden! Außerdem wird jedes männliche Wesen im Raum sich insgeheim wünschen, an Ihrer Stelle zu sein. Die Armen werden fuchsteufelswild sein. Ach, es macht mir solchen Spaß, die Katze unter die Tauben zu schicken." Lady Thorn führte Sebastian geschickt durch das Gedränge. „Gefällt Ihnen Ihr Besuch in London, Mr. Reyne? Ausgezeichnet! Ah, da sind wir ja. So, nehmen Sie bitte Platz und seien Sie artig!", mahnte sie ihn, als sei er ein Fünfjähriger. Dann verschwand sie auf der Suche nach einem anderen hilflosen Herrn, um ihn strategisch günstig zu platzieren.

Sebastian befand sich in der Mitte einer Gruppe, die ihn an einen Familienausflug erinnerte. Die größtenteils weiblichen und meistens jungen Mitglieder hatten einen festen Ring gebildet und schwatzten eifrig miteinander. Er konnte ihre Gesichter nicht sehen. Warum ihn irgendjemand um diesen Platz beneiden sollte, konnte er sich nicht vorstellen. Er schaute zu Giles. Verfluchtes Pech! dachte er. Natürlich hätte er es vorgezogen, neben Lady Elinore zu sitzen, und Giles wäre entzückt, von diesen hübschen jungen Mädchen umgeben zu sein.

Auf der anderen Seite der Gruppe saß ein elegant gekleideter älterer Herr. Sebastian nickte ihm über die gesenkten Mädchenköpfe hinweg zu. Sir Oswald Merridew, Miss Hopes Großonkel. Moment. Was machte er hier? Eine ungute Vorahnung beschlich ihn.

„Mr. Reyne, wie schön, Sie wiederzusehen", sagte eine Stimme neben ihm. Eine sanfte Stimme. Eine, die ihn bis in seine Träume verfolgte. Plötzlich war ihm sonnenklar, warum alle Männer im Raum ihn um seinen Platz beneideten. Sein Puls begann zu rasen, und Sebastian sprang auf.

Ihre Blicke trafen sich, und er drohte, den Boden unter den Füßen zu verlieren. Hastig schaute er weg, suchte verzweifelt nach einer höflichen, harmlosen Erwiderung. Aber alles, woran er denken konnte, war ihr letztes Zusammentreffen und der Kuss. Diesen Zwischenfall konnte er kaum erwähnen.

„Ich hatte nicht gedacht, dass Sie heute hier sein würden", platzte er heraus.

Sie wirkte erstaunt. „Oh, aber wir verpassen kein einziges Konzert. Meine Zwillingsschwester ist eine leidenschaftliche Musikliebhaberin. Mr. Bemerton hätte Ihnen das verraten können." Sie errötete.

Er würde Giles umbringen. Zu allem Überfluss fiel ihm auch nichts mehr ein, was er sagen könnte. In seiner Verzweiflung entschied er sich für seine übliche Bemerkung für Damen. „Sie sehen heute ganz reizend aus, Miss Hope."

Und dann nahm er ihr Kleid wahr. Sie trug ein Kleid in

blassem Narzissengelb, dessen recht tiefen Ausschnitt eine Reihe duftiger Rüschen säumte, die ihre sanft schwellenden Brüste zu liebkosen schienen. Da er von oben zu ihr herunterschauen musste, blieb sein Blick unweigerlich immer wieder dort hängen. Sebastian schluckte. Er durfte nicht an ihren Busen denken. Schließlich machte er Lady Elinore den Hof, einer vernünftigen jungen Dame, bei der nicht eindeutig zu sagen war, ob sie überhaupt einen Busen besaß. Das war die Sorte Frau, der er gewachsen war.

Plötzlich fiel ihm ein, dass er der Besitzer einer Reihe von Webereien war; daher bemühte er sich, Miss Hope mit dem Auge des Fachmannes zu betrachten und sich besser auf das Kleid als seinen verlockenden Inhalt zu konzentrieren. Der Stoff war importiert, bemerkte er missbilligend: feinste orientalische Seide, so fein, dass sie sich zärtlich an jede Rundung des schlanken jungen Körpers schmiegte.

Mit einem Mal war ihm sein Halstuch zu eng. Er fuhr fort, ihre Kleidung zu betrachten: Ihr weißer Schal mit den weißen Stickereien war aus Kaschmir, nicht aus Norwich, ihr Retikül aus passender Seide. Wirklich, er sollte mit ihr über die Unterstützung der einheimischen Industrie sprechen.

Er richtete seinen Blick auf das zierliche Gebilde aus Seide, Netz und Federn, das sie auf dem Kopf trug, aber ihm fiel nichts zu sagen ein.

Mit einem warmen, strahlenden Lächeln erhob sie sich und trat näher, so nah, dass sich bei der kleinsten Bewegung ihre Körper berühren würden. Sein Kopf war wie leer gefegt. Langsam neigte sie sich vor. Jäh machte er einen Schritt zurück und stieß gegen einen Stuhl in der Reihe hinter ihm, der polternd umfiel.

Als er den Stuhl wieder hingestellt hatte, war sie wieder da, so nah, dass er den Duft ihrer Haut riechen konnte. Er atmete ihn tief ein.

„Mr. Reyne." Sie reichte ihm die Hand. Er ergriff die zarten Finger und schaute auf sie hinab, immer noch völlig ratlos, was er sagen sollte.

„Wie geht es Ihnen?", war alles, was er zustande brachte.

Sie lächelte wieder sinnverwirrend und bemerkte leise: „Es geht mir ausgezeichnet, danke."

Schweigen breitete sich zwischen ihnen aus. Ihr Lächeln wurde breiter; er konnte nur auf ihren Mund starren, musste sich vor der geringsten Bewegung hüten, oder er würde sich blamieren. Ihr Blick glitt leicht belustigt auf seine Hemdbrust, und als er ihm folgte, merkte er, dass er ihre Hand dort festhielt. Wie war das denn geschehen? Wie heiße Kohle ließ er sie los und machte einen Schritt zurück, diesmal aber ohne Stühle umzuwerfen.

„Mrs. Jenner kennen Sie ja bereits, nicht wahr?"

Ah ja, die Anstandsdame, die ihn neulich Nacht so finster angeschaut hatte. Mit einiger Erleichterung wandte sich Sebastian von dem atemberaubenden Lächeln ab. Er machte eine Verbeugung und eine höfliche Bemerkung. Die Anstandsdame schüttelte seine Hand nur flüchtig und spitzte missfällig die Lippen. Sie hatte wohl etwas Saures zum Dinner gegessen.

„Und dies ist meine Zwillingsschwester, Miss Faith Merridew."

Auch jetzt, da die Zwillinge nebeneinander standen, konnte Sebastian nicht begreifen, wie jemand sie verwechseln konnte. Sie sahen sich zwar sehr ähnlich, aber Miss Faith konnte sich in Bezug auf ihr Aussehen nicht mit ihrer Schwester messen. Miss Hope hatte ein inneres Feuer, ein Glühen, das Faith fehlte.

Nicht dass ihn Schönheit in irgendeiner Weise interessierte. Charakter war das Einzige, das zählte.

„Und dies ist mein Großonkel Sir Oswald Merridew."

„Sir Oswald."

„Wie geht's, mein Junge? Froh, einen anderen Mann zu sehen. Mögen Sie Musik? Kann ich von mir nicht behaupten, allerdings scheinen die Damen von diesem Ungarn gar nicht genug bekommen zu können. Und was Geigenmusik angeht – meiner Meinung nach Katzengejaule. Aber egal, meine Mädchen waren ganz versessen darauf zu kommen – sie lieben Musik –, und ich kann meinen Hübschen nun mal keinen Wunsch abschlagen." Er blickte seine „Mädchen" voller Zuneigung an. Eine davon war ein Rotschopf, der seine besten Jahre schon deutlich hinter sich hatte.

„Haben Sie mein… unsere gute Freundin Lady Augusta Montigua del Fuego schon kennengelernt?"

Lady Augusta war die füllige ältere Dame mit der leuchtend roten Lockenfrisur von dem Ball vor ein paar Tagen. Heute war sie in ein erstaunliches Kleid aus lila und goldenem Satin gewandet, das über ihrem beeindruckenden Busen weit ausgeschnitten war. „Mr. Reyne. Wir kennen uns noch nicht. Ich hätte Sie bestimmt nicht vergessen." Sie musterte Sebastian von Kopf bis Fuß mit so unverhohlener weiblicher Billigung, dass er zwischen Schock und Belustigung hin und her gerissen war. Er konnte nicht anders, als ihr Lächeln zu erwidern.

„Meine Damen und Herren …" Lady Thorn klingelte mit einem Silberglöckchen, um aller Aufmerksamkeit zu gewinnen, und schaute sich gebieterisch um. Die, die immer noch standen und sich unterhielten, beeilten sich, zu ihren Plätzen zu gelangen.

Es gab ein kleineres Durcheinander, als Mrs. Jenner versuchte, Miss Hope davon zu überzeugen, den Platz mit ihr zu tauschen, aber Lady Thorn blickte sie so gestreng an, dass sie aufgab. Sebastian sah zur Anstandsdame. Sie wirkte, als ginge es ihr nicht gut.

Wahrscheinlich wollte sie näher bei der Tür sitzen, falls ihr Zustand sich verschlechterte, überlegte er. Miss Hopes Platz war fast am Ende der Stuhlreihe, genau neben Sebastians. Er sollte ihr anbieten, mit Mrs. Jenner Plätze zu tauschen, aber Lady Thorn hätte sicher etwas gegen eine weitere Verzögerung.

Erwartungsvolle Stille senkte sich über den Raum.

Ich hätte den Platz tauschen sollen, bemerkte Sebastian zu spät, und nicht wegen der Anstandsdame. Die Stühle standen so dicht beieinander, dass er Miss Hopes Parfum riechen konnte, und aus dem Augenwinkel sah er das sanfte Heben und Senken ihrer Brust, wenn sie atmete. Von dem Konzert würde er keine einzige Note mitbekommen, da war er sicher. Wie gut, dass ihm nicht viel an Musik lag.

Aber dann hätte er morgen auch kein Gesprächsthema für seine Ausfahrt mit Lady Elinore. Er schaute zu Giles, der direkt neben Lady Elinore saß. Giles war ein guter Kerl, der die Interessen seines Freundes verfolgte.

„Graf Felix Vladimir Rimavska."

Ein schlanker Mann mittlerer Größe betrat die niedrige Bühne, als gehörte sie ihm, eine Violine unter dem Arm. Gekleidet war er in eine üppig verzierte Türkenjacke in vage militärischem Stil, reich mit Epauletten und Goldschnüren besetzt, und enge weiße Hosen sowie glänzend polierte schwarze Stiefel. Er sah gut aus, hatte ein blasses, irgendwie tragisch wirkendes Gesicht und unergründliche, dunkle Augen. Sein Haar war schwarz, etwas zu lang und zerzaust; es fiel ihm in wilden Locken in die blasse Stirn. Irgendwie gelang es ihm, die militärische Erscheinung mit einem Anflug Zigeuner zu kombinieren. Er schritt in die Mitte der Bühne und stand schweigend da, ein Bild mühsam gezügelter Leidenschaft.

Sebastian verabscheute ihn auf den ersten Blick.

Die weiblichen Zuhörer seufzten und klatschten aufgeregt. Graf Felix Vladimir Rimavska bedachte sie mit einem gekränkten Blick. Augenblicklich verstummten die Versammelten. Er hob die Violine ans Kinn.

Die Wolle seines Rockes war von minderer Qualität, entschied Sebastian. Und die rote Farbe würde auch nicht lange halten. Beim ersten kräftigen Regenguss würde die Farbe vermutlich auslaufen und die weißen Hosen mit rosa Streifen versehen. Die Vorstellung hatte etwas unglaublich Befriedigendes.

Graf Rimavska warf den Kopf zurück, schloss die Augen und spielte. Seine Violine schluchzte, jubelte und weinte vor Gefühl. Sebastian verstand wenig von Musik, aber man brauchte es ihm nicht zu sagen: Der Bastard war gut, verflucht! Die Damen um ihn herum seufzten und wurden fast ohnmächtig, sie wiegten sich leise zu den an- und abschwellenden Melodien.

Sebastian ertrug es nicht, dem Schönling auf der Bühne zuzusehen, wie er seine pomadisierten Locken schwang, während er seiner Geige engelsgleiche Musik entlockte. Daher wandte er den Blick ab, der prompt auf den Rüschen und der zarten Haut von Miss Hopes Brust landete. Die Rüschen hoben und senkten sich. Das Kleid war vorne viel zu weit ausgeschnitten. Ihre Anstandsdame hätte etwas dagegen unternehmen sollen. Plötzlich wurde ihm klar, worauf er gerade starrte: Er riss den Blick los, richtete ihn wieder nach vorne auf die Bühne.

Der Graf stolzierte umher, während er spielte, und bewegte seine schmalen Hüften auf eine Art und Weise, die in Sebastian das Verlangen weckte, ihm einen Fausthieb zu verpassen.

Sebastian schloss die Augen, aber dann roch er Miss Hopes Parfum noch deutlicher. Vanille, Rosen und Frau.

Ihre Schultern berührten sich fast. Er bildete sich ein, er könnte die Wärme ihrer Haut fühlen. Sie seufzte. Und alles, woran er denken konnte, war ihr Busen, umrahmt von Rüschen. Oder ohne irgendetwas umrahmt. Vielleicht nur von seinen Händen.

Es war schrecklich. Er öffnete die Augen wieder, streckte seine Beine aus, legte die Knöchel übereinander und starrte auf seine Schuhe. Das war das Sicherste.

Verfluchtes Geigengedudel. Es stellte etwas mit den Gefühlen der Menschen an. Wieder schaute er zum Grafen, hoffte, dass sein Ärger über den Kerl seine unbequeme Erregung vertreiben würde.

Er verschränkte resigniert die Arme, starrte wieder auf seine Schuhe und machte sich auf einen Abend in der Hölle gefasst. Oder im verbotenen Himmel.

Hope seufzte, als das Stück zu Ende ging. Sie hatte eigentlich nicht geglaubt, sich heute gut zu unterhalten: Musik war Faith' Leidenschaft, nicht ihre. Und da die meisten Leute, die diesen schneidigen Ungarn hören wollten, weiblichen Geschlechtes waren, hatte Hope nicht damit gerechnet, Mr. Reyne zu sehen. Aber er war nicht nur gekommen, man hatte ihn auch noch neben sie gesetzt.

Sein Freund Mr. Bemerton saß mit Lady Elinore auf der anderen Seite des Salons. Vielleicht irrte sich Mrs. Jenner; vielleicht war es Mr. Bemerton, der Lady Elinore den Hof machte, nicht Mr. Reyne. Oder es war eine List, um das Gerede im Keim zu ersticken.

Waren am Ende beide an Lady Elinore interessiert? War das der Grund für Mr. Reynes Verstimmung? Hope musterte die betreffende Dame verstohlen. Nach ihrem Äußeren beurteilt, schien sie nicht die Sorte Frau zu sein, um deren Aufmerksamkeit sich gleich zwei gut aussehende Männer mühten. Sie stand im Ruf, exzentrisch zu sein, und ihre Kleidung heute Abend war hausbacken. Genau genommen …

Hope runzelte die Stirn. Zwar hatte sie Lady Elinore ein- oder zweimal gesehen, aber sie hatte keinen Eindruck auf sie gemacht. Sie hatte sie mehr oder weniger als unwichtig abgetan, doch heute Abend, als sie Lady Elinores unerbittlich graues Kleid betrachtete, den breiten grauen Schal und ihr streng nach hinten frisiertes Haar, das zu großen Teilen von einem schmucklosen, wenig schmeichelhaften grauen Häubchen bedeckt wurde, fühlte sich Hope stark daran erinnert, wie Großvater sie immer gezwungen hatte, sich zu kleiden.

Als wäre es ein Verbrechen, eine Frau zu sein …

Der Violinist stampfte mit dem Fuß auf, und Hope zuckte schuldbewusst zusammen, aber er hatte es nicht getan, weil sie unaufmerksam war; sondern weil er ein lebhaftes Zigeunerlied mit viel Gestikulieren und Stampfen begann. Seine Violine schluchzte mit Leben und Dramatik. Der Mann sah wirklich gut aus. Mit den ungezähmten Locken, die ihm jungenhaft in die Stirn fielen, und den wie gemeißelten Lippen würde ihm binnen kurzem die Londoner Damenwelt zu Füßen liegen. Er schien geradewegs aus einer von Lord Byrons fantasievolleren Balladen entsprungen zu sein.

Er ließ sie vollkommen kalt.

Der Graf stampfte wieder auf, vermutlich sollte es wie bei einem Kosaken sein. Sie sah sich im Raum um. Alle blickten wie gebannt nach vorne. Damen lehnten sich in ihren Stühlen vor, die Hände hingerissen auf die Brust gelegt, und seufzten entzückt, während der Graf spielte, stampfte und seine langen schwarzen Locken schüttelte. Er hatte etwas sehr Theatralisches, so wie er sich gab. Und der enge Schnitt seiner weißen Hosen war mehr als ein bisschen vulgär. Sie nahm an, dass es einfach dazugehörte, wenn man auf der Bühne auftrat. Und zweifellos konnte er spielen. Nicht dass sie ein besonderer Musikkenner war; das überließ sie ihrer Schwester.

Sie schaute zu Faith und lächelte. Ihre schüchterne Schwester saß stocksteif, umklammerte ihr Retikül und starrte den Ungarn mit offenem Mund und weit aufgerissenen Augen an, als sei sie verhext. Graf Rimavska war nicht nur gut, begriff Hope, er musste absolut brillant sein. Faith konnte sehr kritisch mit weniger begabten Künstlern sein und bewunderte jeden, der gut spielte, aber sie hatte ihre Schwester nie einen Musiker so verehrungsvoll, ja fast ehrfürchtig anschauen gesehen.

Faith konnte ihn gerne haben. Trotz seines unbestreitbaren Talentes und seiner dunklen, gut geschnittenen Züge fand Hope den Grafen nicht annähernd so anziehend wie den großen, finster blickenden Mann an ihrer Seite. Verstohlen sah sie zu ihm, weil sie wissen wollte, ob Mr. Reyne den Vortrag genoss, aber er studierte gedankenverloren seine Schuhe. Warum war er so verstimmt? War es Lady Elinore, die Musik oder etwas anderes, ein Problem in seinem Leben? Sie wollte sich vorbeugen, sich bei ihm unterhaken und ihn trösten.

Nach dem finalen Crescendo stand der Graf einen Augenblick leicht schwankend, ließ sich dann erschöpft von seinem leidenschaftlichen Vortrag auf einen nahen Stuhl sinken und erklärte, er benötige eine Erfrischung, ehe er fortfahren könne. Damen und Dienstboten eilten zu ihm.

Von Mr. Reyne war ein gedämpftes Schnauben zu hören.

Hope lächelte. Schon aus der konzentrierten Betrachtung seiner Schuhe hatte sie geschlossen, dass Mr. Reyne von dem Grafen nicht gefesselt war; jetzt schien er ihre Meinung zu teilen.

„Nun, Mr. Reyne, was denken Sie …“, begann sie, aber ihre Schwester packte sie drängend am Arm.

„Hope! Hope, ich muss zu ihm! Komm mit!“, verlangte Faith. Es war ungewöhnlich für ihre Zwillingsschwester, sie so eindringlich um etwas zu bitten, daher ließ Hope es nach einem kleinen, entschuldigenden Lächeln zu Mr. Reyne geschehen, dass ihre Schwester sie mit zu der Gruppe hingerissener Bewunderer zog.

Gerade lehnte der Graf die ihm gereichten Speisen ab. „Wein und Gebäck? Pah, das ist etwas für Frauen, und ich bin ein Mann." Er winkte den Champagner fort. „Gibt es keinen Wodka? Nun gut, Brandy wird zur Not gehen. In Paris hat man mich mit dem feinsten Wodka bewirtet." Er nahm das Brandyglas und kippte sich den Inhalt mit dramatischer Geste die Kehle herunter, dann erschauerte er übertrieben. Er öffnete seine Augen einen Spalt, musterte die versammelten Damen und sah aus wie ein satter Panther. „Irgendetwas zu essen?"

Hope verfolgte leicht belustigt von dem albernen Getue des Mannes, wie seine Bewunderinnen durcheinanderliefen, um ihm zu Gefallen zu sein.

„Schinken. Pah, wollen Sie mich vergiften?" Er beäugte die ihm gereichte Platte mit Widerwillen. Die Dame, die sie ihm hingehalten hatte, zog sich unter Entschuldigungen zurück. Einen Augenblick zuvor hatte sie einem Lakai den Teller mit den hauchdünnen Schinkenscheiben entrissen und dem Grafen triumphierend angeboten. Die Gattin eines Adeligen, die sich für einen Künstler zur Dienerin machte. Es war ein sehenswerter Anblick.

Konnten sie nicht erkennen, dass seine Weigerung, zufrieden zu sein, Teil seiner Vorstellung war? Hope drehte sich um, um die Beobachtung mit ihrer Schwester zu teilen. Aber Faith war nicht da.

„Vielleicht mundet Ihnen ein Bissen geräucherter Lachs auf leicht gebuttertem Brot, Graf Rimavska?" Erstaunt vernahm Hope die Stimme ihrer Schwester. Waren alle verrückt geworden?

Der Graf ließ einen angespannten Moment verstreichen, dann lächelte er billigend. „Ein Engel mit Nahrung. Von Ihren zarten Händen, o Göttliche, würde ich sogar Schinken riskieren."

Faith strahlte, als er sie näher zog. Hope wandte sich entsetzt ab. Was tat Faith da? Diese musikalische Bewunderung ging sicherlich zu weit.

Sie suchte Mrs. Jenner. „Unternehmen Sie etwas!"

„Was soll ich Ihrer Ansicht nach tun?"

„Meine Schwester davon abhalten, sich lächerlich zu machen."

Mrs. Jenner schaute sie ungläubig an. „Aber sie macht sich nicht lächerlich. Ich halte es für ganz reizend."

„Aber er … er …" Hope konnte kaum sprechen. „Sie bedient ihn wie eine Magd."

„Unsinn, sie ist nur um ihn bemüht." Mrs. Jenner hob eine Augenbraue und erklärte süffisant: „Er ist ein Graf aus bester Familie, sagt man, märchenhaft reich und außerordentlich attraktiv. Wenigstens hat die liebe Faith sich nicht von einem dahergelaufenen Emporkömmling den Kopf verdrehen lassen."

Sich den Kopf verdrehen lassen? Verwundert schaute Hope zu, wie ihre Schwester dem Grafen einen Leckerbissen nach dem anderen reichte. Es schien nicht richtig. Der Mann war ein Aufschneider. Sie wandte sich älteren, weiseren Häuptern zu. „Großonkel Oswald? Lady Gussie? Was tut Faith da? Sie hat sich doch noch nie so aufgeführt."

Lady Gussie tätschelte ihr die Hand. „Es ist nur Spaß, Liebes. Faith amüsiert sich. Er ist ein schöner Mann und spielt wie ein Engel. Es ist eine Freude, die schüchterne kleine Faith zur Abwechslung flirten zu sehen. Das Mädchen ist sonst immer viel zu ernst."

Hope runzelte die Stirn. Flirten? Faith flirtete nie. „Oh

mein Gott", flüsterte sie. „Ein *Musiker!*" War er Faith' Traummann?

Großonkel Oswald hörte sie. „Ja, aber das ist nicht schlimm. Schließlich hat er einen Titel, und die Familie ist sehr reich. Und da es im Augenblick einen erschreckenden Mangel an Dukes gibt ..." Er zuckte die Achseln. „Lass deiner Schwester ihren Spaß."

Sebastian beobachtete, wie der Graf sich durch den Teller mit dem Räucherlachs aß und sich dann von einer Platte mit Hummerpasteten bediente. Beides wurde ihm von einer bewundernden Miss Faith Merridew dargeboten. Mehrere Gläser des geschmähten Brandys waren schon seine Kehle hinabgelaufen.

Der Kerl hatte keine Stärkung nötig, sondern eine Tracht Prügel. Allein vom Zuschauen musste Sebastian die Zähne zusammenbeißen. Miss Faith fütterte ihn praktisch, während ihre Schwester daneben stand und jede Bewegung hingerissen verfolgte. Unfähig, das länger mit anzusehen, ohne dass ihm schlecht wurde, durchquerte er den Raum zu Giles und Lady Elinore. Wenigstens war Lady Elinore nicht sogleich aufgesprungen, um sich mit den anderen um den Künstler zu scharen, bemerkte Sebastian zufrieden. Eine überlegt handelnde Frau.

„Nun, was halten Sie davon?" Er deutete mit dem Kopf zur Bühne. „Schon jemals so etwas gesehen?"

„Nein, in der Tat nicht. Eine höchst exzellente Vorstellung", pflichtete ihm Lady Elinore bei.

Sebastian schnaubte abfällig. „Eine schöne Vorführung."

„Ich habe ihn als ‚byronesk' beschrieben gehört", erklärte Lady Elinore, „aber mir war nicht klar, dass es in diesem Maße treffend sein würde. Die Gesellschaft neigt gewöhnlich dazu, bei solchen Sachen zu übertreiben, aber in diesem Fall scheint es angemessen. Meinen Sie nicht auch, Mr. Reyne?"

„Was? Dass er angemessen ist?" Sebastian blinzelte. Miss Hope hatte ihre Augen gar nicht von dem verflixten Fiedelspieler abwenden können.

„Byronesk."

Sebastian runzelte die Stirn. „Ich dachte, er sei ungarisch."

Giles und Lady Elinore lachten, als hätte er einen großartigen Witz gemacht. Giles erwiderte: „Ja, als sei er geradewegs aus ‚Giaur' entsprungen."

Sebastian nahm an, dass dies *Dschaur* ein Ort in Ungarn war. Mit solchen Sachen kannte er sich nicht aus. Er war nur ein paar Jahre lang zur Schule gegangen, wie Giles sehr gut wusste, und Lyrik hatte nicht zum Unterricht gehört.

„Nein, viel eher aus ‚Der Korsar', denke ich", sagte Lady Elinore. „‚Seine Stirn so hoch und bleich, Ebenholzlocken wild und weich' …"

„Passend in der Tat", pflichtete ihr Giles bei. „‚Und die stolze Lippe wie gequält, den anmaßenden Gedanken kaum verhehlt.' Allerdings sieht es nicht so aus, als wolle er seine anmaßenden Gedanken verhehlen – über die Minderwertigkeit der ihm dargebotenen Stärkungen, zum Beispiel."

Giles lachte über seinen Witz, Lady Elinore runzelte die Stirn. Sebastian, der keine Ahnung hatte, wovon sie sprachen, runzelte ebenfalls die Stirn. Miss Hope schenkte dem albernen Kerl viel zu viel Aufmerksamkeit.

Lady Elinore verkündete mit kühlem Ernst: „Mr. Bemerton, ich hoffe, Sie machen sich nicht über den Grafen lustig. Meine Bewunderung war vollkommen ehrlich gemeint. Er ist der beste Violinist, den ich je gehört habe. Die Tatsache, dass er außerdem noch Lord Byrons romantischstem Helden ähnlich sieht, ist kein Grund für unangebrachte Späße. Ganz im Gegenteil, es steigert seine Attraktivität nur noch." Damit drehte sie sich zum Gehen um und ließ Giles mit offenem Mund stehen.

„Hast du das gesehen?"

„Allerdings", murmelte Sebastian, der keinen Moment das Geschehen neben der Bühne aus den Augen gelassen hatte. „Eine absolute Schande."

„Sie hat mich gemaßregelt. Wieder!"

„Hm. Wer?"

„Lady Elinore! Sie hat mich wegen meiner unangebrachten Späße gemaßregelt und ist dann beleidigt davongesegelt!" Giles war fassungslos. Und von dem Glitzern in seinen Augen her zu schließen, auch belustigt. „Noch nie hat eine Frau so mit mir gesprochen, und ganz bestimmt keine unansehnliche graue Maus wie sie."

„Ähem!" Sebastian räusperte sich bedeutungsvoll, aber Giles entging die Warnung, daher war er gezwungen hinzuzufügen: „Wenn du dich bitte erinnern willst, dass du von meiner Zukünftigen sprichst."

„Was? Ach ja, natürlich. Tut mir leid." Giles starrte Lady Elinore hinterher.

„Was hast du eigentlich heute getan, um sie gegen dich aufzubringen?"

Giles deutete mit seinem Kinn zur Bühne. „Den Fiedelspieler beleidigt."

Sebastian schnaubte. „Der Mann kann gar nicht genug beleidigt werden! Verfluchter Schnösel!" Die Merridew-Schwestern standen immer noch da, offensichtlich fasziniert von dem Grafen.

Giles nickte. „Der Kerl schreit förmlich nach einem Schlag auf die Nase, wenn du mich fragst."

„Ganz genau meine Gedanken."

In völligem Einvernehmen beobachteten sie, wie sich die Damenwelt um den Grafen drängte. Die Merridew-Mädchen waren ganz vorne, direkt neben ihm. Lady Elinore hatte sich unauffällig zu dem Kreis der Bewunderinnen gesellt. Sebastian erklärte: „Ich schaue mir das hier nicht länger an."

Angewidert schüttelte Giles den Kopf. „Ich auch nicht. Lass uns zu dir gehen. Ich brauche jetzt etwas Ordentliches zu trinken."

Als sie jedoch bei dem Haus ankamen, das Sebastian für die Saison gemietet hatte, wartete dort schon eine dringende Nachricht von seinem Butler aus Manchester. Cassie und Dorie wurden vermisst. Sie wurden seit – er schaute auf das Datum des Schreibens – seit inzwischen drei Tagen vermisst. Der Butler hatte sich die Freiheit herausgenommen, nach Mr. Black zu senden.

Vermisst. Eiseskälte erfasste ihn, und eine Sekunde lang konnte er keinen Gedanken fassen. Sie konnten nicht verschwunden sein. Er konnte sie einfach nicht erneut verloren haben.

Ihm war schlecht, und er machte sich schreckliche Sorgen, aber trotzdem befahl Sebastian, ihm unverzüglich ein ausgeruhtes Pferd zu satteln. Knapp erklärte er Giles, was vorgefallen war. „Ich muss sofort aufbrechen."

„Ja, natürlich. Ich werde mich hier um alles kümmern, ja?"

Sebastian, der einzig für seine kleinen Schwestern Gedanken hatte, fragte geistesabwesend: „Was denn?"

„Du hast doch für morgen eine Verabredung mit Lady Elinore zu einer Ausfahrt, oder?"

„Ach ja. Verdammt! Sollte ich ihr schreiben …?"

Giles legte ihm beschwichtigend eine Hand auf die Schulter. „Denk nicht mehr daran. Ich werde ihr morgen meine Aufwartung machen und erklären, dass du in einer wichtigen Familienangelegenheit abberufen wurdest. Ich werde sogar mit ihr die Ausfahrt machen, wenn sie mag. Ich habe morgen nichts Besonderes vor."

„Danke, Giles. Du bist ein guter Freund. Ich muss mich nur umziehen, dann bin ich weg.“

In weniger als zehn Minuten war Sebastian fertig in Stiefel, wildlederne Reithosen und Reitrock gekleidet und bereit, gen Norden in die Nacht zu reiten.

6. KAPITEL

Hope wand sich, warf sich herum, versuchte zu entkommen. Nur ein Lichtschimmer. Sie griff danach, nach der Klinke. Konnte sich nicht bewegen. *Schmerz.* Sie versuchte es erneut. „Die Hand des Teufels." Das Seil schnitt ihr in die Handgelenke. „Ich verbiete dir, sie zu benutzen."

Sie rang nach Atem. Ihr Herz klopfte so laut, dass ihr die Ohren dröhnten. Sie starb. Er hatte sie hier zum Sterben eingesperrt.

Faith, wo ist Faith? Wo war ihre Zwillingsschwester?

Finster. Es war so finster. *Kann die Hand nicht bewegen.* „Ich werde dich lehren, diese Hand zu benutzen."

Ungeschickt tastete sie mit ihrer anderen Hand nach dem Griff, versuchte den Lichtspalt zu berühren. Sie sollte das Schloss von innen öffnen können. *Versuch's. Versuche es!*

Kann nicht! Zu ungeschickt! Sarg. Sie versuchte mit der Faust gegen den Deckel zu hämmern. Aber die Hand gehorchte ihr nicht. *Gute Hand. Böse Hand.* Der Strick schnitt ihr ins Fleisch. Fest. So fest, dass ihr das Blut abgeschnürt wurde, die böse Hand. „Böse. Verdorben."

Sie versuchte zu atmen.

„Faith", rief sie. „*Faith!*"

„Hope! Hope, Liebes, ich bin hier. Wach auf!"

Licht. Gesegnetes Licht. Es blendete sie, aber trotzdem dankte sie dem Himmel. Faith, ihre Zwillingsschwester, ihre andere Hälfte. In einem Nachthemd. Sie war in Sicherheit. Mühsam rang sie nach Atem.

„Ganz ruhig, Hope. Du bist in Sicherheit. Es war nur wieder einer deiner Träume."

Allmählich drangen die Worte zu ihr durch. Ein Traum? Sie war nicht auf Dereham Court? Gott sei Dank.

„Es war nur ein Albtraum, Liebes. Du bist hier sicher, in deinem Bett, weit weg von Großvater.“ Faith strich ihr das wirre Haar aus der Stirn.

Hope blinzelte verständnislos, immer noch teilweise im Traum gefangen. Ihre Schwester ergriff ihre linke Hand und hielt sie ihr vors Gesicht. „Siehst du? Keine Stricke. Keine Abdrücke. Es liegt alles hinter uns.“ Sie nahm sie in den Arm.

Zitternd holte Hope mehrmals tief Luft und rieb sich das linke Handgelenk, als wären die Abschürfungen von den Stricken noch da. „Tut mir leid“, sagte sie.

„Das muss es nicht“, erwiderte ihre sanfte Schwester heftig. „Denkst du, ich wüsste nicht, worum es in diesen Albträumen geht? Wie oft du Strafen auf dich genommen hast, die eigentlich ich verdient hatte?“ In ihren Augen glitzerten Tränen. „Ich wünschte nur, ich könnte dir die Albträume abnehmen.“

Hope lächelte zittrig und erwiderte Faith’ Umarmung. „Mach dir keine Sorgen. Ich weiß, du hast deine eigenen Albträume. Das haben wir alle. Es ist Großvaters Erbe.“

Plötzlich musste sie wieder an die Worte ihrer Schwester von neulich denken. *„Noch fünfzig Jahre, und wen siehst du vor dir? Großvater!“*

War das der Auslöser ihres Albtraums? Erinnerte er sie tief in ihrem Innern doch an Großvater? War der Traum eine Warnung?

Sie dachte darüber nach. Sebastian Reyne war nicht wie Großvater. Er war es nicht. Sie war sich sicher, dass er das nicht war.

Beinahe ganz sicher.

Müde lenkte Sebastian sein Pferd auf die Auffahrt zu seinem Haus. Das Gebäude war hell erleuchtet. Er war nass, schmutzig und erschöpft. In den letzten zweiundzwanzig Stunden war er beinahe ununterbrochen geritten. Er konnte nicht sagen, wie oft er auf dem Weg das Pferd gewechselt hatte. Erschöpft stieg er ab, wankte, als seine Muskeln sich verkrampften.

Die Eingangstür wurde aufgerissen, ehe er die Stufen erreichte. Der Butler eilte ihm entgegen. „Es ist alles in Ordnung, Sir. Wir haben die Mädchen gefunden."

Sebastian stolperte.

„Mr. Black hat sie gefunden. Sie sind in Sicherheit."

Sebastian starrte den Butler an, fast unfähig zu verstehen, was er sagte. Er hob den Blick. Hinter dem Butler stand Morton Black in der offenen Tür und hinter ihm mit halb verlegener, halb trotziger Miene Cassie, Dorie an der Hand. Dorie sah nicht anders aus als sonst: weit aufgerissene Augen, argwöhnisch und still.

Erleichterung erfasste ihn. „Gott sei Dank!" Er lief die Eingangsstufen empor und bückte sich, um die Mädchen zu umarmen. Sie zuckten zurück. Sebastian erstarrte. In seiner Erleichterung, sie gesund und heil vor sich zu sehen, hatte er es vergessen.

Gekränkt und wütend auf sich selbst, weil er die Grenzen überschritten hatte, die die Mädchen von Beginn an gezogen hatten, rieb er sich das unrasierte Kinn. „Entschuldigung. Ich habe nicht daran gedacht, wie nass und schmutzig ich bin. Ich muss wie ein Bär aussehen."

Sie schwiegen.

Nachdem er sich seines nassen Wollüberrocks, der Handschuhe und des Hutes entledigt hatte, gab er Morton Black die Hand. „Noch einmal vielen Dank, dass Sie zur Rettung geeilt sind, Black. Ich bin Ihnen überaus dankbar. Wollen wir nicht in den Salon gehen? Ich würde gerne alles erfahren. Und Treece", wandte er sich an den Butler. „Ich bin halb verhungert. Die Mädchen und Mr. Black hätten gewiss auch nichts gegen eine kleine Stärkung einzuwenden."

Er schob die beiden Mädchen vor sich in den Salon und ließ sich auf einen Holzstuhl fallen. „Nun, Black, mussten Sie weit reisen, um sie zu finden?"

Morton Black schüttelte den Kopf. „Nein, gar nicht. Nur bis auf Ihren Dachboden."

Sebastian runzelte die Stirn. „Den Dachboden hier?"

Black nickte. „Ich wollte mich gerade aufmachen, die Straßen abzusuchen, als ich bemerkte, dass sie weder Mäntel noch festes Schuhwerk mitgenommen hatten. Das gab mir zu denken. Es erschien unlogisch, wissen Sie, und diese beiden hier sind auf keinen Fall ... dumm. Unvernünftig, vielleicht, aber nicht dumm." Er bedachte die Mädchen mit einem leicht tadelnden Blick. Cassie reckte in stummem Trotz ihr Kinn. Dorie saß still und schwieg.

„Dann hörte ich zufällig", fuhr Black fort, „wie die Köchin eine Spülmagd beschuldigte, sie habe Essen aus der Küche gestohlen, und ich habe eins und eins zusammengezählt. Deswegen habe ich befohlen, das Haus vom Keller bis zum Boden zu durchsuchen." Er nickte befriedigt. „Hab sie auf dem Dachboden entdeckt. Miss Dorie schlief tief und fest in einem alten Lehnstuhl, und Miss Cassie saß auf dem Dach und betrachtete die Umgebung. Ich hätte es wissen sollen."

Erleichterung drohte Sebastian zu überwältigen. Sie hatten offenbar nicht versucht, vor ihm wegzulaufen.

Bloß erklärte das nicht, warum die Mädchen sich überhaupt versteckt hatten. Sie waren keine Kinder, die aus Übermut Streiche spielten. Eigentlich wäre es ihm fast lieber, wenn sie solche kindlichen Züge aufweisen würden. Er ging dem Problem ohne Umschweife auf den Grund. „Ja, aber warum haben sie sich versteckt? Sie sind hier doch völlig sicher."

Black zuckte die Schultern. „Das kann ich Ihnen nicht sagen, Sir. Die Mädchen haben es mir nicht verraten."

„Cassie?" Sebastian drehte sich zu ihr um. „Warum habt ihr beide euch versteckt?"

Eine lange Pause entstand.

„War es ein Streich? Dachtest du, es wäre ein Spaß, alle hereinzulegen?"

Statt einer Antwort warf ihm Cassie einen verächtlichen Blick zu. Selbstverständlich würde sie so etwas nicht aus Jux und Tollerei tun, sagte der Blick.

„Warum dann, Cassie?"

Trotzig und verschlossen zuckte sie die Schultern.

Erbittert ballte er die Hand zur Faust, sagte aber in ruhigem Ton: „Ich bestehe auf einer Antwort, Cassie. Wenn du einen guten Grund hast, wird niemand bestraft. Wenn nicht, erhältst du eine Strafe."

Dorie schaute auf Sebastians Faust, dann zu ihrer Schwester. Ihr kleines Gesicht war weiß und angespannt, und statt ausdruckslos wie sonst wirkte ihre Miene ängstlich.

Es drückte Sebastian das Herz ab. Mit leiserer Stimme wandte er sich an sie. „Es ist gut, Dorie, niemand wird dir oder Cassie etwas tun. Cassie, hatte es etwas mit Dorie zu tun?"

Cassie sah ihre Schwester an, dann zuckte sie gleichgültig die Achseln. „Und wenn?"

Sebastian seufzte. „Sag es mir einfach, Cassie. Ich bin müde, ärgerlich, erleichtert – alles gleichzeitig. Ich bin Tag und Nacht geritten, außer mir vor Sorge, dass euch beiden etwas Schreckliches zugestoßen ist."

Skeptisch kniff Cassie die Augen zusammen.

Sebastian wiederholte: „Ja, außer mir vor Sorge!" Er schüttelte den Kopf, ratlos wegen ihres Verhaltens. „Natürlich war ich das. Ihr beide seid meine Schwestern. Warum sonst sollte ich in London alles stehen und liegen gelassen haben, um herzukommen und nach euch zu suchen?"

Cassie runzelte die Stirn.

Er sagte: „Und ich war nicht der Einzige. Treece, Mrs. Elliot, Mr. Black und die Köchin, alle haben sich große Sorgen um euch gemacht und überall nach euch gesucht. Ich nehme an, die meisten haben seit Tagen nicht richtig geschlafen."

Sie schaute fragend zu Black, der bestätigend nickte.

Gerade kam Treece herein, eine Kanne Tee, eine Brandykaraffe und einen Teller mit Sandwichs auf einem Tablett. Cassie schaute ihn an, und er nickte. „Es stimmt, Miss Cassie. Wir haben uns alle große Sorgen gemacht. Mrs. Treece hat vor lauter Angst kein Auge zugetan."

Sebastian, der bemerkte, dass Cassie ehrlich überrascht von ihrer Sorge war, erklärte: „Wir alle haben befürchtet, ihr lägt irgendwo tot im Straßengraben oder schlimmer. Das wenigste, was du daher tun kannst, ist uns zu erklären, warum du uns das hast durchmachen lassen."

Nach einem Moment des Überlegens sagte Cassie langsam: „Es war kein Streich. Es tut mir leid wegen der Aufregung, die wir verursacht haben." Sie schaute zu ihrer kleinen Schwester, und sie verständigten sich lautlos. „Dorie hatte Angst. Sie dachte, sie hätte … jemanden gesehen."

„Wen?"

Cassie schüttelte den Kopf.

„Hat sie es dir gesagt? Kann sie sprechen?"

„Du weißt doch, dass Dorie nicht spricht", erwiderte Cassie ungeduldig.

„Wie willst du dann …" Er brach ab. „Nun gut, ich glaube, dass Dorie Angst hatte und dass ich nicht hier war, um euch beide zu beschützen, vor wem auch immer. Aber warum habt ihr es nicht Treece oder Mrs. Elliot erzählt?"

Ausdruckslos schaute sie ihn an, und er erkannte, dass ihr der Gedanke nicht gekommen war. Sie rechnete nicht damit, beschützt zu werden. Das war der Grund, weswegen sie immer ein Messer bei sich trug.

Sanft erklärte er: „Wenn ich nicht da bin, sind trotzdem etwa zwanzig Leute in diesem Haus, Cassie, und ihre Aufgabe ist es, sich um euer Wohlergehen zu kümmern. Ihre *einzige* Aufgabe."

Cassie zuckte unbehaglich die Schultern: Sie war beunruhigt, aber entschlossen, Gleichgültigkeit zu heucheln.

„Kannst du mir irgendetwas darüber verraten, wer oder was Dorie Angst gemacht hat?"

Wieder hatte sie diesen sturen Ausdruck in den Augen, und Sebastian begriff, dass er alles erfahren hatte, was sie ihm heute sagen würde. „Nun gut, es ist schon spät. Mrs. Elliot wird euch beide jetzt zu Bett bringen. Ich werde morgen darüber nachdenken, was wir unternehmen, wenn ich ein wenig geschlafen habe und mein Kopf klarer ist. Gute Nacht, Cassie und Dorie!"

„Gute Nacht, Sir", murmelte Cassie und nahm Dorie an der Hand. Auch das tat weh. Cassie weigerte sich, ihn Sebastian zu nennen, wie er sie gebeten hatte. Sie bestand darauf, ihn mit „Sir" anzusprechen wie die Dienstboten, und machte damit deutlich, dass er ihr nichts bedeutete.

Sebastian schaute zu, wie sie aus dem Raum gingen. Als sie die Tür erreichten, sagte er leise: „Ich weiß, ich klinge verärgert, aber ihr könnt euch nicht vorstellen, wie dankbar ich bin, dass ihr beide gesund und wohlauf seid."

Die Mädchen blieben kurz auf der Schwelle stehen, dann schauten sie einander an. Langsam, zögernd drehte sich Cassie um. „Es tut uns leid, dass wir Ihnen Sorgen bereitet haben", erklärte sie an den Raum als Ganzes gewandt, nicht an Sebastian. Es war ein Sieg, aber ein schaler.

„Schlaft gut, ihr beiden", antwortete er und war mit einem Mal unglaublich müde. Sie würden nie aufhören, ihn dafür zu strafen, dass er sie verloren hatte.

„Also habe ich sie mit nach London genommen“, erzählte Sebastian Giles zehn Tage später. Mit dem Kinn deutete er nach oben zur Decke. „Sie schlafen jetzt. Die Reise hat sie ganz schön erschöpft, die armen Kleinen.“ Er war am späten Nachmittag in London angekommen.

Giles hob eine Augenbraue. „Zwei kleine Mädchen um dich zu haben erschwert dein gesellschaftliches Leben, weißt du.“

„Ja, aber was sonst hätte ich tun sollen? Es liegt auf der Hand, dass ich sie nicht allein lassen kann. Dringender als je brauche ich eine Ehefrau, und je länger ich es aufschiebe, desto mehr Schwierigkeiten tun sich auf.“

„Welche Schwierigkeiten? Machen die Mädchen mehr Probleme?“

Sebastian schüttelte den Kopf. „Nein, eigentlich nicht, obwohl ich einräumen muss, dass mir ihre letzte Eskapade ganz schön zugesetzt hat. Aber es geht auch um die Fabrik. Es gibt Sachen, um die ich mich selbst kümmern muss, und in letzter Zeit hat es viele Unruhen in der Gegend gegeben. Bislang ist es mir gelungen, zu verhindern, dass es auch meine Fabriken erreicht – die Lage meiner Arbeiter ist wesentlich besser als die der meisten, und das wissen sie –, aber trotzdem können ein paar Hitzköpfe …“ Er bemerkte Giles’ glasig werdenden Blick und sagte: „Ich langweile dich. Jedenfalls muss ich diese Brautwerbung so kurz wie möglich halten, damit ich mich wieder meinem normalen Leben zuwenden kann. Vor einer Stunde habe ich Lady Elinore eine Nachricht geschickt.“

„Also hast du deinen Plan nicht aufgegeben, Lady Elinore den Hof zu machen?“

„Nein, warum sollte ich?“ Sebastian schob den Gedanken an Miss Hope entschlossen beiseite. „Dieser Zwischenfall hat mich mehr als alles darin bestärkt, dass ich eine Frau brauche, die für ihre besonderen Umstände Verständnis hat.“

„Du bist also wild entschlossen, deine eigenen Wünsche als unwichtig …"

„Wir sollten meine Wünsche – was immer du auch meinst, woraus sie bestehen – außen vor lassen, Giles."

„Nun gut. Deine eigenen Wünsche sind unwichtig, und nur Lady Elinore kann deine Schwestern verstehen, niemand sonst. Wie zum Beispiel Miss Hope." Zweifelnd lächelte Giles.

Sebastian runzelte die Stirn. Sein Freund war wie eine Katze, die uninteressiert schien, bis sie ihre Krallen zückte. Mit Nachdruck erklärte er: „Miss Hope ist ein reizendes Mädchen, aber sie hat ein behütetes, privilegiertes Leben geführt. Lady Elinore mag der privilegierten Klasse entstammen, aber sie hat den größten Teil ihres erwachsenen Lebens mit armen Waisenmädchen gearbeitet." An dem Ausdruck in seinen Augen konnte er erkennen, dass Giles nicht aufgeben würde, daher wechselte er das Thema. „Danke auch, weil du die Wogen bei ihr geglättet hast. War sie sehr verärgert, dass ich nicht zur Ausfahrt erschienen bin?"

„Nein, nicht sehr."

„Gut. Dann hast du es ihr erklärt."

„Ja."

„Gut. In meiner Nachricht habe ich Lady Elinore für morgen früh zu einer Ausfahrt mit mir und den Mädchen eingeladen."

Giles hob eine Augenbraue. „Und hat sie die Einladung angenommen?"

Sebastian schüttelte den Kopf. „Noch nicht. Ich habe ihr aber auch erst vor etwa einer Stunde die Nachricht geschickt. Aber ich bin sicher, sie wird es."

Giles nippte an seinem Portwein und sagte nichts.

„Das hier ist Hyde Park", erklärte Sebastian, als die offene Kutsche das Tor passierte. „Alle, die etwas sind, gehen hier am Nachmittag spazieren – alle vornehmen Leute. Prächtig gekleidete Damen und bedeutende Herren."

„Sie sehen nicht prächtig aus, sie sehen dumm aus." Mit hängenden Schultern saß Cassie in der Ecke der Kutsche und ließ ihre Füße baumeln, sodass sie immer wieder gegen die Ledersitze trat, während sie den Spaziergängern finstere Blicke zuwarf.

„Das hier ist nicht die richtige Zeit für die Promenade. Jetzt sind nur wenige Leute hier. Am Nachmittag drängen sich hier die elegantesten Menschen der Welt."

„Ich hasse Menschenansammlungen." Cassie war wild entschlossen, nichts zu mögen. *Sie* hatte nicht nach London kommen wollen. *Sie* hatte heute Morgen nicht mit der Kutsche fahren wollen. Von London hatte sie genug gesehen.

Es war ein Verhalten, das sich Sebastian sonst von niemandem gefallen lassen würde, aber für den Augenblick hatte er beschlossen, ihre Unhöflichkeit nicht weiter zu beachten. Allmählich begann er, sie zu verstehen. Es war symbolische Unhöflichkeit. Er konnte es nicht ganz genau sagen, aber er hatte das Gefühl, trotz ihrer Feindseligkeit war sie dankbar, dass er sich um sie kümmerte, und erleichtert, die Bürde von Dories Schweigen und ihrer namenlosen Furcht mit jemandem zu teilen.

Wie auch immer, Cassie musste ihre Unabhängigkeit zeigen. Sie war im Grunde genommen stolz und verpasste keine Gelegenheit, ihn daran zu erinnern, dass sie bislang ohne ihn ausgekommen war. Das Messer an ihrem Bein, mit dem sie gegen die Polster trat, war ein unsichtbarer Beweis dafür.

Ein hochrädriger Phaeton fuhr flott an ihnen vorbei, gezogen von einem Paar exzellent aufeinander abgestimmter Grauer. Giles besaß ein ähnliches Gefährt. Sebastian reckte den Hals, aber von seinem Platz aus konnte er nicht erkennen, wer der Fahrer war, sondern nur, dass er einen hohen

Biberhut aufhatte und eine Dame mit grauem Hut neben ihm saß.

Er schüttelte den Kopf. Was dachte er nur? Giles stand nie vor Mittag auf.

„Hör auf, gegen den Sitz zu treten, Cassie“, verlangte Sebastian.

Trotzig hob sie den Kopf, gehorchte aber. Ihre Feindseligkeit war eine hauchdünne Schicht. Gestern, als sie in der Stadt ankamen, hatte Cassie mürrisch erklärt, sie wollte nicht in London leben, noch nicht einmal für einen Monat, aber sie hatte sich nicht davon abhalten können, den Kopf nach all den Sehenswürdigkeiten umzudrehen. Ihre Augen hatten vor Aufregung geglitzert. Und jetzt im Park nahm sie jedes Detail an der Kleidung der Damen wahr, von denen sie behauptete, sie sähen dumm aus.

Sie war ein aufgewecktes kleines Ding, und Sebastian war dankbar dafür. Die Schwierigkeiten, die Cassie ihm bereitete, störten ihn nicht. Cassie war eine Lebenskünstlerin, ähnlich wie er selbst. Durch ihre Erfahrungen hatte sie sich nicht kleinkriegen lassen.

Es war Dorie, die ihm am meisten Sorgen bereitete. Er hatte keine Ahnung, wie er mit ihr umgehen sollte. Sie schien ihm so zerbrechlich.

Auf dem Sitz in der Kutsche saß sie wie eine kleine, dünne Puppe. Ihre Haut war blass wie Porzellan und zart, ihre Augen wirkten groß in ihrem spitzen kleinen Gesicht. Dass sie ständig Essen mitgehen ließ, konnte man ihr wirklich nicht ansehen. Er wünschte, er könnte sie irgendwie erreichen.

Die Gouvernante irrte sich. Dorie war nicht geistig behindert. Sie sprach nur nicht. Aber sie verstand alles, was gesagt wurde, und Sebastian glaubte auch, dass sie lesen konnte – wenigstens schienen ihr die Bücher Freude zu bereiten, die er besorgt hatte. Sie weigerte sich zu schreiben, außer etwas abzuschreiben. Von diesen Punkten einmal abgesehen, war sie immer artig und folgsam. Beinahe unnatürlich für ein Mädchen, das gerade zwölf geworden war.

Sebastian machte sich beständig Sorgen ihretwegen. Er hatte versucht, sie von einem Arzt untersuchen zu lassen, um zu sehen, ob ihr Schweigen auf eine Verletzung im Hals zurückging. Doch sie weigerte sich standhaft, und der Anblick des bleichen Kindes, das sich verzweifelt mit seinen kleinen Fäusten gegen den Arzt gewehrt hatte, hatte ihn geradewegs ins Herz getroffen. Er hatte den Arzt weggeschickt.

Noch Wochen danach hatte sie ihn aus ihren großen grauen Augen vorwurfsvoll angeschaut.

Jetzt saß sie ordentlich auf ihrem Platz und betrachtete gehorsam die Sehenswürdigkeiten von Hyde Park. Er hatte keine Ahnung, was in ihrem Kopf vorging, aber er musste weiter versuchen, es herauszufinden.

Zum Dutzendsten Mal wünschte er sich, Lady Elinore wäre bei ihm. Sie wüsste, was zu tun wäre, was sie zu seinen Schwestern sagen sollte. Aber sie hatte sich entschuldigt, weil sie heute Morgen eine andere Verabredung hatte. Sebastian erkannte eine Ausflucht, wenn sie ihm unterkam. Lady Elinore musste beleidigt sein, weil er Hals über Kopf nach Manchester aufgebrochen war und es seinem Freund überlassen hatte, seine Entschuldigung zu übermitteln. Er hätte sich die Zeit nehmen sollen, ihr wenigstens eine kurze Nachricht zu schreiben. Und seinem Butler auftragen, ihr Blumen zu schicken.

„Wir kommen jetzt zum Teich“, sagte er. „Dorie, würdest du gerne Enten füttern?“

Sie schaute zum Wasser, antwortete allerdings nicht. Er bedeutete dem Kutscher, anzuhalten.

„Warum bleiben wir stehen?“, verlangte Cassie zu wissen.

„Um die Enten zu füttern.“

„Womit?“

Sebastian förderte einen Korb mit altbackenem Brot zu Tage. „Kommt!“

„Ich will keine blöden Enten füttern“, murrte Cassie. „Ich hasse Enten.“

„Das kümmert mich nicht. Ich möchte, dass du sie fütterst, und die frische Luft wird dir guttun.“

„In London gibt es keine frische Luft.“

„Stimmt. Du vermisst sicher die reinen, süßen Düfte von Manchester“, stimmte ihr Sebastian ironisch zu. Netter fügte er hinzu: „Steig aus, Cassie, oder ich verfüttere *dich* an die Enten. Obwohl du mit dieser finsteren Miene den armen Tierchen eine Magenverstimmung bescherst.“

Schmollend kletterte Cassie herunter. Sebastian stieg aus und drehte sich um, um Dorie aus der Kutsche zu helfen. Sie wich zurück, und er verfluchte sich innerlich, dass er nicht daran gedacht hatte. Cassie drängte sich an ihm vorbei und hielt ihrer Schwester die Hand hin. Dorie nahm sie und ging vorsichtig die Stufen herunter. Sie sah aus, als könnte sie der nächste Windstoß umpusten.

Zusammen gingen sie zum Teich. Sebastian zerbrach das Brot und gab es seinen Schwestern. Die Enten kamen laut schnatternd herbei. Nach ein oder zwei Augenblicken hatte Cassie vergessen, dass sie Enten blöd fand, und warf ihnen Bröckchen zu, lachte fröhlich darüber, wie sie sich um die Stückchen zankten, schalt sie, dass sie sich gegenseitig Brot abjagten.

Fortschritt.

Dorie brach ihr Brot in winzige Stücke und warf sie eines nach dem anderen ins Wasser, wobei sie sich die kleineren Enten, die scheuen und die lahmen, aussuchte. Sie tat das ganz ernst und bedächtig, als habe man ihr eine wichtige Aufgabe anvertraut.

Ihr gefiel es, entschied Sebastian. Sie würden das hier wieder tun. Jeder positive Moment war ein Schritt nach vorne. Als er beschlossen hatte, sie mit sich nach London zu nehmen, hatte er aus der Beobachtung Trost gezogen, dass Dorie irgendwie erleichtert schien, ihn zu sehen. Natürlich hatte sie das weder durch Tat noch Wort gezeigt, aber auch seine Haushälterin hatte seinen Eindruck bestätigt. Mrs. Eliot sagte, das Mädchen entspanne sich etwas, wenn er heimkomme. Und obwohl sie immer noch körperlich Abstand hielt, wirkte sie auf ihn irgendwie weniger ängstlich, wenn er da war, fast wie jemand, der Angst vor Hunden hatte, sich aber durch die Anwesenheit eines Wachhundes irgendwie sicherer fühlte.

Es war eine Art Fortschritt. Wie das Füttern der Enten.

„Ach, ich sehe, die Enten haben Sie ebenfalls schon gut erzogen, Mr. Reyne“, erklang eine Stimme hinter ihm. „Sie sind ganz schön anspruchsvoll, nicht wahr?“

Es war Miss Hope, die in einem grünen Ausgehkleid und einer grün-weißen Pelisse hinreißend aussah. Die Verschnürung der Pelisse aus russischen Paspeln sollte militärisch wirken, aber an ihr tat sie das nicht. Auf ihren Locken trug sie ein flottes Hütchen mit goldenem Schnurbesatz und einer roten Feder. Sie lächelte ihn so herzlich an, dass ihm die Luft wegblieb.

Er starrte sie stumm an, und die Kehle war ihm wie zugeschnürt vor Verlangen.

„Wie geht es Ihnen, Mr. Reyne?“, sagte eine andere Stimme kühl, riss ihn aus seiner Trance. Ihm wurde jäh klar, dass beide Misses Merridew vor ihm standen, in Begleitung eines hübschen Kindes mit rotgoldenem Haar und eines Lakaien, der einen Weidenkorb in der Hand hielt.

Widerstreitende Gefühle tobten in ihm. Es war elf Tage her, seit er Miss Hope bei dem Konzert gesehen hatte. Elf

Tage voller Aufregung und Sorge, aber dennoch hatte er sie vermisst.

Bloß hatte er noch nicht vorgehabt, dass seine Schwestern jetzt schon Mitglieder der Gesellschaft kennenlernten, außer Giles, der über sie Bescheid wusste, und natürlich Lady Elinore. Cassie und Dorie waren noch nicht so weit, Leuten vorgestellt zu werden. Sie brauchten mehr Zeit, um sich sicher zu fühlen, mehr Zeit, zu lernen, wie man sich benahm.

Miss Hope legte dem hübschen Mädchen ihren Arm um die Schulter und zog sie nach vorne. „Mr. Reyne, das hier ist unsere Schwester Grace. Grace, das ist Mr. Reyne.“

Das Mädchen knickste und sagte schüchtern: „Guten Morgen, Sir.“ Sie musste etwa elf oder zwölf Jahre alt sein, dachte er, während er ihren Gruß erwiderte. Erwartungsvoll schaute sie zu seinen Schwestern.

Verdammt und zugenäht! Er hatte keine Ahnung, ob seine Schwestern überhaupt wussten, wie man sich anderen Kindern gegenüber verhielt. Deshalb war er ja auch so früh am Morgen hergekommen und hatte eine abgelegene Stelle am Ufer ausgesucht. Jetzt lächelten drei Mitglieder der vornehmen Welt seine Schwestern an. Es gab kein Entkommen, denn Miss Hope erkundigte sich gerade: „Und diese beiden reizenden jungen Damen sind …?“

Sebastian wusste nicht, was er sagen sollte. Wenn er sie vorstellte, würde Cassie unhöflich sein und Dorie als Missgeburt bloßgestellt werden, die nicht sprechen konnte. Innerhalb weniger Tage würde der ganze *Ton* davon wissen, und das würde Sebastian nicht zulassen. Seine Schwestern waren kein Stoff für Klatsch. Er wollte sie beschützen, sie packen und mit ihnen in die sichere Kutsche zurückkehren. Nur wenn er Dorie packte, würde sie sich wehren, dann würde Cassie ihr Messer zücken, und die Hölle wäre los.

Finster blickte er Miss Hope an, wünschte sich, sie und ihre Schwestern würden sich in Luft auflösen.

Aber ehe er sprechen konnte, wurde ihm ein kleiner Ellbogen in die Seite gerammt, und Cassie drängte sich an ihm vorbei. „Meinem Bruder scheint es die Sprache verschlagen zu haben. Ich bin Cassandra, und das ist meine Schwester Eudora, aber wir nennen sie Dorie. Sie spricht nicht.“ Sie warf das wie einen Fehdehandschuh hin, aber Miss Hope lächelte nur.

„Hallo, Cassandra und Dorie.“ Sie drückte Cassie die Hand und streckte Dorie freundlich ihre eigene entgegen.

Dorie musterte sie eine Weile abwägend, und Sebastian wappnete sich schon für das Schlimmste. Dann hingegen ergriff das Kind die Hand, und er seufzte erleichtert.

Unbeeindruckt fuhr Miss Hope fort: „Wir sind so froh, euch kennenzulernen – nicht wahr, Grace? Denn Grace kennt sonst niemanden in ihrem Alter in London und langweilt sich zu Tode beim Einkaufen oder ähnlichen Aktivitäten, die wir älteren Damen so genießen.“

Grace nickte und betrachtete Cassie ernst. „Bist du schon im Londoner Tower gewesen?“

Cassie schüttelte den Kopf.

„Früher wurden Leuten da die Köpfe abgeschlagen – sogar Königen“, unterrichtete Grace sie genüsslich. Sie wandte sich an ihre Schwester. „Wir könnten doch noch einmal hingehen, oder? Und Cassandra und Dorie mitnehmen?“

Ihre Schwester nickte. „Sicher. Wenn Mr. Reyne es erlaubt.“

Cassie schaute ihn streitlustig an, warnte ihn, es zu verbieten. „Das wäre sehr nett, danke“, erklärte sie, „und ihr dürft mich Cassie nennen.“

Sebastian blinzelte und bemühte sich, ein breites Grinsen zu unterdrücken. Wer hätte gedacht, dass seine messerbewehrte, kämpferische kleine Schwester zu solch reizenden Manieren in der Lage war? Sogar ihre Sprechweise war deutlich besser.

Sie war eine gute Beobachterin, wurde ihm plötzlich klar. Sie hatte den Merridews so geantwortet, wie sie sie angesprochen hatten. Wie interessant.

„Ist Ihnen das Brot ausgegangen?", fragte die andere Zwillingsschwester. Sie nahm dem Lakai den Korb ab. „Wir haben genug dabei. Die Köchin hebt es für uns auf. Hier." Sie reichte jedem Mädchen mehrere große Stücke, und sie eilten zurück zum Ufer und warfen wie drei ganz normale kleine Mädchen den Enten Futter zu. Miss Faith ging mit ihnen.

Sebastian merkte, dass er den Atem angehalten hatte. *Wie drei ganz normale Mädchen.* Er seufzte.

„Das klang aber, als käme es von Herzen", sagte Hope.

Er machte einen zustimmenden Laut, dachte einen Moment nach und brachte dann ein schroffes: „Schönes Wetter, heute, nicht wahr?", zustande.

Hope nahm diese Zurückweisung gelassen. Er hatte gleichzeitig froh und entsetzt ausgesehen, als sie angekommen war, aber nachdem die Kinder zusammen zum Teich gelaufen waren, hatte er sich entspannt. Sie nahm an, viele Männer fühlten sich in der Nähe von Kindern unbehaglich. Nicht allen fiel der Umgang mit ihnen so leicht wie ihrem Schwager Gideon.

Sie hakte sich bei ihm unter und sagte: „Es ist sehr schön. Sollen wir einen kleinen Spaziergang unternehmen, während die Enten ihr Festmahl erhalten?" Er erstarrte angesichts der Berührung, und sie fügte hinzu: „Faith und James werden gut aufpassen."

Ohne sie anzusehen, erwiderte er steif: „Nun gut, dann gehen wir." Er schlug ein schnelles Tempo an, sodass sie fast laufen musste, um mit ihm Schritt zu halten. Er benötigte einen Moment, um es zu bemerken, dann wurde er deutlich langsamer. Schweigen breitete sich zwischen ihnen aus.

Beinahe verzweifelt blickte er sich um, dann sagte er: „Sind das dort drüben Ulmen? Ulmen sind sehr nützliche Bäume. Schattig. Besonders wenn die Sonne scheint.“ Er machte eine Pause, offenbar um zu überlegen, bevor er hinzufügte: „Ja, es ist schön. In den letzten Tagen war es oft sonnig.“

Hope lächelte. Es war genauso wie bei den anderen Gelegenheiten, wenn sie ihn berührte. Einerseits schien er zu erstarren und kein vernünftiges Wort herauszubekommen, andererseits hatte sich seine große, warme Hand wie von selbst schützend über ihre gelegt, sie auf seinem Arm festgehalten. Sie war sich sicher, dass er gar nicht gemerkt hatte, was er tat. Seine Widersprüchlichkeit war faszinierend.

Er schaute zu den Mädchen, die den schnatternden Enten Brotstückchen zuwarfen. „Ich nehme an, den Enten wäre Regen lieber.“

Wenn sie sich nicht der Unterhaltung annahm, erkannte Hope, würden sie am Ende nur über die Pflanzenwelt des Parks, Enten und die Wahrscheinlichkeit von Regenschauern reden.

Mit einem leichten Drücken seines Armes schlug sie vor: „Wollen wir uns diese Weiden einmal näher anschauen?“

Nach kurzem Zögern lenkte er ihre Schritte zu den Bäumen. Er war ihr ein Rätsel, zog sie aber an wie ein Magnet. Sie war entschlossen, ihn näher kennenzulernen. „Sind Ihre Schwestern schon lange in London?“

Argwöhnisch blickte er sie an. „Ja.“

„Mein Herr, Sie sind sehr tapfer.“

Sein Blick wurde noch argwöhnischer. „Warum sagen Sie das?“

Sie lachte leise. „Die meisten Männer Ihres Alters würden es hassen, ihre jüngeren Schwestern am Hals zu haben, besonders wenn sie versuchen, Zutritt zur Gesellschaft zu finden."

„Nein, ich bin außerordentlich froh, sie bei mir zu haben."

Es war nicht nur eine höfliche Phrase, erkannte Hope. Er meinte das ernst. Sie schaute ihn nachdenklich an. „Aber ist es denn keine große Last für Sie, mit ihnen Ausflüge zu machen und sie zu unterhalten? Die meisten Leute, die ich kenne, würden das der Gouvernante überlassen."

Nüchtern erklärte er: „Wir haben Gouvernanten ausprobiert, aber es klappt irgendwie nicht. Cassie kann schwierig sein."

Ihre Augen funkelten belustigt. „Sie könnten sie immer noch zur Schule schicken", bemerkte sie leichthin.

„Ich würde sie niemals wegschicken. Niemals!" Er sagte das so heftig, dass sie beide überrascht waren. Eine Weile schlenderten sie noch weiter, aber seine Heftigkeit hing wie eine Wolke zwischen ihnen.

Er schaute immer wieder prüfend zu seinen Schwestern.

Sanft tadelnd erklärte sie: „Meine Zwillingsschwester ist sehr verantwortungsbewusst, und James kennen wir schon unser ganzes Leben. Ich weiß, Sie schätzen seine Fähigkeiten als Reitknecht nicht unbedingt, doch ich versichere Ihnen, er ist kräftig und ein guter Beschützer."

Bei ihren Worten zuckte er zusammen, als hätte sie ihn aus unerfreulichen Erinnerungen gerissen. „Es tut mir leid. Ich wollte nicht unhöflich sein." Unbehaglich fügte er hinzu: „Ich habe sie einmal verloren."

„Verloren?"

„Ja, ich habe sie bei einer Frau gelassen, sie bezahlt, damit sie auf sie aufpasst. Aber dann ist sie fortgegangen und hat sie einfach mitgenommen." Sein Arm unter ihren Fingern spannte sich an, und seine Hand hielt ihre fest umklammert. Sie war sicher, dass er es nicht merkte.

„Wie lange?“

Es entstand eine Pause, ehe er zwei bittere Worte aussprach: „Zu lange.“

Sie fragte sich, wie lange wohl ‚zu lange‘ war, aber er hatte das mit so bitterer Selbstanklage gesagt, dass sie nicht nachfragen wollte. Stattdessen sagte sie: „Ich bin sicher, Sie gehen mit sich selbst zu hart ins Gericht. Ihren Eltern obliegt doch die Hauptverantwortung für Ihre Schwestern.“

Er schüttelte den Kopf. „Meine Eltern waren da schon tot. Es war meine Schuld.“ So untröstlich starrte er auf den Teich, dass sie ihn am liebsten umarmt hätte.

Voller Mitgefühl drückte sie seine Hand. „Ich bin sicher, es ist nicht allein Ihre Schuld, Mr. Reyne. Und Sie haben sie ja wiedergefunden, daher wäre es doch Zeit, sich selbst zu verzeihen.“

Er runzelte die Stirn, als er merkte, wie fest er ihre Hand gehalten hatte. Rasch lockerte er seinen Griff und erklärte unbehaglich: „Ich weiß gar nicht, warum ich Ihnen das erzählt habe … ich hatte es nicht vor.“

„Ihr Vertrauen ehrt mich“, versicherte Hope ihm. „Wobei haben Sie sich Ihre Hand verletzt?“

Sogleich steckte er sie in seine Tasche. „Entschuldigung“, begann er, „ich weiß, es ist ein scheußlicher Anblick. Ich hatte nicht damit gerechnet …“

„Es sieht kein bisschen scheußlich aus!“, unterbrach sie ihn heftig. „Es ist bloß eine Hand mit zwei beschädigten Fingern. Und wenn Sie die Wahrheit wissen wollen, mir hat es gefallen, als Ihre Hand auf meiner lag. Sie hat sich … gut angefühlt, warm und stark.“

Sie wusste, sie war zu weit gegangen, und schaute errötend weg. „Verzeihung. Das hätte ich nicht sagen sollen. Bitte vergessen Sie es." Sie versuchte ihre Hand von seinem Arm zu nehmen, aber er hielt sie fest.

„Lassen Sie nur!" Sein Tonfall war herrisch und mit einem Hauch von Akzent.

Sie schaute zu ihm auf. Er erwiderte ihren Blick, ihren Arm besitzergreifend an sich gedrückt. Sie konnte sein Herz schlagen fühlen. Seine Augen schienen sie zu verschlingen. Langsam, ganz langsam hob er seine Hand, bis er sie an der Wange berührte, so leicht und zärtlich, dass sie sie gar nicht gespürt hätte, hätte sie nicht solche Hitze ausgestrahlt. Sie konnte nicht anders; sie rieb ihre Wange an seiner Hand. In seinen Augen flammte etwas auf, und sie hob ihm ihr Gesicht in einer stummen Einladung entgegen. Er fasste ihr Kinn, starrte ihr lange in die Augen und beugte sich dann vor. Hope lehnte sich ihm entgegen, umklammerte seine Rockaufschläge – in diesem Moment ertönten ein Platschen und ein Schrei.

„Die Mädchen!" Er ließ sie los und rannte zum Teich zurück.

Hope stand da, zitternd und am Rande … von nichts. Er hatte sie küssen wollen. Genau hier unter den Weidenzweigen. Und so beschämend es auch war, sie hätte ihn gelassen. Sogar zurückgeküsst. Schamlos.

Mühsam beherrscht, eilte sie ihm nach. Als sie die Wegbiegung erreichte, konnte sie die ganze Szene vor sich sehen. Cassie war in den Ententeich gefallen. Sie plantschte und quietschte in dem schlammigen Wasser, während sie sich bemühte, das glitschige Ufer zu erklimmen, lachte halb aus Verlegenheit, halb aus Enttäuschung, als es ihr misslang und sie zurückrutschte. Die Enten waren längst geflohen.

In Sekunden war ihr Bruder bei ihr, ging, ohne zu zögern, ins Wasser und hob sie hoch. Augenblicklich versteifte sie sich und verstummte. Alle Spuren von Heiterkeit waren wie weggewischt aus ihrem Gesicht.

Er trug sie zu einer Bank am Ufer und setzte sie behutsam ab. „Alles in Ordnung, Cassie? Wie ist das geschehen? Ist dir kalt? Hier, nimm das.“ Er streifte sich seinen Rock ab und wickelte sie darin ein.

Mit verschlossener Miene ließ Cassie alles über sich ergehen. Ihr war es peinlich, erkannte Hope, und sie war wütend. Vielleicht wütend auf sich selbst, weil sie die Aufmerksamkeit ihres Bruders auf sich gezogen hatte.

„Mir geht es gut“, erklärte Cassie ungnädig, als er sein Taschentuch hervorzog und ihr damit übers Gesicht zu reiben begann. Sie entriss es ihm und tat es selbst. Mit ihren tropfnassen Zöpfen und dem blauen Musselinkleid voller Schlamm und Entengrütze, das sich wie eine zweite Haut an ihren Körper schmiegte, bot sie keinen alltäglichen Anblick.

„Auf jeden Fall hatten die Enten heute genug zu essen“, erklärte Grace und brach das unbehagliche Schweigen.

„Davon bin ich überzeugt, die gierigen kleinen Dinger“, erklärte Hope. „Ein Glück, dass sie zu satt waren, um Cassie zu fressen.“ Sie grinste, und Cassies schmollender Mund wurde weicher.

In diesem Augenblick sah Hope es: Unter dem durchweichten blauen Stoff zeichnete sich etwas ab, das wie eine Messerscheide aussah.

Hope schaute zu Faith, um zu sehen, ob es ihr auch aufgefallen war. In der Tat. In die Augen ihrer Zwillingsschwester trat ein besorgter Ausdruck. Grace war es ebenfalls nicht entgangen. „Ist das ein Me…“, fing sie an, aber Faith brachte sie gerade noch rechtzeitig mit einem schwesterlichen Kniff in den Arm zum Verstummen.

„Wir sollten dieses Mädchen besser nach Hause bringen“, verkündete Mr. Reyne, der von dem Intermezzo offensichtlich nichts mitbekommen hatte. „Miss Hope, Miss Faith, Miss Grace, auf Wiedersehen. Cassie, Dorie, wir gehen. Die Kutsche wartet."

Hope begleitete sie, während Grace und Faith das letzte Brot an die Enten verfütterten. Die Mädchen liefen voraus, als wollten sie jeden Eindruck vermeiden, sie hätten etwas mit ihnen zu tun.

Er hatte Hope seit dem Beinahekuss nicht angesehen. Warum nicht? Cassie war nichts passiert, sie war nur nass, schmutzig und verstimmt.

Die Mädchen kletterten in die Kutsche. Hope und Mr. Reyne waren noch einige Schritte entfernt, als sie sagte: „Mr. Reyne?" Hope war selbst überrascht, dass ihre Stimme normal klang. „Unser Spaziergang hat mir sehr gefallen. Und unsere Unterhaltung." *Und ich wünschte, Sie hätten mich geküsst.* Die Worte hingen unausgesprochen zwischen ihnen.

Er blieb stehen, drehte sich zu ihr um. Auf seinen Wangen bildeten sich rote Flecken. Steif begann er: „Ich muss mich entschuldigen, Miss Hope. Ich hatte kein Recht …" Er brach ab, räusperte sich und erklärte schroff: „Es war ein Fehler. Ich bin in der festen Absicht nach London gekommen, Lady Elinore den Hof zu machen."

Es war wie eine Ohrfeige.

„Es tut mir leid", fuhr er fort, „wenn ich einen falschen Eindruck …"

Tödlich verlegen, schnitt ihm Hope das Wort ab und sagte mit gespielter Unbekümmertheit: „Entschuldigen, Mr. Reyne? Wofür? Es ist doch nichts geschehen. Ein Spaziergang in einem öffentlichen Park mit meinen Schwestern in der Nähe – da kann niemand etwas sagen."

Sie wünschte sich, im Boden zu versinken. Oder dass sie heute Morgen gar nicht erst aufgestanden und in den Park gegangen wäre. Er hielt sie ohne Zweifel für dreist, meinte, sie habe sich ihm an den Hals geworfen. Vermutlich hatte er gar nicht vorgehabt, sie zu küssen, wenn sie ihn nicht ermutigt hätte.

Ihr kam der Gedanke, dass sie und ihre Schwester nicht gut darauf vorbereitet waren, mit einer Zurückweisung zu leben. Hope war noch nie von einem jungen Mann abgewiesen worden, aber bisher hatte sie auch noch nie einem Mann irgendetwas angeboten. Außer diesem Mann – einen Kuss in einem öffentlichen Park, nicht weniger –, und er hatte sie einfach abgewiesen. Wegen einer berüchtigten Eigenbrötlerin! Einer unscheinbaren älteren Frau!

Mit heißen Wangen wandte sie sich ab. „Ich denke, es wird bald regnen. Wir sollten uns beeilen, nach Hause zu kommen. Guten Tag, Mr. Reyne." Sie reichte ihm ganz kurz die Hand und versuchte, nicht daran zu denken, wie zärtlich er erst vor wenigen Minuten ihr Kinn gehalten hatte. Sie winkte den Mädchen zu. „Auf Wiedersehen, Cassie und Dorie. Ich hoffe, wir sehen uns wieder."

„Oh, das werden wir", erwiderte Cassie. „Miss Faith und Grace haben uns eingeladen, mit ihnen morgen früh zum Green Park zu kommen."

Hope blinzelte.

„Wenn Mr. Reyne es erlaubt, natürlich nur", erinnerte Faith sie milde, als sie hinter Hope trat.

Unter zusammengezogenen Brauen starrte Cassie ihren Bruder stumm an.

Hope ballte die Hände zu Fäusten, versuchte ihn mit schierer Gedankenkraft dazu zu bringen, den Ausflug zu verbieten. Er konnte die Mädchen selbst in den Green Park bringen. Sie wollte nicht mehr mit den Reynes zu tun haben als unbedingt nötig.

Er zögerte, schaute zu Dorie, deren Augen in stummer

Bitte auf ihn gerichtet waren, und nickte. „Natürlich. Wann sollen die Mädchen fertig sein, Miss Hope?"

Hope sagte nichts, aber Faith antwortete, sie würden die Mädchen morgen früh abholen. Mit diesem Versprechen trennten sie sich.

7. KAPITEL

Sie liefen schweigend nach Hause, stiller als auf dem Hinweg.

„Geht es dir gut, Hope? Du wirkst irgendwie verstört." Faith hakte sich bei ihr unter, während sie zu Großonkel Oswalds Haus am Providence Court zurückkehrten. Ein Stück vor ihnen unterhielt Grace sich mit James.

„Es ist nichts, nur ein Anflug von Kopfschmerzen", log Hope und fügte in, wie sie hoffte, leichtem Ton hinzu: „Es ist so schwer, sich mit dem Mann zu unterhalten. Fast als wollte man einen Stein auspressen."

Faith schaute sie zweifelnd an. „Es sah mir nicht so aus, als hättet ihr Probleme, miteinander zu reden. Und du siehst nicht aus, als hättest du Kopfschmerzen – du siehst verstört aus."

Es war fast unmöglich, ihre Zwillingsschwester zu täuschen, daher wechselte Hope das Thema. „Hast du schon gehört, Lady Thorn gibt einen Maskenball? Der Graf soll der Ehrengast sein. Sie nennt es einen ungarischen Zigeunerball, und alle sollen sich verkleiden."

„Ja, davon habe ich gehört", erwiderte Faith leise. „Ich halte es für eine wunderbare Idee." Sie wurde rot.

„Du scheinst an dem Grafen interessiert", meinte Hope.

„Graf Rimavska ist der beste Musiker, den ich je gehört habe." Faith' Wangen nahmen ein noch dunkleres Rot an. Hope seufzte. Hoffentlich war er nicht Faith' Traummann, aber wenn Faith aus so nichtigem Anlass errötete, musste sie befürchten, dass er es doch war.

Faith blickte sie an. „Du findest ihn großspurig und angeberisch, das weiß ich."

Hope sagte nichts. Sie konnte es nicht abstreiten.

„Seine Kleidung und sein Auftreten sind Teil seines künstlerischen Ausdrucks", erklärte Faith.

Hope nickte. „Wenn du ihn magst, Faith, dann, da bin ich sicher, ist er charmant."

Ihre Zwillingsschwester lächelte schüchtern, sprach aber nicht weiter darüber. Hope überlegte. Sie konnte einfach nicht begreifen, was ihre Schwester an dem gut aussehenden Grafen fand – einmal abgesehen von der Musik. Auf der anderen Seite verstand Faith auch nicht, weshalb sie sich zu Mr. Reyne hingezogen fühlen konnte.

„Faith, hast du dich in ihn verliebt?"

Faith wurde wieder rot, schüttelte indes den Kopf. „Es ist noch zu früh, das zu sagen."

„Sei vorsichtig, ja?", bat Hope. „Du kennst ihn nicht gut. Du bist so weichherzig, meine Liebe. Du musst dein Herz gut hüten, bis der richtige Mann kommt. Und du musst dir ganz sicher sein, dass es der richtige Mann ist."

Faith warf ihr einen vielsagenden Blick zu. „Du kennst Mr. Reyne auch nicht gut. Aber was war das eben unter der Weide? Du hast dich von ihm küssen lassen."

Schamesröte stieg Hope in die Wangen. „Nein! Ich habe niemanden geküsst."

„Ich konnte dich zwischen den Weidenblättern hindurch sehen, und du hast ihm deinen Mund zum Kuss geboten! Ich habe dich noch nie so gesehen. Oh Hope, wie ist es, wenn man so starke Gefühle für einen Mann hat?"

Hope erklärte betrübt: „Ich weiß es nicht. Er hat kein Interesse an mir."

„Das glaube ich nicht."

„Es stimmt aber. Er hat mir ins Gesicht gesagt, er sei allein deswegen nach London gekommen, um Lady Elinore Whitelaw den Hof zu machen."

Faith legte ihren Arm um Hope. „Dann ist er nicht der Richtige", versuchte sie sie zu trösten. „Ich habe das ohnehin nicht geglaubt."

Hope seufzte. „Nein."

Sie kamen bei James und Grace an, die an den Stufen zu Großonkel Oswalds Haus auf sie warteten.

Sobald sie alleine in ihrem Zimmer waren, fuhr Faith fort: „Jeder Mann, der seine Schwestern so behandelt, ist nicht gut genug für dich."

Hope verstand Faith' Heftigkeit nicht. „Was meinst du? Ich habe nicht bemerkt, dass er seine Schwestern schlecht behandelt."

Faith antwortete: „Nicht, als wir da waren. Aber dir muss doch auch aufgefallen sein, wie Cassie sich verändert hat, als er sie aus dem Wasser gezogen hat."

„Es war ihr peinlich."

„Das war nicht alles. Sie hat es gehasst, von ihm angefasst zu werden. Das war offensichtlich. Und – du hast es auch gesehen, das weiß ich – sie trägt anscheinend ein Messer um den Oberschenkel. Was verrät das über Mr. Reyne?"

Hope runzelte die Stirn. „Über das Messer habe ich mich auch gewundert."

„Und die kleine Dorie – sie ist so still und verzagt, das arme Kind. Irgendeinen Grund muss das haben. Und weißt du, mehrere Bröckchen von dem alten Brot sind nie bei den Enten angekommen."

Hope runzelte die Stirn.

Faith nickte. „Ja! Ich denke, Grace ist es nicht aufgefallen, aber mir schon. Dorie hat heimlich Brot in ihre Taschen gesteckt. Etwas stimmt hier nicht, und diese beiden armen Dinger leben bei ihrem Bruder, einem Mann, von dem Mrs. Jenner behauptet, er habe einen schrecklichen Ruf. Es tut mir leid, dass du traurig bist, Hope, aber ich bin auch froh, wenn du seinen Klauen entkommst." Sie legte ihre Hand auf Hopes Schulter und sagte eindringlich: „Wenn jemand sein Herz hüten muss, dann du, Liebes! Und wenn du dir um jemanden Sorgen machen willst, dann nicht um mich, sondern um die armen Kleinen."

Faith' Worte verfolgten Hope noch am Abend, als sie im Bett lag und einzuschlafen versuchte. Schlaf war nie ihr Freund gewesen. Entweder brachte er ihr Albträume, die sich aus dem Dunkel auf sie stürzten und sie zu verschlingen drohten, oder er entzog sich ihr ganz, wie heute.

Sie wälzte sich von der einen auf die andere Seite, und ihr Nachthemd wickelte sich um ihre Beine. Die Gerüchteküche um Mr. Reyne brodelte. Der Mordvorwurf entbehrte, da war sie sich ziemlich sicher, jeglicher Grundlage. Der *Ton* war voll mit solchen Geschichten. Es war ausgeschlossen, dass es keine gründliche Untersuchung gab, wenn zwei reiche Menschen unter zwielichtigen Umständen starben und ein dritter armer als Folge davon ein Vermögen erbte.

Und er war auch kein Mitgiftjäger. Schließlich war er selbst reich. Außerdem war es kein Geheimnis, dass die Merridew-Mädchen das enorme Vermögen ihres Großonkels erben würden. Sebastian Reyne würde wissen, dass sie genauso viel erben würde wie Lady Elinore. Und ohne vulgär oder unbescheiden zu sein, warum sollte jemand die ältere, hausbackene Erbin wählen, wenn er die jüngere, hübschere haben konnte?

Aber es war eindeutig etwas nicht in Ordnung mit seinen Schwestern, das musste Hope zugeben. Nachdem sie ihre Jugend unter der grausamen Vormundschaft ihres verrückten Großvaters verbracht hatten, erkannten die Merridew-Mädchen gewisse Anzeichen bei anderen.

Im Park hatte sie den Eindruck gehabt, er beschütze die Mädchen. Das war ihr als liebenswert erschienen. Aber jetzt begann sie sich zu fragen, ob es das war.

Die Leute hatten auch geglaubt, Großvater wolle sie nur

schützen, aber das hatte er nicht. Bei Großvater hatte sich alles um Macht und Kontrolle gedreht.

Diese Geschichte, die Mr. Reyne ihr darüber erzählt hatte, wie er seine Schwestern verloren hatte ... hatten die Mädchen versucht, vor ihm wegzulaufen? Wie Hope und ihre Schwestern vor ihrem Großvater fortgelaufen waren?

„Wenn jemand sein Herz hüten muss, dann du, Liebes. Und wenn du dir um jemanden Sorgen machen willst, dann nicht um mich, sondern um die armen Kleinen."

Das würde sie tun, beschloss Hope schläfrig. Sie würde herausfinden, was sie für seine beiden Schwestern tun konnte. Wenn diese Kinder in irgendeiner Gefahr schwebten, würde sie sie retten. Sie wusste, wie es war, in ständiger Furcht aufzuwachsen. Hope würde nicht danebenstehen und zusehen, wie es anderen geschah, ohne etwas zu unternehmen.

Also würde sie Sebastian Reyne häufiger sehen müssen, als ihr lieb war. Das bedeutete ein Risiko; Faith hatte recht. Denn selbst das Wissen, dass er Lady Elinore den Hof machte, selbst die Zweifel wegen seiner Schwestern änderten nichts daran, dass sie sich immer noch zu ihm hingezogen fühlte.

Aber schließlich – sie gähnte, endlich doch müde – war sie immer schon abartig gewesen.

Wie üblich wachte Sebastian früh am Morgen auf. Er lag ein paar Augenblicke da, reckte sich und stieg aus dem Bett. Die Stadt lag noch im Schlaf.

Er wusch sich und kleidete sich bei Kerzenlicht an. Leise ging er zum Schlafzimmer der Mädchen und öffnete die Tür. Seit er sie wieder bei sich hatte, hatte er immer als Erstes am Morgen und als Letztes in der Nacht nach ihnen gesehen, ob alles in Ordnung war. Wie er es getan hatte, als sie noch Babys waren.

Dorie war wie gewöhnlich zu Cassie ins Bett gekommen. Sebastian schlich auf Zehenspitzen näher. Die beiden Kinder lagen dicht aneinandergeschmiegt wie Kätzchen, und ihre Gesichter waren frei von Sorgen. Er wünschte, sie würden immer so aussehen. Als er sich zum Gehen wandte, knarrte eine Diele unter seinen Füßen, und Cassie schrak auf. Eine Klinge schimmerte im schwachen Licht der Dämmerung.

„Es ist gut, Cassie, ich bin es nur", sagte er leise. „Schlaf wieder ein. Ihr seid in Sicherheit."

Sie knurrte verschlafen, und das Messer verschwand unter ihrem Kopfkissen, bevor sie sich erneut unter die Decken kuschelte. Dorie hatte sich nicht gerührt, aber er war sicher, dass sie wach war. Für alles andere war sie zu reglos und angespannt. „Schlaf gut, Dorie. Dir kann auch nichts passieren."

Behutsam schloss er die Tür hinter sich. Das Herz lag ihm schwer wie ein Stein in der Brust. Würde seine Unfähigkeit die beiden Mädchen ihr Leben lang verfolgen?

Er dachte daran, einen Morgenritt zu unternehmen, aber seit er Miss Hope im Park zu Pferde angetroffen hatte, blieb ihm die Entspannung seiner Ausritte versagt. Ständig schaute er über seine Schulter, suchte nach einer schlanken, weiblichen Gestalt, die ventre-à-terre auf einem Braunen durch die Anlage galoppierte.

Stattdessen ging er zu seinem Arbeitszimmer, zündete die Lampe auf seinem Schreibtisch an und begann zu arbeiten. Vor ihm stapelte sich ein ganzer Berg Papiere, in dem er sich vergraben konnte. Dem Himmel sei Dank.

Kurz nach neun Uhr klopfte es an die Eingangstür. Da Sebastian gerade durch die Halle ging, öffnete er selbst. Hinter ihm kam ein Lakai schlitternd zum Stehen.

Plötzliche Stille senkte sich über die Besucher, als sie sein Gesicht sahen. Als hätten sie über ihn gesprochen. Drei strahlend blaue Augenpaare musterten ihn kühl.

„Guten Tag, Mr. Reyne", sagte Miss Hope. „Wir kommen, um Cassie und Dorie abzuholen." Gerade zwei Finger reichte sie ihm zum Gruß und vermied es, ihn direkt anzusehen. Sie wirkte … misstrauisch. Wann immer sie sich bisher begegnet waren, hatte sie ein herzliches Lächeln für ihn gehabt. Heute nicht.

Genau das hatte er beabsichtigt, als er sie gestern brüsk von seiner Werbung um Lady Elinore unterrichtet hatte. Er hatte nicht geahnt, wie sehr ihm ihr Lächeln fehlen würde. Fast war es wie ein Schmerz.

Absurderweise gekränkt, berührte er ihre Finger kaum und trat einen Schritt zurück. Steif erklärte er: „Bitte, kommen Sie doch herein. Die Mädchen sind noch nicht ganz fertig."

Miss Hope und ihre Schwestern folgten seiner Aufforderung. Sie waren in Begleitung ihres Lakaien, der einen großen Krug trug, und einer stämmigen Magd mit einem Korb am Arm. Die Magd betrachtete ihn neugierig.

„Ich schicke jemanden, sie zu holen." Er winkte seinem unpünktlichen Lakai, der sogleich nach oben eilte.

Miss Faith schaute ihre Schwester mit hochgezogenen Augenbrauen an, dann merkte sie, dass er es gesehen hatte. „Es ist eigentlich zu früh für einen Morgenbesuch, muss ich gestehen, aber weil wir zum Green Park gehen wollen, dachten wir, die Mädchen würden gerne beim Melken der Kühe zusehen."

„Kühe?" Sebastian runzelte die Stirn.

„Im Green Park weidet eine Kuhherde, um den Londonern frische Milch bieten zu können", erläuterte Hope.

Sebastian nickte knapp. Er interessierte sich nicht für Kühe, besonders wenn sie ihn nicht ein einziges Mal angesehen hatte, während sie mit ihm sprach.

Sobald sie nach unten kamen, würde er den Mädchen zum

Abschied winken und zu seinen Rechnungsbüchern zurückkehren. Er war ein viel beschäftigter Mann und hatte Wichtigeres zu bedenken, als ob er sie gekränkt hatte.

Morton Black behielt die Vorgänge in der Fabrik im Auge, aber es war ein Pulverfass, das jederzeit in die Luft fliegen konnte. Und eine Baumwolllieferung hatte Verspätung. Die Zahlen aus der Mine wiesen Unregelmäßigkeiten auf, und ein Bericht eines Transportunternehmens war ärgerlich unvollständig. Mehrere scharfe Briefe wären nötig.

Er wünschte sich, seine Werbung um Lady Elinore wäre zu Ende. Er war gut darin, sich mit der Realität zu arrangieren. Allein das Wissen, dass zwischen ihnen noch nicht alles geklärt war, war dafür verantwortlich, dass sein Körper ihm nicht gehorchte und seine Gedanken auf verbotenen Pfaden wandelten.

Wenn Miss Hope nur nicht dieses Tageskleid aus zartem Musselin anhätte, das ihre Figur umschmeichelte. Und einen blauen Spencer dazu gewählt hätte, der ihren Busen eng umschloss. Ihr Hut war aus derselben blauen Seide, und als Folge dieses ganzen leuchtenden Blaus hatte er das Gefühl, in ihren Augen zu versinken.

Wenn ihr Mund nur nicht so ernst und zweifelnd ausgesehen hätte, statt fröhlich zu lächeln, würde er nicht den heftigen Wunsch verspüren, die Worte von gestern zurückzunehmen, ihr ein Lächeln zu entlocken, damit sie ihn wieder anschaute wie unter der Weide.

Und er hätte keinen Schlaf eingebußt wegen des Wunsches, ihre weichen rosa Lippen noch einmal geküsst zu haben.

„Guten Morgen!“ Cassie kam die Treppe herunter, dicht gefolgt von Dorie. „Es tut mir leid, dass wir zu spät sind. Niemand hat uns geweckt, daher haben wir verschlafen.“ Sie bedachte Sebastian mit einem verärgerten Blick, weil er Anweisung gegeben hatte, sie immer ausschlafen zu lassen. Da er regelmäßig morgens und abends nach ihnen sah, wusste er, dass sie für Kinder einen ungewöhnlich leichten Schlaf hatten. Und er ahnte, dass besonders Dorie unter Schlaflosigkeit litt. Irgendetwas musste für die dunklen Schatten unter ihren Augen verantwortlich sein.

Cassie setzte sich ihren Hut auf, und Sebastian war gerührt, als Grace Merridew zu Dorie ging, um ihr zu helfen. Die Mädchen waren gleichaltrig, aber Grace strahlte Gesundheit und Zuversicht aus, während Dorie ein spitzes Gesicht hatte, klein und blass war. Dorie schenkte Grace ein schüchternes Lächeln, und Sebastians Entschluss stand fest.

Dorie hatte gerade gelächelt.

Er musste wegschauen, um nicht die Fassung zu verlieren.

Miss Hope beobachtete ihn. Er schluckte. Es ging nicht anders, er musste Dorie erlauben, Grace Merridew häufiger zu sehen. Alles würde er für dieses schüchterne kleine Lächeln tun, selbst wenn es nicht ihm galt.

Das Ganze bedurfte cleverer Planung, da er die Gesellschaft von Grace' Schwestern lieber meiden wollte, aber es wäre möglich. Er war gut im Planen. Und mit etwas Übung bestimmt auch darin, Miss Hope aus dem Weg zu gehen.

Auf seine Selbstbeherrschung war Sebastian stolz. Er hatte früh gelernt, seine eigenen Wünsche zu verdrängen, um zu tun, was getan werden musste. Schon sein ganzes Leben lang waren andere Menschen von ihm abhängig, und er würde das nicht einfach vergessen wegen eines wunderschönen Mädchens mit blauen Augen und einem verführerischen Mund.

Seine Schwestern waren fertig. Der Lakai beeilte sich, die Tür zu öffnen. Sebastian trat vor, um ihnen nachzusehen. Sie waren in guten Händen, sagte er sich. Die Merridews würden gut auf sie aufpassen.

Miss Hope schaute ihn aus ihren herrlichen blauen Augen an und sagte leise und steif: „Sie brauchen sich keine Sorgen zu machen. Wir passen gut auf sie auf. Ich bin sicher, sie werden sich gut amüsieren."

Sebastian schluckte. Er versuchte, nicht den sanften Schwung ihrer weichen Lippen wahrzunehmen, nicht an ihren Geschmack oder wie sie sich unter seinen anfühlten zu denken.

Während er gedankenverloren auf ihren Mund starrte, fiel Sebastian plötzlich ein, dass er selbst noch nie im Green Park gewesen war. Er sollte persönlich überprüfen, ob es dort sicher für seine Schwestern war. Es war schließlich möglich, dass sich der Abschaum der Gesellschaft dort versammelte. Der Lakai sah zwar kräftig aus, aber er hatte Sebastian mit seinen Fähigkeiten als Miss Hopes Reitknecht nicht beeindruckt. Und mit der Magd zusammen waren es schließlich sechs weibliche Wesen, die es zu beschützen galt.

Erneut schaute er Miss Hope an. Es war bemerkenswert, was dieser besondere blaue Farbton mit ihren Augen und ihrem Teint anstellte. Sie strahlte geradezu.

Er überlegte, ob der gemusterte Musselin ein Fremdimport war oder aus England stammte. Als Stofffabrikant sollte er so etwas wissen.

„Ich werde Sie begleiten", verkündete er.

Cassie warf ihm einen finsteren Blick zu, Dories Gesicht hingegen blieb ausdruckslos. Die drei Misses Merridew schauten einander an. Die Temperatur im Vestibül fiel merklich. Was, zum Teufel, ging hier vor? Jede der drei Schwestern musterte ihn mit unterschiedlichen Abstufungen von Missbilligung.

Miss Faith Merridew öffnete den Mund, aber ehe sie etwas sagen konnte, sprach Miss Hope: „Das wäre entzückend, Mr. Reyne, nicht wahr, Faith?"

Ihre Zwillingsschwester murmelte eine höfliche Bestätigung, sah jedoch alles andere als entzückt aus.

Sie mussten Cassies Messer bemerkt haben. Er hatte gehofft, dass die Waffe gestern von den Damen nicht als solche erkannt worden war. Anscheinend doch. Und sie gaben ihm die Schuld dafür.

Das war nur fair. Schließlich gab Sebastian sich selbst die Schuld daran.

Der Lakai holte seinen Mantel, Hut und Handschuhe. Sebastian trat in den schwachen Morgensonnenschein. Zu seiner Überraschung stand draußen keine Kutsche und wartete auf sie, sodass er sich fragte, ob ihr Onkel in der Stadt kein Gefährt bereithielt. Er sollte seine kommen lassen, denn es war ein beachtlicher Weg von Hill Street zum Green Park, aber ehe er sprechen konnte, setzte sich die kleine Gruppe mit flottem Tempo in Bewegung.

Der Lakai und die Magd gingen vorne, als Nächstes kamen Grace und Cassie, und dann Miss Faith mit Dorie an der Hand. Cassie und Grace hatten sich untergehakt und steckten ihre Köpfe zusammen, schwätzten wie alte Freundinnen, obwohl sie sich erst einen Tag kannten. Er blickte zu Dorie, die schweigend und folgsam mit Miss Faith ging. Er würde alles geben, um sie mädchenhaft plappern zu sehen wie die anderen beiden.

„Kommen Sie?", erkundigte sich Miss Hope. Sie wirkte weniger steif als eben, obwohl sie im Vergleich zu früher immer noch kühl und reserviert war.

„Entschuldigung. Ich war ganz in Gedanken", erklärte er, während sie sich beeilten, die anderen einzuholen.

„Ihre Gedanken scheinen unerfreulich zu sein."

„Nein, gar nicht", erwiderte Sebastian knapp. Er würde es ihr nicht erklären. Das letzte Mal, als er ihr etwas anvertraut hatte, hätte er sie fast geküsst – und auch noch im Hyde

Park! Öffentlicher ging es kaum. Er hatte schon viel zu viel verraten. Und irgendwie war ihre Hand wieder auf seinem Arm gelandet, was ein wenig beunruhigend war, denn er konnte sich nicht erinnern, sie genommen und dorthin gelegt zu haben. Und außerdem hatte er sich geschworen, es nicht zu tun.

„Ich habe mich nur gefragt, ob ich meine Kutsche kommen lassen soll. Zum Green Park ist es doch ein ganzes Stück zu gehen."

Sie lachte. „Wir brauchen keine Kutsche. Es ist so ein freundlicher Morgen, und wann immer das Wetter schön ist, genießen wir einen Spaziergang, solange wir das können. Wir sind auf dem Land groß geworden und gehen sehr gerne zu Fuß. Ich hoffe, es stört Sie nicht."

„Nein, überhaupt nicht." Er zog sie zur Seite, um einem Mann auszuweichen, der ein großes Tablett Muffins auf dem Kopf trug. „Aber zu dieser Tageszeit sind die Straßen voll mit ungeschickten Ochsen wie dem da." Er nickte zu dem Muffin-Mann. „Händler, Metzgerburschen, Dienstboten und allerlei anderes Gesindel."

„Ja, nicht wahr? Es ist so interessant", sagte sie und schnupperte. „Diese Muffins riechen köstlich! Ich habe nie auch nur halb so viele Menschen in meinem Leben gesehen, ehe ich nach London kam. Wir haben ein sehr eingeschränktes Leben geführt."

Sebastian brummte etwas. Das hatte er nicht gemeint. Er hatte sagen wollen, dass sie als vornehme junge Dame vor solcher Gesellschaft abgeschirmt werden sollte. Er war sich sicher, dass Lady Elinore nie eine so weite Strecke wie zum Green Park zu Fuß zurücklegen oder dabei gar die überfüllten Gehwege und die unmittelbare Nähe des gemeinen Volkes genießen würde. Höchstens bei ihrer Arbeit mit Waisenmädchen.

Offenbar war Green Park zu dieser Tageszeit *das* Ausflugsziel für Kindermädchen und ihre Schützlinge. Wohin man sah, waren Kinder. Die Merridews schienen das Gedränge gewohnt zu sein und wichen geschickt durch die Luft fliegenden Bällen, Holzreifen und Nachziehwagen aus, während sie zu der Kuhherde gingen. Die Luft war erfüllt von übermütigem Kreischen, Lachen, gellenden Pfiffen und einem sehr penetranten Trommeln, das von einer Gruppe zu kurz geratener Soldaten stammte, die mit Stöcken übten. Sebastian musste sogar einmal warten, während Miss Hope einen unsichtbaren Apfel an ein Steckenpferd verfütterte und dessen Gangarten mit seinem ernsthaften jungen Reiter diskutierte.

Als sie schließlich weiterging, war Sebastian nachdenklich geworden. Er hätte nie gedacht, dass Kinder ein so sorgenfreies Leben führen könnten. Wenn ihm das je so ergangen war, hatte er es inzwischen vergessen.

Die Kühe muhten und drängelten unter der Aufsicht des Oberhirten, während sie darauf warteten, gemolken zu werden. Auf niedrigen Hockern saßen Milchmädchen und molken eifrig. Sahnig weiße Milch ergoss sich in die wartenden Eimer. Die Leute standen Schlange, um die frische Milch zu kaufen.

Von hier, so erklärte Miss Faith seinen Schwestern, stammte die Milch für die Morgenschokolade der vornehmen Londoner Damen. Sebastian hatte immer geglaubt, die Witwe Morgan hätte sie auf den Bauernhof ihres Bruders mitgenommen, doch jetzt schienen sie fasziniert von Kühen, einem Anblick, von dem er angenommen hatte, sie wären damit aufgewachsen.

„Haben Kühe nicht wunderschöne Augen?“, bemerkte Miss Hope. „Wie flüssiger Bernstein. Ich hätte liebend gerne solche Augen.“

Verwundert schaute Sebastian sie an. „Aber Ihre Augen

sind doch viel sch…“ Er brach ab, rief sich seinen Entschluss ins Gedächtnis, weitere Vertraulichkeiten mit ihr zu meiden, und überspielte seinen Fehltritt mit einem heftigen Husten.

Er war einzig und allein deswegen hier, um seine Schwestern im Auge zu behalten. Und die Herkunft des gemusterten Musselins zu erkunden, den Miss Hope trug. Aus geschäftlichen Gründen. Er zwang sich, sich von Miss Hope abzuwenden und seinen Schwestern zuzusehen.

Cassie runzelte die Stirn, während sie die kräftigen Hände eines Milchmädchens beobachtete, die rhythmisch am Euter der Kuh zogen. Milch spritzte in den Eimer. „Tut das der armen Kuh nicht weh?“, wollte sie wissen.

Die vollbusige Magd der Merridews antwortete: „Überhaupt nicht. Im Gegenteil, es täte ihnen weh, wenn sie nicht gemolken werden würden.“

Cassie schaute die Zwillinge fragend an. Hope antwortete: „Lily lebte auf einem Bauernhof, ehe sie im Haushalt meines Großvaters zu arbeiten anfing.“

Sebastian hob eine Augenbraue. „Ich dachte Sir Oswald sei Ihr Großonkel, nicht Ihr Großvater.“

„Stimmt. Er ist der Bruder unseres Großvaters“, erläuterte Hope.

Grace fügte inbrünstig hinzu: „Großvater ist der schrecklichste Mensch auf der ganzen Welt, und wir hassen ihn.“ Sie schaute zu ihren Schwestern und fuhr dann fort: „Aber wir leben nicht mehr bei ihm, und alles ist in Ordnung.“

Sebastian wartete auf die Antwort der Zwillinge, aber in diesem Moment erschien der Lakai mit einem großen Krug frischer Milch, und die Gelegenheit war vorbei. Enttäuscht musste Sebastian sich eingestehen, dass er über diesen Großvater gerne mehr erfahren hätte. Grace war ziemlich heftig gewesen.

„So, Mädchen, wer von euch möchte eine Tasse Milch?“,

fragte Miss Faith. „Ich verspreche euch, wenn ihr noch nie Milch, warm von der Kuh, getrunken habt, steht euch ein köstliches Erlebnis bevor. Lily hat die Tassen und James gießt ein. Cassie? Dorie?"

Beide nickten. Dorie zögerte, aber zu Sebastians Überraschung trat sie vor und streckte ihre Hand aus. Vorsichtig nippte sie von der Milch. Ihre Stirn glättete sich, und sie trank die ganze Tasse aus. Lily, die Dienstmagd, grinste. „Schmeckt gut, nicht wahr? Möchtest du mehr?"

Dorie lächelte flüchtig und hielt die Tasse erneut hin. Sebastian war völlig verblüfft. Er beobachtete, wie der Lakai die Tasse wieder füllte und Dorie zurückgab. Sie nahm sie ohne Zögern und leerte sie.

Zwei Tassen Milch. Sebastian hatte seine kleine Schwester nie so viel Nahrung auf einmal zu sich nehmen gesehen. Endlich ein Anfang, dachte er dankbar. Gott sei Dank hatte Miss Hope sie eingeladen, mit ihnen in den Park zu kommen. Gott sei Dank war er mitgegangen. Sonst hätte er am Ende nicht herausgefunden, dass Dorie Milch trank. Zwei Tassen frische Milch jeden Tag brachte gewiss etwas Fleisch auf ihre zarten Knochen. Und vielleicht sogar Rosen auf ihre Wangen ...

Was für ein Morgen. Zwei Lächeln und zwei Tassen Milch.

Hope stand da und beobachtete die Reynes. Sie waren eine rätselhafte kleine Familie. Cassie und Dorie schienen nichts mit ihrem großen Bruder zu tun haben zu wollen, und er sprach sie so gut wie nie an oder unterhielt sich mit ihnen.

Dennoch ließ er sie nicht aus den Augen, wachte über sie wie eine große, stille Dogge, und aus seinem Gesichtsausdruck, während die Mädchen Milch tranken, las sie, dass er von dem Anblick gerührt war.

Allerdings konnte sie nicht sagen, wie sie diesen Eindruck gewonnen hatte; er hatte kein ausdrucksvolles Gesicht. Es war ein starkes Gesicht, stählern und unnachgiebig. Stur. Und seine Augen waren hart, grau und freudlos. Aber wenn sie weicher wurden … und Hope hatte sie weicher werden sehen … dann sah er vollkommen anders aus.

„Sieh mal! Da hat sich eine Menge gebildet. Was mag da wohl los sein?“, rief Grace, bevor sie Cassie an der Hand fasste. Cassie sah sich um und nahm Dorie, und die drei liefen davon. James gab Lily den Krug und sagte zu Hope: „Ich gehe mit ihnen, Miss.“ Aber Mr. Reyne war schneller.

„Ich werde sie holen“, verkündete er. „Sie sollten es besser wissen, als einfach so fortzurennen.“ Mit grimmiger Miene schritt er davon.

Faith fing ihren Blick auf. „Als hätte er Angst, sie könnten seiner Fuchtel entfliehen.“

Hope sank das Herz, weil diese Beobachtung ein beunruhigendes Körnchen Wahrheit enthielt. Die Merridews wussten alles über Männer, die kleine Mädchen fest unter ihrer Fuchtel haben wollten.

Ruhig bemerkte Faith: „Denkst du, er schlägt seine Schwestern, wie Großvater es mit uns getan hat?“

„Pst, Faith! Wir wissen nichts von ihm, und es ist nicht recht, Mutmaßungen anzustellen. Außerdem glaube ich nicht, dass Mr. Reyne wie Großvater ist. Außer höchstens rein äußerlich.“ Sie konnte sich nicht vorstellen, dass Großvater zur Rettung von jemandem reiten würde, so wie Mr. Reyne es bei ihr getan hatte. An jenem Morgen war Mr. Reyne ein sanfter Beschützer gewesen, Großvater hingegen kannte die Bedeutung dieser Worte gar nicht.

„Du kannst aber nicht abstreiten, dass mit den Mädchen etwas nicht stimmt.“

„Ja, aber wir können nicht wissen, ob der Grund dafür bei ihm liegt.“

Ihre Schwester schaute sie nachdenklich an – Hope wusste, was sie dachte. Sie verteidigte ihn zu heftig für jemanden, dem er egal war. Sie spürte, wie ihre Wangen rot wurden, und erklärte: „Ich sage, wir sollten mehr über die Mädchen herausfinden, und das werden wir auch. Auf dem Rückweg sprichst du mit Cassie, und ich rede mit Mr. Reyne."

„Wäre es nicht besser, wenn ich mit Mr. Reyne spräche?", gab Faith zu bedenken.

Hope errötete stärker. „Nein. Das tue ich."

Mr. Reyne kehrte zurück, die Mädchen im Schlepptau. Er wirkte verärgert und ernüchtert, Cassie und Grace sahen rebellisch aus, Dories Miene war ausdruckslos.

Es war schlimm: Hope fühlte sich an ihre Zwillingsschwester in jener Zeit erinnert, als sie noch in Norfolk lebten, wenn Großvater einen Wutanfall hatte. Faith wurde dann immer ganz still und schweigsam, als zöge sie sich ganz in sich selbst zurück. Als versuchte sie, sich so klein und unsichtbar zu machen, um bloß nicht Großvaters Aufmerksamkeit zu erregen, Großvaters Brutalität zu spüren zu bekommen.

Dorie sah genauso aus. Und ihr Bruder war wütend.

Hope ertrug es nicht. Sie eilte zu ihnen und fasste jedes der Reyne-Mädchen an der Hand. „Ich habe eine ganz wundervolle Idee. Wir alle gehen zu Gunter's und essen ein Eis. Was haltet ihr davon?" Es war viel zu früh für Eis, aber sie wünschte sich verzweifelt, dass das Mädchen wieder fröhlich aussah.

Knapp erwiderte er: „Nein danke. Mir ist eben eingefallen, dass ich in weniger als einer halben Stunde eine Verabredung habe. Geschäftlich. Wichtige Geschäfte. Meine Schwestern und ich müssen unverzüglich heimkehren. Es tut mir leid, wenn ich Ihnen dadurch Unannehmlichkeiten bereite, aber ich hatte nicht vorgehabt, den ganzen Morgen dem Müßiggang zu verschreiben."

Hope blinzelte. „Müßiggang? Ein Spaziergang im Park und eine Tasse frische Milch können wohl kaum Müßiggang genannt werden."

Seine strenge Miene wurde weicher. „Nein, Sie haben recht. Diese Tasse Milch ... ich bin Ihnen überaus dankbar. Miss Hope, Miss Faith, Miss Grace." Er verbeugte sich vor jeder mit steifer Präzision. „Dennoch müssen wir unverzüglich nach Hause. Ich werde eine Droschke nehmen, um heimzufahren. Darf ich Sie irgendwo absetzen?"

Gerade wollte Hope annehmen, um Weiteres über die Ursache für das Verhalten der Mädchen herauszufinden, da sagte Faith: „Nein, danke. Wir gehen lieber."

„Nun gut. Auf Wiedersehen, meine Damen. Macht euren Knicks, Mädchen."

Seine Schwestern gehorchten, und Cassie bedankte sich reizend für den Ausflug. Während sie zuschaute, wie die drei eilig zum nächsten Ausgang schritten, fiel Hope plötzlich auf, dass sie Sebastian Reyne noch nie seine Schwestern hatte berühren sehen. Außer als er Cassie gestern aus dem Teich gefischt hatte. Sonst hatte er nie ihre Hand gehalten oder ihnen den Kopf getätschelt.

Großvater hatte seine Enkelinnen auch nie angefasst, außer um sie zu schlagen.

Sie sah ihnen nach, von widerstreitenden Gefühlen hin und her gerissen.

„Komm Hope, lass uns heimgehen", sagte Faith leise.

„Wir wissen nichts, wenigstens nicht sicher", erwiderte Hope rasch. Faith hatte die Anschuldigung nicht laut ausgesprochen, aber sie wusste, was ihre Zwillingsschwester dachte.

„Nein, wir haben keine Beweise."

Zwanzig Minuten später, als sie auf dem Heimweg waren, fuhr eine elegante, grün-schwarz lackierte Kutsche an ihnen vorüber. Mr. Reyne hielt die Zügel. Ein livrierter Lakai stand auf dem Fußbrett hinten und hielt sich fest. Neben Mr. Reyne saß Lady Elinore.

Sie schaute zu, wie die Kutsche um die Ecke bog. „Seine wichtige geschäftliche Verabredung", bemerkte Faith. „Ich frage mich, ob sie eigentlich weiß, dass er seine Werbung als geschäftliche Angelegenheit betrachtet?"

8. KAPITEL

„Ich bin sehr froh, dass Sie mich heute Vormittag begleiten, Lady Elinore.“ Sebastian zügelte die Pferde, als sie in eine schmale Kopfsteinpflastergasse im Londoner East End einbogen. Es war nicht unbedingt ein Elendsviertel, aber es war auch kein Ort, an dem er eine Dame von Lady Elinores Herkunft zu sehen erwartet hätte. Kein Wunder, dass sie statt ihrer Zofe einen Lakaeien mitgenommen hatte. Er hatte sich schon gewundert, da sie sonst immer peinlich genau auf Anstandsregeln achtete. Aber ein Lakai konnte ihr wirkungsvoller Schutz bieten als eine Zofe.

Sie trug wieder Grau. Ein graues Kleid, eine graue Pelisse und einen grauen Hut. Alles von schlichtem Schnitt und ganz schmucklos.

Bei seinen Worten neigte Lady Elinore anmutig den Kopf, achtete aber auf Abstand, als sie um die Kurve fuhren. Das hatte sie jedes Mal gemacht, selbst die kürzeste Berührung ihrer Körper vermieden, gleichgültig, wie stark die Kutsche schaukelte. Womöglich war das ihr Anstandsgefühl, aber Sebastian vermutete, es steckte mehr dahinter: Sie mochte nicht berührt werden. Das erschwerte diese ganze Werbung weiter, aber es war kein echter Hinderungsgrund für die Sorte Ehe, die ihm vorschwebte. Er heiratete aus Vernunftgründen, nicht aus Leidenschaft.

Eine Vision von Hope Merridew erstand vor seinem inneren Auge. Wenn er keine Verpflichtungen hätte, wenn er ein freier Mann wäre, würde er Hope Merridew mit ganzem Herzen umwerben. Aber sie war eine … eine anmutige Elfe, ein empfindliches Wesen aus einer Welt, die er nie bewohnen konnte, voller Lachen und Temperament.

Wenn er ein so zartes Geschöpf in das Chaos holte, das er aus drei Leben gemacht hatte, würde es sie brechen, und das könnte er nicht ertragen.

Es war schwer genug, ihre neuen, kühlen Blicke auszuhalten. Sein Fehler. Seine Absicht. Er hatte ihr von Lady Elinore erzählen müssen. Zu ihrem eigenen Schutz brauchte er diese Barriere zwischen ihnen. Gestern am Teich hätte er sie beinahe in einem öffentlichen Park kompromittiert. Er hätte sie geküsst.

Sebastian Reyne, der wieder nach den Sternen griff. Wann würde er es endlich lernen?

Er zwang sich, an etwas anderes zu denken. An die Frau neben ihm. „Ich bin sicher, Ihre Gegenwart verleiht meinem Anliegen Gewicht, Lady Elinore. Es ist mir bewusst, dass mein Angebot umstritten ist und nicht alle Ihre Mitglieder einverstanden sind."

Lady Elinores grauer Hut wippte zustimmend. „Ich muss gestehen, dass ich anfangs auch dagegen war, als Sie uns Ihren Vorschlag unterbreiteten. Aber nun, da ich Ihre Beweggründe besser verstehe, habe ich meine Meinung geändert. Ich bin sicher, unsere Schützlinge werden von Ihrer Unterstützung profitieren. Ich weiß, dass einige unserer Patronessen in finanziell angespannten Verhältnissen leben, wohl wegen des Kriegsendes." Sie verzog das Gesicht und schüttelte den Kopf. „Wenn Sie die Einrichtung erwerben, wird das ihre Schwierigkeiten verringern."

„Es ist mir eine Freude, zu Diensten zu sein."

Sie hatte keine Ahnung, was seine wirklichen Beweggründe waren. Niemand wusste das. Sogar Sebastian war sich selbst nicht ganz sicher. Er wusste nur, dass er dieses bestimmte Waisenhaus kaufen musste. Kein anderes würde gehen.

Keine andere Anstalt hatte schließlich seine Schwestern aufgenommen.

Von seiner Verbindung mit dem Haus hatte Lady Elinore keine Ahnung. Morton Blacks Nachforschungen hatten zu Tage gebracht, dass Lady Elinores Mutter gestorben war, kurz bevor Cassie und Dorie dorthin gebracht wurden. Mädchen, die aufgenommen wurden, erhielten routinemäßig neue Namen, obwohl ihre eigentlichen in einem Buch festgehalten wurden. Morton Black war willens gewesen, die entsprechende Seite zu vernichten, aber es stellte sich später heraus, dass das nicht nötig war. Niemand würde eine Verbindung ziehen von Carrie und Doreen Morgan zu Cassandra und Eudora Reyne.

Sebastian zog an den Zügeln, und die Kutsche kam vor einem hohen, schmalen Gebäude zum Stehen, das einen grimmigen Eindruck vermittelte.

Er sprang herunter und hielt Lady Elinore die Hand hin, um ihr beim Aussteigen zu helfen. Ihre Berührung war so leicht und flüchtig, dass er sie kaum spürte. Sogar ihre Handschuhe waren grau. „Verzeihen Sie mir, Lady Elinore, aber sind Sie in Halbtrauer?“

Sie schüttelte den Kopf. „Nein, gar nicht. Seit dem Tod meiner Mutter ist nicht ganz ein Jahr vergangen, aber ich halte nichts von Trauer, die von der Konvention diktiert wird. Wenn es die Farbe meiner Kleidung ist, auf die Sie anspielen, das hat einen anderen Grund. Mein Leben lang schon trage ich Grau, wie auch meine verstorbene Mutter es tat. Farben entflammen männliche Leidenschaft.“

Sebastian hob eine Augenbraue. „Ach, wirklich?“

„Ja. Meine verstorbene Mutter Lady Ennismore hat sich eingehend damit befasst. Wenn alle Frauen darüber Bescheid wüssten und farbige Kleidung vermieden, wären unsere Leben wesentlich friedlicher und rationaler.“

„In der Tat“, murmelte Sebastian unverbindlich. Wenn alle Grau trügen, wäre das Leben seiner Ansicht nach wesentlich eintöniger. Und die Stoffindustrie würde auch leiden.

Seine Zweifel musste er nicht gut verborgen haben, denn

als sie die Stufen zur Eingangstür emporstiegen, erklärte Lady Elinore sehr ernsthaft: „Es ist wahr. Meine Mutter hat eine Reihe wissenschaftlicher Untersuchungen angestellt und sie in einem Buch veröffentlicht. Sie haben vielleicht davon gehört: *Die Grundsätze der Rationalität für aufgeklärte Damen.*"

Sebastian gestand, dass das nicht der Fall sei.

„Dann werde ich Ihnen eine Ausgabe schenken, denn ich hoffe sehr, diese Anstalt nach den Grundsätzen meiner Mutter zu führen. Ich habe bereits mehrere Veränderungen durchgesetzt, doch nicht alle anderen Damen sind mit mir einer Meinung. Aber ich schweife ab, denn wir sprachen ja von der Farbe meiner Kleidung. Mutter fand heraus, dass Grau die Farbe ist, die in der Männerbrust am besten Gleichgültigkeit bewirkt."

Dem konnte Sebastian nicht widersprechen. Es gab nicht viel, was man über Grau sagen konnte. Und sie in ihrem grauen Ensemble zu sehen weckte auch in seiner Brust ein starkes Gefühl von Gleichgültigkeit.

Sie zog an der Klingelschnur. Im hinteren Teil des Hauses läutete es, und einen Moment später wurde die Tür von einer großen Frau in einem Kleid aus schwarzem Serge geöffnet.

Schweigend führte sie sie zu einem großen Raum, in dem sechs Damen warteten, deren Alter von einer stämmigen Matrone von etwa fünfzig Jahren bis zu einer gebrechlich wirkenden Greisin von weit über achtzig reichte. Drei waren in strenges, schmuckloses Grau gekleidet, eine in Schwarz und die übrigen beiden trugen so grell bunte Kleider, dass Sebastian blinzeln musste.

Als er eintrat, richteten sich sechs Augenpaare auf ihn, betrachteten ihn mit unterschiedlichen Stadien zwischen Billigung und Argwohn. Sebastian war die kritische Musterung durch Fremde gewohnt. Es kümmerte ihn nicht, solange er bekam, was er wollte.

„Meine Damen", sagte er, nachdem er allen vorgestellt worden war. „Sie wissen nun schon seit einiger Zeit von meinem Interesse, daher werde ich nicht um den heißen Brei herumreden. Ich möchte diese Anstalt kaufen. Sie haben meine schriftliche Versicherung, dass ich die wohltätige Arbeit fortführen werde, und Lady Elinore bürgt für mich. Außerdem bin ich bereit, drei von Ihnen als Beraterinnen der Leitung hinzuzuziehen. Mir bleibt nun nur noch, Ihnen mein Angebot zu unterbreiten." Er nannte eine Summe, und dem erstickten Keuchen nach zu urteilen, war sie mehr als angemessen. Höflich stand er auf. „Vielleicht kann mich jemand durchs Haus führen, während Sie mein Angebot besprechen. Wie Sie wissen, bin ich nie weiter als in die Eingangshalle vorgedrungen." Er war neugierig auf das Haus, in dem seine Schwestern Aufnahme gefunden hatten.

„Ich werde Sie begleiten", erklärte Lady Elinore. „Alle hier kennen meine Meinung zu dem Verkauf."

Sie ging mit Sebastian durch das Gebäude, erläuterte die Ziele der Einrichtung und beantwortete seine Fragen. Er war an dem Ort selbst interessiert, weniger an den Ideen dahinter. Über die Erziehung von Mädchen wusste er nichts. Solange die Bewohnerinnen sauber waren und weder unter Hunger noch Kälte litten, war es ihm egal, wie die Anstalt geführt wurde. Das überließ er anderen, die etwas davon verstanden und feste Ansichten dazu hatten.

Und Lady Elinore, das fand er heraus, hatte einige sehr feste Ansichten. „Es ist doch so, Mr. Reyne, diese Mädchen sind – wenn auch ohne eigene Schuld – den übelsten Aspekten der menschlichen Natur ausgesetzt gewesen. Wir müssen nun in ihnen das Gleichgewicht wiederherstellen, damit sie sich von dem Erlittenen erholen können und heranwachsen, um ein nützliches, respektables Leben zu führen."

Sie sprach davon, wie bei einem ruhigen Leben, das durch

Routinen, Lernen und Arbeit geprägt sei, ausartendes Verhalten allmählich nachlassen würde. Hier, so sagte sie, wuchsen Mädchen in Würde auf und würden zur Unabhängigkeit erzogen. Sebastian hatte den Eindruck, als wüsste sie genau, wie man mit seinen Schwestern umgehen und wie man sich um sie kümmern müsste. Er hatte die richtige Entscheidung getroffen, so schmerzlich sie auch persönlich für ihn war.

Er konnte sich nicht vorstellen, dass Miss Hope sich mit ruhiger Routine, Lernen und Arbeiten abgeben würde. Um ehrlich zu sein, er konnte sich auch Cassie nicht ganz dabei vorstellen, aber was er sah, überzeugte ihn davon, dass es möglich war.

Sie brachte ihn zu einem Saal, in dem Mädchen in Reihen saßen und nähten, während eine Dame aus einem Buch vorlas. „Besserungsgeschichten", unterrichtete ihn Lady Elinore flüsternd. „In jeder geht es um ein Mädchen, das vom rechten Weg abgekommen ist, und jede enthält eine moralische Lektion. Meine Mutter hat sie geschrieben. Wir wechseln ab zwischen den Geschichten meiner Mutter und der Bibel. So ersetzen wir ihr früheres Leben in Sünde und Verderbtheit durch eine solide moralische Grundlage."

Sebastian nickte. Was wusste er schon von der Erziehung junger Mädchen?

„Die Mädchen lernen alle häuslichen Fertigkeiten, von Kochen über Putzen zu Schneidern, und sie lernen ein Gewerbe, entsprechend ihren Begabungen und Fähigkeiten. Sie arbeiten natürlich den ganzen Tag. Wir erlauben ihnen keinen Müßiggang, denn müßige Hände, das ist allgemein bekannt, führen zu Verderbtheit. Wir machen nur Pausen für Mahlzeiten und auch für körperliche Ertüchtigung – meine Mutter hat von körperlicher Ertüchtigung für Frauen viel gehalten."

Das war eine vernünftige Einstellung, dachte er. Pausen

für Bewegung war mehr, als die meisten Fabrikarbeiter erhielten, wie er wusste. Manche der Jungen und Mädchen, die er früher gekannt hatte, waren von den vierzehn Stunden Arbeit am Tag in der Fabrik ohne Unterbrechungen, um sich zu recken oder verkrampfte Muskeln zu lockern, zum Krüppel geworden. In dem Moment, als er die Leitung der Fabrik übernommen hatte, hatte er kurze Pausen für Mahlzeiten und Bewegung eingeführt, und das hatte sich bezahlt gemacht. In seinen Fabriken wurde kein Kind zum Krüppel.

Er sah plötzlich die Kinder vor sich, die fröhlich durch den Park tollten, und fragte: „Sie gehen also mit ihnen spazieren?"

Sie schüttelte nachdrücklich den Kopf. „Nein, dort gibt es zu viele Versuchungen, und viele von den Mädchen werden bei der kleinsten Gelegenheit rückfällig. Wir erlauben ihnen nicht, nach draußen zu gehen, bis wir sicher sind, dass sie moralisch stark genug sind, der Versuchung zu widerstehen. Die Welt ist voll von gewissenlosen Menschen, die schutzlose, leichtgläubige junge Mädchen ausnutzen."

Sebastian dachte an seine Schwestern und nickte. Lady Elinores Leidenschaft, sich dieser Mädchen anzunehmen, rührte ihn. Er war sicher, dass sie mit ein wenig Ermutigung dieses Mitgefühl auf seine Schwestern ausdehnen würde. Der Himmel wusste, sie brauchten jemanden, und mit ihm wollten sie nichts zu tun haben. Lady Elinore war exakt die unwahrscheinliche Verbindung aus vornehmer Dame und einer Frau, die genau verstand, wie hart und schrecklich die Welt sein konnte.

Sie war keine anmutige Elfe.

Lady Elinore nickte brüsk. „Ich bin froh, dass Sie meiner Meinung sind. Sollen wir nun gehen und herausfinden, ob die Damen zu einer Entscheidung gekommen sind?"

Sebastian war einverstanden. Die Damen haben sich in dem Moment entschieden, als ich die Summe genannt habe, dachte er zynisch. Aber die Zeit, in der er die Einrichtung besichtigt hatte, war nicht verschwendet. Einmal abgesehen davon, dass seine Neugier befriedigt worden war, gewann er langsam Lady Elinore für sich. Sie war bereit gewesen, mit ihm zu tanzen oder eine Ausfahrt durch den Park zu machen, wenn er sie fragte, aber sie war stets reserviert und förmlich geblieben – bis jetzt. Als sie ihm das Programm erklärte, war sie beinahe freundlich geworden.

Er hatte immer noch keine Idee, was sie von ihm hielt, aber eines war klar: Sie hatte keine hohe Meinung von Männern.

Sebastian war jedoch niemand, der aufgab, wenn er auf ein Hindernis stieß. Er war sich sicher, wenn er sich genug Mühe gab, würde er schließlich Lady Elinores Achtung gewinnen. Mehr wollte er nicht. Er wollte keine Ehefrau, die ihn mit emotionalen Ansprüchen erstickte. Er heiratete aus praktischen Gründen.

Ihre exzentrische Art störte ihn nicht, solange sie es nicht übertrieb und weiterhin von der Gesellschaft akzeptiert wurde. Es gefiel ihm sogar, dass sie fast trotzig an ihren Überzeugungen festhielt.

Sie würde seinen Heiratsantrag nicht ablehnen, wenn sie wüsste, dass sie als seine Gattin das alleinige Sagen darüber hatte, wie das Waisenhaus geführt wurde, und nach Herzenslust ihre *Rationalen Grundsätze* umsetzen konnte.

Vielleicht würde er es sogar nach ihr benennen. Das gäbe ein hübsch ungewöhnliches Hochzeitsgeschenk ab: die Lady-Elinore-Reyne-Anstalt für mittellose Mädchen.

Giles lachte schallend. „Die Lady-Elinore-Reyne-Anstalt für mittellose Mädchen? Du wilder romantischer Hund, du! Was für ein Hochzeitsgeschenk! Danach werden alle Damen der Gesellschaft ihr eigenes Waisenhaus haben wollen!"

Sebastian warf ihm einen strengen Blick zu. „So ein Geschenk wird Lady Elinore zu schätzen wissen."

Giles schmunzelte reuig. „Da hast du zweifellos recht. Sie ist mit Sicherheit ungewöhnlich."

Sebastian runzelte die Stirn. „Ich muss die Sache beschleunigen, diese Werbung zum Abschluss bringen. Denkst du, ich sollte ihr Blumen schicken oder so etwas? Als Dankeschön für heute und irgendwie als Ausdruck meiner Absichten."

Giles schüttelte den Kopf. „Nein, sie sagt, Blumen seien nicht rational."

Sebastian hob die Augenbrauen. „Woher weißt du …"

„Hat sie die Mädchen schon kennengelernt?", unterbrach ihn Giles.

„Nein, noch nicht."

„Worauf wartest du dann? Sie sind schließlich der Grund hierfür."

Sebastian zögerte. „Ich bin mir nicht sicher, ob die Mädchen schon bereit sind für gesellschaftlichen Umgang."

„Nach deinen Erzählungen treffen sie sich doch dauernd mit den Merridews. Wenn das kein gesellschaftlicher Umgang ist, weiß ich nicht was."

„Du hast recht. Ich werde sofort etwas vorbereiten." Er dachte einen Augenblick nach. „Ich werde Lady Elinore eine Nachricht schicken und sie zu einem Ausflug einladen."

„Wohin?"

Sebastian zuckte die Schultern. „Du kennst London besser als ich. Schlag etwas vor."

Giles schüttelte lachend den Kopf. „Oh, nein. Dafür übernehme ich keine Verantwortung. Warum sagst du Lady Elinore nicht einfach, dass du mit ihr und deinen Schwestern etwas unternehmen möchtest, und fragst sie nach einem Vorschlag? Sie ist aus London und weiß sicher, was jungen Mädchen gefällt."

„Eine ausgezeichnete Idee, Giles. Ich werde ihr sofort schreiben."

„Für diese wunderbare Möglichkeit haben wir Sir Hans Sloane zu danken", erklärte Lady Elinore. „Er war Arzt, Naturforscher und Sammler, besonders im Bereich der Botanik. Als er vor etwa fünfundsechzig Jahren starb, hat er König George II. einundsiebzigtausend Objekte, eine Bibliothek und ein Herbarium für die Nation vermacht – George II. war der Großvater unseres Regenten."

Sie schaute Cassie und Dorie erwartungsvoll an. Die sagten nichts. Cassie warf Sebastian einen leidgeprüften Blick zu.

„Sehr interessant", sprang Sebastian ein.

„Ja, es ist faszinierend", bekräftigte Lady Elinore. „Man setzte Treuhänder ein, die dafür sorgten, dass sein Testament ausgeführt wurde. Und nach längerer Debatte wurde durch einen Beschluss des Parlaments das Britische Museum gegründet." Sie deutete auf das Gebäude. „Das führende Denkmal rationaler Ziele in der Welt."

„Hm", Sebastian nickte. „Sehr beeindruckend."

„Meiner Ansicht nach sind die botanischen Ausstellungen die interessantesten, daher werden wir mit denen anfangen", erklärte Lady Elinore. „Botanik gehört ja sicherlich zu eurem Unterrichtsstoff."

„Nein", antwortete Cassie unverblümt.

Lady Elinore hob die Augenbrauen. „Dann aber sicher Aquarellmalerei, Sticken, Italienisch und Musik. Gegen die beiden Letzteren habe ich keine Einwände – es ist rational, eine Fremdsprache zu lernen, und während meine verstorbene Mutter Musik nicht billigte, muss ich gestehen, dass ich selbst eine Schwäche dafür habe."

„Nein", erwiderte Cassie erneut.

Lady Elinore war verblüfft. „Oh. Nun, dann beginnen wir hier mit euren botanischen Studien. Die Bestimmung ist eine überaus aufregende Wissenschaft. Der Gründer der modernen Botanik war – was höchst seltsam ist – ein Schwede namens Dr. Carolus Linnaeus, ein Arzt und Physiker, der …"

„Warum ist das seltsam?", unterbrach Cassie sie.

„Weil er nicht Engländer war, und außerdem ist es nicht höflich, Cassandra, Erwachsene zu unterbrechen", erklärte Lady Elinore freundlich. „Dr. Linnaeus ist vor vierzig Jahren gestorben, er hat ein System entwickelt, um die Natur zu untersuchen und zu klassifizieren. Es heißt *Systema naturae,* was Latein ist. Nach seinem Tod gelangten seine Schriften nach England, und auch eine Reihe seiner Studenten kam her. Einer von ihnen reiste beispielsweise auf der Route von James Cook – von ihm werdet ihr gehört haben, hoffe ich."

„Nein", entgegnete Cassie. „Ist er auch tot?"

„Ja", antwortete Lady Elinore, der die Ironie entgangen war. „Er ist nicht lange nach Dr. Linnaeus verstorben, glaube ich, vor fast vierzig Jahren."

„Sind alle im Britischen Museum tot?", fragte Cassie.

Lady Elinore sah überrascht aus, aber nur einen Moment lang. „Ja, natürlich. Bis auf die Leute, die hier arbeiten, und die Besucher. Also, lasst uns nun die botanische Ausstellung besichtigen. Dort sind die herrlichsten Pflanzen zusammengetragen."

„Tote Pflanzen?"

„Ja, Cassandra, selbstverständlich. Pflanzen kann man nicht gut konservieren, solange sie leben. Und diese Pflanzen kommen von überall her auf der Welt."

„Also sind sie eher braun als grün."

„Ja."

„Meine Freundin Grace hat gesagt, hier gäbe es ägyptische Mumien und große Marmorstatuen, die Lord Elgin aus Griechenland mitgebracht hat. Sie sollen zwar zerbrochen sein, aber sehr interessant."

Lady Elinore presste ihre Lippen zusammen und verkündete: „Solche Sachen zu sehen ist höchst ungehörig für junge Mädchen." Damit marschierte sie festen Schrittes zur botanischen Abteilung.

Cassie drehte sich zu Sebastian um und warf ihm einen langen, beredten Blick zu.

Er erwiderte ihn schweigend, aber mit zusammengekniffenen Augen. Nach einem Moment zuckte sie die Schultern und stampfte hinter Lady Elinore her, Dorie mit sich ziehend. Als Demonstration von märtyrergleich ertragenem, tumbem Gehorsam war es meisterlich, aber Sebastian konnte sich nicht dazu bringen, ihr böse zu sein. Seine streitlustige Schwester machte ihre Sache gut, bedachte man den langweiligen Ausflug.

Warum, um Himmels willen, hatte Lady Elinore diesen Ort dafür ausgesucht?

Die Antwort darauf erhielt er nach einer weiteren Stunde, die sie mit der Betrachtung gepresster, brauner Vegetation verbracht hatten. „Sie werden sich vielleicht wundern, woher ich so viel über das Museum und die Ausstellungen hier weiß."

„Nein", entgegnete Cassie tonlos.

Glücklicherweise hörte Lady Elinore sie nicht. Sie fuhr fort: „Meine verstorbene Mutter hat mich einmal im Monat mit hierher genommen." Sie lächelte die Mädchen an. „Meine Mutter Lady Ennismore war eine berühmte Pädagogin und Schriftstellerin, müsst ihr wissen. Sie war immer sehr beschäftigt, hielt Vorträge, hatte Treffen oder schrieb Bücher.

Solange ich klein war, habe ich nicht viel von ihr gesehen. Aber für unsere Museumsbesuche hat sie sich immer Zeit genommen." Entzückt schaute sie sich in dem riesigen, hallenden Gebäude um. „Ich habe mich immer sehr auf die Stunde hier gefreut, jeden Monat, nur Mutter und ich. Ich fühle mich hier fast wie zu Hause."

Cassie starrte sie an: „Das sind die einzigen Gelegenheiten gewesen, bei denen Sie Ihre Mutter allein gesehen haben?"

Lady Elinore schüttelte kurz den Kopf und antwortete milde tadelnd: „Wenn die eigene Mutter berühmt ist und eine Berufung hat, dann muss man Opfer bringen. Ich bin stolz darauf, Lady Ennismores Tochter zu sein und ihre Arbeit fortzuführen."

Eine kurze, unbehagliche Stille entstand.

„Ich kann verstehen, dass Ihnen das Museum ans Herz gewachsen ist", bemerkte Sebastian schließlich. „Danke, dass Sie uns hergebracht haben."

„Oh, aber wir sind doch lange noch nicht fertig."

Cassie blickte ihn stumm an. Langsam geriet sie an das Ende ihres ohnehin nicht unbegrenzten Vorrats an gutem Benehmen, erkannte er. Ihr momentanes Mitgefühl für Lady Elinore würde nicht ewig anhalten. Er musste sie nach Hause schaffen, ehe sie etwas Unverzeihliches tat.

„Ich denke, die Mädchen haben so viel Botanik gesehen, dass es für einen Tag reicht. Es ist jetzt Zeit, nach Hause zurückzukehren und ein paar Erfrischungen einzunehmen."

„Nun gut", gab Lady Elinore nach. „Obwohl es noch viel zu sehen gibt. Aber eine Tasse Tee wäre mir jetzt sehr willkommen."

Sebastian brachte sie rasch zu ihrer Kutsche. Während Cassie einstieg, sagte er leise zu ihr: „Du hast dich heute sehr gut benommen, Cassie. Wenn du so weitermachst, werde ich mir eine Belohnung für dich und Dorie einfallen lassen."

Unglücklicherweise hörte Lady Elinore ihn. „Eine Belohnung? Oh, da weiß ich genau das Richtige. Ich werde euch beiden eine Ausgabe von Mutters *Besserungsgeschichten für junge Mädchen* geben."

Sebastian konnte an Cassies Augenverdrehen erkennen, dass seine Schwester für einen Tag genug hatte von Lady Ennismores Ideen zur Erziehung. Mit angehaltenem Atem starrte er Cassie an, sandte ihr die stumme Botschaft, dass er sich tatsächlich eine besondere Belohnung einfallen lassen würde, wenn sie Lady Elinore artig dankte. Wenn aber nicht …

Cassie erwiderte seinen Blick kühl und sagte mit lähmender Höflichkeit: „Danke sehr, Lady Elinore. Ich bin sicher, die Geschichten werden ebenso fesselnd sein wie Ihre botanische Führung."

Zu Sebastians ewiger Dankbarkeit merkte Lady Elinore nichts von der Ironie. Seine Dankbarkeit währte jedoch nicht lange, denn sie sah sich durch das dick aufgetragene Kompliment dazu veranlasst, sich erneut endlos über die Sammlung botanischer Kostbarkeiten auszulassen.

Cassie ertrug es fünf Minuten, dann verkündete sie mit klarer Stimme: „Lady Elinore, wussten Sie, dass ich ein Messer um mein Bein geschnallt trage?" Sie begann ihren Rock zu lüften, um es ihr zu zeigen.

„Das reicht, Cassie", erwiderte Sebastian mit dröhnender Stimme. Es juckte ihn in den Händen, sie zu schütteln. Es waren Bekenntnisse wie dieses, die viele der früheren Gouvernanten in Ohnmacht hatten sinken lassen, besonders wenn sie ihren Rock schamlos lüftete und ihr nacktes Bein enthüllte. Oder wenn sie vorführte, wie scharf das Messer war.

„Es tut mir leid, Lady Elinore", begann er sich zu entschuldigen, brach aber ab, als er sah, dass sie nicht in Gefahr schwebte, in Ohnmacht zu fallen. Sie blickte vielmehr interessiert auf die unförmige Ausbuchtung unter dem Musselin. Cassies Erklärung schien sie nicht weiter zu beeindrucken.

Das war der Grund, weshalb er ihr den Hof machte, rief er sich ins Gedächtnis. Wenn sie Cassies Ungezogenheit gewachsen war, dann war jetzt die Zeit, das zu zeigen.

Sie beugte sich vor und sagte zu Cassie. „Ist es nicht unpraktisch, jedes Mal unter deine Röcke greifen zu müssen, um heranzukommen?“ In ihrer Stimme schwangen weder Sarkasmus noch Spott mit.

Cassie runzelte die Stirn. Das war nicht die Reaktion, die sie sich erhofft hatte. Misstrauisch schaute sie zu Sebastian, als glaubte sie an eine Verschwörung. Sebastian bemühte sich um eine möglichst ausdruckslose Miene. Es sah so aus, als könnte Lady Elinore allein damit fertig werden. Es war besser, er hielt sich heraus.

Cassie entschied sich, Lady Elinore zum Aufdecken ihrer Karten zu zwingen. „Nein, ich komme ganz einfach heran. Sehen Sie?“ Sie griff unter den Rock und zog ihr Messer hervor, schwenkte es als Beweis. Die Klinge glänzte im Nachmittagslicht.

Lady Elinore nickte. „Ja, etwas umständlich, aber eine sehr wirkungsvolle Verteidigung. Es sieht schön scharf aus.“ Sie streckte die Hand aus und nahm es der überraschten Cassie ab. Erfahren prüfte sie die Klinge, dann reichte sie sie zurück. „Ja, sehr gut. Ein Messer ist nutzlos, wenn es nicht scharf ist.“ Lächelnd wandte sie sich an Dorie und erkundigte sich: „Und, Dorie, hast du auch ein Messer?“

„Nein!“, riefen Sebastian und Cassie gleichzeitig und gleichermaßen entsetzt. „Warum sollte sie?“, fügte Sebastian hinzu.

Überrascht musterte Lady Elinore ihre schockierten Mienen. „Oh, es tut mir leid. Ich nahm an, Sie seien eine aufgeklärte Familie.“

„Was meinen Sie damit?“, wollte Sebastian wissen.

„Meine Mutter war eine starke Befürworterin davon, dass Damen Mittel zu ihrer Verteidigung bei sich tragen.“

„Mittel zu ihrer Verteidigung?“

Sie nickte und erklärte ruhig: „Es gibt viel Gewalt in der Welt, und Frauen müssen sich um ihre eigene Verteidigung kümmern, denn Männer werden oft von Leidenschaften beherrscht, die leicht entflammen – Männer sind grundsätzlich eher gewaltbereit –, und man kann sich nicht einfach darauf verlassen, dass sie wohlwollend sind.“

Ob der Beleidigung seines Geschlechtes gekränkt, entgegnete Sebastian sarkastisch: „Also tragen Sie auch ein Messer unter Ihren Röcken?“

„Oh, nein. Wie ich schon sagte, so ein großes Messer wäre mir viel zu umständlich. Ich trage dies hier.“ Damit zog sie aus dem Saum am Ausschnitt ihres Oberteiles eine lange, spitze Hutnadel. Sie lächelt Cassie freundlich zu. „Genauso scharf wie dein Messer, aber viel leichter zur Hand. Alle meine Kleider, egal ob für den Tag oder den Abend, sind so genäht, dass ich eine solche Nadel darin unterbringen kann. Wenn ich eine weite Reise mache oder mich in weniger respektable Stadtviertel begebe, trage ich auch noch eine kleine Pistole bei mir.“

Beim Anblick von Cassies Gesicht verflog Sebastians Verärgerung. Seine kleine Rebellin wusste nicht, was sie davon halten sollte. Mit offenem Mund starrte sie Lady Elinore an: irgendwie schockiert und mehr als ein bisschen missbilligend. Nachdem sie mit eben dieser Taktik erfolgreich mehrere Gouvernanten in die Flucht geschlagen hatte, hatte sie nicht damit gerechnet, von einer kleinen, zimperlichen Lady ausgestochen zu werden. Morton Black hatte recht, Lady Elinore war Cassie und ihren Mätzchen gewachsen. Sogar ihre exzentrischen Züge konnten nützlich sein.

Aber er war neugierig. „Mussten Sie sich je selbst verteidigen?"

„Nein. Nur hat meine Mutter mir eingeschärft, dass ich das eines Tages müsste, daher bin ich stets bereit."

„Verstehe." Obwohl es seinem Beschützerinstinkt zuwiderlief, wenn Frauen bewaffnet herumliefen, konnte er es kaum verurteilen. Er war nicht immer zur Stelle gewesen, Frauen unter seinem Schutz vor Unheil zu bewahren; es war ein Gebot der Vorsicht, wenn sie auf Gefahren vorbereitet waren, selbst wenn es ihm widerstrebte.

Ein Ruf unterbrach sie. „Hey, Bastian, halt an!" Es war Giles, der ihnen winkte, gerade als der Landauer auf dem Weg in die Hill Street in die Berkeley Street einbog und sein Tempo verlangsamte. Sebastian gab dem Kutscher das Zeichen anzuhalten.

Giles, der auf einem hübschen schwarzen Wallach saß, ritt zu ihnen. „Guten Tag, Mädchen, Lady Elinore. Was für ein schockierendes Kleid, Lady Elinore. Von so bemerkenswertem Schnitt und ungewöhnlicher Farbgestaltung!"

Lady Elinore, die eines ihrer gewohnt formlosen grauen Kleider trug, rümpfte die Nase und wandte den Kopf, um interessiert eine Stelle am Horizont zu studieren.

„Cassie, Dorie, ihr seht ebenfalls ganz entzückend aus." Giles zwinkerte ihnen zu. „Nun, wohin ist denn diese Ladung Schönheiten unterwegs?"

Sebastian antwortete: „Wir waren im Britischen Museum und wollen nun eine Erfrischung zu uns nehmen."

„Ich bin wie ausgetrocknet", rief Giles. „Wohin wollt ihr? Darf ich mich euch anschließen?"

Sebastian hatte vorgehabt, zu Hause Tee und Kuchen einzunehmen, aber bei Giles' Frage fiel ihm plötzlich wieder Miss Hopes Vorschlag von gestern ein. Und sie waren schließlich ganz in der Nähe. Er schaute die Mädchen an.

„Ich dachte, wir gehen zu Gunter's und essen Eis."

Überrascht hoben Cassie und Dorie die Köpfe. Nach ihrem unartigen Benehmen hatte Cassie nicht mit einer Belohnung gerechnet, aber da sie so gründlich in ihre Schranken gewiesen worden war, entschied Sebastian, dass es nicht zählte.

„Lady Elinore", erkundigte er sich, „sind Sie damit einverstanden? Gunter's ist hier in der Nähe."

Leise erwiderte Lady Elinore etwas und zuckte die Schultern, was er als Zustimmung wertete. Sie war immer noch böse auf Giles, das konnte er sehen. Die beiden kamen einfach nicht gut miteinander aus.

„Es ist dort drüben, an der Ecke." Giles zeigte es ihm. „Da, das Haus mit dem Ananas-Schild. Du suchst eine schöne schattige Stelle für die Damen, Sebastian, und ich werde einen Ober schicken."

„Was, gehen wir nicht hinein?"

Giles schüttelte den Kopf. „Das kannst du natürlich, aber an einem so herrlichen Tag wie heute isst alle Welt ihr Eis draußen im Schatten. Mach dir keine Sorgen, die Ober bringen alles, was man braucht." Damit ritt er voraus.

Sie fanden eine Stelle unter großen Ahornbäumen, wo sie den Landauer abstellen konnten. Damen saßen in ihren Kutschen und genossen mit langstieligen Löffeln eisige Köstlichkeiten. Elegante Herren standen an den Geländern und unterhielten sich mit den Damen in den Kutschen, während sie auch Eis aßen.

„Ausgezeichnete Stelle", erklärte Giles, als er zu ihnen kam. Sein Pferd war an einem Pfosten ein paar Meter entfernt festgebunden. Ein Ober eilte herbei. „Was darf ich den Herrschaften bringen? Welche Geschmacksrichtung möchten Sie?"

Sebastian sah ratlos aus. Die Mädchen ebenfalls. Lady

Elinore schwieg. Schließlich erklärte Cassie: „Ich hatte noch nie ein Eis, also weiß ich nicht, was für einen Geschmack es hat."

„Nie ein Eis gehabt?", rief Giles gespielt entsetzt. „Bastian, sie sind jetzt seit – wie lange in London und haben noch kein Eis gegessen?"

„Ich hatte auch noch nie eines", gestand Sebastian.

Giles wandte sich an Lady Elinore: „Lady Elinore, nun ist es unsere Pflicht als Londoner, diese schockierenden Zustände zu ändern. Welche Sorte würde den jungen Damen Ihrer Meinung nach zusagen?"

Lady Elinore erwiderte kühl: „Ich habe keine Ahnung, Mr. Bemerton. Ich habe noch nie Eis gegessen. Und ich habe es auch nicht vor. Meine Mutter hielt Essen, das in extremen Temperaturen serviert wird, für schädlich. Eis ist keine rationale Speise."

„Das ist es bestimmt nicht", pflichtete ihr Giles heftig bei. „Es ist eine Speise für die Götter! Also ist es für alle das erste Mal, dann – ausgezeichnet! Ober, welche Sorten gibt es?"

Der Ober ratterte eine Liste herunter. Sebastian bekam nicht alles mit: Es gab Wassereis und Sahneeis in allen möglichen Variationen, darunter Erdbeere, Pistazie, Bergamott, Königscreme, Schokoladensahne, gebrannte Haselnusssahne, Jasmin, weißer Kaffee, Tee, Ananas, Holunder und Zitrone sowie eine ganze Reihe anderer französischer Sorten, die er nicht verstand.

Es waren so viele, aus denen man wahlen konnte, dass niemand sich entscheiden konnte, weshalb Giles es übernahm. „Nun gut, für die Damen schlage ich Erdbeereis …"

„Ich hätte lieber Pistazie, bitte", sagte Cassie.

„Ausgezeichnet! Also, Ober, zwei Erdbeereis, ein Pistazieneis, und wie ist es mit gefrorenem Orangenpunsch für uns, Sebastian – das ist mit Rum versetzt?"

Sebastian nickte. „Klingt gut."

„Wenn Sie das eine Erdbeereis für mich bestellt haben – ich esse es nicht", verkündete Lady Elinore. „Wie ich schon sagte, Eis ist keine rationale Speise."

Giles betrachtete sie nachdenklich. Unter seiner Musterung hob Lady Elinore ihre Nase noch ein wenig höher.

„Das tut mir leid. Essen Sie Brot, Lady Elinore?", erkundigte er sich mit demütiger Stimme. „Ich kann Ihnen Brot bringen lassen."

„Ja", gestand sie, widerwillig besänftigt.

Giles sagte etwas zu dem Ober, der nickte und die belebte Straße zu Gunter's überquerte.

„Dann ist alles ja geklärt", verkündete Giles und stieg in den Landauer. Er zwängte sich zwischen Dorie und Cassie, sodass er Lady Elinore gegenübersaß, die ihre Knie so weit wie nur möglich zurückzog, damit sie seine nicht berührten. Das Manöver entging ihm nicht, und er begann die Mädchen über ihren Ausflug zu befragen. Sebastian nahm erfreut zur Kenntnis, dass Giles auch Dorie Fragen stellte, sie aber extra so formulierte, dass sie mit Kopfschütteln oder Nicken antworten konnte. Giles war ein guter Kerl.

„Mr. Bemerton, wussten Sie, dass Lady Elinore bewaffnet ist, genau wie ich?", fragte Cassie.

Giles blinzelte verwundert und schaute Lady Elinore an.

Sie reckte ihre Nase noch höher und sagte nichts, aber leichte Röte stieg ihr in die Wangen.

„Was du nicht sagst, Cassie. Wo versteckt sie ihre Waffe denn? An der gleichen Stelle?" Er blickte provozierend auf Lady Elinores Beine.

Sie zupfte ihren Rock zurecht. „Ganz bestimmt nicht! Cassandra, es ist unhöflich, solche Themen in Gesellschaft zu diskutieren."

„Eine große Hutnadel. In ihrem Oberteil", flüsterte Cassie.

Giles richtete seinen Blick auf das in Frage kommende Kleidungsteil. „Ich kann nichts erkennen", flüsterte er zurück und zwinkerte Sebastian zu.

Sebastian trat seinem Freund auf den Fuß und wechselte entschlossen das Thema. Sie sprachen über Pferde, bis der Kellner eintraf, sein Tablett beladen mit Glasschälchen, randvoll mit farbenfrohen Köstlichkeiten. Giles verteilte Servietten und dann das Eis: Dorie erhielt ein sahnig rosafarbenes, ein blassgrünes reichte er Cassie, einen der weißlich orangen Berge aus geschabtem Eis gab er Sebastian, den anderen behielt er selbst. Übrig blieb ein Eis in der Farbe gerösteter Kekse.

Lady Elinore betrachtete es missbilligend. „Für wen ist das?"

Giles grinste. „Sie sagten, Sie äßen Brot. Das hier ist Broteiscreme." Er steckte den langstieligen Löffel in die sahnige Masse und hielt ihn ihr gefüllt vor den Mund. „Sieht es nicht köstlich aus?"

Lady Elinore verzog prüde das Gesicht. „Nein! Ich habe zugestimmt, Brot zu essen, kein … mpf."

Sebastian hätte seinem Freund böse sein sollen, aber der Ausdruck auf Lady Elinores Gesicht entlockte ihm ein verwundertes Lachen. Und die Mädchen kicherten.

Um Würde bemüht, schluckte Lady Elinore die Eiscreme von dem Löffel, den Giles ihr ungefragt in den Mund gesteckt hatte, während sie sprach. Beim Schlucken ging ein seltsamer Ausdruck über ihre Züge.

„Ich habe doch gesagt, dass Sie es mögen würden", erklärte Giles selbstzufrieden.

„Es ist keine rationale Speise", wandte Lady Elinore ein, konnte ihre Augen aber nicht von dem Schälchen in Giles'

Hand losreißen. Sie leckte sich die Lippen.

„Sie können es genauso gut auch aufessen", bemerkte Giles vernünftig. „Sonst verkommt es. Es ist eine schlimme Sünde, gutes Essen verderben zu lassen." Er beugte sich vor und platzierte die Schale in Lady Elinores Händen. „Sie können ja nachher mit Ihrer Hutnadel auf mich einstechen, wenn Sie wollen."

Damit drehte er sich zu den Mädchen um und fragte: „Nun, wie schmeckt euch euer erstes Eis?"

Lady Elinore betrachtete die Eisschale gleichermaßen verlangend und argwöhnisch. Sie warf Giles einen Blick zu, um zu sehen, ob er sie beobachtete, aber da er vollends mit Sebastians Schwestern beschäftigt schien und noch nicht einmal in ihre Richtung schaute, nahm sie den langen Löffel und aß noch etwas. Ein Ausdruck seligen Entzückens erschien auf ihrem Gesicht, belebte es ungeahnt. Sie schaute wieder zu Giles, aber er beugte sich gerade zu Cassie, daher nahm sie noch einen Löffel, dann noch einen.

Cassie probierte ihres und rief: „Oh! Ich dachte, es würde wie Schnee schmecken. Aber das hier ... mmh ... Das hier ist das Wunderbarste ... Köstlichste, das ich je ... mmh ... gegessen habe." Sie löffelte begeistert ihr Pistazieneis, als fürchtete sie, es könnte sich in Luft auflösen.

Sebastian schaute Dorie zu. Sie steckte sich immer nur ein wenig von ihrem Erdbeereis in den Mund, ließ es langsam schmelzen und ihre Kehle hinunterlaufen. Er lächelte über ihren hingerissenen Gesichtsausdruck.

„Komm schon, Bastian, sonst schmilzt dein Eis."

Da erst fiel Sebastian wieder sein gefrorener Orangenpunsch ein. Er schmeckte süß und herb zugleich, mit einem Schuss Rum. Speise für die Götter, fürwahr.

Es war Ironie, dass er letztlich Hope Merridew den Erfolg des Ausfluges der Mädchen mit Lady Elinore zu verdanken hatte.

Das Museum war ein Fehlschlag gewesen – und dabei war er sich sicher, dass es dort Ausstellungen gab, die die Mädchen interessiert hätten. Ihm kamen Zweifel an der Art und Weise, wie Lady Elinore die Mädchen behandelte; lange Vorträge und Tadel – das waren genau die Taktiken von sieben erfolglosen Gouvernanten. Er dachte daran, wie die Anstalt für Mittellose Mädchen geführt wurde. Cassie befand sich am Rande einer Rebellion.

Lady Elinores einziger Erfolg war das Messer.

Das waren keine erfreulichen Gedanken. Und ihre Beziehung zu ihrer Mutter hörte sich auch nicht viel versprechend an. Wenn sie glaubte, so benähme sich eine Mutter ...

Hätte Miss Hope sie begleitet, wäre der ganze Ausflug viel lustiger geworden, da war er sich sicher. Alle hätten eine Menge Spaß gehabt. Und viel gelacht.

Er runzelte die Stirn. Es passte nicht zu ihm, bei der ersten Hürde aufzugeben. Ein Plan musste gründlich getestet werden, ehe man ihn änderte. Er würde Lady Elinore noch nicht aufgeben.

9. *KAPITEL*

Wissen Sie, was dieser Mann jetzt getan hat?" Mrs. Jenner eilte auf der Gesellschaft am nächsten Abend zu den Zwillingen. „Er hat ein Waisenhaus gekauft! Für Waisen*mädchen!*"

Hope blinzelte fragend. „Warum sollte denn jemand ein Waisenhaus kaufen?"

Mrs. Jenner machte eine wegwerfende Handbewegung. „Oh, das geschieht nur zu oft. Männer von Stand sind nicht selten Besitzer solcher wohltätiger Einrichtungen. Sie lassen die Insassen meist in ihren Fabriken arbeiten."

Hope runzelte die Stirn. „Das klingt in meinen Ohren wenig wohltätig, sondern mehr nach kostenlosen Arbeitern für die Besitzer."

„Unsinn! Sie ernähren, beherbergen und kleiden sie! Das ist eine ausgezeichnete Form der Wohltätigkeit, denn wozu sonst sind Bettelkinder gut?", verkündete Mrs. Jenner. „Solche Einrichtungen holen doch ungewollte Gören von den Straßen, senken dadurch die Verbrechensrate und erlösen uns von einem Ärgernis."

„Aber die Kinder sind kaum besser als Sklaven."

„Seien Sie nicht albern, liebste Hope. Wie sonst sollten sie sich ihr Essen verdienen?"

Hope konnte erkennen, dass Mrs. Jenner ihren Standpunkt nie begreifen würde. „Warum also haben Sie etwas daran auszusetzen, wenn Mr. Reyne das tut?"

„Der Erwerb des Waisenhauses ist nicht das eigentlich Skandalöse – es ist die Tatsache, dass es Waisen*mädchen* sind! Was, bitte sehr, will ein junger Mann wie Mr. Reyne mit einem Haus voller junger, schutzloser Mädchen? Und ich weiß aus zuverlässiger Quelle, dass er die ganze Angelegenheit verschwiegen abgewickelt haben wollte. Ein weiterer Beweis für seine schändlichen Absichten.“ Mrs. Jenner schüttelte den Kopf, sodass ihre üppigen Löckchen wippten.

„Viele Menschenfreunde ziehen es vor, wenn ihre guten Taten nicht öffentlich bekannt werden.“

„Sie sind zu unschuldig, um das zu verstehen, aber glauben Sie mir, er kann nur Böses im Sinn haben!“ Mrs. Jenner erschauerte theatralisch. „Sie vergessen, was wir über seine Vergangenheit wissen!“

„Nichts“, antwortete Hope.

„Nichts Gutes, meinen Sie. Man darf gar nicht darüber nachdenken. Hope, meine Liebe, er ist nicht die Sorte Mann, mit der Sie sich abgeben sollten. Wenn er Sie wieder um einen Walzer bitten kommt, schicke ich ihn seiner Wege!“

„Das tun Sie bitte nicht“, entgegnete Hope scharf. „Ich hoffe sehr, dass er mich um einen Tanz bittet. Dann werde ich ihn wegen der Waisen fragen. Und ich bin sicher, ich werde herausfinden, dass daran nichts Böses ist. Er ist nicht so ein Mann.“

Es ist hoffnungslos, dachte Sebastian, während er die Schritte des Ländlers mit Hope Merridew ausführte. Er war schwach. Er *hätte* sie ignorieren können. Aber sie hatte Lady Elinore angesprochen, als er und Giles bei ihr standen. Dann hatte die Musik begonnen, und Giles hatte hinterhältig Lady Elinore mit sich aufs Parkett gezogen, sodass er selbst mit Miss Hope allein blieb. Es wäre unverzeihlich unhöflich gewesen, sie nicht zum Tanz aufzufordern.

Allerdings wäre er besser unhöflich gewesen. Selbst ihre Hand zu einem Ländler zu halten war Folter.

Sie räusperte sich. Das hatte sie schon mehrmals getan, fiel ihm auf. Er schaute sie an. Mit gerunzelter Stirn schaute sie zurück.

Er merkte, dass sie eine ganze Weile schweigend getanzt

hatten und dass er möglicherweise dabei die Stirn gerunzelt hatte. Dazu neigte er, wenn er nachdachte. Giles hatte ihm einmal gesagt, er sähe richtig bedrohlich aus, wenn er in Gedanken versunken war. Er führte die nächsten Tanzschritte aus und sagte abrupt, als sie wieder zusammenkamen: „Es tut mir leid. Ich wollte nicht unhöflich sein, ich war mit meinen Gedanken weit weg."

„Ja, mich beschäftigt auch etwas", erwiderte sie. „Sie haben vor kurzem ein Waisenhaus gekauft."

Er blinzelte. Es war das Letzte, was er von ihr zu hören erwartet hätte. „Ja."

„Warum?"

Er versteifte sich und sagte kühl: „Meine Gründe sind persönlicher Natur." Damit hätte er rechnen müssen. Die Leute wollten immer alles Mögliche wissen. Aber er würde niemandem, noch nicht einmal Miss Hope Merridew, die Verbindung zwischen seiner Familie und der Tothill-Fields-Anstalt für Mittellose Mädchen erklären.

„Sie sind doch Besitzer einer Weberei, oder?" Sie machte einen Chassez-Schritt nach vorne, sprach und wich wieder zurück.

Angesichts des vorwurfsvollen Tons in ihrer Stimme runzelte er die Stirn, und als sie wieder zusammenkamen, antwortete er: „Ja, das ist kein Geheimnis."

„Das hatten Sie nie zuvor erwähnt."

Ihr Tonfall traf einen Nerv bei ihm. „Nein. Ich dachte nicht, Sie seien daran interessiert. Aber ich schäme mich meiner Webereien nicht."

„Offensichtlich nicht."

Das ärgerte ihn. Viele Mitglieder der besseren Gesellschaft besaßen Webereien, Minen oder andere Fabriken, gaben das aber nicht gern offen zu. „Genau genommen gehören mir mehrere Webereien."

„Ach ja?“ Sie wirbelte mit hochmütiger Miene um ihn herum.

„Woll- und Baumwollwebereien.“

„Faszinierend.“

Es dauerte mehrere Tanzschritte, ehe er darauf erwidern konnte: „Und ich schäme mich deswegen nicht.“

„Nein, warum sollten Sie auch? Und ich nehme an, Sie lassen Kinder unter entsetzlichen Bedingungen für sich schuften, stundenlang, und schämen sich auch dafür nicht.“ Herausfordernd blickte sie ihm in die Augen, wartete auf seine Antwort.

Sebastian war so wütend, dass er sich weigerte, darauf etwas zu sagen.

Das Schweigen dehnte sich aus. Sie blieb mitten im Schritt stehen. „Es stimmt also. Für Ihren Profit beuten Sie kleine Kinder unter furchtbaren Arbeitsbedingungen aus.“

Er zwang sich, mit ausdrucksloser Stimme zu erwidern: „Ich nutze Kinderarbeit. Es gibt in ganz England keine Fabrik, die ohne sie überleben könnte. Aber die Bedingungen sind nicht furchtbar …“

„Ich bin voll und ganz gegen Kinderarbeit in Fabriken.“

„Davon verstehen Sie nichts.“ Wenn Fabriken Kindern keine Arbeit gaben, dann wären er, sein Bruder, seine Mutter und seine kleinen Schwestern verhungert. Nachdem er die Bedingungen aus erster Hand kannte, hatte er allerdings eine Reihe von Änderungen vorgenommen, als er der Besitzer wurde.

„Ich habe mehrere Redner zu dem Thema gehört, und deren Beschreibungen haben mich tief betroffen gemacht. Kinder, kaum mehr als Babys, schuften in höllischen Fabriken wie Sklaven zwölf bis vierzehn Stunden lang, und das alles für einen Kanten trockenen Brotes als Lohn!“

„Meine Arbeiter sind keine Babys …“

„Wie können Sie nur – wie kann ein Mann, der sich Gentleman nennt – das auch noch rechtfertigen? Fett zu werden an dem Elend von Kindern."

Fett! Von ihrer Beschuldigung getroffen, entgegnete er heftig: „Ich werde nicht fett ..."

Aber Miss Hope war nicht mehr da, um ihn zu hören. Sie war von der Tanzfläche geschritten und hatte ihn in der Mitte allein stehen lassen.

Sebastian schaute ihr nach, wütend auf sich selbst und auf sie. Er wusste, was sie fragte, was die Leute über ihn tuschelten, was er mit einem Haufen Waisenmädchen wollte. Mädchen mit *der* Vergangenheit. Sie wusste es vielleicht nicht – nur wenigen war bekannt, dass die Tothill-Fields-Anstalt für Mittellose Mädchen sich darauf spezialisiert hatte, Mädchen aus Kinderbordellen zu retten. Dennoch war er wütend, dass ihr der Verdacht überhaupt gekommen war, er könnte junge Mädchen ausbeuten. Oder irgendwelche Kinder.

Die Kinder, die für ihn arbeiteten, wurden nicht ausgebeutet, verflucht noch einmal.

Er wollte ihr nachlaufen und sie schütteln! Oder sie besinnungslos küssen, bis sie beide nicht mehr stehen konnten! Und dann würde er ihr die Wahrheit sagen.

Stattdessen beschloss er, seine Sorgen zu ertränken. Hoch erhobenen Hauptes marschierte er von der Tanzfläche, ohne sich um das Starren der anderen zu kümmern. Na und? Sie hatte ihn in der Mitte der Tanzfläche stehen lassen? Was scherte ihn die Meinung einer Bande von übersättigten Aristokraten?

Der Gedanke rief ihm ihre letzte Anschuldigung ins Gedächtnis. Warum ihn das am meisten störte, war ihm ein Rätsel. Aber es war so.

Er fand Giles in lässiger Pose neben Lady Elinore auf einer Bank sitzen, milde Belustigung auf seinen Zügen. Lady

Elinore saß stocksteif neben ihm, das Retikül fest umklammert. Die Lippen hatte sie zusammengekniffen, die Nase trug sie hoch und ihr spitzes Kinn kämpferisch gereckt. Ihr Tanz hatte offensichtlich auch verfrüht geendet.

Missmutig gesellte er sich zu ihnen. Schweigen folgte auf seine Begrüßung. Lady Elinore entschuldigte sich schließlich und entfernte sich hastig.

Giles beobachtete sie grinsend. „Du hast sie verscheucht, Bastian, mit deinem finsteren Stirnrunzeln. Was hat dich nur in so eine Laune versetzt?"

„Hast du es nicht gesehen?"

„Nein."

„Dann hast du nicht viel verpasst. Miss Hope und ich hatten eine Meinungsverschiedenheit, das ist alles."

„Ah, ja. Worüber?"

Sebastian hatte nicht vor, ins Detail zu gehen. Aber es gab eine Sache, die er seinen alten Freund fragen konnte. „Sie sagte, ich würde fett", erklärte er gekränkt. „Bin ich fett, Giles?"

Giles' Antwort bestand aus einem Lachanfall. „Erzähl mir alles, Bastian."

Die nächste Stunde verbrachte Hope entweder vor Wut schäumend oder von Schuldgefühlen geplagt. Großonkel Oswald und Mrs. Jenner hatten sie gescholten, weil sie einen Mann einfach auf der Tanzfläche hatte stehen lassen. Und als sie es ihnen zu erklären versucht hatte, hatten beide sie scharf zurechtgewiesen.

„Gütiger Himmel, einem Mann zu sagen, wen er anstellen soll und wen nicht! Das geht dich nichts an. Eine Dame sollte über so etwas gar nicht erst nachdenken!" Großonkel Oswald schnaubte abfällig. „Außerdem gibt es vermutlich im ganzen Saal keinen Mann, der nicht von Kinderarbeit profitiert – wie die Kinder übrigens auch –, darum schau mich gar nicht erst so an." Er hob mahnend einen Finger. „Wäre es dir lieber, sie verhungern? Und überdies braucht die Wirtschaft sie." Er gestikulierte heftig. „Denkst du etwa, der elegante persische Teppich dort wurde von vornehmen Damen geknüpft, die Tee nippen, oder kräftigen, braungebrannten Männern in Hemdsärmeln?" Er schüttelte den Kopf. „Persische Kinder. Nur ihre Finger sind klein und schmal genug für eine so feine Arbeit. Dasselbe gilt noch für Dutzende anderer Sachen. Kinder sind billig und geschickt. Und England muss mit der Weltwirtschaft Schritt halten, zu niedrigen Preisen anbieten, sonst geht das Land vor die Hunde. Weiterhin haben die Kinder so eine nützliche Beschäftigung und machen keinen Unsinn. Anderenfalls hätten wir haufenweise Bettelkinder und Taschendiebe auf den Straßen! So, wie es ist, ist es schon schlimm genug."

Mrs. Jenner war ebenfalls streng. Es sei ein Zeichen unglaublich schlechter Manieren von Hope. Jawohl, er war ein Emporkömmling, und Mrs. Jenner wollte ihn keineswegs ermutigen, aber es ginge ihr nicht um Mr. Reyne, sondern um Hopes eigenen Ruf. „Merken Sie sich meine Worte, kein Gentleman mag mit einer Dame tanzen, wenn er fürchten muss, von ihr in aller Öffentlichkeit bloßgestellt zu werden!"

Hope schaute auf ihre Tanzkarte, mit wem sie als Nächstes tanzen würde. Ihr sank das Herz. Mr. Bemerton. Der letzte Mann, mit dem sie tanzen wollte. Hoffentlich verboten es ihm seine guten Manieren, das Thema zur Sprache zu bringen, aber dennoch würde es eine harte Prüfung für sie sein, mit ihm zu tanzen. Vermutlich würde er sie ebenfalls zurechtweisen, und sie erwog kurz, ob sie Kopfschmerzen vorschützen sollte. Sie blickte zu Mrs. Jenner, die ihren Blick unerbittlich erwiderte. Nein, sie würde nicht noch einen Mann ohne Tanzpartnerin lassen dürfen.

Mr. Bemerton kam zu ihr, und zur Abwechslung war

seine Miene ernst. Offensichtlich hatte er gehört, was sie seinem Freund angetan hatte. Hope wappnete sich für das Schlimmste, setzte ein gezwungenes Lächeln auf und erlaubte ihm, sie auf die Tanzfläche zu führen. Und wenn er sie fragen sollte – und damit das Fehlen jeglicher Manieren bewies –, würde sie vollkommen offen mit ihm sein.

„Sie haben Sebastian Reyne beschuldigt, hilflose Kinder auszubeuten?“ Mr. Bemerton warf den Kopf in den Nacken und lachte lauthals. Er lachte so heftig, dass Hope sich zu ärgern begann, weil er unerwünschte Aufmerksamkeit auf sie lenkte.

„Sch!“, zischte sie. „Ich begreife nicht, was daran so komisch ist. Er hat es schließlich selbst zugegeben.“

„Mir hat er gesagt, Sie hätten behauptet, er sei fett.“

Sie brauchte einen Moment, um sich an den genauen Wortlaut ihres Gesprächs zu erinnern. Schließlich erklärte sie indigniert: „Das stimmt nicht. Ich habe ihm vorgeworfen, an dem Elend der Kinder fett zu werden, die in seinen Webereien schuften.“

„Denken Sie, er ist fett? Ich kann davon nichts erkennen.“

„Seien Sie nicht albern! Sie wissen doch sehr gut, dass Mr. Reyne so schlank und sehnig wie ein einsamer, hungriger Wolf ist!“

Seine Augenbrauen hoben sich bei dieser Äußerung, und Hope erkannte, dass ihre Wortwahl missverständlich war. „Sie wissen, was ich meine“, verkündete sie und versuchte, nicht rot zu werden, was ihr aber wohl nicht gelang, denn ihre Wangen fühlten sich heiß an. „Er ist nicht fett.“

„Ja, ich weiß.“ Mr. Bemerton lächelte freundlich. „Sie wissen es vermutlich nicht, aber er war selbst früher einmal einer dieser elenden Kinderarbeiter in genau der Fabrik, die ihm nun gehört.“

Hope vergaß den Mund zu schließen. „Ich habe es gehört, aber vergessen.“

Er nickte und fuhr fort: „Die Einzelheiten soll er erzählen, wenn er es will, aber keiner in diesem Saal hier versteht besser als er, was Kinder dabei erleiden oder unter welch gefährlichen Bedingungen sie arbeiten." Er schaute sie an. „Sind Ihnen seine verkrüppelten Finger aufgefallen?"

Sie nickte.

„Wieder ist es nicht an mir, die Einzelheiten zu berichten – die wird er Ihnen eines Tages anvertrauen –, aber er hat sich die Verletzung als Kind bei einem Unfall in der Fabrik zugezogen."

Hope biss sich auf die Lippe. Sie fühlte sich schrecklich. Nach einer Weile erkundigte sie sich: „Woher wissen Sie all das?"

Giles lächelte. „Das kann ich Ihnen verraten, denn die Geschichte ist auch meine. Ich habe Sebastian Reyne auf der Schule kennengelernt, als wir gerade sieben Jahre alt waren."

„Schule? Aber Sie sagten doch, er habe in einer Fabrik …"

Er nickte. „Einen Moment Geduld, bitte. Seine Familie – und das ist nur für Ihre Ohren bestimmt, er würde mich umbringen, wenn er wüsste, dass ich Ihnen das erzähle – ist so gut wie Ihre oder meine, obwohl ich nicht verstehe, warum er nicht will, dass es allgemein bekannt wird. Wir wurden Freunde an der Schule, und glauben Sie mir, er war der beste Freund, den ich je hatte. Ich war damals ein dürres Bürschchen." Er grinste. „Nicht der wohlgestalte Mann, den Sie heute vor sich sehen."

Hope erwiderte das Lächeln. Schlank, elegant und von durchschnittlicher Größe, würde Mr. Bemerton nie als kräftiger Mann bezeichnet werden. Es fiel ihr leicht, ihn sich als kleinen Jungen vorzustellen.

„Nehmen Sie zu dem fehlenden Zoll das Verbrechen, lange blonde Locken zu besitzen, und Sie können sich denken, wie ich als Kind geärgert und herumgeschubst wurde."

Der leichte, fröhliche Ton verschwand. Leise erklärte er: „Mein Leben war die Hölle.“

Er machte eine Pause, als die Schritte des Tanzes sie trennten, und Hope überlegte, dass alle Kinder ihr Kreuz zu tragen hatten. Wenn man Mr. Bemerton so ansah, könnte man meinen, sein Leben sei immer sonnig und heiter gewesen.

„Nun, wie gesagt, mir ging es jämmerlich. Mehrmals habe ich versucht wegzulaufen, aber ich wurde jedes Mal zurückgebracht.“ Er schnitt eine Grimasse. „Um einen Mann aus mir zu machen.“ Er schüttelte den Kopf, wie um die Erinnerungen zu vertreiben. „Egal, das Ärgern hörte auf, als Bastian Reyne eintraf. Er war selbst so etwas wie ein Außenseiter, aber er war damals schon groß, und er wusste, wie man seine Fäuste benutzt. Und er benutzte sie für mich und zeigte mir, wie ich meine benutzen musste. So etwas führt zu einer festen Freundschaft.“

„Und wie ist er dann in der Fabrik gelandet?“

Giles Bemerton machte ein betrübtes Gesicht. „Um es kurz zu machen, sein Vater hat sich einer Reihe unehrenhafter Taten schuldig gemacht, weswegen er von seiner Familie und der Gesellschaft verstoßen wurde. Sebastian verschwand eines Tages von der Schule, ohne dass er etwas dafür konnte. Jahre später habe ich ihn zufällig wieder getroffen, als wir sechzehn waren. Ich fuhr gerade durch Manchester. Er war ein zerlumpter Fabrikarbeiter, so groß und dünn wie eine Bohnestange, bis auf seine kräftigen Schultern. Ich hätte ihn nicht wiedererkannt, aber ich sah seine Augen, ehe er wegschaute. Er wollte nicht, dass ich ihn erkenne, dachte, ich würde ihn schneiden. Aber … wie ich schon sagte, unsere Freundschaft wurde in einem heißen Feuer geschmiedet.“ Jetzt grinste er wieder. „Und ich habe Ihnen schon mehr über Sebastian Reyne erzählt, als sonst jemand aus der guten Gesellschaft weiß.“

„Ja." Nach einem Moment fragte sie: „Warum vertrauen Sie mir das an?"

Er zuckte die Schultern. „Wozu sind Freunde schließlich da? Ich weiß, dass Sie ihn falsch beurteilen. Und ich weiß auch, dass Sebastian sich eher die Hand abhackt, als irgendjemandes Mitleid zu erregen, daher wird er es Ihnen auf keinen Fall sagen. Aber ihn einen fiesen Ausbeuter von Kindern zu nennen!" Er lachte. „Wenn Sie je einen Fabrikbesitzer aus dem Norden Gift und Galle spucken sehen wollen, müssen Sie ihn nur nach Sebastian Reynes Kinderarbeitern fragen."

„Gift und Galle spucken? Warum?"

Giles zwinkerte ihr zu. „Reyne verdirbt die Preise. Er zahlt die gleichen Löhne, aber er nimmt nicht die ganz Jungen. Und er setzt ihnen morgens, mittags und abends eine Mahlzeit vor. Keine großartigen Menüs, aber keiner seiner Kinderarbeiter wird von nagendem Hunger geplagt wie er früher. Und an einem Nachmittag in der Woche gehen sie zur Schule, um Lesen zu lernen, Schreiben und Rechnen. Die Klugen erhalten mehr Unterricht. Er sagt immer, er wäre nie von den Maschinen weggekommen, wenn er nicht die paar Jahre in der Schule gehabt hätte. Und er kann einmalig mit Zahlen umgehen. Wie auch immer, das alles macht ihn schrecklich unbeliebt bei den anderen Fabrikbesitzern. Sie sehen in ihm einen gefährlichen Radikalen, den man aufhalten muss."

Hope fielen plötzlich wieder Mrs. Jenners Worte ein: *„Lord Etheridge hat gesagt, Sebastian Reyne sei ein überaus gefährlicher Mann … er ist selbst in der Baumwollindustrie und muss es wissen."* Aber was Lord Etheridge mit gefährlich meinte, war nicht das, was Mrs. Jenner dachte.

„Oh, ich habe ihm solches Unrecht getan!", erklärte sie reuig. „Und ich habe ihm noch nicht einmal Zeit für eine Erklärung gelassen."

„Er hätte sich ohnehin nicht verteidigt“, warf Giles ein. „Zu stolz. Verabscheut Mitleid.“

„Ich fühle mich grässlich. Wie muss er mich verachten.“

Giles betrachtete sie nachdenklich. „Sie müssen seine wahren Gefühle selbst herausfinden. Aber ich möchte Sie bitten, alles für sich zu behalten, was ich Ihnen anvertraut habe. Er ist ein Mann, der seine Privatsphäre hoch schätzt, und würde es hassen, wenn seine Geschichte dem Klatsch Nahrung liefert.“

„Oh, niemals!“, versicherte sie ihm. „Ich werde keiner Seele etwas verraten.“ Ihre Gedanken wirbelten wild durcheinander, aber sie verspürte auch ein Gefühl der Erleichterung, weil sie erfahren hatte, wie er Giles gegen seine Peiniger verteidigt hatte. Ein Junge, der für einen anderen eintrat, der geschlagen wurde, würde als Erwachsener niemals kleine Mädchen tyrannisieren.

Sobald der Tanz vorüber war, verlor Hope keine Zeit, Mr. Reyne aufzusuchen. Er stand alleine am Fenster, schaute hinaus und wirkte niedergedrückt, ernst und unendlich einsam. Ihr Herz flog ihm entgegen.

Sie holte tief Luft, ging geradewegs zu ihm und berührte ihn am Arm. Als er sich zu ihr umwandte, sagte sie: „Mr. Reyne, es tut mir unendlich leid, was ich vorhin gesagt habe, und dass ich Sie auf der Tanzfläche habe stehen lassen. Ich hätte mein Temperament nicht mit mir durchgehen lassen dürfen. Meine Ansichten zu dem Thema haben sich nicht geändert, aber es tut mir sehr leid, dass ich Sie in Verlegenheit gebracht habe. Es war nicht recht von mir, und ich entschuldige mich aufrichtig.“

Er sagte nichts, starrte sie nur schweigend an.

Hope biss sich auf die Unterlippe. „Ich hoffe, Sie können mir verzeihen“, fügte sie kleinmütig hinzu.

Er nickte und machte einen Laut, der als Zustimmung gedeutet werden konnte. Oder auch nicht.

Hope schluckte, hatte das Gefühl, gleich weinen zu müssen. „Ich werde den letzten Walzer für Sie aufheben." Etwas Dümmeres hätte ich kaum sagen können, dachte sie, nachdem sie die Worte ausgesprochen hatte. Als würde er noch einmal das Risiko eingehen, mit ihr zu tanzen und vor aller Augen wieder stehen gelassen zu werden. Aber sie wusste nicht, was sie sonst sagen sollte.

Er wirkte so grimmig und unzugänglich, dass sie am liebsten im Erdboden versunken wäre. Sie machte einen Knicks. „Es tut mir leid." Und floh, ehe sie sich mit Tränen restlos unmöglich machte.

Sie hatte sich entschuldigt. Weil sie ihm unrecht getan hatte. Und weil sie ihn auf der Tanzfläche in Verlegenheit gebracht hatte. Er konnte es nicht glauben. Der erklärte Liebling der Gesellschaft hatte sich erniedrigt und bei einem Emporkömmling entschuldigt. Er war nicht in der Lage gewesen, auch nur ein Wort darauf zu erwidern, sprachlos angesichts ihrer Großzügigkeit und Aufrichtigkeit.

Stattdessen hatte er den albernen Drang verspürt, zu ihren Füßen zu knien und ihren Saum zu küssen, wie ein Ritter vor seiner Dame.

Himmel, es war schlimmer als je zuvor.

Er musste dagegen ankämpfen. Vorgewarnt war vorbereitet. Ein Walzer mit Miss Hope Merridew wäre sein Untergang, der Untergang seiner Pläne, der endgültige Verrat an seinen Schwestern. Er würde jetzt gehen, jetzt gleich, ehe er seine Selbstdisziplin verlor.

Etwa vierzig Minuten später überlegte Sebastian – während des Walzers mit Miss Hope Merridew –, dass er nicht die Selbstdisziplin verloren hatte, sondern den Verstand.

Nein, er hatte nicht den Verstand verloren. Es war eine Sache der Ehre, redete er sich ein. Miss Hope hatte ihren Fehler von vorhin wiedergutmachen wollen, und es wäre kleinlich, ihr die Chance dazu zu verwehren. Öffentlich mit ihr zu tanzen – besonders ihren für sie so wichtigen letzten Walzer – würde allen zeigen, dass sie einander nichts nachtrugen.

Nein, sagte er sich, als sie das dritte Mal die Tanzfläche umrundet hatten, es hatte nichts mit Verstand oder Vernunft zu tun, sondern allein mit seiner Unfähigkeit, ihr zu widerstehen. Natürlich würde dies ihr letzter gemeinsamer Walzer sein. Er würde eine andere heiraten: aus einem ehrenhaften Grund, der nichts mit seinem aufwühlenden Verlangen nach ihr zu tun hatte.

Er hielt sich aufrechter. Es war schlimmer als bei ihrem letzten Walzer. Da hatte er sie noch nicht gekannt. Er war schlicht geblendet gewesen von ihr. Jetzt aber wusste er, was für ein gutes Herz sie hatte, wie großzügig sie war, wie freundlich ... Und jetzt wusste er, wie es war, sie in seinen Armen zu halten und an sich zu drücken. Er wusste, wie ihr Haar duftete und ihre Haut. Er hatte ihren Mund gekostet.

Jetzt mit ihr Walzer zu tanzen war mehr wie eine Folter – ihr so nah zu sein, sie aber nicht an sich ziehen zu dürfen, sie zu berühren, aber nur durch mehrere Lagen Stoff getrennt, sich endlos mit ihr zu drehen, ihr aber nicht näher zu kommen, sie zu riechen, zu berühren, anzusehen, aber nicht küssen zu dürfen.

„Sind Sie immer noch böse auf mich?“ Ihre Frage überraschte ihn, riss ihn aus seinen Gedanken. Er war meilenweit weg gewesen, in einem Traum verloren.

„Böse? Nein, gar nicht.“

„Ich bin so froh, dass Sie beschlossen haben, mit mir zu tanzen. Halb habe ich damit gerechnet, dass Sie gehen.“

„Nun, eigentlich ...“ Er brach ab. Er würde es nicht erklären. Das konnte er nicht.

„In dem Fall – danke. Wenn Sie es nicht getan hätten, hätte ich vermutlich die ganze Nacht nicht schlafen können und mich von der einen auf die andere Seite gedreht, weil ich meine Worte so bereue."

Sein Mund wurde trocken bei dem Bild von ihr in ihrem Bett, wie sie sich hin und her warf, ihre schlanken Glieder sich in den weißen Laken verhedderten. Einen Moment lang schloss er die Augen und zwang seinen Körper zum Gehorsam. Langsam bekam er den Dreh heraus mit diesem Tanz. Wenn er eine andere in seinen Armen hielte, eine, die nicht diese verheerende Wirkung auf ihn hatte, würde er seine Sache richtig gut machen.

„Sie verzeihen mir also, aber Sie möchten nicht mit mir reden, ja?"

Er begann wieder. „Nein. Gar nicht. Entschuldigung, ich bin nur irgendwie … abgelenkt."

„Etwas, worüber Sie gerne sprechen würden?"

„Nein!" Sich bewusst, dass das etwas zu heftig gewesen war, senkte er die Stimme. „Nein, danke. Es ist etwas Privates."

„Ihre Schwestern?"

Verständnislos schaute er sie an. „Nein, es geht ihnen gut." Er dachte nach. „Übrigens bin ich Ihrem Rat gefolgt."

„Meinem Rat?"

„Ich habe sie zu Gunter's gebracht auf ein Eis. Es war ihr allererstes Eis und hat ihnen ausnehmend gut geschmeckt."

Sie betrachtete ihn nachdenklich. „Ihnen sind die Mädchen sehr wichtig, nicht wahr?"

„Natürlich." Ihr Blick war irgendwie beunruhigend, daher fügte er hinzu: „Lady Elinore und ich haben mit ihnen das Britische Museum besichtigt, und nachher sind wir zu Gunter's gefahren als Belohnung. Lady Elinore und ich haben auch unser erstes Eis probiert." Er erwähnte Lady Elinore für sie und für sich als Erinnerung, wem er offiziell den Hof machte.

Die Wärme in ihren Augen schwand. „Natürlich. Lady Elinore. Und ich bin mir sicher, den Mädchen hat es im Museum gefallen. Ich weiß, Grace liebt es. Sie ist von alten Welten fasziniert."

Während der letzten Drehung war sie irgendwie näher gekommen. Seine Beine streiften ihre mehrmals. Unfähig, eine passende Bemerkung beizusteuern, machte er nur ein ersticktes Geräusch.

Leise sagte sie: „Ich nehme an, Sie ziehen es vor, für den Rest ohne die Last einer Unterhaltung zu tanzen, nicht wahr, Mr. Reyne?"

Er nickte knapp und versuchte sie nicht noch näher zu ziehen.

„Dann wollen wir uns lieber in der Musik und der Bewegung verlieren", flüsterte Hope. Sie schloss die Augen und ließ sich von ihm und der Musik tragen.

Es war ihr letzter Walzer. Er hatte wieder Lady Elinore erwähnt. Aber für diesen einen Tanz konnte sie so tun, als gehörte er ihr.

Erneut tanzte er mit steifer Präzision. Sie liebte es, wie er tanzte, wie er sie hielt, als sei sie kostbar und zerbrechlich, und sie dabei führte, als sei sie eine Schubkarre, keine Frau. Und dennoch: Wenn sie mit ihm tanzte, fühlte sie sich mehr als Frau als bei irgendeinem anderen.

Eleganz und Anmut konnte sie überall bekommen. Kurz öffnete sie die Augen und sah Giles Bemerton mit Lady Elinore tanzen. Sogar zwei so völlig verschiedene Menschen tanzten harmonisch.

Aber niemand tanzte Walzer wie ihr Mr. Reyne, mit dieser einzigartigen Mischung aus steifer, beschützender Unbeholfenheit, durchsetzt mit Phasen von rücksichtslos unterdrückter Leidenschaft.

Hope schloss die Augen und wünschte sich, der Walzer würde nie enden.

„Warum hast du wieder ihn ausgewählt?“, fragte Faith, als sie sich auszogen. „Alle wissen, dass du niemals mit demselben Partner zweimal den letzten Walzer tanzt. Und auch noch nach dem Streit.“

Bei der milden Frage ihrer Schwester wand sich Hope. Sie zerrte sich die Kleider vom Leib.

„Stört dich das Gerede nicht? Denn es wird Gerede geben, das weißt du.“

Hope dachte darüber nach, als sie in ihr Nachthemd schlüpfte. „Die Leute klatschen doch über alles. Ich war im Unrecht und wollte es wiedergutmachen.“

„Das war aber eine sehr öffentliche Entschuldigung.“ Faith wirkte besorgt. „Ich dachte, du hättest entschieden, er wäre nicht der Richtige.“

Hope ließ sich aufs Bett fallen. „Ich weiß es nicht, Faith. Ich fühle mich zu ihm hingezogen, aber wenn du je mit ihm Walzer getanzt hättest, wüsstest du, warum ich mir so unsicher bin! Im Traum war er perfekt, einfach absolut vollkommen.“

Faith legte den Kopf schief. „Er hat mich nie um einen Walzer gebeten. Du weißt, er kann uns auseinanderhalten.“

Ja, das wusste Hope.

„Ich habe heute Abend mit Lady Elinore gesprochen“, sagte Faith. „Sie hat uns beide eingeladen, am Freitag Mr. Reynes Waisenkinder zu besuchen. Ich glaube, das wird sehr interessant.“

„Ganz gewiss.“

Faith musterte sie nachdenklich. „Du bist dir sehr sicher, dass er ein guter, anständiger Mann ist.“

Unglücklich starrte Hope sie an. Sie hatte Mr. Bemerton versprochen, nichts zu verraten, und sie wollte ihr Versprechen halten. „Ja. Mr. Bemerton hat mir ein paar Sachen über Mr. Reyne erzählt, aber ich kann sie dir nicht sagen, weil er es unter dem Siegel der Verschwiegenheit getan hat."

„Was, noch nicht einmal mir?" Faith musterte sie bestürzt.

Hope biss sich auf die Lippe. „Ich weiß, und es tut mir leid. Aber ich habe es versprochen."

Gekränkt blickte Faith sie an, dann wandte sie sich ab und legte ihren Unterrock sorgfältig zusammen.

Es tat Hope weh, ihr Wissen nicht zu teilen. Ihr ganzes Leben lang waren sie und ihre Zwillingsschwester sich nahe gewesen, hatten alles geteilt: Hoffnungen, Träume, Ängste. Ihr Leben lang hatten sie sich nach Liebe gesehnt. Sie hatten sich ihre Vorstellungen von der großen Liebe anvertraut, ihre Träume von Helden aus dem Schatten, das Warten und Sehnen von neunzehn gemeinsamen Jahren. Früher hatte alles so einfach ausgesehen.

Jetzt war es mit einem Mal unklar. Hope war mehr als halb verliebt in einen Mann, der gar nicht in ihren Traum passte. Und Faith … nun, wer wusste schon, was Faith fühlte? Auf jeden Fall war sie von ihrem gräflichen Geigenspieler eingenommen. Aber war das Liebe?

Als beide Mädchen sich einander zuwandten, sprachen sie gleichzeitig.

„Es ist so viel …"

„Es ist nicht, dass …"

Sie brachen ab und lachten. „Oh, Faith, entschuldige. Es ist so viel schwieriger, als ich dachte. Ich wünschte nur, Prue wäre hier." Prudence war zwar ihre Schwester, aber fast wie eine Mutter für sie.

„Und Charity", sagte Faith und legte ihren Arm um Hope.

„Manchmal vermisse ich sie so sehr, dass es wehtut. Denk dir, wie es sein wird, wenn wir alle verheiratet sind und an verschiedenen Orten leben."

Hope umarmte ihre Schwester liebevoll. „Ich weiß." Unten im Haus schlug die Uhr zwei.

„Es ist spät. Wir sollten schlafen", bemerkte Hope.

„Soll ich bleiben?"

Hope nickte. „Wie früher immer, als wir noch klein waren. Wer weiß, vielleicht ist es das letzte Mal, dass wir ein Bett teilen."

Und so legten sich die Schwestern in ein Bett, zwei Hälften eines größeren Ganzen, die der Zukunft entgegenblickten, wie sie es immer getan hatten: nebeneinander, Hand in Hand. Aber sie wussten, der Weg vor ihnen gabelte sich.

10. KAPITEL

Regen prasselte auf seinen Rücken, als Sebastian die Türklingel an Sir Oswald Merridews Haus betätigte. Die Freundschaft zwischen Grace Merridew und seinen Schwestern erwies sich als verflixt lästig für einen Mann, der sich geschworen hatte, Hope Merridew aus dem Weg zu gehen.

Logisch wäre es, der Sache Einhalt zu gebieten, seinen Schwestern andere Spielgefährten zu finden. Doch Cassie und Dorie kamen nach einem Morgen oder einem Nachmittag in Grace' Haus immer mit so strahlenden Augen wieder, dass Sebastian sich nicht dazu durchringen konnte.

Gewöhnlich kam er nicht selbst, um die Mädchen abzuholen, aber heute Morgen hatte Cassie gesagt, dass Miss Hope und Miss Faith an einem Picknick in Richmond teilnehmen wollten, womit die Luft rein sein würde. Außerdem war er neugierig, was seinen Schwestern solche Freude machte.

Er läutete noch einmal. Lady Elinore würde die Bedürfnisse seiner Schwestern immer ihrem eigenen Vergnügen voranstellen. Die Merridews waren ständig auf irgendwelchen Bällen, Soireen, Gesellschaften und Picknicks.

Von einem uralten Butler wurde er zum Kinderzimmer dirigiert. Sebastian klopfte an. Er konnte Musik hören, und als ihm niemand antwortete, öffnete er die Tür und schaute hinein. Es war ein großer, gemütlicher Raum mit abgenutzten, aber bequemen Stühlen und einem rechteckigen Tisch in der Mitte. Ein Feuer knisterte im Kamin, und in der Ecke stand ein Pianoforte. Miss Faith spielte daran, während die anderen sangen. Es war ein Wiegenlied, das Sebastian seit Jahren nicht gehört hatte.

Schlafe, mein Kind, schlafe friedlich und sacht,
durch die lange Nacht,

Englein, von Gott gesandt, halten dir Wacht,
durch die lange Nacht.
Still und langsam verstreichen die Stunden
Berg und Tal haben Schlaf gefunden.
Ich bleib dir liebevoll verbunden
durch die lange Nacht.

Er stand auf der Türschwelle, unbemerkt, und erinnerte sich an ein anderes Zimmer, klein und eng, vollgestopft und bitterkalt, ohne Feuer. Seine frisch verwitwete Mutter in ihren schlecht sitzenden, billig schwarz gefärbten Kleidern, die sich über ihrem von der Schwangerschaft gerundeten Bauch spannten, wiegte eine unruhige Cassie und sang genau dieses Lied. Als könnte Musik Hunger und Schmerz vertreiben. Er und sein jüngerer Bruder Johnny waren nach langen Stunden der Arbeit und Suche nach Nahrung heimgekehrt. Jedes Mal bei ihrer Heimkehr begrüßte seine Mutter sie mit der Frage, ob sie Essen mitgebracht hätten. Sebastian, der sich zornig, hilflos und schuldig fühlte, hatte nur zwei Äpfel mit Druckstellen und einen Kanten hartes Brot vorzuweisen.

„Mr. Reyne?"

Er schaute auf, merkte, dass die Musik aufgehört hatte. Miss Hope durchquerte das Zimmer und fragte ihn leise: „Geht es Ihnen gut? Sie hatten eben einen so merkwürdigen Gesichtsausdruck."

Mit Mühe drängte Sebastian die Erinnerungen zurück. „Es geht mir gut, danke." Um seine brüske Antwort vergessen zu machen, fuhr er höflicher fort: „Wie geht es Ihnen, Miss Hope, Miss Faith, Mädchen. Ich … ich dachte, Sie seien auf einem Picknick."

„Das Wetter war schlecht, daher wurde es verschoben."

Er nickte und fuhr sich mit einem Finger unter den Kragen, um ihn zu lockern.

„Ich bin gekommen, meine Schwestern abzuholen. Ich hoffe, es war ein netter Besuch."

Hope legte ihm eine Hand auf den Arm. Sie hatte eine Art, ihn anzulächeln, dass ihm ganz warm ums Herz wurde. „Es war wunderschön. Aber Sie müssen noch ein wenig bleiben. Wir brauchen Publikum."

„Ich habe eine Verabredung heute Abend. Ich kann mich nicht lange aufhalten."

„Bitte, Mr. Reyne. Wir haben so sehr geübt", bat Grace.

Cassie hob den Kopf, als kümmerte es sie nicht im Mindesten, was er tat, doch trotz der vorgeschobenen Gleichgültigkeit spürte er ihre Anspannung. Und Dorie schaute ihn aus großen Augen an, in ihrer Hand eine Triangel.

Er wollte das Lied nicht hören, wollte nicht wieder in diese Zeit zurückgeholt werden. Aber seine eigenen Wünsche waren unwichtig, verglichen mit dem Ausdruck in Dories Augen oder Cassies achtloser, herzerweichend vorgetäuschter Gleichgültigkeit.

„Nun gut", lenkte er ein und wurde sofort mit einem strahlenden Lächeln von Miss Hope belohnt.

„Wunderbar." Sie nahm seinen Arm und führte ihn zum Kamin. „Bleiben Sie hier, wo es warm ist. Lily wird gleich Tee bringen. Die Belohnung für die harte Arbeit der Mädchen."

Er lehnte am Kamin, die Arme vor der Brust verschränkt, und wappnete sich, während er sich bemühte, interessiert zu wirken. Er hoffte, sie sangen nur eine Strophe. Oder zwei. Die dritte wollte er nicht hören, die Strophe, bei der die Stimme seiner Mutter immer belegt und erstickt geklungen hatte. Die Strophe sang sie nicht für das Kind in ihren Armen oder das Baby in ihrem Bauch oder ihre beiden Söhne. Sie sang es für ihren verstorbenen Liebsten, ihren Ehemann. Sebastians Vater.

Faith spielte die ersten Töne auf dem Instrument, dann

fielen die anderen ein. Hope und Grace sangen die Melodie. Faith verhalf mit ihrer klaren, reinen Stimme Cassies unsicherem Sopran zur Harmonie, während Dorie mit konzentrierter Miene eine große silberne Triangel im Takt schlug. Sebastian biss sich auf die Lippe, als er sie beobachtete, gerührt, dass die Merridew-Mädchen seine stumme kleine Schwester so natürlich in ihre Musik mit einbezogen hatten.

Der Anblick des ernsten kleinen Mädchens, gepaart mit den Gefühlen, die das Lied in ihm weckte, waren fast zu viel für Sebastian. Er biss die Zähne zusammen, rang um eine unbeteiligte Miene, aber als sie zur dritten Strophe kamen, kehrte er ihnen den Rücken zu. Er starrte ins Feuer, überwältigt von Erinnerungen, Trauer und Bitterkeit, während sie sangen:

Mein Lieb, all mein Denken ist dein,
durch die lange Nacht.
Nur nach dir mein Herz sich sehnt allein,
durch die lange Nacht.
Mag das Schicksal uns entzweien mit Zähren,
unsre Trennung wird nicht ewig währen.
Und die Hoffnung kann niemand verwehren,
durch die lange Nacht.

Die vertrauten Worte und die Melodie schnürten ihm die Kehle zu, sodass er kaum atmen konnte. In jedem Ton hörte er die Stimme seiner Mutter. Sie hatte sich nach seinem Vater gesehnt, auch nach seinem Tod noch. Nach allem, was er ihnen angetan hatte, hatte seine Mutter ihn noch geliebt – mehr als das Leben selbst …

Wie hatte sie das tun können? Die Schwäche seines Vaters hatte seine Familie in Not gebracht, an diesen trostlosen Ort. Er hatte den einfachen Ausweg gewählt – den Tod – und Sebastian die Verantwortung aufgebürdet, der sich so bemüht und doch versagt hatte …

Nicht besser als sein Vater.

Er schloss die Augen, versuchte die unwillkommenen Erinnerungen zu verdrängen. Der Vergangenheit nachzuhängen führte zu nichts, außer Schmerz. Und zu dem festen Entschluss, niemals die gleichen Fehler wie sein Vater zu begehen.

Plötzlich merkte er, dass die Musik aufgehört hatte.

„Hat dir unser Lied nicht gefallen?", erkundigte sich Cassie in feindseligem Ton. „Ich fand es sehr schön."

Er drehte sich um. „Das war es", stimmte er ihr zu. „Sehr, sehr schön. Die Stimmen klangen herrlich. Und die Triangel war genau die richtige Ergänzung. Es ist nur …" Seine Stimme brach, und er rieb sich die Stirn, als könnte er so das Gefühl forttreiben.

Gerade wollte er sagen, dass er Kopfschmerzen hatte, aber etwas in ihren Mienen verriet ihm, dass sie die Wahrheit verdienten. Selbst wenn es seine Schwäche offenbar machte. Selbst wenn Miss Hope dabei war.

„Wisst ihr, ich habe das Lied nicht mehr gehört, seit unsere Mutter es dir vorgesungen hat, Cassie, damit du einschläfst. Du warst noch ganz klein, das war, bevor Dorie auf die Welt kam. Mama sang es dir immer wieder vor, bis zu dem Tag, an dem Dorie geboren wurde."

Schweigen breitete sich aus. Cassie und Dorie starrten einander bestürzt an. Dann wandte sich Cassie wütend an ihn: „Was meinst du mit ‚unsere Mutter'? Du kanntest uns damals doch gar nicht."

Sebastian runzelte verwirrt die Stirn. „Natürlich kannte ich euch. Ich war da, als ihr geboren wurdet." Er schaute von einer zur anderen. „Ich war da, als ihr auf die Welt kamt."

Wieder herrschte Schweigen. Er war sich bewusst, dass die Merridew-Schwestern sich Blicke zuwarfen, aber er war von Cassies Erwiderung zu überrascht, um sich daran zu stören.

Aus schmalen Augen musterte Cassie ihn. „Willst du damit sagen, dass du unser wirklicher, *echter* Bruder bist?“

Ihr Ton war so misstrauisch, dass Sebastian sie verwirrt ansah. „Ja, natürlich. Aber das wisst ihr doch schon.“

„Das hast du gesagt, aber die Leute erzählen uns die ganze Zeit, dass sie unsere Onkel, Väter oder Tanten sind.“ Die letzten Worte spie sie fast aus. „Du willst uns also weismachen, dass wir dieselbe Mutter haben?“

Sebastian war entsetzt, aber plötzlich ergab eine Reihe von Sachen Sinn. Die Zurückhaltung der Mädchen, über die Vergangenheit zu sprechen, Cassies Feindseligkeit, Dories mangelndes Vertrauen. Wenn sie von einem „Verwandten“ zum nächsten weitergereicht worden waren, dann war es kein Wunder, dass sie ihm nicht geglaubt hatten. Er blickte zu Miss Hope. Das hier war eine Familienangelegenheit. Er sollte die Merridews nicht in Verlegenheit bringen, indem er solch intime Sachen diskutierte. Gerade wollte er Cassie sagen, dass sie nachher weiterreden würden, da drückte Miss Hope seinen Arm.

„Sie brauchen die Sicherheit jetzt“, flüsterte sie. „Machen Sie sich unseretwegen keine Sorgen. Erzählen Sie ihnen, was sie wissen müssen, Mr. Reyne.“ Sie nickte und lächelte ihm ermutigend zu.

Er schaute sie an, dann zu Cassie und erklärte: „Ja, wir drei haben dieselbe Mutter. Und denselben Vater. Du und Dorie, ihr seid meine echten Schwestern. Dorie und ich haben die gleichen grauen Augen – Papas Augen.“

Cassie sah prüfend von seinem Gesicht zu Dories und wieder zurück.

Er fuhr fort: „Und obwohl Dorie mehr von Mutter hat – Mama war eine Schönheit, als sie jung war –, hast du ihre schönen blauen Augen und ihre hübsche Singstimme. Aber leider, Cassie, haben du und ich Papas Nase, wenn deine auch zierlicher und hübscher als meine ist."

Cassie berührte ihre kleine, gerade Nase, dann betrachtete sie seine größere, ebenso gerade Nase mit dem Höcker, der von dem Bruch bei einem Faustkampf zurückgeblieben war. Schließlich fragte sie: „Wer war Mam? Und wie kam es, dass du uns verloren hast?"

Er zögerte. Miss Hope schritt ein, schien seine Gedanken zu lesen. „Warum setzen Sie sich nicht einfach mit Ihren Schwestern hier ans Feuer? Wenn es Ihnen lieber ist, Mr. Reyne, können wir auch gehen, damit Sie ungestört reden können."

Dankbar schaute er sie an. Er hatte den Mädchen nicht die ganze Geschichte erzählt – hauptsächlich weil sie es von Anfang an klargemacht hatten, dass sie nichts mit ihm zu tun haben wollten. Und er wollte nicht über sein größtes Versagen vor allen sprechen, besonders nicht vor ihr. Doch Cassie sagte: „Nein, bleiben Sie. Sie sind unsere Freunde, und ich möchte, dass Sie es auch hören." Sie schaute Sebastian an und meinte herausfordernd: „Ich werde es Grace sowieso sagen, und sie erzählt es dann ihren Schwestern."

Er schaute zu Miss Hope. „Ich muss Sie warnen, es ist keine hübsche Geschichte."

Hope legte ihm die Hand auf den Arm und sagte: „Es ist in Ordnung. Wir werden es vertraulich behandeln, nicht wahr?" Ihre Schwestern nickten, und Sebastian spürte, wie sich ein Klumpen in seiner Kehle bildete. „Außerdem", fuhr sie fort, „ist unsere Geschichte auch nicht unbedingt eine schöne Gutenachtgeschichte."

Er gab nach. „Nun gut. Setzen wir uns." Er nahm auf einem weich gepolsterten Lehnstuhl Platz, und seine beiden Schwestern ließen sich zusammen ihm gegenüber auf einem ebensolchen nieder. Die Merridews setzten sich auf das Sofa und warteten.

Sebastian wusste nicht, wo er anfangen sollte. Dann erinnerte er sich an Cassies Frage. „Du hast gefragt, wer die Frau war, die ihr ‚Mam‘ nanntet. Ich kannte sie als Witwe Morgan …“

Bei dem Namen nickte Cassie.

„… und ich bezahlte sie, damit sie sich nach Mutters Tod um euch kümmert.“

„Wie ist sie gestorben?“, wollte Cassie wissen. „Und was ist mit unserem Vater? Erzähl uns alles.“

„Unser Vater war ein Verschwender“, antwortete er steif. „Er war als jüngerer Sohn einer angesehenen Familie geboren, aber alles, was er wollte, wurde ihm auf einem Silbertablett präsentiert, und er hat es nie gelernt, Verantwortung zu übernehmen. Er liebte es zu spielen und … nun, es reicht, wenn ich sage, dass bei uns entweder Schmalhans Küchenmeister war oder Überfluss herrschte. In den ersten Jahren war mein Leben privilegiert, so wie Johnnys auch, mein jüngerer Bruder.“

Die Mädchen richteten sich auf. „Du hast Johnny nie zuvor erwähnt.“

„Zu ihm komme ich später. Er war zwei Jahre jünger als ich, zwei Jahre weniger vom Glück begünstigt. Ich ging fast vier Jahre lang auf eine gute Schule. Das war letztendlich für die Wende in meinem Leben verantwortlich. Aber Johnny war kränklich, deswegen konnte er zuerst nicht zur Schule. Und als es ihm endlich gut genug ging, war kein Geld mehr da. Papa hatte Schande über sich gebracht.“ Seine Züge verhärteten sich. „Von seiner Familie wurde er verstoßen und enterbt. Er musste alles verkaufen, was wir an Wertvollem besaßen, aber auch das war schnell fort. Er versuchte, vom Glücksspiel zu leben, aber niemand wollte seine Schuldscheine annehmen und …" Er schüttelte den Kopf. „Nun, ihr müsst nicht alle Einzelheiten hören. Wir sind immer tiefer und tiefer gesunken, bis wir in einer Mietwohnung im ärmsten Stadtteil lebten – in Manchester."

Er starrte ins Feuer und sagte mit leiser Stimme: „Ich war da, als du geboren wurdest, Cassie, weil es nicht anders ging. Es gab kein Geld für eine Hebamme, und Papa war seit Tagen fort, um irgendwoher Geld zu beschaffen. Mama hat mir gesagt, was ich tun musste, und ich tat es." Er schluckte, kämpfte mit seinen Gefühlen. „Ich werde nie vergessen, wie du aussahst, ganz rot im Gesicht, und wie du dein Missfallen an der Welt herausgebrüllt hast. Aber dann hat Mama dich gestillt, und du hast aufgehört zu weinen." Er blickte Cassie an. „Du warst so wunderschön."

„Wie alt waren Sie?", erkundigte sich Hope leise. Er musste noch sehr jung gewesen sein. Sie wollte, dass das den Mädchen klar war.

Er schaute zu ihr. „Zwölf."

Sie nickte. „So alt wie Dorie jetzt."

Er starrte sie an, als fragte er sich, was sein Alter mit allem zu tun hatte. „Ja. Natürlich war ich bei Dories Geburt älter. Papa hatte da schon … war gestorben." Er machte eine Pause. Da war etwas, was er ausließ, merkte Hope, etwas über den Tod seines Vaters.

„Gab es keine Verwandten, die halfen?"

„Nein. Mama hat geschrieben, aber …" Er schüttelte den Kopf. „Dorie wurde ein paar Monate später geboren." Er nickte zum Pianoforte und fügte hinzu: „Dieses Lied, das ihr gesungen habt, hat Mama immer Cassie vorgesungen, während sie auf Dories Geburt wartete." Er blickte wieder ins Feuer, schaute den flackernden Flammen zu, lauschte ihrem Knistern und Knacken, in Erinnerungen verloren.

„Nach dem Tod Ihres Vaters, wovon haben Sie da gelebt?“, erkundigte sich Hope. Wenn sie das nicht fragte, würde er bestimmt den wichtigsten Teil seiner Erzählung überspringen – die Rolle von Sebastian Reyne, dem Helden. Seine Schwestern sollten begreifen, welchen Schwierigkeiten er sich gegenüber gesehen hatte und wie jung er gewesen war. Dann würden sie sicher aufhören, sich gegen seine Fürsorge zu wehren, und vielleicht würde auch der gequälte Ausdruck aus seinen grauen Augen verschwinden.

Unbehaglich zuckte er die Schultern und sagte: „Irgendwie habe ich immer kleinere Arbeiten gefunden, auf dem Markt ausgeholfen.“

Hope hatte einmal ein zerlumptes Kind auf dem Markt gesehen, das angefaultes Obst und welkes Gemüse aufgelesen hatte. So hatte Sebastian Reyne seine Familie am Leben gehalten?

„Aber nach Papas Tod bekam ich Arbeit in einer der Fabriken – vorher hat er mir nicht erlaubt, richtige Arbeit anzunehmen – ‚Das ziemt sich nicht für unsereiner!‘“ Er verzog verächtlich den Mund.

Auf einmal begriff sie die Quelle seiner Abneigung für die vornehme Gesellschaft.

„Kurz darauf habe ich auch für Johnny eine Stelle gefunden. Glücklicherweise wurde Dorie in der Nacht geboren, sonst wären wir in der Fabrik gewesen und Mutter ganz allein zu Hause.“

Hope schaute zu den Reyne-Mädchen und sagte: „Also haben Sie und Ihr Bruder Ihre Mutter und zwei Babys unterstützt.“

Er verzog das Gesicht. „Unterstützt kann man kaum sagen. Und wir waren nicht gut genug. Mama ist gestorben, als Dorie noch ein Säugling war.“ Er schluckte. Mit belegter Stimme fuhr er fort: „Danach habe ich euch zu Witwe Morgan gebracht und sie bezahlt, damit sie sich um euch kümmert.“

„Sie waren erst was – vierzehn? Und Johnny zwölf?“, fragte Hope, ihre Stimme klang plötzlich heiser, als sie sich den Jungen vorstellte, der allein und verzweifelt versuchte, seine Familie zusammenzuhalten. „Wie konnten Sie sich das leisten, sie zu bezahlen und selbst genug zum Überleben zu haben?“ Von dem Unbehagen her zu schließen, das er bei der Frage verriet, war es ein weiterer Bereich, den er lieber auslassen wollte.

Sichtlich unangenehm berührt, zuckte er die Schultern. „Johnny und ich haben in der Fabrik geschlafen, damit wir keine Miete mehr zahlen mussten.“ Er schaute seine Schwestern an und sagte: „Aber ich habe jeden Morgen und jeden Abend bei Witwe Morgan nach euch gesehen, ob es euch gut geht.“

Cassie starrte ihn an und flüsterte: „Du schaust auch jetzt noch morgens und abends nach uns.“

Er schnitt eine Grimasse und nickte. „Ich kann es mir irgendwie nicht abgewöhnen.“

„Wie kam es, dass wir getrennt wurden?“, fragte Cassie.

Sein Gesicht verzog sich, aber er hatte sich gleich wieder unter Kontrolle. „Johnny starb“, antwortete er. „Ein Unfall am Webstuhl.“

Cassie und Dorie schauten einander an. Sie hielten sich fest an den Händen. „Johnny ist gestorben? Was ist geschehen?“

Er schüttelte den Kopf, als sei es zu schwer, darüber zu sprechen, aber seine Schwestern starrten ihn an, sodass ihm nichts anderes übrig blieb, als es zu erzählen. Resigniert erwiderte er: „Es war am Ende der Arbeitsschicht. Die meisten Unfälle geschehen dann, denn die Kinder sind müde.“

„Nachdem sie zwölf lange Stunden gearbeitet haben“, warf Hope ein.

„Damals dauerte eine Schicht noch vierzehn Stunden.

Egal, Johnny war müde, und dadurch wurde er langsam und ungeschickt. Ich habe versucht, ihn im Auge zu behalten, aber sie hatten mich da schon in die Schreibstube gesetzt – ich kann gut mit Zahlen umgehen –, und ich merkte nicht, wie müde er war. Ich kam gerade, um nach ihm zu sehen und dann ist es vor meinen Augen geschehen …" Während er sprach, knetete er seine großen, vernarbten Hände so fest, dass es wehtun musste. Hope fiel auf, wie Dorie ihren Blick darauf gerichtet hielt.

„Ich versuchte zu helfen, aber Johnny war … einfach … weg." Er erschauerte, und Hope wusste, dass es ein hässlicher Unfall gewesen war.

Einmal hatte sie eine Beschreibung eines solchen Unfalles gelesen: In Sekunden hatten die Maschinen den Körper eines zwölfjährigen Mädchens zerfetzt, nur blutige Klumpen waren übrig geblieben. Allein beim Lesen war ihr übel geworden. Und Sebastian Reyne hatte mit ansehen müssen, wie das mit seinem Bruder passierte. Sie wollte zu ihm gehen, ihn trösten, aber er saß da, ein einsamer Mann, von niemandem abhängig, entschlossen, keine Gefühle zu zeigen, als seien Gefühle gleichbedeutend mit Schwäche. Und sie hatte nicht das Recht, ihm Trost zu spenden.

Seine Schwestern saßen ihm gegenüber und beobachteten ihn mit quälender Eindringlichkeit.

„Dabei haben Sie sich die Hand verletzt, nicht wahr?", erkundigte sich Hope.

Cassie und Dorie starrten auf seine Hand, und sie konnte an ihren Gesichtern ablesen, dass sie erahnten, was er nicht aussprach.

Sogleich schob er seine Hand in seine Hosentasche und fuhr mit harter Stimme fort. „Nach Johnnys Tod war weniger Geld da, um Witwe Morgan zu bezahlen. Zuerst … schien es kein Problem zu sein. Sie wusste, ich würde sie am

Ende bezahlen, und sie schien euch zu mögen ..." Sein Gesicht verzog sich bedauernd. „Aber eines Nachts, ein paar Monate nach Johnnys Tod ... als ich ging, um wie gewohnt nach euch zu sehen, musste ich feststellen, dass Witwe Morgan fort war, mit euch beiden. Sie hatte durch nichts angedeutet, dass sie gehen wollte. Weil sie wusste, ich hätte es nie zugelassen, dass sie euch mitnimmt ... wir hatten uns so sehr angestrengt, euch zu behalten ..." Seine Stimme brach.

In Hopes Augen schwammen Tränen. Sie blinzelte sie fort.

Er presste die Lippen zusammen und erklärte nach einem Augenblick: „Ich habe überall gesucht. Eine Nachbarin dachte, sie sei zu ihrem Bruder aufs Land gegangen, eine andere sagte, ihr Bruder lebe in London ..." Er zuckte die Schultern, und in der Geste lag ein Nachhall seiner Verzweiflung von damals. „Niemand wusste es sicher: Manche behaupteten, es sei ein Bauernhof entweder in Yorkshire oder Leicestershire, andere sprachen von London. Und wieder andere meinten, sie sei zu der Familie ihres Mannes nach Irland gegangen. Wo auch immer ihr wart, ich konnte euch nicht finden. Am 17. Juni 1807 habe ich euch verloren." Er schaute sie an. „Es tut mir leid. Ich habe mein Bestes gegeben ... es war nicht gut genug."

Anscheinend etwas unangenehm berührt, sagte Cassie: „Aber schließlich hast du uns gefunden."

Er nickte. „Mr. Black war es, vor beinahe sechs Monaten." Er blickte sie an und streckte die Hand aus, wie um sie zu berühren. Hope brach es fast das Herz, als er innehielt und dann seine Hand zurückzog.

Selbst nach allem, was er ihnen erzählt hatte, gab er sich immer noch die Schuld, erwartete nicht, dass ihm verziehen wurde.

Sie konnte jetzt erkennen, warum er so hart und unnachgiebig war, warum er sich so antrieb. Er hatte mehr getan, als man von irgendeinem Jungen seines Alters hätte erwarten können, und doch glaubte er, dass er sie im Stich gelassen hatte: die Mädchen, seinen Bruder und vermutlich seine Mutter, und am Ende sogar seine verstorbene Frau. Kein Wunder, dass er einen so grimmigen Eindruck machte.

„Wohin hat Witwe Morgan euch gebracht?", fragte er. „Jetzt seid ihr an der Reihe."

Überrascht schaute Hope ihn an. Er hatte sie gefunden und wusste trotzdem nicht, wo sie gewesen waren?

Er bemerkte ihren Blick und erklärte bitter: „Ich weiß, wo sie gefunden wurden, aber da haben sie nicht ihr ganzes Leben verbracht." An seine Schwestern gewandt, sagte er sanft: „Cassie, ich möchte nur wissen, wo ihr eure Kindheit verbracht habt. Nicht … wo ihr später wart."

Hope runzelte die Stirn. Irgendetwas stimmte nicht. Es gab etwas, das er verschwieg, etwas, das auch Cassie wusste. Etwas, das er geheim halten wollte. Etwas Schlimmes.

Das Schweigen breitete sich aus. Cassie zog unbehaglich die Schultern hoch, zögerte.

Plötzlich sagte Grace: „Fang mit dem Messer an, Cassie."

Jeder Erwachsene im Raum schnappte nach Luft. „Grace, du solltest nicht …", begann Hope.

„Aber wir wissen doch alle, dass sie es hat, und ich für meinen Teil halte es für sehr klug von ihr. Wenn ich ein Messer um mein Bein geschnallt getragen hätte, als wir mit Großvater zusammenlebten, hätte ich mich mutiger gefühlt! Ihr nicht?"

Hope und Faith sahen einander an. „Sie hat recht", erwiderte Faith. „Ich hätte mich weniger hilflos gefühlt."

Grace fügte hinzu: „Vermutlich hätten wir es nicht benutzt, aber wenigstens hätten wir davon träumen können, ihm das Herz herauszuschneiden und es den Hunden vorzuwerfen!“ Das sagte sie mit so schauriger Genugtuung, dass Hope und Faith nicht anders konnten, als zu lachen.

Die drei Reynes starrten die drei Merridews sprachlos an. Trugen eigentlich alle Londoner Damen gewohnheitsmäßig Waffen? Sebastian begann sich zu fragen, ob er nicht besser Gouvernanten in der Hauptstadt statt im Norden des Landes hätte suchen sollen.

Hope fiel Sebastians verblüffte Miene auf und erklärte: „Sie müssen es sehr seltsam finden, aber ich kann Ihnen versichern, dass wir nicht so blutrünstige Geschöpfe sind, wie Sie es wahrscheinlich glauben. Wir sind alle auf dem Kontinent geboren und viel gereist, was oft gefährlich war. Sogar unsere Mutter hatte immer eine Pistole dabei, daher erscheint es uns nicht undamenhaft. Und Großvater war …“

„So, hier ist der Imbiss!“, unterbrach sie eine laute, fröhliche Stimme von der Türschwelle. Alle im Raum zuckten zusammen. Lily kam geschäftig ins Zimmer, ein Tablett in den Händen, beladen mit einem zugedeckten Korb, Tellern und Tassen sowie Besteck. Ein Lakai folgte ihr, in der einen Hand einen großen Krug mit Schokolade und einem Bündel langer Toastgabeln.

„Süße Schokolade, schön heiß, also nicht zu hastig trinken, Mädchen“, warnte das Hausmädchen und stellte das Tablett auf den Tisch. „Und Muffins, fertig zum Rösten. Dazu Butter, Honig und Erdbeermarmelade. Miss Grace, wenn Sie James vielleicht die Gabeln abnehmen, dann können Sie und die anderen kleinen Fräulein schon einmal mit dem Rösten der Muffins anfangen.“

Alle standen auf, und Cassie ging zu Sebastian. Langsam fragte sie: „Du bist also wirklich unser echter Bruder und hast uns verloren, als wir klein waren?“

Sebastian nickte. Das Eingeständnis schmerzte. „Ja.“

„Und jetzt hast du uns gefunden.“

„Ja."

„Und du willst, dass wir so etwas wie eine Familie werden."

„Wir *sind* eine Familie." Die Worte knurrte er beinahe. „Du hast keine andere Wahl, Cassie. Ihr beide seid meine Schwestern, und ich bin euer Bruder. Ich werde euch nicht noch einmal verlieren."

Sie rümpfte die Nase, als wäre das etwas, worüber sie erst noch nachdenken wollte. Ihre nächste Äußerung erstaunte ihn. „Du hast davon erzählt, als ich noch ein Baby war. Wie war Dorie?", fragte sie mit argwöhnischer Miene.

Es war eine Art Test, begriff Hope, und das wusste er auch.

Sebastian schaute zu Dorie, die sich zu ihm umgedreht hatte und ihn eindringlich musterte. „Sie war klein und süß und nicht halb so laut wie du. Sie hat nicht viel geschrien, aber sie konnte es. Laut und kräftig, wenn sie wollte."

Hope verstand, was er damit sagen wollte. Dorie hatte damals eine Stimme gehabt.

Cassie nickte, offenbar befriedigt. Sie wandte sich ab, aber Sebastian fasste sie am Arm und erklärte mit gesenkter Stimme. „Wir sind eine Familie, Cassie. Auch wenn ich dabei versagt habe, auf dich und Dorie in den ersten zwölf Jahren aufzupassen, wird es in Zukunft anders sein, das verspreche ich dir."

Sie warf ihm einen nachdenklichen Blick zu, dann zuckte sie gewohnt gleichgültig die Schultern und ging zu dem Teetisch, um sich einen Muffin und eine Gabel zu holen.

Plötzlich herrschte eine ausgelassene Stimmung im Raum, während die Mädchen hin und her liefen, sich Muffins holten und aufspießten, sich vor den Kamin knieten, um sie zu rösten, und dabei fröhlich schwätzten, als habe sich nichts von Bedeutung ereignet.

Sebastian hingegen fühlte sich erschöpft. Die Geschichte zu erzählen hatte ihn aufgewühlt, die alten Schuldgefühle und den Schmerz nach oben gespült, den er so lange unterdrückt hatte.

Er beobachtete, wie Cassie Dorie einen Muffin gab. Sie beschützte ihre kleine Schwester. Natürlich sprach das für sie, aber er konnte nicht aufhören, sich zu wundern, vor wem oder was sie Dorie hatte beschützen müssen. Wann und warum hatte Dorie aufgehört zu sprechen? Und hatte irgendjemand Cassie beschützt?

Hope berührte ihn leicht am Arm. „Machen Sie sich keine Sorgen. Sie brauchen Zeit, alles zu verarbeiten. Gerade haben Sie ihre ganze Welt auf den Kopf gestellt."

„Nein, das glaube ich nicht." Er nickte zu den Mädchen. „Sie sind genauso wie vorher. Ich denke, es ist ihnen egal."

Der Duft gerösteter Muffins füllte die Luft.

Sie schüttelte den Kopf. „Vertrauen Sie mir, es ist ihnen nicht egal. Einzig ihr Stolz hält sie zurück. Und vielleicht ein wenig Angst."

„Angst?" Er runzelte die Stirn. „Aber ich habe niemals … ich würde nie …"

Sie unterbrach ihn, drückte seinen Arm. „Nicht diese Angst. Sie haben Angst, dass Sie zu gut sind, um wahr zu sein. Diese Angst ist sehr stark, wissen Sie – der Gedanke, dass jemand, der stark und gut wie Sie ist, sie will und sie beschützt, komme, was da wolle."

In ihren Augen glänzten unvergossene Tränen. „Die Geschichte, die Sie erzählt haben, kann niemand hören und ungerührt bleiben. Sie wollen so gerne glauben, dass sie Teil einer Familie sind, aber tief innerlich haben sie Angst, es zu glauben. Trotzdem wissen diese Mädchen, was Sie für sie getan haben. Sie waren selbst bloß ein Junge, nur wenig älter als Cassie jetzt, und mussten schon die Last der Welt auf Ihren Schultern tragen. Kein Wunder, dass sie so breit und kräftig sind.“ Sie holte zitternd Luft, dann flüsterte sie: „Diese Mädchen wissen wie ich, dass ihr Bruder ein Held ist, wie man ihn nicht alle Tage trifft.“

Er winkte ab, aber sie beharrte: „Wenn Sie verstehen wollen, wie schwer es für Cassie und Dorie ist, Ihnen zu zeigen, dass es ihnen etwas bedeutet, denken Sie nur daran, wie schwer es Ihnen fällt, sich selbst zu verzeihen. Denn Sie geben sich die Schuld, nicht wahr?“

Er starrte sie an, erschüttert, dass sie seine Gedanken gelesen hatte.

Mit leiser, eindringlicher Stimme fuhr sie fort: „Sie geben sich die Schuld an Johnnys Tod, Sie geben sich die Schuld daran, die Mädchen verloren zu haben, Sie nehmen die Schuld für alles, was sie erlitten haben, auf sich, und Sie verfolgt die Vorstellung, was sie alles erleben mussten.“ Sie legte ihre Hand auf seine Brust, über sein Herz. „Hier drinnen glauben Sie, dass ein einsamer, verzweifelter Vierzehnjähriger es irgendwie hätte schaffen müssen.“

Sie machte eine Pause, damit er darüber nachdenken konnte. Es stimmte. Er glaubte, er hätte es schaffen müssen. Aber wenn sie es so ausdrückte, „ein einsamer, verzweifelter Vierzehnjähriger“, nun, dann klang es anders, als er es immer gesehen hatte.

„Sie irren, Mr. Reyne. Dieser Junge war ein Held. Und er ist zu einem feinen, starken Mann herangewachsen. Die Mädchen werden Sie eines Tages lieben, wenn sie es nicht längst insgeheim tun. Sie müssen sich vergeben, so wie Ihre Schwestern es gewiss schon getan haben.“

Sebastian schluckte und legte seine Hand auf ihre. In seinem Gesicht arbeitete es, Gefühle drohten ihn zu überwältigen, aber das war unwichtig. Sie verstand. Von allen Menschen verstand ausgerechnet sie, wie es in seinem Herzen aussah, die Gefühle, die er seinen Schwestern so schwer erklären konnte ... dass ausgerechnet sie es sein sollte. Seine unschuldige Elfe ... ein Frau aus Fleisch und Blut, die in Herzen blicken und in ihnen lesen konnte.

Leise sagte sie: „Was Sie eben zu Cassie über Familie gesagt haben, war genau das Richtige. Es war, was sie hören musste."

„Meinen Sie?" Seine Stimme zitterte. Er konnte ihre warme, weiche Nähe spüren, wollte sie an sich ziehen.

„Oh ja", bekräftigte sie ein wenig atemlos, aber beifällig. „Alle Menschen, und besonders junge Mädchen brauchen das Gefühl, zu jemandem zu gehören, gewollt und geliebt zu sein."

Er schaute sie zweifelnd an. Es stimmte ... für manche Menschen. „Ich bin nicht sicher, ob Cassie und Dorie so empfinden."

„Ihnen ist es nicht gleichgültig. Sie haben jahrelang einen Schutzwall um sich errichtet, um ihre verletzliche Seite zu schützen, und jetzt zögern sie, sie zu entblößen. Doch diese beiden kleinen Mädchen möchten dringend zu jemandem gehören. Sie müssen ihnen nur weiter erklären, dass Sie sie bei sich haben wollen und sie lieben, und alles wird gut, das verspreche ich." Sie machte eine Pause, dann fügte sie hinzu: „Glauben Sie mir, Mr. Reyne, kein weibliches Wesen auf der Welt könnte Ihrer Liebe widerstehen."

Sebastian hatte das Gefühl, als bekäme er keine Luft. Er wollte seine Arme um sie schlingen, in ihre Wärme und Süße eintauchen, um die unerbittliche Einsamkeit seines Daseins zu beenden. Bloß konnte er nicht sprechen, daher drückte er nur ihre Hand.

Hope schaute ihm tief in die Augen. Was sie dort sah, ließ sie erschauern. Hunger. Besitzanspruch. Leidenschaft.

Sie erschauerte wieder, begriff die Quelle dieses Hungers, begriff auch, weshalb er ihn zügelte, hinter Steifheit und strengen Worten versteckte. Sie verstand ihn nun so viel besser, nachdem sie einen flüchtigen Blick auf den Jungen hatte werfen können, der er gewesen war. In seinen Augen wäre es Schwäche, diese Art von Hunger …

Hope verstand. Sie hatte ihr Leben lang danach gehungert. Natürlich hatte sie ihre Schwestern, die sie liebten – besonders ihre Zwillingsschwester. Aber dennoch war in ihr eine schmerzende Leere, tief innen. Die Sehnsucht, geliebt zu werden und gewollt zu sein, nur um ihretwillen.

Und er – er hatte niemanden gehabt. Die Geschichte, die er erzählt hatte, hatte ihr das Herz abgedrückt. Wenn sie ihn nicht längst liebte, nun hätte sie es getan.

Sie schmiegte sich an ihn, hob ihr Gesicht.

„Oh nein, jetzt hast du es fallen lassen!“ Bei Cassies Ausruf erschraken sie, fuhren auseinander. Dorie hockte vor dem Feuer. Die anderen, die offenbar ihre Muffins fertig geröstet hatten, saßen um den Tisch und verzehrten sie, aber Dories Muffin war von der Gabel ins Feuer gefallen. Sie streckte die Hand zu den Flammen aus, um es aufzuheben. Hope und Sebastian sprangen gleichzeitig zu ihr.

„Nicht!“

Faith, Cassie und Grace waren näher am Feuer, aber Sebastian erreichte Dorie vor allen anderen. Als er seinen Arm vor sie schob, um zu verhindern, dass sie sich die Finger verbrannte, zuckte sie jedoch vor ihm zurück, und er erstarrte. Steif sagte er: „Lass den Muffin verbrennen, Dorie. Es macht nichts. Es sind noch genug da.“

Aus großen grauen Augen starrte sie ihn an, und er fügte brüsk hinzu: „Deine Finger sind wichtiger als Muffins.“

Seine Schroffheit und der erstarrte Ausdruck in seinen Augen nagten an Hope, und sie trat hastig vor. „Ja, natürlich. Es sind noch Unmengen da. Mach dir keine Gedanken deswegen, Dorie. Meine Muffins fallen immer von der Gabel, die gemeinen Dinger."

Cassie wollte sich zwischen ihren Bruder und ihre Schwester stellen, aber Hope blickte sie an und schüttelte sacht den Kopf. „Grace und Cassie, esst eure Muffins auf, ehe sie kalt werden." Sie wartete, bis Cassie wieder saß, dann nahm sie den Korb mit den Muffins und sagte zu Dorie: „Dein Bruder zeigt dir, wie man sie so auf der Gabel befestigt, dass sie nicht herunterfallen." Sie reichte ihm den Korb.

Er machte keine Anstalten, ihn zu nehmen, erwiderte leise mit einer Stimme, die ihr schier das Herz brach: „Ich denke, Dorie würde es vorziehen, wenn Sie es ihr zeigen, Miss Hope."

Bei seinen Worten lachte Grace. „Hope ist die schlechteste Muffinrösterin, Mr. Reyne!", rief sie fröhlich. „Haben Sie nicht gehört, wie sie gesagt hat, ihre Muffins landeten immer im Feuer?"

Hope zuckte die Schultern und bemerkte leichthin. „Ja, ich bin schrecklich ungeschickt." Sie wandte sich wieder an Dorie. „Daher denke ich, es ist am besten, wenn dein Bruder dir zeigt, wie man einen Muffin röstet, nicht ich. Du hast großes Glück, einen Bruder zu haben, der dir Sachen zeigen kann. Wir Merridew-Mädchen haben uns immer gewünscht, einen großen Bruder zu haben. Ich denke, du und Cassie, ihr habt einen der besten Brüder überhaupt."

Dorie dachte über ihre Worte nach, dann reichte sie Sebastian feierlich ihre Gabel. Er nahm sie ebenso feierlich, hockte sich neben sie und zeigte ihr, wie man das Gebäck auf die Zinken aufspießte, erklärte, was er tat, mit leiser, tiefer Stimme. Das Mädchen schaute aufmerksam zu, und dann rösteten Mann und Kind gemeinsam den Muffin über dem Feuer, erst die eine Seite, dann die andere. Als er fertig war, trugen sie ihn gemeinsam zum Tisch, golden und knusprig –

der wichtigste Muffin auf der Welt.

Hope hatte keine Ahnung, warum ihr bei dem Anblick Tränen in die Augen steigen sollten, aber es war so.

Dorie bestrich ihren Muffin großzügig mit Butter und Honig, zögerte einen Augenblick und schnitt ihn dann in zwei Hälften. Die größere gab sie Sebastian.

Geschmolzene Butter und Honig tropften auf seine makellosen, teuren Hosen, aber Sebastian Reyne zuckte mit keiner Wimper. Er nahm seine triefende Muffinhälfte, als hätte sie ihm den Heiligen Gral gereicht.

Dorie, die sich der Bedeutung ihrer Geste offenbar nicht bewusst war, verzehrte ihre Hälfte genüsslich, leckte sich danach sorgsam den Honig von den Fingern.

Nach einem Moment aß auch Sebastian, langsam, fast ehrfürchtig.

Und wenn in Hopes Augen Tränen schwammen, so fiel das niemandem weiter auf.

11. KAPITEL

Wassertropfen hingen an den Zweigen und Blättern, zitterten im blassen Morgenlicht, glitzerten wie Kristalle. Die Luft im Park roch feucht und erdig, klar und frisch, als befände sich Sebastian draußen auf dem Land, nicht mitten in London. Er atmete tief ein. Sein Pferd war unruhig, übermütig, und da niemand in der Nähe war, ließ Sebastian es in einen leichten Galopp fallen. Die Hufschläge hallten gedämpft auf dem regenweichen Boden.

Das hatte ihm gefehlt. Sein Morgenritt war ihm wichtig. Außer der körperlichen Ertüchtigung bot er ihm die Möglichkeit, allein und ungestört seinen Gedanken nachzuhängen.

Er war überzeugt gewesen, seine Schwestern bräuchten Routine, Ordnung und einen systematischen Ansatz, verkörpert in der Person und den Anschauungen Lady Elinores. Und dann hatte die völlig zufällige und spontane Bekanntschaft mit den Merridews zu solch erstaunlichen Ergebnissen geführt.

Während der Kutschfahrt nach Hause hatte Dorie sich tatsächlich an ihn gelehnt. Er hatte sich kaum zu atmen getraut.

Und langsam nahm seine stumme kleine Schwester zu. Er war sich sicher. Sie wirkte nicht länger so zart und zerbrechlich, als könnte der nächste Windstoß sie umwerfen. Die häufigen Morgenausflüge mit den Merridews in den Green Park hatten damit viel zu tun. Den Tag mit frischer Milch, Bewegung und Freundlichkeit zu beginnen war gewiss nicht verkehrt.

Er zog die Brauen zusammen. Es war einige Zeit her, seit die Dienstboten das Verschwinden von Lebensmitteln beklagt hatten.

Eine leise Brise fuhr in die Zweige, sodass die an den

frischen Blättern hängenden Tropfen herabregneten. Seine Stimmung hob sich, und er schloss die Augen bis auf einen schmalen Spalt, genoss das Zusammenspiel von Pferd, Reiter, Erde und Luft.

„Wer zuerst an der Eiche am westlichen Ende des Parks ist, hat gewonnen!" Er erhaschte den Blick auf ein Lächeln und Blau, ehe Miss Hope Merridew an ihm vorbeipreschte. Heute trug sie ein blaues Reitkostüm und einen Hut, über dessen Krempe sich kess eine blaue Feder kräuselte. Wenigstens saß sie zur Abwechslung auf dem Pferd, statt seitwärts herunterzuhängen.

Sebastian machte sich sogleich an ihre Verfolgung. Sie hatte einen Vorsprung, aber sein Pferd war größer, kräftiger und schneller. Langsam holte er auf. Feuchte Erde spritzte ihm ins Gesicht. Er beugte sich über den Hals seines Pferdes und drängte es zu höherem Tempo. Sein Blut pulste im Rhythmus der Hufschläge.

Schließlich ritten sie Kopf an Kopf. „Guten Morgen, Miss Hope", rief er spöttisch. „Es tut mir sehr leid, dass ich Sie überhole."

Sie lachte. „Versuchen Sie es nur!"

„Oh, das werde ich. Nicht wie ein Gentleman gehandelt, ich weiß, aber …" Er beugte sich tiefer über den Hals des Tieres, mehr wie ein Jockey als ein eleganter Reiter. „… ich bin nun mal kein Gentleman!" Und damit überholte er sie, erreichte etwa fünfzehn Sekunden vor ihr die Eiche.

Lachend kam sie an. „Danke!", rief sie atemlos. „Ich hasse es, wenn man mich gewinnen lässt."

Er war überrascht. „Gefällt es Ihnen nicht zu gewinnen?"

„Doch. Aber es ist nicht gewonnen, wenn einem der Sieg geschenkt wird. Das nimmt der Sache den ganzen Spaß. Ich werde lieber beim Wettreiten fair besiegt, als dass ich wegen eines Anfalles von Ritterlichkeit gewinne." Ihre Wangen waren gerötet, ihr Hut saß schief, und das Haar hing ihr ins Gesicht – Sebastian hatte nie etwas Schöneres gesehen.

Sie nahm ihren Hut ab, schüttelte ihr Haar aus und setzte ihn wieder auf.

Mit Mühe brachte Sebastian seinen Körper unter Kontrolle, zwang sich, milde zu erklären: „Allerdings hätten wir, glaube ich, nicht galoppieren sollen."

Sie lachte erneut. „Ach, es ist doch weit und breit niemand zu sehen."

Das erinnerte ihn an etwas. Er schaute in die Richtung, aus der sie gekommen waren. Ja, James, der Reitknecht folgte ihnen langsam, aber beharrlich.

Sie bemerkte es und lachte unbeschwert. „Armer James, er hat wieder die schlimmste Schnecke auf Gottes weiter Flur bekommen. Weil er den Stallburschen beleidigt hat, muss er sich immer mit dem übelsten Reittier begnügen, mit dem die Ställe aufwarten können." Sie lächelte, sodass ihre Grübchen erschienen. „Ich scheine immer das beste zu erhalten."

Sebastian fiel es nicht schwer, das zu glauben.

Sie holte tief Luft. „Riecht es nicht himmlisch, so frisch und rein nach dem Regen?"

„Ja. Sollen wir zu Ihrem Reitknecht zurückreiten?" Sebastian hatte die vage Ahnung, dass die Anwesenheit des Burschen ihn davon abhalten würde, etwas zu tun, was er später bereuen würde.

Entschlossen schüttelte sie den Kopf, sodass die Feder über ihre Wange strich. „Nein, James wird uns irgendwann einholen. Lassen Sie uns nach dort drüben reiten, zum See. Ich würde gerne sehen, ob inzwischen mehr Entenküken geschlüpft sind. Gestern habe ich drei der süßesten, gelbbraunen Federbällchen bemerkt. Wenn es mehr gibt, dachte ich, könnte ich Ihre Schwestern morgen hierher statt in den Green Park bringen. Frisch geschlüpfte Entenküken sind so niedlich."

Sebastian war solch selbstverständliche Freundlichkeit nicht gewohnt. Seine Schwestern müssten ihr gleichgültig sein. Sie waren keine Verwandten. Er hatte ihr ins Gesicht gesagt, dass er Lady Elinore den Hof machte. Gedankenlose Grausamkeit, das kannte er, damit konnte er umgehen. Grundlose Freundlichkeit war ihm neu.

Sie lenkten ihre Pferde zum Teich. Die Morgensonne stand höher am Himmel, wärmte die feuchte Erde, sodass leichte Dampfschwaden emporstiegen. In der Ferne begann die Stadt zu erwachen. Nach einer Weile fiel ihm auf, dass sie schweigend nebeneinander ritten.

„Ich bin froh, dass Sie heute richtig herum reiten."

Sie warf ihm einen amüsierten Blick zu. „Soll ich das als Herausforderung verstehen?"

„Nein, nein", erklärte er hastig. „Ich bin erleichtert, das ist alles. Es ist verteufelt schwierig, sich mit jemandem zu unterhalten, während dieser sich seitlich kopfüber vom Pferd hängen lässt."

Sie musterte ihn interessiert. „Oh, daran liegt es?" Sie begann zu lachen. „Verzeihen Sie", keuchte sie. „Aber das kam mir komisch vor."

Er schaute sie fragend an, wartete auf eine Erklärung.

Doch sie wechselte lieber das Thema. „Ich werde das Waisenhaus besuchen – die Tothill-Fields-Anstalt. Zu unserer großen Freude hat Lady Elinore meine Schwester und mich eingeladen. Wussten Sie das?"

„Ja, sie hat es mir erzählt", erwiderte er nüchtern. „Würden Sie mir bitte verraten, was Sie eben so belustigt hat?"

Mit dem lobenswerten Versuch einer ausdruckslosen Miene erwiderte sie: „Selbst zu Ihren besten Zeiten sind Sie nicht gerade berühmt für Ihre Konversationskünste."

Er runzelte verwundert die Stirn.

Ihre Augen funkelten vor unterdrücktem Lachen. „Ich

hing nicht kopfüber, als wir getanzt haben."

Sie neckte ihn! Machte sich über seine Einsilbigkeit lustig! Niemand zog ihn je auf. Aber eigentlich gefiel es ihm. Er setzte eine gestrenge Miene auf, damit sie das nicht merkte.

Sie lächelte. „Gut. Sie sind nicht gekränkt."

Er gab den Versuch auf, streng auszusehen. „Warum haben Sie eigentlich beschlossen, eine Draufgängerin zu werden?"

„Es war mein sehnlichster Wunsch, seit meinem ersten Besuch in Astley's Amphitheater vor beinahe zwei Jahren. Mein Schwager hat uns mitgenommen, und wir waren alle begeistert von den Reiterinnen und ihren Kunststücken. Am liebsten wäre ich von zu Hause weggelaufen und hätte mich ihnen angeschlossen."

„Was hat Sie davon abgehalten?"

„Ach, die Ereignisse überschlugen sich. Wir mussten London überstürzt verlassen. Eine … ein familiärer Notfall." Sie schwieg einen Augenblick. „Aber ich habe mir stets gewünscht, ein paar der Kunststücke selbst auszuprobieren. Ich bin immer schon gerne geritten."

„Das sieht man. Sie sind eine ausgezeichnete Reiterin. Aber die Tricks, die Sie ausprobieren, sind ausgesprochen gefährlich. Warum riskieren Sie Ihren Hals?"

„Als ich aufwuchs, fühlte ich mich immer eingeschränkt, gefesselt und eingesperrt …" Sie erschauerte. „Daher tue ich heute gerne Sachen, die ich eigentlich nicht tun sollte. Das gibt mir ein Gefühl von Freiheit. Und es ist nicht so riskant, wie Sie vielleicht glauben. Die zusätzlichen Gurte, die James an meinem Sattel angebracht hat, sind einfach genial. Und es gibt wirklich nichts Schöneres als das Gefühl, wenn ich es schaffe, im Ritt etwas vom Boden aufzuheben. Ich bin keine tollpatschige Trine!"

„Eine tollpatschige *Trine?*"

Selbstironisch verzog sie das Gesicht. „In vielen alltäglichen Dingen bin ich entsetzlich unfähig."

So etwas hatte sie auch schon gestern gesagt. Er hatte es für eine Ausrede gehalten, damit er Dorie beim Rösten ihres Muffins helfen konnte. „Mir kommen Sie kein bisschen tollpatschig oder unfähig vor."

Sie warf ihm ein strahlendes Lächeln zu. „Danke, aber ich kann Ihnen versichern, es stimmt. In allem – außer Reiten. Und Tanzen. Ich habe erst kürzlich Tanzen gelernt, denn mein Großvater hatte es uns untersagt. Aber er war selbst ein hervorragender Jagdreiter, also achtete er darauf, dass wir alle Reiten lernten."

„Sind Sie auch auf Jagden geritten?"

Sie schüttelte heftig den Kopf. „Himmel, nein. Frauen bei der Jagd? Die Welt würde untergehen! Aus irgendeinem Grund hat er jedoch darauf bestanden, dass wir reiten können, gut reiten. Es hat ihn furchtbar gefuchst, dass ich zwar in allem anderen ungeschickt war, aber dazu geboren schien, im Sattel zu sitzen. Was mich natürlich dazu angetrieben hat, noch besser zu werden."

„Was auch immer der Grund ist, Sie sind die beste Reiterin, die ich je gesehen habe", erklärte Sebastian. Das klang wie ein leeres Kompliment, bloß meinte er jedes Wort ernst.

Sie lachte ungekünstelt. „Es ist klar, dass Sie nie bei Astley's waren. Doch da Reiten mein einziges Erfolgserlebnis ist, werde ich Ihr Kompliment mit Dank annehmen." Im Sattel deutete sie eine Verneigung an.

„Einziges Erfolgserlebnis? Sie sind zu bescheiden."

„Glauben Sie mir, es ist wahr. Wir sind alle nicht sonderlich gebildet oder belesen, denn mein Großvater hielt nichts von Bildung für Frauen." Sie rümpfte die Nase. „Ich bin auf keinem der Felder bevorzugter weiblicher Fertigkeiten eine Leuchte: Meine Aquarelle sind grässlich, ich spiele kein Instrument, meine Handschrift ist unleserlich, und meine Stickarbeiten sind noch schlimmer.“ Ehe er dazu etwas sagen konnte, wechselte sie das Thema: „Reiten Ihre Schwestern eigentlich?“

Er schüttelte den Kopf. „Bis jetzt haben sie sich geweigert, es auch nur in Erwägung zu ziehen, obwohl ich den Verdacht habe, Cassie würde gerne.“ Trocken fügte er hinzu: „Cassie würde lieber platzen als zugeben, dass sie sich irgendetwas wünscht.“

Sie warf ihm einen neckenden Blick zu. „Hm, das muss wohl in der Familie liegen. Und Dorie zeigt kein Interesse?“

Während er noch über ihre erste Bemerkung nachdachte, antwortete er: „Nein, Pferde beunruhigen sie. Und ich will sie nicht zwingen.“

„Natürlich nicht. Man muss dazu verlockt werden, Dinge auszuprobieren, vor denen man sich fürchtet, nicht dazu gedrängt werden. Hätten Sie etwas dagegen, wenn ich versuche, die Mädchen in Versuchung zu führen?“

Er zögerte; ihm gefiel die Idee, aber er wollte ihr nicht noch mehr verpflichtet sein.

„Es wäre eine weitere Möglichkeit, ihnen näherzukommen“, erklärte sie. „Überlegen Sie nur, welchen Spaß Sie zu sammen auf Ausritten haben könnten. Sie müssen sich jetzt noch nicht entscheiden, denken Sie in Ruhe darüber nach und lassen Sie es mich wissen.“ Damit ließ sie ihr Pferd in Trab verfallen.

Es gab keine neuen Entenküken oder wenn doch, dann waren sie nicht aus dem Schilf gekommen, daher verabschiedete sie sich von ihm. Sonst käme sie zu spät für den Spaziergang zum Green Park. „Adieu, Mr. Reyne.“ Sie reichte ihm die Hand. „Danke für den wunderschönen Ausritt. Und unsere Unterhaltung habe ich ebenfalls genossen.“

Sebastian beugte sich vor. „Das Vergnügen lag ganz auf

meiner Seite." Er hob ihre behandschuhte Hand an seine Lippen und küsste sie.

Und obwohl er ihre Haut wegen des Handschuhs gar nicht berührte, durchfuhr es ihn wie ein Blitz.

Sebastian saß an seinem Schreibtisch und schrieb Briefe, als vor seinem Haus eine Kutsche vorfuhr. Heraus stiegen Miss Hope und seine beiden Schwestern. Sie waren früh dran. Vom Rest der Gruppe war nichts zu sehen. Miss Hope hatte ihren Arm um Dorie gelegt, deren Gesicht er nicht sehen konnte, da sie sich an sie klammerte. Cassie wirkte besorgt. Sebastian sprang auf und rannte aus dem Zimmer.

Er erreichte die Eingangshalle gerade, als der Butler die Tür öffnete.

„Was ist los? Dorie? Geht es dir gut?"

Dorie schaute aus dem Schutz von Miss Hopes Armen auf. Ihre Augen waren riesig, und ihr kleines Gesicht war tränenüberströmt. Sie gab keinen Laut von sich.

Hilflos blickte Sebastian sie an. „Hat jemand dir wehgetan, Süße?"

Ohne Vorwarnung verließ Dorie Miss Hope, lief quer durch den Raum und warf sich in Sebastians Arme. Wortlos, zu gerührt, um sprechen zu können, drückte er ihren kleinen dünnen Körper an sich, hob sie hoch und hielt sie sicher in seinen Armen.

Das Herz voll, trug er sie in den Salon und setzte sich mit ihr auf ein gemütliches, weich gepolstertes Sofa. Sie zitterte am ganzen Körper, klammerte sich an ihn wie ein Äffchen, eindeutig außer sich vor Angst. Er hielt sie fest, strich ihr übers Haar. „Sch, meine Kleine, jetzt bist du in Sicherheit. Ich werde nicht zulassen, dass jemand dir etwas tut. Ist ja gut. … Du bist zu Hause … in Sicherheit, mit Cassie und mir. Und Miss Hope."

Während er sprach, spürte er Cassies Blick auf sich, und schaute sie über Dories Kopf hinweg an. Sie stand unsicher da, daher winkte er sie zu sich, murmelte zu Dorie: „Siehst du, Cassie ist auch hier. Wir sind alle hier. Cassie, ich und Miss Hope. Niemand wird dir etwas tun." Er sah zu Miss Hope, die ebenso unsicher wie Cassie auf der Türschwelle stand. Ihre Wangen waren tränenfeucht.

Sie wusste also, was es für ihn bedeutete, dass Dorie so zu ihm gekommen war. Einen Moment lang hatte er sein Gesicht in Dories Haar drücken müssen, bis er seine Fassung wiedergefunden hatte. Jetzt konnte er sich keine Schwäche leisten.

„Was hat sie so geängstigt?" Er schaute Cassie und Miss Hope an. „Ein Pferd?"

Miss Hope antwortete: „Nein, es waren keine Pferde in der Nähe. Nur Leute und die Kühe, und vor den Kühen hat sie keine Angst."

„Cassie, weißt du, was es war?", fragte er.

Bedrückt zuckte Cassie die Schultern. Dories kleine Beschützerin. Er hielt ihr die Hand hin, und sie kam, wenn auch zögernd. „Komm, hilf mir, Dorie zu halten. Sie braucht ihre ganze Familie, Cassie, ihre Schwester und ihren Bruder."

Mit steifen, fast ungelenken Bewegungen kam Cassie näher, tätschelte ihrer zitternden Schwester hilflos den Rücken. Sie gab sich die Schuld, das konnte er sehen, obwohl sie keine Ahnung hatte, was Dorie solche Angst machte. Seine kleine, kriegerische Schwester. Er schlang seinen anderen Arm um sie, zog sie an sich. Sie ließ ihn gewähren: Zuerst hielt sie sich gerade und aufrecht, aber allmählich wich die Anspannung aus ihr, und dann lehnte sie sich ganz gegen ihn.

Er schloss die Augen und hielt sie beide fest an sich gedrückt. Seine beiden Schwestern befanden sich in seinen Armen, wie er es kaum noch zu träumen gewagt hatte. Elf lange, einsame Jahre nach dem letzten Mal, als er sie so gehalten hatte, als sie noch kleine Kinder waren.

Und irgendwo tief in ihm begann ein schlaksiger, schuldgeplagter fünfzehnjähriger Junge zu heilen.

Schließlich beruhigte sich Dorie, und die beiden Mädchen schlüpften aus Sebastians Armen. Er läutete nach einem Diener und bestellte heiße Schokolade und Kekse. Die Mädchen gingen mit einem der Hausmädchen nach oben, um sich die Gesichter und die Hände zu waschen.

„Ich weiß nicht, was geschehen ist“, erklärte Hope, sobald sie den Raum verlassen hatten. „Wir waren im Green Park wie immer, standen mit allen anderen in der Schlange für die Milch, als Dorie plötzlich unruhig und ängstlich wurde. Aber ich habe keine Ahnung, warum.“

Er schritt rastlos auf und ab. „Sind Sie sicher? Denken Sie nach. Etwas muss doch gewesen sein.“

Hilflos schüttelte Hope den Kopf. „Nein, da war nichts Ungewöhnliches. Nichts wurde gesagt, nichts getan. Ich habe alles gesehen. Dorie, Cassie und Grace standen mit Lily, unserem Dienstmädchen, in der Schlange, schwätzten und kicherten, wie Mädchen es tun, als Dorie plötzlich erstarrte, ganz blass wurde, und ehe ich mich rühren konnte, lief sie weg – weg von Cassie, von uns, rannte wie ein erschrecktes Kaninchen. Ich bin ihr nachgelaufen und habe sie eingeholt, und Cassie kam mir nach. Dorie war so verängstigt und verzweifelt, dass ich einfach die nächste Droschke angehalten und sie nach Hause gebracht habe.“

„Wofür ich dankbarer bin, als ich sagen kann“, bemerkte er fast schroff.

Sie erwiderte nichts. Worte waren überflüssig. Sie hatte sein Gesicht gesehen, als Dorie zu ihm gelaufen kam. Und dann, als auch Cassie zu ihm gekommen war.

„Cassie weiß es nicht, und Dorie kann es nicht sagen." Er seufzte schwer und ballte die Hände zu Fäusten. „Ich wünschte, ich wüsste, wann und wie sie stumm geworden ist … irgendwann in diesen elf verlorenen Jahren …"

Sie legte ihm die Hand auf den Arm. „Könnte Cassie es nicht sagen?"

Seine große Hand legte sich über ihre, dann stand er wie versteinert. „Vermutlich, aber bisher hat sie noch nicht einmal meine Hand berühren wollen. So viel ist in den letzten Tagen geschehen, ich hatte noch gar keine Zeit, es zu begreifen." Er hob seinen Kopf; in seinen Augen glitzerte Hoffnung. „Cassie vertraut mir weit mehr als vorher. Vielleicht verrät sie es mir jetzt."

Tröstend drückte sie ihm den Arm, und er schaute sie an. Sein Griff festigte sich. „Danke, dass Sie mir meine Schwestern zurückgebracht haben", erklärte er mit rauer Stimme, und er meinte nicht die Fahrt mit der Droschke heute.

Der Augenblick streckte sich endlos. Überdeutlich spürte sie seine Hand auf ihrer, Hitze breitete sich langsam, lähmend in Wellen in ihr aus. Sie hatte vergessen zu atmen und holte zitternd Luft. Seine Augen wurden dunkler, wie ein Teich im Mondlicht, und tief in ihnen brodelten Gefühle. Sie machte eine hilflose kleine Geste und lehnte sich an ihn, und er zog sie mit einem kleinen Stöhnen in seine Arme und küsste sie.

Der Kuss war rau und innig und schmeckte nach Dankbarkeit und Demut. Und Hunger. Und Verlangen. Ein kleiner, kehliger Laut entschlüpfte ihr, und sie erwiderte seinen Kuss mit selbstvergessener Hingabe.

Es gab kein vorsichtiges Erkunden, nur sein Mund auf ihrem, seine Zunge um ihre, ihr weicher, schlanker Körper an seinen großen, harten geschmiegt. Es war alles, was sie sich erträumt hatte, und mehr. Sie verlor sich in seinem Kuss, den Empfindungen, die er ihr schenkte.

Und er war von ihr wie behext. Er drückte sie gegen die Wand, hilflos gegenüber diesem Kuss, der Sehnsucht und dem Hunger. Sie presste sich gegen ihn, genoss seine Kraft, seine Stärke und sein heftiges, berauschendes Verlangen.

Mit seinen Händen streichelte er sie überall, liebkoste sie, weckte herrliche Gefühle in ihr. Sie strich mit ihren Fingern über seine Brust, seine Schultern. Wie hatte sie für seinen Körper etwas anderes als Bewunderung empfinden können? Sie streichelte seinen kräftigen Hals, erkundete die herrlich rauen Wangen, und dann fuhr sie ihm durch das kurz geschnittene Haar. Und die ganze Zeit küsste sie ihn auf den Mund, das Kinn und den Hals. Und er küsste sie, als würde er niemals aufhören, küsste Hope, als wäre sie das Leben selbst.

Er berührte ihre Brust, und ein feuriger Strahl von Lust durchfuhr sie. Sie keuchte auf und bog sich ihm entgegen.

Stöhnend hob er den Kopf, und seine Brust hob und senkte sich schwer. Dann löste er sich von ihr.

„Es tut mir …“

Davon wollte sie nichts hören. Sie hielt ihm den Mund zu und erklärte: „Ich bereue nichts. Und werde es auch nicht.“ Mit ihren Augen versuchte sie ihm zu sagen, was sie noch nicht auszusprechen bereit war, was ihr Herz und ihr Körper aber schon wussten.

Und er blickte ihr einen langen Moment in die Augen, öffnete den Mund, aber da klopfte es kurz, sodass sie nur ein paar Sekunden hatten, um sich zu fangen, ehe ein Dienstbote mit der heißen Schokolade und den noch warmen Keksen eintrat.

Der Moment war vorüber. Und dann kamen die Mädchen zurück.

„Als sie ein Baby war, hatte Dorie eine Stimme.“ Sebastian beobachtete Cassies Gesicht, während er das sagte. Es war keine Frage.

Sie alle saßen um den Tisch versammelt. Hope auch, obwohl sie erklärt hatte, dass es vermutlich besser sei, wenn sie ginge. Er hatte sie stumm angesehen, und Dorie hatte sie an der Hand gefasst.

Alle Zweifel waren ausgeräumt. Sebastian fühlte sich unendlich gesegnet. Zum ersten Mal in seinem Leben ergänzten sich das, was er tun sollte, und das, was er tun wollte, aufs Vollkommenste.

„Cassie?"

Sie knabberte an ihrem zuckrigen Keks und schaute ihn mit einem Anflug des alten Argwohns an.

„Hat sie je sprechen gelernt?"

Cassie blickte zu Dorie, die ihren Blick erwiderte und kaum merklich die Schultern zuckte. „Ja", sagte Cassie.

„Normal?", musste er fragen.

Cassie nickte.

„Wann hat sie aufgehört?"

Wieder schaute Cassie zu ihrer Schwester und schien Zustimmung in ihrem Gesicht zu lesen. „Vor zwei Jahren. Direkt nach Mams Tod."

Mit einem Gefühl der Erleichterung lehnte Sebastian sich zurück. „Also hat sie Witwe Morgan geliebt und war außer sich vor Trauer, weil sie gestorben ist. Oder?"

Cassie sagte nichts, trank nur etwas von ihrer Schokolade und wich seinem Blick aus.

„Habt ihr sie beide geliebt?"

Nach einem raschen Blick zu ihrer Schwester erklärte Cassie: „Mam war in Ordnung. Sie hat uns recht gut behandelt, aber wir wussten, dass wir nicht ihre Töchter waren oder so. Sie hat uns hart arbeiten lassen, sagte, wir schuldeten es ihr."

„Was musstet ihr arbeiten?"

„In der Wirtschaft."

„Was für einer Wirtschaft?“

„‚Der Bulle und der Eber‘. Mam hat sie geführt. Dorie und ich, wir haben alles Mögliche getan, die Betten gemacht, geputzt und geschrubbt, haben in der Küche geholfen – was auch immer.“ Sie schaute kurz zu ihm. „In den letzten Jahren musste ich im Schankraum arbeiten. Dorie nicht. Sie blieb hinten in der Küche oder half oben.“

Was das bedeutete, war ihm klar. Cassie bekam langsam weibliche Formen, daher wurde sie beim Bedienen eingesetzt. Sebastian schluckte. Er ertrug den Gedanken daran nicht. Sie erzählte ihm nicht alles, das wusste er. Hoffentlich würde sie das, wenn die Zeit reif war. Und hoffentlich ertrug er es, wenn sie es tat.

„Wenn ihr also Witwe Morgan nicht wie eine Mutter geliebt habt, warum hat Dorie dann mit dem Sprechen aufgehört, als sie starb?“

Cassie schüttelte den Kopf. „Ich weiß es nicht. Sie hat einfach aufgehört, und das ist alles.“

„Am Tag, nachdem sie gestorben war, oder ein paar Tage später?“

„In der Nacht von Mams Tod. Mam starb, und Dorie hat kein Wort mehr gesprochen.“

„Aber warum …“

„Pass auf!“ Cassie knallte ihre Tasse auf den Tisch. „Denkst du, ich hätte es nicht versucht? Denkst du, ich hätte einfach zugesehen, wie meine Schwester aufhört zu sprechen, ohne herauszufinden, weswegen? Sie hat mir nichts gesagt, kein Wort. Sie wollte es noch nicht einmal aufschreiben!“ Ihr Gesicht verzog sich gequält. „Ich weiß, ich hätte in der Lage sein müssen, ihr zu helfen, aber ich konnte es nicht. Ich habe es versucht, wirklich.“

„Es tut mir leid, Süße.“ Er griff über den Tisch und nahm ihre Hand. „Ich weiß, dass du alles versucht hast. Das weiß ich doch. Du hast dich wunderbar um Dorie gekümmert.“

Einen Keks auf halbem Weg zum Mund, saß Dorie wie erstarrt, musterte nur bestürzt ihre Schwester. Nach einem Augenblick legte sie ihren Keks sorgsam auf ihren Teller, rutschte von ihrem Stuhl und legte die Arme um ihre große Schwester.

Aber sie gab keinen Laut von sich oder erklärte etwas. Was auch immer für ihr Schweigen verantwortlich war, schien dazu bestimmt, auf ewig ihr Geheimnis zu bleiben.

12. KAPITEL

Darf ich fragen, weshalb Sie gekommen sind, Mr. Bemerton?“, erkundigte sich Lady Elinore kühl. „Eigentlich hatte ich es so verstanden, dass die Damen Merridew eingeladen sind, und Mr. Reyne braucht natürlich keine Einladung.“

„Lady Elinore.“ Giles Bemerton machte eine anmutige Verbeugung über ihrer widerwillig ausgestreckten Hand. „Als Bastian es erwähnte, konnte ich nicht widerstehen. Ich denke selbst daran, mir ein Waisenhaus zu kaufen.“

Lady Elinore starrte ihn an. „Sie?“

Giles lächelte in die Runde und erklärte gespielt verschämt: „Ein Geschenk für eine Dame.“ Er flatterte mit den Wimpern. „Soweit ich es verstehe, ist es momentan der letzte Schrei.“

Hope und ihre Zwillingsschwester mussten über seine verschmitzte Miene lachen. Mr. Reyne räusperte sich. Lady Elinore bedachte Giles mit einem kühlen Blick, dann rümpfte sie die Nase. „Folgen Sie mir bitte.“ Sie allen voran betraten sie die Tothill-Fields-Anstalt für Mittellose Mädchen.

„Und hier ist der Speisesaal, wo die Mädchen ihre Mahlzeiten einnehmen. Drei nahrhafte Mahlzeiten täglich.“ Der Raum war riesig, karg und sehr sauber und mit zwei langen, geschrubbten Holztischen samt dazu passenden Bänken möbliert.

Hope hörte ihre Schwester seufzen und wusste, warum. Die Besichtigung erwies sich als ziemlich deprimierend. Das Waisenhaus war völlig respektabel, aber dabei furchtbar grimmig und beklemmend. Bald war es Zeit für das Abendessen; ein scharfer Geruch von lang gekochtem Gemüse drang aus der angrenzenden Küche.

Mr. Bemerton schnupperte. „Kohl“, verkündete er düster. „Kann Kohl nicht ausstehen. Wir bleiben nicht zum Essen, oder?“ Seine sonnige Laune schien rasch zu schwinden.

„Ganz bestimmt nicht“, erwiderte Lady Elinore.

Zwei kleine Mädchen in grauen Kleidern und weißen Schürzen, die ihnen ein bisschen zu groß waren, und deren Schritte in klobigen glänzenden Stiefeln laut klapperten, deckten die Tische: einen Löffel, eine flache Schale und einen Becher mit Wasser für jedes Kind. In der Mitte jedes Tisches stand ein Teller mit mehreren Scheiben trockenen Brotes. Vermutlich waren Brot und Suppe die einzigen Gerichte auf dem Speiseplan. Nachdem sie ihre Arbeit erledigt hatten, verschwanden die Mädchen wieder in der Küche. Sie hatten kein einziges Wort gesprochen. Hope hatte noch kein Kind hier reden hören, geschweige denn lachen. Es kam ihr unnatürlich vor.

Lady Elinore erklärte: „Alle Mädchen übernehmen der Reihe nach Küchen-, Spül- und Wäschedienst. Neben einem Beruf lernen die Mädchen so auch Reinlichkeit und gutes, einfaches Essen zu kochen.“

Das kleinere der beiden, ein dünnes Mädchen mit zu zwei festen Rattenschwänzen geflochtenem dunklem Haar, kam wieder aus der Küche, zwei kleine Schüsselchen in den Händen. In jeder lag ein winziges Stück Butter und ein Klecks rötlicher Marmelade. Sie trug sie sehr sorgfältig, als seien sie kostbar oder zerbrechlich, aber die Schälchen waren aus demselben robusten, hässlichen Steingut wie das Geschirr auf dem Tisch, und die Butter war nur ein armseliges Scheibchen, das es in Hopes Augen kaum aufzutun lohnte. Mit größter Sorgfalt, die Zunge in die Zahnlücke gesteckt, während sie sich auf ihre Aufgabe konzentrierte, stellte sie das eine Schälchen genau in die Mitte des zweiten Tisches und das andere neben den dritten Platz vom unteren Ende des ersten Tisches. Es war eindeutig, dass jedes Butterschälchen für ein bestimmtes Mädchen gedacht war.

Hopes Neugier war geweckt. Es gab kaum genug Butter und Marmelade in dem Schälchen für eine kleine Scheibe Brot. Warum erhielten nur zwei von so vielen Mädchen ein Flöckchen Butter und einen Klecks Marmelade? War es eine Art Belohnung?

Das kleine Mädchen drehte sich zur Küche um. „Entschuldigung", rief Hope. „Kleine?"

Das Kind erstarrte und wandte sich mit großen, besorgten Augen zu den Besuchern um, blickte nervös zu Lady Elinore.

„Darf ich mit ihr reden?", fragte Hope.

„Natürlich."

Hope ging zu dem Mädchen und kniete sich neben sie. „Guten Tag", sagte sie sanft, denn die Kleine knetete ängstlich ihre Schürze in den Händen. „Mein Name ist Hope. Wie heißt du?"

Das Kind schaute von Hope zu Lady Elinore und wieder zurück. Es knickste hastig. „Ich heiße May, Miss."

„Was für ein hübscher Name! Mai ist einer meiner Lieblingsmonate."

Die Kleine nickte eifrig. „Meiner auch, Miss, weil es mein Geburtstag ist – eigentlich nicht mein richtiger – ich weiß nicht, wann der ist. Aber sie geben uns einen Monat als Namen, wenn wir herkommen, und alle die Mädchen, die diesen Monatsnamen tragen, haben in der Mitte des Monats Geburtstag. Und heute ist Mitte Mai."

„Oh! Ihr feiert hier Geburtstage? Wie schön!" Hope war entzückt. Es war der erste Anschein von Menschlichkeit, der ihr in dieser Anstalt bisher untergekommen war. „Und was geschieht an deinem ‚Geburtstag', May?"

Das Mädchen deutete mit dem Kopf zu den Butterschälchen. „Wir kriegen Butter und Marmelade für unser Brot zum Abendessen. Und …“ Sie knüllte die Schürze in ihren kleinen Händen, aber ihre Augen leuchteten vor Aufregung. „Wir bekommen ein Geschenk!“

Hope lächelte, weil sie die Kleine so gut verstehen konnte. In ihrer eigenen Kindheit hatte es keine Geschenke gegeben, bis auf ein paar Sachen, die ihre Schwestern ihr und Faith heimlich gegeben hatten. Sie fand Geschenke immer noch herrlich aufregend. „Und was hoffst du dieses Jahr zu bekommen?“

„Eine Puppe.“

„Und denkst du, es klappt?“

„Ich weiß nicht, Miss. Ich hoffe schon. Ich hätte so gerne eine kleine Puppe.“ Ihre Augen leuchteten in Vorfreude.

„Warst du letztes Jahr schon hier?“

„Ja, Miss.“

„Was hast du letztes Jahr bekommen?“

Das Kind verzog sein Gesicht ganz niedlich. „Wolle und eine Nadel, um meine Strümpfe zu stopfen.“

„Oh!“ Das war kein besonders schönes Geschenk, dachte Hope. „Und im Jahr davor, warst du da auch hier?“

May grinste reumütig, sodass ihre Zahnlücke deutlich zu sehen war. „Ja, Miss, und da habe ich auch Wolle und eine Nadel gekriegt.“

„Oje!“

„Das gibt es gewöhnlich für uns alle, Miss. Stopfzeug.“

Hope biss sich auf die Lippe. „Und dieses Jahr hoffst du auf eine Puppe?“

May nickte heftig. „In der Kirche sagen sie, wenn man etwas wirklich will, muss man dafür beten, und darum habe ich gebetet und gebetet, dass ich eine Puppe kriege, also vielleicht …“ Sie zuckte die Schultern, voller Hoffnung.

Hope lächelte herzlich. „Ich hoffe, du bekommst deine Puppe, May.“

„Danke, Miss. Das hoffe ich auch. Ich hatte noch nie eine Puppe. Ich hatte überhaupt noch gar nichts, das mir allein gehört."

Wahrscheinlich noch nicht einmal einen Namen. Kein Wunder, dass sich die Kleine nach etwas sehnte, das ihr allein gehörte. Eine Puppe war etwas zum Liebhaben. „Wie lange lebst du schon hier, May?"

„Fünf Jahre, Miss. Ich bin hergekommen, als ich vielleicht vier war, denke ich."

Hope konnte nicht anders, als zurückzulächeln. „Aber trotzdem hoffst du weiter auf eine Puppe?"

Das Kind zuckte die Achseln. „Träumen schadet nicht, Miss, oder?"

Hope legte May die Hand auf den Kopf. „Nein, May", sagte sie leise, „es schadet auf keinen Fall."

Das Mädchen lief wieder in die Küche zu seinen Pflichten, und Hope kehrte zur Besichtigung zurück, einen Kloß im Hals. Zu Lady Elinore bemerkte sie: „Die Kleine sagte, heute sei ihr Geburtstag. Sie sagte, es gäbe eine kleine Feier."

Lady Elinore nickte. „Ja, wir halten sie immer am Fünfzehnten eines jeden Monats. Alles Unfug, natürlich. Einen Geburtstag zu feiern ist nicht rational, besonders wenn man bedenkt, dass die meisten dieser Kinder ungewollt waren. Aber einigen der Damen in der Leitung gefällt es. Und es ist eine Belohnung für gutes Verhalten."

„Und die Kinder erhalten auch ein Geschenk?"

„Ja."

„Was wird May bekommen?"

„Eine Stopfnadel und Wolle."

„Sie wünscht sich eine Puppe zum Liebhaben und hat dafür gebetet."

„Gütiger Himmel, warum? Sie bekommen immer Stopfwolle und Nadel. Das weiß sie. Es ist ein gutes, nützliches

Geschenk." Lady Elinore nickte zufrieden. „Sie müssen ihre Strümpfe ohnehin stopfen, daher ist die Ausgabe gerechtfertigt. Und wenn man ihnen ihre eigene Stopfnadel gibt, behandeln sie sie sorgfältiger. Wir haben herausgefunden, dass dann wenigere kaputtgehen oder verbogen werden."

„Ach so. Es ist eine kostensenkende Maßnahme."

„Ja." Lady Elinore lächelte.

„Und sie bekommt ihre Puppe nicht?"

„Nein. Puppen haben keinen Nutzen. Nun, sollen wir weitergehen zu den Schlafsälen?"

Hope folgte, innerlich wie erstarrt. Das Leben dieser kleinen Mädchen war so freudlos und grimmig. Völlig bar jeder Freude.

Sie dachte an die kleine May mit ihrer Zahnlücke und ihrem breiten Lächeln, ihrer Schürze, die sie besorgt knetete, ihren festen kleinen Rattenschwänzen und den glänzenden, soliden Stiefeln. Und ihrem Optimismus, der der unerbittlichen grauen Rationalität trotzte.

Eine Puppe. War das zu viel verlangt?

Eine Puppe war leicht zu machen – ein kleines Stück Lumpen und ein paar überlegt verteilte Knöpfe, und schon hatte man eine kleine Freundin für einen selbst, die man mit ins Bett nehmen konnte und an sich drücken, die man lieb haben und der man seine Geheimnisse anvertrauen konnte.

Schweigend folgte sie den anderen.

Sie besichtigten zwei Schlafsäle, in denen je fünfzehn schmale Liegen mit grauen Wolldecken standen. Hinter jedem Bett war an der Wand ein Haken, an dem das Sonntagskleid jedes Mädchens hing. Am Fußende des Bettes befand sich eine kleine Truhe, in der die anderen Kleidungsstücke untergebracht waren. Lady Elinore zeigte ihnen den Inhalt einer solchen Truhe. Bis auf die Kleider enthielt sie keine persönlichen Gegenstände.

Der Schlafsaal für die jüngeren Mädchen unterschied sich in nichts von dem der älteren. Keine Puppe, kein Buch, kein Andenken war zu sehen. Die Wände schmückten Texte aus den veröffentlichten Werken von Lady Elinores verstorbener Mutter.

Und alles – wirklich alles! – war grau, schwarz, weiß oder braun. Kein Anflug von Blau, Grün, Rosa, Gelb oder gar Rot.

Hope betrachtete alles, ohne ein Wort zu sagen. Sie musste immerzu an die kleine May denken. Die Merridew-Mädchen waren Waisen. Wenn niemand sie aufgenommen hätte, hätten sie gut an einem Ort wie diesem hier landen können ... und dies hier war noch eines der besseren Waisenhäuser.

Sie besahen sich den Arbeitsraum. Sechzehn Mädchen im Alter von elf bis fünfzehn saßen in Reihen und nähten oder stopften. Zweifellos mit ihren Geburtstagsnadeln.

„Mädchen!" Eine schwarz gekleidete Frau, die vorne saß, klatschte in die Hände. „Wir haben Gäste."

Die Mädchen legten ihre Arbeit nieder, standen auf und knicksten. Jedes Mädchen trug exakt das gleiche Gewand aus grauem Serge, schwarze Wollstrümpfe und feste schwarze Stiefel. Ihr Haar war streng nach hinten gekämmt und am Kopf festgesteckt. Ihre jungen Gesichter waren blass und ernst.

„Guten Tag, sehr verehrte Damen und Herren", sagten sie im Chor, setzten sich und nahmen ihre Arbeit wieder auf. Die Nadeln glitten nicht langsamer durch den Stoff, obwohl Hope auffiel, dass viele der Mädchen sie und ihre Schwester unter gesenkten Lidern neugierig musterten, jede Einzelheit ihrer Kleidung und Aufmachung wahrnahmen. Aber ihre Köpfe blieben gesenkt.

Ihr demütiges Schweigen war beklemmend. Faith drückte ihre Hand.

Hope beobachtete die flitzenden Nadeln. Sie dachte an

die Stunden, die sie als Kind damit verbracht hatte, Säume zu nähen. Die Stiche mussten nachher immer wieder aufgetrennt werden, weil sie krumm oder unordentlich waren.

„Es ist fast so schlimm wie bei Großvater“, flüsterte Faith.

Hope schüttelte den Kopf. Es war schlimmer. Großvater war vielleicht hasserfüllt und gewalttätig, aber ihre Schwestern waren liebevoll gewesen und hatten sich gegenseitig geholfen. Diese Mädchen hier schienen … nichts zu haben. Keine Freundschaft, keine Kameradschaft. Niemanden, um den sie sich kümmern oder den sie lieb haben konnten. Ihnen wurde nichts Persönliches erlaubt, noch nicht einmal eine Puppe. Für ihr leibliches Wohl wurde gesorgt, nicht aber für ihre Seelen.

Mitleid wallte in Hope auf. Sie mussten so einsam sein.

„Es ist schön, solchen Fleiß zu sehen“, erklärte Lady Elinore stolz.

Hope starrte sie ungläubig an. Merkte sie es nicht?

„Unsere Mädchen nähen alle Kleider selber, die sie tragen, und ihre Strümpfe stricken sie. Nur ihre Stiefel stammen natürlich von einem Schuhmacher in der Nähe. Aber ein paar der älteren Mädchen lernen die Hutmacherei und fertigen alle Hüte und Kappen.“

Hope schaute auf die Reihe schmuckloser grauer Hüte an den Haken im Flur. Unter jedem Haken hing ein schlichter grauer Mantel. Alles, was sie voneinander unterschied, waren die Größe des Kleidungsstückes und die Nummern über den Haken.

Am liebsten hätte sie geschrien, um die Stille und Ordnung zu zerstören, wollte durch die kargen, hallenden Räume laufen und aus voller Kehle rufen und johlen. Sie wollte alle die ordentlichen, hässlich grauen Hüte zu Boden werfen und auf ihnen herumtrampeln. Sie wollte die Mädchen nach draußen zerren und mit ihnen zum Park laufen, hüpfen, singen und spielen.

„Alle Mädchen werden angeleitet, so unabhängig wie möglich zu sein, damit sie in der Lage sind, sich beim Verlassen des Heimes ihren Lebensunterhalt selbst zu verdienen“, fügte Mr. Reyne hinzu. „Sobald sie alt genug sind, lernen sie ein Handwerk.“

„Ja. Sie gehen bei Hutmacherinnen oder Näherinnen in die Lehre, arbeiten als Köchinnen, Hausmädchen und Dienstboten aller Art, natürlich. Es versteht sich von selbst, dass sie kaum heiraten werden“, ergänzte Lady Elinore mit gesenkter Stimme. „Nicht bei ihrem Hintergrund.“

Hope konnte Faith nicht ansehen. Wenn sie es täte, würde sie nicht in der Lage sein, sich zu beherrschen.

„Und wo spielen die Kinder?“, erkundigte sie sich.

„Spielen? Oh, Sie meinen, die Bewegungsübungen. Hier draußen.“ Lady Elinore führte sie zu einem kleinen gepflasterten Hof.

Sie traten hinaus an die frische Luft. Hohe graue Mauern umschlossen auf allen Seiten die kleine quadratische Fläche. Ein rechteckiges Stückchen blauer Himmel war oben zu sehen. Kein grüner Grashalm, nichts, um das unerbittliche Grau zu brechen.

„Sie haben hier zweimal täglich Ausgang. Regelmäßige Bewegung ist wichtig für die Gesundheit.“

„Hier?“, wollte ihre Schwester wissen. Offenkundig war Faith ebenso entsetzt wie sie.

„Ich meinte spielen, nicht körperliche Ertüchtigung“, erläuterte Hope. „Haben sie keine Freizeit, in der sie spielen und Kinder sein dürfen? Ich habe kein Spielzeug oder irgendwelche persönlichen Gegenstände in den Schlafsälen gesehen – noch nicht einmal bei den ganz Kleinen.“

Lady Elinore starrte sie an, als verstünde sie die Frage nicht. „Was sollten sie mit Spielzeug? Sie sind Waisenkinder. Ihr Leben wird hart sein, darauf müssen sie vorbereitet werden."

Eine lange Pause entstand. Hope ballte ihre Hände zu Fäusten und sagte sich, dass Lady Elinore es gut meinte, wirklich. Sie war ein guter Mensch. Sie wusste nicht, was sie diesen Kindern antat.

Mr. Reyne, dem die Spannung nicht entging, erklärte: „Die meisten Kinder auf der Welt kommen nicht in den Genuss des Luxus, spielen zu können, so wie die Kinder der Reichen. Die meisten Kinder müssen für ihr tägliches Brot arbeiten. Oder sie verhungern."

Hope konnte nicht glauben, dass er diese Politik verteidigte. Sie öffnete den Mund, um ihm ihre Meinung zu sagen, starrte auf seine zusammengepressten Lippen und erinnerte sich daran, wie er aus seinem privilegierten Dasein gerissen worden war und in einer Fabrik für sein tägliches Brot hatte arbeiten müssen. Und angefaulte Äpfel und Gemüse aus dem Rinnstein hatte essen müssen. Der Gedanke ließ sie verstummen.

„Die meisten Waisen würden das, was diese Mädchen haben, als Luxus ansehen", fuhr er eindringlich fort. „Ich kenne Waisenhäuser, wo die Kinder – manche erst fünf oder sechs Jahre alt – zwölf Stunden am Tag oder mehr in Fabriken arbeiten müssen. Manche von fünf Uhr morgens bis acht in der Nacht. Die Kinder werden geschlagen, damit sie wach bleiben. Schläfrige Kinder verursachen Unfälle. Unfälle bedeuten Einkommensausfall für alle, wahrend die kleinen Leichen aus den Maschinen geholt werden."

Hope durchlief ein Schauer, als sie sich vorstellte, was er beschrieb. Er hatte recht, das wusste sie. Sie musste an seinen Bruder denken.

Mit harter, leiser Stimme sprach er weiter: „Mit der Zeit verkrüppelt die Arbeit sie. Junge Knochen sind nicht kräftig genug, um der Belastung standzuhalten, den ganzen Tag in einer bestimmten Stellung zu verharren. Die Knochen werden krumm, und das Rückgrat verbiegt sich. Ich habe einmal ein Heim mit hundert Jungen auf Krücken oder Wägelchen besucht, verkrüppelt von ihrer Arbeit in der Kindheit." Er zögerte, redete dann aber weiter, weil er wollte, dass sie begriff. „Mädchen ergeht es noch schlimmer. Ich weiß von einem Mann, der hundert Waisenmädchen in seiner Fabrik zur Arbeit bereithält. Er steht im Ruf, ein Weiberheld zu sein. Ab und zu verschwindet mal ein junges Mädchen einfach. Niemand stellt Fragen." Er wartete, bis seine Worte Wirkung zeigten. „Wenn Lady Elinore auf diese Einrichtung stolz ist, so hat sie guten Grund dafür."

Es war eindeutig eine Zurechtweisung. Und Hope wusste, sie verdiente sie. Er wusste, wovon er sprach, denn er hatte es selbst erlebt. Hope schaute Mr. Bemerton an. Seine Augen waren ernst.

Sebastian Reyne hatte als Kind gelitten, hatte in einer Fabrik gearbeitet. Sein Körper trug die Narben, das Erbe einer Kindheit, die alles andere als einfach gewesen war. Seine Nase mit dem Höcker war ein Zeugnis, wie viele Prügeleien er erlebt hatte. Seine ganze Haltung, sein Auftreten, immer wachsam, immer auf Ärger gefasst, zeigte, dass er ums Überleben hatte kämpfen müssen. Sie dachte an seine armen Finger, zerquetscht in dem vergeblichen Versuch, seinen kleinen Bruder vor dem Tod zu retten.

Natürlich sah er keinen Fehl daran, wie diese Mädchen lebten. Sie hatten genug zu essen, warme Kleider und ein Zuhause. Sie waren sauber, und sie hatten etwas zu tun. Seiner Meinung nach brauchten sie sonst nichts. Er hielt sie für vom Glück begünstigt, und das waren sie vielleicht auch.

Es war also kein Wunder, dass seine Augen so leer, so einsam blickten.

Sie litt mit ihm wegen des Glückes, das ihm als Kind entrissen worden war, wegen seines trostlosen Blickes auf das Leben. Sie litt mit Lady Elinore wegen ihres rationalen Daseins, und sie litt mit jedem einzelnen Mädchen in dieser Anstalt.

Denn obwohl er recht hatte, irrte er trotzdem so sehr. Sie alle irrten. Außer der kleinen May.

Das Kind hatte es ausgesprochen und damit alles gesagt: *„Träumen schadet doch nicht, Miss."*

„Also möchten Sie einem Kind beibringen, dass es nichts anderes zu erwarten hat als harte Zeiten? Da bin ich anderer Ansicht. Kinder haben das Recht, etwas Freude im Leben zu erwarten. Wir alle tun das – jeder Einzelne von uns, gleichgültig, wer wir sind: Kind oder Erwachsener, Armer oder Reicher, Waise oder nicht." Sie holte tief Luft und erklärte: „Und aus diesem Grund lade ich alle nächste Woche zum Tee bei mir und meiner Schwester ein."

Ihre Worte lösten Unruhe aus.

„Ausgeschlossen!", keuchte Lady Elinore. „Es wird ihre Routine stören."

„Doch nur für wenige Stunden. Ich bin sicher, etwas Abwechslung wird ihnen nur guttun."

„Ausgezeichnete Idee, Miss Hope", sagte Mr. Bemerton. „Langweilige Sache, Routinen. Geschaffen, um gebrochen zu werden, wenn Sie mich fragen."

Bei seinen Worten verließ Lady Elinore alle Unsicherheit. Sie bedachte ihn mit einem vernichtenden Blick und verkündete: „Nein, es tut mir leid, Miss Hope, es ist nicht möglich. Es sind zu viele Mädchen. Außerdem wüssten sie gar nicht, wie sie sich in dem Salon einer Dame benehmen sollen."

„Das sehe ich anders. Sie haben offensichtlich ausgezeichnete Arbeit geleistet mit Ihrer Erziehung. Aber hier geht es nicht um eine Übung in Etikette. Ich möchte nur, dass sie ein wenig Freude haben, Spaß."

„Nicht wissen, wie sie sich benehmen sollen? Enervierend korrekt, wenn Sie mich fragen", schaltete sich Mr. Bemerton ein. „Wäre eine Erleichterung, die jungen Dinger mal aus der Fassung gebracht zu sehen."

Hope und ihre Schwestern schenkten ihm ein strahlendes Lächeln.

Lady Elinore rümpfte die Nase. „Niemand hat Sie nach Ihrer Meinung gefragt, Mr. Bemerton."

Er grinste verwegen. „Oh, das macht nichts. Ich bin nicht schüchtern."

Lady Elinore setzte zu einer scharfen Erwiderung an, aber Hope sagte hastig: „Es sind nicht zu viele Mädchen. Ich gebe zu, achtundzwanzig ist nicht wenig, aber im Haus meines Großonkels ist reichlich Platz. Wir werden Droschken mieten, um sie hin- und wieder zurückzubringen."

„Reyne und ich können den Transport organisieren", bot Mr. Bemerton an. „Was, Bastian?" Er schaute zu Mr. Reyne, der nicht gerade glücklich über die Wendung der Dinge aussah.

Hope war entzückt über das unerwartete Angebot. „Danke, Mr. Bemerton, Sie sind zu freundlich." Sie nahm Lady Elinores Hand. „Bitte, sagen Sie ja, Lady Elinore. Meiner Schwester und mir würde es solche Freude bereiten, Ihre Mädchen zu Besuch zu haben."

Lady Elinore schaute Hilfe suchend zu Mr. Reyne. Er kam zu ihrer Rettung. „Es sind keine Mädchen, mit denen Sie und Ihre Schwester sich abgeben sollten", erklärte er steif. „Sie sind kein passender Umgang für Sie."

„Da bin ich völlig anderer Meinung!", widersprach Hope. „Sie sind sauber und wohlerzogen – besser als ich, das weiß ich. Und meine Schwestern und ich sind ebenfalls Waisen." *Wie Sie*, mahnte ihn ihr Blick. „Ihre Vergangenheit kümmert mich nicht; und es geht mir ja nur um ein winziges Stück ihrer Zukunft. Bitte, Mr. Reyne, lassen Sie sie kommen", bat sie leise. „Wenn es Ihre Schwestern wären, würden Sie da nicht wollen, dass sie auch einmal eingeladen werden?"

Er versteifte sich, seine Gesichtszüge erstarrten einen Moment. „Es sind aber nicht meine Schwestern!"

„Nein, aber wenn sie es wären ..."

„Aber sie sind es nicht!", unterbrach er sie unerklärlich heftig. „Die bloße Vorstellung, meine Schwestern müssten an einem Ort wie diesem leben, ist lachhaft."

Er wandte sich an Lady Elinore. „Es ist Ihre Entscheidung, Lady Elinore. Sie bestimmen den Tagesablauf der Mädchen."

„Genau genommen, hatte meine Mutter es als Modelleinrichtung geplant. Ich bin einfach in ihre Fußstapfen getreten, führe ihre Arbeit fort. Was meinen Sie?"

Er machte eine ungeduldige Geste. „Um ehrlich zu sein, mir ist es gleichgültig, ob die Waisenkinder Tee trinken oder nicht. Ich halte mich an Ihre Entscheidung."

Hope hakte nach: „Wenn Lady Elinore nun zustimmt, dann helfen Sie beim Transport?"

„Warum nicht?"

„Und bringen Sie auch Ihre Schwestern?"

Sein Mund wurde ein Strich. „Nein, ich werde meinen Schwestern nicht erlauben, daran teilzunehmen."

„Warum denn nicht?", wollte Hope wissen. „Es würde ihnen Spaß machen, da bin ich sicher. Grace wird auch da sein."

Er zuckte die Achseln. „Sie tun, was Sie für richtig halten, und ich mache es ebenso. Meine Schwestern pflegen keinen Umgang mit Waisen aus dieser Anstalt."

„Ich kann nicht glauben, was Sie da sagen!", rief Hope entrüstet.

Er schaute sie ausdruckslos an. „Dann kann ich Ihnen nicht helfen."

Aus seiner entschlossenen Miene ließ sich mühelos ablesen, dass er von seinem Standpunkt nicht abweichen würde. Hope starrte ihn an, wunderte sich, warum er plötzlich so unzugänglich war. Sie hatte aus Lady Elinores Andeutungen geschlossen, dass einige der Mädchen ein alles andere als achtbares Dasein geführt hatten, ehe sie hergekommen waren, aber in Hopes Augen waren sie einfach Kinder, die Hilfe brauchten. Jeder hatte das Recht auf einen Neubeginn. Sie würde ihnen jedenfalls keinen Vorwurf wegen ihrer Herkunft machen.

Die sanfte Stimme ihrer Zwillingsschwester unterbrach ihre Gedanken. „Bitte, Lady Elinore, lassen Sie die Kinder kommen. Ein kleiner Ausflug kann doch nicht schaden. Ein oder zwei Stunden raus aus ihrer normalen Routine."

Hope schlang einen Arm um ihre Zwillingsschwester und drückte sie voller Zuneigung.

Lady Elinore nagte unsicher an ihrer Unterlippe. „Ich bin mir nicht sicher, ob es weise ist. Es könnte alles zunichtemachen, was wir den Mädchen zu vermitteln versuchen. Die Anstalt wird nach den Ideen von *Die Grundzüge der Rationalität* geführt. Gedankenloses Spiel oder frivole Unterhaltung verfolgt keinen rationalen Zweck. Die Mädchen sind den ganzen Tag lang beschäftigt. Das ist es, was ihrem Leben eine Richtung gibt." Ihre Stimme wurde selbstsicherer, während sie die vertrauten, abgedroschenen Phrasen wiederholte.

Vermutlich ist sie mit diesem Zeug groß geworden, dachte Hope. Lady Elinores Mutter mochte gestorben sein, aber sie herrschte immer noch über ihr Leben.

„Und was gibt ihrem Leben Sinn?", fragte Hope.

Eine lange Pause entstand. Lady Elinore betrachtete sie

ausdruckslos. Zweifel stahlen sich in ihre Miene. „Ihre Routine“, sagte sie, offenbar selbst nicht überzeugt.

„Und was träumen sie?“

„Nichts, hoffe ich. Träumen ist Zeitverschwendung.“

„Das ist eine schreckliche Behauptung.“

Lady Elinore blinzelte angesichts Hopes Heftigkeit.

„Was ist mit Freude in ihrem Leben?“

Lady Elinore runzelte die Stirn. „Freude? Es gibt die Zufriedenheit, wenn man eine Aufgabe erledigt hat oder sich richtig verhält …“

„Ich spreche nicht von Zufriedenheit. Kinder brauchen Freude, sonst verkümmern sie – das gilt für uns alle.“

„Extreme Leidenschaften sind unter allen Umständen zu meiden. Die Mädchen sind ohne sie besser dran.“

Fassungslos starrte Hope sie an. „Wenn Kinder in dem Glauben erzogen werden, es gäbe keine Freude auf der Welt, sondern nur harte Zeiten und endlose Grimmigkeit für sie, wozu lohnt es sich dann zu leben?“

Angesichts dieser Frage schien Lady Elinore ernsthaft verwirrt.

Hope fuhr leidenschaftlich fort: „Sie sagen, Träume sind Zeitverschwendung, aber Sie könnten sich nicht schlimmer irren! Träume sind so notwendig wie Essen. Träume und Hoffnungen sind es, die uns die Kraft und den Mut geben, harte Zeiten durchzustehen. Werden die Mädchen nicht unter der Woche williger arbeiten, weil sie wissen, dass am Ende eine Belohnung auf sie wartet?“

„Ja, Belohnungen für gutes Benehmen sind rational“, bemerkte Lady Elinore geistesabwesend. Aber sie war in Gedanken nicht wirklich bei rationalen Belohnungen, denn sie fügte beunruhigt hinzu: „Aber Sie täuschen sich bei … bei den Träumen, da bin ich sicher. Mutter sagte immer, dass Träume Unsinn seien, Abfall der Ereignisse des Tages. Sie sagte, sogar Hunde träumten und dass Menschen sich wohl kaum auf einer Ebene mit Tieren befänden."

„Ihre Mutter hat sich geirrt", entgegnete Faith voller Überzeugung. „Träume sind wichtig. Sie geben uns die Kraft zu versuchen, unser Leben zum Besseren zu wenden."

Hope lächelte ihre Schwester an. Niemand, der unter Großvaters Knute aufgewachsen war, würde die Macht von Träumen jemals unterschätzen.

Zwar zögerte Hope, Lady Elinores Mutter zu kritisieren, da sie wusste, dass Lady Elinore ihr ganzes Leben auf den Prinzipien ihrer Mutter aufgebaut hatte. Doch es musste gesagt werden. Und nicht nur für Lady Elinore.

Sie schaute den Mann an, der nichts vom Leben erwartete als die harte Wirklichkeit, und sagte leise: „Träume können uns aus der Dunkelheit helfen."

„Träume schwächen uns und rauben uns die Stärke, mit der eine Frau sich dem Leben stellen muss", erwiderte Lady Elinore wie ein Papagei, der einen Merksatz vortrug.

Hope schüttelte den Kopf. „Nein! Träume sind eine Quelle der Stärke. Im bittersten Winter geben uns Träume das Versprechen des Sommers und die Kraft, die Kälte zu ertragen. Träume zeigen uns Wege. Sie geben unserem Dasein ein Ziel."

Lady Elinore verkündete in brüchiger Stimme. „Träume sind sinnloser Quatsch."

„Nein! Träume können dem Leben Sinn geben."

„Mutter sagte, Leute, die Träumen nachhängen, werden am Ende nichts erreichen. Oder verrückt werden."

„Dann hat sich Ihre Mutter eben geirrt!", erklärte Hope leidenschaftlich. „Wenn wir unsere Träume verleugnen, verleugnen wir uns selbst."

Es gab eine kurze, spannungsgeladene Pause, bevor Lady Elinore in Tränen ausbrach.

Einen Augenblick waren alle zu entsetzt, um sich zu rühren. Dann sprang Mr. Bemerton in die Bresche. „Sie sind überreizt, Lady Elinore. Ein Anfall von Kopfschmerzen, kein Zweifel. Meine Mutter leidet auch darunter. Sie müssen nach Hause, sich hinlegen und ein paar Pastillen verbrennen. Ich werde Sie unverzüglich heimbringen. Mr. Reyne kümmert sich um Ihre Gäste. Er ist schließlich der Besitzer der Anstalt."

Er schob die schluchzende Lady Elinore aus dem Waisenhaus, ehe die anderen zu sich kommen konnten. Reuevoll sah Hope ihre Schwester an. „Ich wollte sie nicht so unglücklich machen." Sie wandte sich an Mr. Reyne. „Ich versichere, es lag nicht in meiner Absicht, dass sie meine Worte so persönlich nimmt. Ich werde ihr nachgehen, erklären …"

Langsam schüttelte er den Kopf, während er noch Mr. Bemerton nachblickte. „Nein, Giles wird sich ihrer annehmen. Er hat recht; ich bin verantwortlich für diese Anstalt. Was würden Sie gerne als Nächstes sehen?"

Hope erschauerte. „Ich habe alles gesehen, danke. Aber ich mache mir Sorgen um Lady Elinore. Ich wollte sie nicht aus der Fassung bringen …"

Er unterbrach sie: „Möchten Sie Ihre Worte zurücknehmen?"

Sie schaute ihn einen Moment lang an, dann schüttelte sie den Kopf. „Nein, ich glaube voll und ganz daran."

Faith trat vor und nahm ihre Hand. „Und ich auch. Wenn wir nicht geträumt hätten, hätten wir nie den Mut gefunden, unserem Großvater zu entkommen, und würden immer noch in Elend leben." Sie wandte sich an Hope. „Mach dir nicht zu große Sorgen. Du warst nicht böse. Vielmehr glaube ich, du hast aus Versehen einen wunden Punkt berührt."

Hope dachte darüber nach. „Du meinst …"

„Findest du nicht auch, dass Lady Elinore wie eine unverbesserliche Träumerin aussieht?"

Hope erwog das. „Und mit ihrer schrecklichen Mutter, die sich größte Mühe gegeben hat, ihr das Träumen auszutreiben ..."

„Kein Wunder, dass sie außer sich war. Sie ist überzeugt, ihre Mutter sei unfehlbar."

Hope schaute sich auf dem Hof um. Sie dachte an trostlose graue Kleider und Besserungsgeschichten und kleine Mädchen, die von Puppen träumten, aber Stopfnadeln erhielten. „Ihre Mutter hat einiges zu verantworten." Sie wandte sich an Mr. Reyne. „Es tut mir leid, dass ich Lady Elinore aufgebracht habe, aber ich stehe zu meinen Ansichten. Und ich bin entschlossen, das Leben dieser Mädchen ein wenig aufzuheitern, Mr. Reyne, seien Sie gewarnt." Und nicht nur das Leben der Waisenmädchen, beschloss sie. Warum glaubten so viele Menschen, Spaß zu haben sei eine Sünde?

Während des Gespräches der Schwestern hatte er geschwiegen, sie nur nachdenklich angesehen. „Ich nehme an, ein Ausflug mit Tee und Kuchen wird keinen großen Schaden anrichten."

Sie nahm seine Hand. „Oh, danke, Mr. Reyne. Natürlich wird es keinen Schaden anrichten, sondern guttun, nicht nur den Mädchen. Allein der Gedanke daran macht mich schon froh."

Er hielt ihre Hand einen Moment fest. „Ich werde Lady Elinore heute Nachmittag informieren. Sobald ich zu Hause bin, schicke ich ihr eine Nachricht."

„Ja, und ich werde mich bei ihr entschuldigen", erklärte Hope. „Und Faith und ich werden Sie morgen besuchen. Ich hoffe, Sie erlauben Ihren Schwestern doch noch, zum Tee zu kommen."

Seine Miene wurde unerbittlich. „Nein. Ich werde ihnen keinen Umgang mit Mädchen aus der Anstalt gestatten! Das habe ich gesagt und meine es auch."

Giles winkte eine Droschke herbei und half Lady Elinore beim Einsteigen. Noch immer weinte sie, obwohl sie sich Mühe gab, es vor ihm zu verbergen. Sie kehrte ihm den Rücken zu und rieb sich mit einem kleinen rechteckigen Stück Leinen die Augen. Es war der Aufgabe nicht gewachsen. Die Tränen wollten einfach nicht versiegen, doch sie kämpfte tapfer dagegen an.

Giles ließ sie einen Moment gewähren, dann sagte er brüsk: „Um Himmels willen, lassen Sie mich mal." Er setzte sich neben sie, nahm ihr das zerknüllte, feuchte Taschentuch ab und stopfte es sich in die Tasche. Dann zog er sein eigenes heraus, legte ihr den Arm um die Schultern und betupfte sachte ihre nassen Wangen.

Unter seiner Berührung versteifte sie sich und erklärte, von Schluckauf unterbrochen: „I-ich – es t-tut mir l-leid … ich … weiß … gar nicht … was … los … ist … m-mit …"

„Sch", sagte Giles fest. „Sie können so viel oder so wenig weinen, wie Sie wollen, aber entschuldigen Sie sich nicht dafür. Sie haben ein Recht auf Gefühle."

Sie war so erstaunt, dass sie unter Tränen zu ihm aufblinzelte.

Er zog sie fester an seine Schulter.

„Aber …", begann sie und versuchte sich von ihm zu lösen.

„Lassen Sie das. Es ist nichts intim oder unanständig daran", erklärte er gespielt ernst. „Sie sind eine Dame in Nöten. Da ich ein Gentleman bin, kann ich nicht anders, als die sprichwörtliche Schulter zum Ausweinen anzubieten. Ich würde dasselbe für jede Dame tun, darum denken Sie sich nichts dabei."

„Oh." Sie gab den Versuch auf, von ihm wegzurutschen, und lehnte sich an seine Schulter, steif wie ein Stück Holz.

Giles fand ihr Unbehagen merkwürdig rührend. Er lehnte

sich weiter zurück, brachte sie aus dem Gleichgewicht, sodass sie schließlich halb auf ihm lag. Einen Moment blieb sie steif, dann aber entspannte sie sich allmählich. Immer wieder ertappte sie sich dabei, wie sie anschmiegsamer wurde, und verkrampfte sich wieder, aber nach und nach wurde sie durch den Druck seiner Hand auf ihrer Schulter, das rhythmische Schaukeln der Kutsche und ihre eigene Erschöpfung nachgiebiger.

Eine Weile fuhren sie in kameradschaftlichem Schweigen, Lady Elinore ruhte, von Giles' Arm sanft, aber bestimmt gehalten, neben ihm. Als die Droschke Leicester Square erreichte, schien sie sich zu besinnen. Mit einer jähen Bewegung stieß sie sich von Giles fort und rutschte auf dem Sitz weg von ihm, bis sie ein guter Fuß trennte.

Mit vor Verlegenheit heiserer Stimme sagte sie: „Danke, Mr. Bemerton, ich denke, ich habe mich erholt von meinen …"

„Wallungen."

Sie setzte sich aufrechter hin. „Ich hatte keine Wallungen. Es war mir nur einen Augenblick alles etwas zu viel."

Giles zuckte die Achseln. „Wie auch immer Sie es nennen wollen."

„Es waren *keine* Wallungen! Meine Mutter verachtete Frauen mit Wallungen. Keine echte Dame erliegt in der Öffentlichkeit irgendwelchen starken Gefühlen."

„Oh, das war doch nicht viel Öffentlichkeit. Nur Sie und ich. Unser kleines Geheimnis." Er lächelte träge und lehnte sich in das Lederpolster zurück, musterte sie. Sie hob ihre Nase in die Luft, tat so, als merke sie es nicht. Je länger er sie betrachtete, desto gerader saß sie. Sie zupfte ihr Kleid glatt, rückte den Hut gerade und presste ihre Lippen zu einer missbilligenden Linie zusammen.

Als sie Piccadilly passierten, hatte sie ihre Fassung gänzlich wiedergefunden. Das einzige Zeichen ihres tränenreichen Ausbruchs waren ihre leicht gerötete Nase und Augen sowie das kleine feuchte Stück Stoff in seiner Westentasche.

„Erzählen Sie mir von Ihrer Mutter", bat er schließlich.

Sie schaute ihn argwöhnisch an. „Was wollen Sie wissen?"

„Wann ist sie gestorben?"

„Letzten Februar. Es war ein sehr langsames Sterben."

„Fehlt sie Ihnen?"

„Natürlich! Wir standen uns sehr nahe."

„In welcher Beziehung?"

„In jeder Beziehung. Meine Mutter hat sich in allem auf mich verlassen", erwiderte sie stolz. „Ich habe ihre Korrespondenz erledigt, sie bekam viel Post, weil sie so bekannt war. Und ich habe alle ihre Schriften für den Druck kopiert, denn meine Handschrift ist klar und sauber. Ich habe auch unseren Haushalt geführt, Mutter war mit so vielen anderen Sachen beschäftigt, dass sie ungeduldig wurde mit den Details des Alltags. Ich war, sagte sie immer, ihre rechte Hand."

„Ihr Mädchen für alles, kurz gesagt."

„Nein, gar nicht. Ich verwahre mich gegen diese Äußerung. Sie haben keine Ahnung." Sie rückte ein paar Zoll weiter von ihm ab, schaute aus dem Fenster und verkündete ärgerlich: „Diese Droschke ist sehr langsam."

„Und seit ihrem Tod, wie hat sich Ihr Leben da geändert?"

Sie überlegte einen Moment. „Nicht besonders. Ich lebe das Leben, das sie für mich vorgegeben hat, und führe ihre Arbeit fort, so gut ich kann."

Sanft antwortete er: „Hatten Sie denn keine eigenen Träume, die Sie verwirklichen wollten?"

„Oh nein", erwiderte sie leise. „Mein Leben mit Mutter war betriebsam und erfüllend."

Er hob seine Augenbrauen, sagte aber nur: „Erfüllend. Ach so. Ich denke, ich habe Sie nicht auf Gesellschaften gesehen, solange Ihre Mutter lebte."

Sie errötete. „Nein.“ Sie presste die Lippen zusammen, ein klares Signal, dass sie nicht mehr dazu sagen wollte.

„Manche meinen, es sei ziemlich spät, sich auf den Heiratsmarkt zu begeben. Die meisten jungen Damen, die ihr Debüt machen, sind ein Dutzend Jahre jünger.“ Es war alles andere als ritterlich, ihr Alter zu erwähnen, doch ihm fiel nichts anderes ein, um sie aus der Reserve zu locken.

Sie wurde dunkelrot, rang einen Augenblick mit sich, wollte es ihm nicht erklären, aber auch nicht, dass er die falschen Schlüsse zog. „Mein verstorbener Vater hat in seinem Testament verfügt“, erläuterte sie schließlich, „dass ich erst nach drei Ehejahren in den Genuss des Vermögens komme, das er mir vererbt hat. Meine Mutter hat den Großteil ihres Geldes in Liegenschaften für mehrere wichtige Aufgaben gebunden.“ Verlegen zuckte sie die schmalen Schultern. „Mir blieb nichts anderes übrig, als einen Ehemann zu suchen.“

Giles schwieg eine Weile, dachte über eine Mutter nach, der ihre hirnrissigen, selbstherrlichen Unternehmungen wichtiger waren als die Versorgung ihrer Tochter.

„Haben Sie einen Widerwillen gegen die Ehe?“

„Nein, eigentlich nicht. Müssen fragt nicht nach Wollen.“

Unverblümt sagte er: „Ich möchte nicht, dass mein Freund Mr. Reyne eine Frau bekommt, die ihn insgeheim verabscheut. Sie haben sicher gemerkt, dass er Ihnen den Hof macht.“

Sie zögerte, knetete ihr Retikül in den Händen. „Er hat nichts gesagt, aber ich bin mir seiner Aufmerksamkeit bewusst. Und ich verspüre keinen Abscheu ihm gegenüber. Er ist ein anständiger Mann.“

„Ja. Er wird einen kräftigen, lustvollen Ehemann abgeben.“

Entsetzt starrte sie ihn an.

Er fuhr ungerührt fort: „Und zweifellos werden Sie in

den Kindern, die Sie mit ihm haben werden, Trost finden."

Sie schnappte nach Luft. „Kinder!" Eine Pause entstand, dann bemerkte sie erschüttert: „Ich muss zugeben, ich hatte nicht an Kinder gedacht. Ich dachte, ich sei zu ..." Verlegen brach sie ab.

Giles sprach es für sie aus: „Sie sind nicht zu alt für *irgendetwas,* Elinore."

Mit glühenden Wangen wandte sich von ihm ab und verkündete scharf: „Ich habe Ihnen nicht die Erlaubnis erteilt, mich mit meinem Vornamen anzusprechen, Sir. Und diese Unterhaltung ist reichlich ungehörig. Sehen Sie nur, wir kommen zum Berkeley Square. Mein Haus ist bloß wenige Schritte entfernt. Es ist besser, wir setzen die Fahrt in Schweigen fort, wenn es Ihnen genehm ist."

Giles ließ sich in die Polster sinken, überaus zufrieden mit der Arbeit seines Tages.

13. KAPITEL

Ich habe mich so schrecklich gefühlt, Tante Gussie. Ich hatte keine Ahnung, dass meine Worte Lady Elinore derart aus der Fassung bringen könnten." Die Zwillinge und Mrs. Jenner saßen zum Tee in Lady Augustas Empfangssalon und sprachen über den Besuch.

„Ach was! Kein Grund, sich Vorwürfe zu machen. Träume sind wichtig. Deine Schwester hat recht, du hast aus Versehen einen wunden Punkt berührt, das ist alles." Lady Augusta kniff die Augen zusammen. „Du sagst, der junge Bemerton habe sie nach Hause gebracht? Das wundert mich."

„Wir anderen waren zu schockiert, um uns zu rühren", erklärte Faith.

Mrs. Jenner bemerkte spitz: „Mr. Bemerton ist schließlich ein Gentleman und weiß, was sich gehört. Anders als gewisse andere Herren."

„Was meinen Sie damit?", erkundigte sich Hope hitzig. „Mr. Reyne ist ein vollkommener Gentleman! Mr. Bemerton war nur ein wenig schneller bei ihr."

Faith legte ihr beruhigend eine Hand auf das Knie. „Liebes, weißt du, warum Mr. Reyne so absolut dagegen ist, dass seine Schwestern ebenfalls kommen?"

Hope schüttelte den Kopf. „Nein. Er will sie vor allem beschützen – vielleicht vor zu viel."

„Ich verstehe nicht", warf Mrs. Jenner ein, „warum ein Mann, der angeblich Lady Elinore den Hof macht, es erlaubt, dass ein anderer sie nach Hause bringt, besonders nachdem sie die Fassung verloren hatte."

Lady Augusta schnaubte abfällig. „Wenn sie auch nur einen Funken Verstand besäße, wäre Lady Elinore ohnmächtig geworden, und dann wäre der herrlich große Mr. Reyne gezwungen gewesen, sie aufzufangen und nach draußen zu tragen. Vollkommen ahnungslos, das Mädchen."

Hope war für Lady Elinores mangelnden Einfallsreichtum sehr dankbar. Wenn der herrlich große Mr. Reyne jemanden auffing und nach draußen trug, dann würde das Hope Merridew sein! „Mr. Reyne", erwiderte sie fest, „fühlte sich als Besitzer der Anstalt verpflichtet, als Gastgeber bei seinen Gästen zu bleiben."

Lady Augusta überlegte einen Moment. „Das kann sein. Hat er seine Pflicht als Gastgeber denn erfüllt, der Junge mit den göttlichen Schultern?" Sie zwinkerte Hope zu. „Hübsch kräftige Schenkel hat er auch. Ich mag Männer mit kräftigen Schenkeln."

„Tante Gussie, bitte!" Angesichts Lady Gussies peinlicher Beschreibung von Mr. Reynes körperlichen Attributen errötete Hope. Zutreffend, aber peinlich.

„Nun, ich kann nicht umhin zu bemerken, jetzt wo die Herren diese hübschen, eng anliegenden …"

Hastig unterbrach Faith sie: „Mr. Reyne blieb noch eine kleine Weile mit uns dort, dann hat er uns heimgebracht."

Lady Augusta zwinkerte Hope erneut zu, nahm ein Sahnebaiser und betrachtete es nachdenklich. „Mir tut Lady Elinore leid. Agatha Pilton war schon immer merkwürdig."

„Agatha Pilton? Wer ist Agatha Pilton?", erkundigte sich Hope verwirrt.

Lady Gussie biss von dem Baiser ab und antwortete, nachdem sie zu Ende gekaut hatte. „Lady Elinores Mutter. Vor ihrer Hochzeit war sie eine Pilton. Sie hat Billy Whitelaw geheiratet, den Earl of Ennismore – ein irischer Titel –, und alles falsch gemacht. Hat sich unmöglich benommen, als sie herausfand, dass Billy eine Mätresse hatte – was hatte sie erwartet? Schließlich war es ja keine Liebesheirat. Alle Welt wusste, dass der arme Billy nach einer reichen Erbin Ausschau hielt. Hatte keinen Pfennig in der Tasche, aber Himmel, war er ein gut aussehender Teufel! Agatha Pilton war ein hübsches junges Ding, bloß ohne Feuer. Sie hätte wissen müssen, dass sie wegen ihres Vermögens geheiratet worden war. So wurde das früher gemacht, und so war es auch bei meiner ersten Ehe. Man musste einfach das Beste daraus machen." Sie schüttelte den Kopf und aß den Rest des Baisers.

„Was hat Lady Ennismore getan?"

Lady Gussie machte einen abfälligen Laut und antwortete: „Sie hat ihm in der Öffentlichkeit Szenen gemacht, vor dem Haus der Mätresse auf ihn gewartet und einen grässlichen Aufstand inszeniert. Ist Billy zu seinem Club gefolgt und hat sich auch da unglaublich aufgeführt. Stand unter dem Fenster bei White's und hat gezetert und gekeift! Entsetzlich!" Sie streckte die Hand nach dem Gebäckteller aus. „Am Ende hat sie ihm das Haus verboten. Hat begonnen, sich wie eine Vogelscheuche anzuziehen, und sich zu einem Leben als personifizierte Peinlichkeit entschlossen. Billy ist nach Indien oder Irland gegangen und bei einem bizarren Unfall umgekommen. Typisch Billy." Sie entschied sich für einen Zitronenkuchen. „Das Letzte, was ich gehört habe, war, dass Agatha sich einer Gruppe Blaustrümpfe angeschlossen hatte – das war ungefähr zu der Zeit, als ich nach Argentinien abgereist bin."

Hope schenkte sich und ihrer Schwester Tee ein. „Wie faszinierend. Lady Ennismore hat ein Buch mit dem Titel *Die Grundzüge der Rationalität für aufgeklärte Damen* veröffentlicht, weißt du."

„Nein, das wusste ich nicht. Es klingt schrecklich!", erklärte Lady Gussie mit einem vornehmen Schauder. „Klingt mir ganz genau nach der Sorte Buch, das eine aufgeklärte Dame unter allen Umständen meiden sollte."

„Lady Elinore wurde nach diesen Grundzügen erzogen."

„Nun, dann zeigt das nur, was für ein Quatsch dieses Buch

sein muss. Das arme Ding sieht grässlich aus, kleidet sich geschmacklos und benimmt sich, als hätte sie nie irgendeinen Spaß im Leben gehabt. Ich wette, sie ist noch nicht einmal geküsst worden!" Lady Gussie knabberte geziert an ihrem Kuchen, dann seufzte sie. „Was für ein vergeudetes Leben. Wenn ich das Mädchen herrichten dürfte, dann könnte ich sie wenigstens passabel machen. Aber all das Grau!" Sie erschauerte. „Niemand sollte grau gekleidet durchs Leben gehen."

„Dem stimme ich voll und ganz zu", erklärte Faith mit Nachdruck. „Unser Großvater hat darauf bestanden, dass unsere Kleider aus grob gewebtem grauem Stoff waren, und es war furchtbar."

Lady Gussie war entsetzt. „Ich wusste, der Mann war verrückt, aber euch hübsche Mädchen in graue Kleider zu stecken ist ein Verbrechen. Jawohl, ein Verbrechen!"

Hope starrte Lady Gussie an und setzte sich aufrecht hin. „Tante Gussie, du hast recht, absolut recht."

„Natürlich habe ich recht." Lady Gussie verzehrte den Rest ihres Zitronentörtchens und wischte sich den Zuckerguss von den Fingern. „Wobei genau, meinst du?"

Faith starrte ihre Schwester an. „Du hast einen Einfall."

Hope grinste und nickte.

„Wegen Lady Elinore?"

„Nein, wegen der Waisenmädchen." Sie beugte sich aufgeregt vor. „Wir laden diese Mädchen nicht einfach zum Tee ein. Es soll aufregender sein als Tee und Kuchen. Ich bin fest entschlossen, etwas Freude in das Leben der Kinder zu bringen. Hoffentlich hat Lady Elinore nicht allzu viel dagegen – ich möchte sie nicht noch weiter aufregen, als ich es schon getan habe. Ich habe mich schrecklich gefühlt, als sie in Tränen ausbrach, denn ich mag sie, selbst wenn sie merkwürdige Ideen und Vorstellungen hat."

„Ja, ich auch", stimmte ihr Faith zu.

„Agatha Pilton gehört erwürgt", bemerkte Lady Gussie. „Ihrer Tochter beizubringen, dass man sich wie eine Vogelscheuche kleiden muss. Das ist ein Verbrechen wider die Natur!"

Faith nickte. „Ja, ihre Lebenseinstellung muss schlimm gewesen sein! Man denke nur, zu behaupten, Träume seien Müll."

Die alte Dame schnaubte. „In der Tat! Lady Elinore hat Glück, dass ihre Mutter gestorben ist. Schade nur, dass es nicht schon geschehen ist, als sie noch ein Kind war."

Hope legte Lady Gussie voller Zuneigung die Hand auf den Arm. „Liebe Lady Gussie! Die arme Elinore wäre so viel glücklicher, wenn du ihre Mutter gewesen wärest."

Lady Augusta nickte nachdenklich. „Ja, das wäre sie. Aber es ist nie zu spät. Agathas Mädchen kann noch etwas aus sich machen."

„Ich sterbe vor Neugier", sagte Faith zu ihrer Schwester. „Was hast du vor?"

Hope erklärte ihren Plan. Als sie fertig war, lehnte sie sich zurück und schaute ihre Schwester und Lady Augusta an. „Werdet ihr mir helfen? Ihr wisst ja, ich bin für so etwas nicht zu gebrauchen, aber mit eurer Unterstützung ..."

„Natürlich werden wir das!", rief ihre Schwester. „Du kannst auf mich zählen, und Grace wird auch mitmachen wollen."

Lady Gussie lächelte strahlend. „Natürlich helfe ich dir, Miss. Ganz gewiss sogar." Sie leerte ihr drittes Glas Sherry und lachte leise. „Ich liebe ein Komplott. Und, weißt du, ich würde wirklich gerne mehr über dieses Waisenhaus erfahren. Arme, mutterlose Seelen. Hast du was dagegen, wenn ich Maudie und ein paar ihrer Busenfreundinnen dazuhole? Das ist genau das Richtige für sie." Plötzlich lachte sie fröhlich. „Maudie hat Agatha immer verabscheut. Jetzt, Hope, meine

Liebe, sag, was ziehst du zu Lady Thorns Zigeunerball an?“

Angesichts des jähen Themenwechsels blinzelte Hope, antwortete aber: „Um ehrlich zu sein, Tante Gussie, ich habe keine Ahnung. Darüber habe ich noch gar nicht nachgedacht. Was tragen ungarische Zigeuner am Leib? Weiß das jemand?“

„Flöhe, möchte ich wetten“, bemerkte Lady Augusta sarkastisch. „Aber da mache ich nicht mit! Faith, Liebes, du verbringst doch jede Menge Zeit mit diesem hübschen Graf Rimavska. Weißt du Genaueres?“

Faith wirkte leicht verlegen. Das sollte sie auch besser, dachte Hope, berücksichtigte man, wie viel Zeit sie jüngst in der Gesellschaft des Grafen verbracht hatte.

„Natürlich Masken in allen möglichen Stilrichtungen, die einem gefallen. Und was das Kleid angeht, denke ich an leuchtende Farben, Tante Gussie. Viel Rot, Schwarz und Weiß, Rüschen und Volants und Stickereien. Die Männer haben Stiefel an und …“

„Stiefel bei einem Ball!“, rief Tante Gussie entsetzt.

„Ja, und entweder weite Pluderhosen oder schwarze enge Beinkleider.“

„Da braucht man nicht lange raten, für was sich der Graf entscheidet“, warf Hope spitz ein.

„Ja, er trägt seine Hosen gerne eng, nicht wahr?“ Lady Augusta kicherte. „Er kann es sich aber auch leisten, das muss der Neid ihm lassen, anders als viele andere Männer unserer Bekanntschaft, die Armen – und ich sage, wenn ein Mann die Figur dazu hat, dürfen seine Hosen so eng anliegen, wie er will; ich für meinen Teil werde mich nie beschweren.“

Alle lachten. „Tante Gussie, du bist unmöglich!“

„Ach was! Wozu habe ich schließlich Augen? Was noch, Faith?“

„Die Hemden der Männer sollten weiß, weit geschnitten

und an den Manschetten gerafft sein. Dazu gehört eine bunt bestickte Weste sowie ein Kopftuch …"

„Ein Kopftuch? Wirklich ein *Kopftuch?*"

Beide Zwillinge lachten über ihren ungläubigen Ton.

„Ja, oder einen schwarzen Hut."

„Kein Londoner Mann wird ein Kopftuch tragen", erklärte Lady Augusta fest. „Nun, das wären also die Männer. Aber was ist mit uns? Faith, was ziehst du an?"

„Das habe ich Fel… Graf Rimavska auch gefragt. Und er hat mir bei meinen Ideen geholfen. Ich habe zufällig meinen Skizzenblock da." Aus ihrem Retikül holte sie einen kleinen Block, und von da an drehte sich ihre Unterhaltung nur noch um die passende Kleidung für den Maskenball.

„Es ist zwecklos, Bastian. Du kommst da nicht rein. Es ist eine ausschließlich weibliche Veranstaltung." Giles lehnte sich auf dem Kutschbock seiner Chaise zurück. Den Kragen hatte er hoch geschlagen und seinen Biberhut mit der nach oben gebogenen Krempe tief in die Stirn gezogen.

Sebastian war gerade erst vor Sir Oswald Merridews Haus am Providence Court angekommen, zehn nervöse, grau gekleidete Mädchen in seiner Kalesche, die letzte Fuhre Waisenmädchen.

„Nur Frauen?"

Giles nickte, stieg von seiner Kutsche und ging zu seinem Freund. „Geheime Frauensachen, offensichtlich. Wir Männer werden nur für Fahrdienste benötigt." Er zuckte die Schultern. „Meine Damen!", grüßte er die Mädchen und machte eine elegante Verbeugung, nachdem er den Kutschenschlag geöffnet und die Trittstufen heruntergeklappt hatte. „Sie haben das Ziel Ihrer Fahrt erreicht."

Das war genau die richtige Vorgehensweise, erkannte Sebastian. Die Mädchen kicherten schüchtern, während sie ausstiegen und wie gehorsame Mäuse der Reihe nach in dem Haus verschwanden.

„Lady Elinore kommt nicht?“, fragte Giles.

Sebastian schüttelte den Kopf. „Nein, sie musste sich mit dem Ausflug abfinden, aber sie billigt ihn nicht. Sie sieht die Mädchen nachher.“ Er schickte sich an, ihnen ins Haus zu folgen.

Giles hielt ihn zurück. „Ich habe dir doch gesagt, nur weibliche Wesen werden eingelassen.“ Er zuckte die Achseln. „Natürlich wurden wir eingeladen, Erfrischungen mit Sir Oswald einzunehmen, aber, um ganz ehrlich zu sein, Bastian, zehn Pferde brächten mich nicht in das Haus!“

„Warum?“

Sichtlich unwohl schaute Giles zu den glänzenden Fenstern des Hauses empor und vertraute ihm an: „Die Merridews haben eine Schar Witwen hinzugezogen – Lady Augusta, Lady Gosforth und vielleicht ein Dutzend ihrer Busenfreundinnen. Ein Haufen alter Schachteln, die mich wie einen zerzausten Schuljungen behandeln! Mich! Und weißt du was? Ich fühle mich wie ein zerzauster Schuljunge, sobald ich einer von ihnen unter die Augen komme! Ich war vielleicht mal ein *kleiner* Schuljunge, vielleicht sogar ein wenig *schmächtig*, aber ich war nie in meinem Leben zerzaust!“

Er zog seinen Hut tiefer in die Stirn. „Und heute ist eine ganze Bande von ihnen da drin.“ Er erschauerte. „Daher entfliehe ich in die Sicherheit meines Clubs. Sie brauchen unsere Chauffeurdienste in zwei Stunden wieder, hat man mich unterrichtet. Kommst du mit mir?“

Sebastian kam. Da er sie nicht seit Kindertagen kannte, schreckten ihn die Witwen nicht all zu sehr, aber ein Haus voll mit vierzig oder mehr Frauen und er und Sir Oswald die einzigen anwesenden Männer … der Club klang wesentlich besser.

Zwei Stunden später kehrten sie zum Providence Court zurück und wurden von dem steinalten Butler in die Bibliothek geführt. „Miss Hope lässt Ihnen ausrichten, dass es ein wenig länger dauert. Wenn Sie hier warten wollen …“ Er deutete auf die bequemen Sessel. „Miss hat Erfrischungen für Sie bestellt.“ Während er sprach, öffnete sich die Tür, und ein Lakai trat mit einem Tablett ein, auf dem sich ein Teller mit Sandwichs, mehrere Scheiben Pastete, ein Pflaumenkuchen und Kekse befanden. Ein weiterer Lakai folgte mit Wein und Ale.

Sebastian beäugte die reichhaltige Auswahl. „Scheint länger zu dauern.“

Giles nahm ein Sandwich und schaute argwöhnisch zur Tür. „Solange diese Tür geschlossen bleibt und keine Witwengeschwader eingelassen werden, kann ich damit leben.“ Er machte eine Pause und lauschte. „Scheint mir eine Menge Lärm zu sein für eine einfache Teegesellschaft. Meinst du, sie haben ein paar Flaschen geköpft?“

„Das halte ich für unwahrscheinlich, schließlich sind die Mädchen alle jünger als fünfzehn Jahre.“ Mit gerunzelter Stirn horchte Sebastian ebenfalls. „Es hört sich allerdings reichlich laut an.“

Sie hatten schon gute Fortschritte bei den Sandwichs und dem Ale gemacht, als die Klingel an der Eingangstür herrisch betätigt wurde. Einen Augenblick später war eine empörte Frauenstimme zu vernehmen. „Das ist Lady Elinore, äh, denke ich.“ Giles erhob sich und trat in die Halle. Sebastian folgte ihm.

Eine entrüstete Lady Elinore stellte den Butler zur Rede. „Es war vereinbart, dass die Mädchen vor mehr als einer Dreiviertelstunde zurück sein würden, aber bisher sind sie nicht angekommen! Sie müssen unverzüglich nach Hause gebracht werden!“

Giles schlenderte zu ihr. „Guten Tag, Lady Elinore. Entzückt, Sie zu sehen. Wie elegant Sie heute gekleidet sind! Wie würden Sie die Farbe nennen – Grau vielleicht? Erstaunlich. Damit sehen Sie ganz … Und dieser Hut, ein wahrlich hässl…, äh ein herrlich vernünftiges Accessoire. Ihre Hutmacherin hat ein Faible für das Gewagte! Oder handelt es sich um eine Arbeitsprobe der Mädchen oben? Ganz reizend." Er bemächtigte sich ihrer geballten Faust, küsste sie mit großer Galanterie, dann rief er in gespieltem Erstaunen: „Graue Handschuhe, bei George! Was für ein kluger Einfall. Kontrast, das ist es!"

Sichtlich verstimmt, entriss sie ihm ihre Hand und wandte sich an Sebastian: „Die Mädchen müssten längst wieder bei ihrem Unterricht sein." Sie hielt den Kopf schräg. „Hören Sie den Lärm? Man könnte meinen, man sei in Bedlam und nicht im Hause eines Gentlemans!" Sie drehte sich wieder zum Butler um und verlangte: „Seien Sie so gut, und informieren Sie Miss Hope und Miss Faith, dass Lady Elinore Whitelaw hier ist, um die Waisenmädchen abzuholen. Sofort."

Der Butler entfernte sich schwerfällig.

„Darf ich Ihnen ein Sandwich anbieten, Lady Elinore? Oder ein Glas Ale? Ein Stück Pastete?"

„Still, Giles", bat Sebastian, der merkte, dass Lady Elinore ehrlich aufgebracht war. „Kein Grund zur Sorge, Lady Elinore. Die Mädchen sind hier ganz sicher."

Sie rümpfte die Nase. „Miss Hope hatte versprochen, die Mädchen würden vor beinahe einer Stunde zurück sein. Es ist von äußerster Wichtigkeit, dass diese Mädchen ein möglichst ruhiges, ereignisloses Leben führen. Nur so können wir sie retten."

„Ein bisschen Tee, ein kleiner Ausflug, etwas Kuchen", erwiderte Sebastian in beschwichtigendem Ton. „Was kann das schon schaden?"

Noch während er sprach, läutete ein Glöckchen im ersten Stock. Miss Hope stand auf dem obersten Treppenabsatz und schaute in die Halle hinunter. „Verehrte Lady, sehr geehrte Herren“, verkündete sie fröhlich, „ich präsentiere Ihnen die jungen Damen der Tothill-Fields-Anstalt für Mittellose Mädchen.“ Sie drehte sich um und sagte: „Jetzt geht es los.“

Die Mädchen kamen langsam die Treppe hinab, immer zu zweit, in einer langen, ordentlichen Reihe, so wie sie auch vor beinahe drei Stunden ins Haus gegangen waren. Aber da endete alle Ähnlichkeit auch schon. Die älteren Mädchen gingen voran.

Lady Elinore schnappte nach Luft.

„Herrje!“, murmelte Giles.

Sebastian konnte nur blinzeln. Es waren nicht mehr dieselben Mädchen. Die vorhin ernsten, schmalen Gesichter glühten nun vor Aufregung und Stolz. Ihre straffen Frisuren waren verschwunden, Locken an ihre Stelle getreten, die von Schleifen, Seidenspangen oder anderem Haarschmuck gehalten wurden.

Die Mädchen trugen immer noch die grauen Kleider, in denen sie gekommen waren, erkannte Sebastian, aber trotzdem glichen sie nicht mehr den formlosen, tristen Kleidern von vorhin. Diese Kleider passten ihren jungen Trägerinnen wesentlich besser, und jedes war mit farbiger Litze, bunten Rüschen, Spitzenbesatz oder neuen hübschen Knöpfen verziert. In manche waren bunte Stoffstreifen eingesetzt worden. Bei anderen waren die Manschetten oder Kragen und der Saum mit einer Spitzenrüsche eingefasst. Jedes Kleid war nun so einmalig wie seine Trägerin und ähnelte fast einem modischen Gewand.

Alle Mädchen gingen mit schüchternem Stolz, wie junge Rosen, die ihre Blütenblätter entfalteten. Sie schwebten die

Treppe hinab, hielten ihre Röcke sorgsam in einer Hand und ihre Hüte in der anderen. Ihre Bewegungen wurden von einem leisen Rascheln begleitet, das Sebastian sich nicht erklären konnte. Nachdenklich runzelte er die Stirn.

„Seidenunterröcke", murmelte Giles. „Wenn ich mich nicht irre, trägt jede von ihnen einen Seidenunterrock, den sie nicht anhatten, als sie kamen. Es geht doch nichts über Seidenunterwäsche, damit sich eine Frau weiblich fühlt. Ich muss den Hut vor Miss Hope ziehen – es ist ein Wunder! Ich habe noch nie eine solche Verwandlung gesehen. Graue Mäuse in …"

„Paradiesvögel!", erklärte Lady Elinore scharf. „Und das nach all dem, was wir unternommen haben, um sie davor zu bewahren."

„Was für ein Unsinn", entgegnete Giles. „Sie vor was bewahren? Ein wenig Spitze und einer Feder oder zwei?"

„Es ist wesentlich mehr als Spitze und Federn, es ist …"

„Still, alle beide!", zischte Sebastian in einer Stimme, die keinen Widerspruch duldete. „Wenn es irgendwelche Meinungsverschiedenheiten gibt, werden wir das auf keinen Fall vor diesen Kindern besprechen."

Die älteren Mädchen waren unten angekommen und stellten sich im Kreis auf, setzten sich ihre Hüte sorgsam auf ihre neuen Frisuren, banden sie unter dem Kinn und warteten dann auf die Jüngeren. Hope läutete wieder mit ihrem Glöckchen, und schon kamen sie die Treppe hinunter, ein Dutzend kleine Mädchen im Alter von sechs bis zehn, die die Stufen weniger gesittet, aber wesentlich aufgeregter hinuntergingen, während ihre neuen Locken fröhlich wippten. Ihre Kleider waren ebenfalls verschönert worden, und ihre Hüte zierten nun Gänseblümchen, Röschen und Seidenbänder, aber es war klar zu erkennen, dass die neue Kleidung für diese Gruppe nicht das Wichtigste war.

Jedes kleine Mädchen trug etwas offensichtlich Kostbares; Sebastian konnte nicht genau erkennen, was es war. Er erhaschte einen Blick auf Wolle, einen Schimmer Seide und etwas Spitze. Das letzte kleine Mädchen kam die Treppe in ein wenig zu großen festen Stiefeln hinab. Es war das Kind, mit dem Hope sich neulich im Speisesaal unterhalten hatte, May, deren sogenannter Geburtstag damals gewesen war.

Heute leuchtete ihr schmales Gesicht vor Freude. Sie drückte etwas an ihren mageren kleinen Körper. Dann sah sie Lady Elinore und strahlte sie entzückt an. „Schauen Sie, Mylady! Sehen Sie, was ich bekommen habe", rief sie.

In diesem Moment erkannte Sebastian, was sie in der Hand hielt, was jedes kleine Mädchen mit solcher Freude und Sorgfalt trug: eine Puppe.

Er schaute zum Treppenabsatz hoch. Miss Hope Merridew beobachtete die Kleinen lächelnd. Selbst von hier unten konnte er sehen, dass ihre Augen feucht schimmerten.

Sebastian musste schlucken.

Die Kleinen eilten zu den älteren Mädchen, um ihnen ihre Puppen zu zeigen. Zu Giles' Entsetzen folgten ihnen mehrere ältere Damen, die sich begeistert auf ihn stürzten.

„Giles, lieber Junge, wie geht es deiner Mutter? Hast du gesehen, was wir getan haben? Sehen die Kleinen nicht ganz reizend aus?"

„Gütiger Himmel, wenn das nicht der kleine Giles Bemerton ist! Meine Güte, bist du groß geworden! Das letzte Mal, als ich dich gesehen habe, warst du über und über mit Pusteln bedeckt, armer kleiner Kerl." Eine elegante Dame streckte die Hand aus und kniff Giles in die Wange.

„Giles, du junger Schurke. Ich wusste gar nicht, dass du auch dabei bist. Wunderbare Ergebnisse. Ich muss sagen, ich hatte meine Zweifel. Wir haben ja auch den ganzen Nachmittag gebraucht – ich wüsste nicht, wann ich mich das letzte Mal so gut amüsiert hätte. Erzähl mir, wie geht es deiner Mutter?"

Er verbeugte sich, bemühte sich zu lächeln und wenigstens mit dem Anschein von Zuvorkommenheit zu antworten. Es war schwierig, der Mann von Welt zu bleiben, wenn einen alte Damen in die Wange kniffen.

Sebastian, der um eine ausdruckslose Miene rang, fand, dass dieser gehetzte Ausdruck in den Augen seinem Freund bestens stand.

Lady Augusta unterbrach das Giles-Wiedersehensfest: „Maudie, erinnerst du dich noch an Agatha Pilton? Dies ist ihre Tochter Lady Elinore."

Augenblicklich umringten die Damen Lady Elinore und begannen sie mit Fragen zu bestürmen. Es sah ganz so aus, als hätten die Damen eine neue Leidenschaft entdeckt: Waisenkinder.

Feige überließ Giles Lady Elinore ihrem Schicksal. Er stahl sich an den Witwen vorbei zu Sebastian und sagte: „Komm, Bastian. Lass uns diese Kinder nach Hause bringen, ehe der Sturm losbricht."

Sebastian schaute zum klaren blauen Himmel.

„Nicht so ein Sturm, mein Guter!" Giles nickte zu den Frauen. „Lady Elinore. Sie mag zwar gerade unter einer Lawine Witwen begraben sein, aber du hast doch ihr Gesicht gesehen. Sie wird das nicht einfach so hinnehmen, sondern Miss Hope zur Rede stellen. Also beeilen wir uns besser, die Zuschauer fortzuschaffen."

Sebastian nickte und winkte James zu sich. Innerhalb von Minuten stand Sir Oswalds Kutsche vor dem Eingang, und der Lakai verfrachtete die Mädchen hinein. Giles' und Sebastians Gefährte folgten. Am liebsten hätte Giles seine Chaise selbst gefahren, aber Sebastian hielt ihn zurück.

„Tut mir leid, Bastian, aber ich habe eine wichtige Verabredung mit … meinem Hutmacher."

„Feigling."

„Voll und ganz", stimmte ihm Giles zu.

Sebastian lockerte seinen Griff um den Arm des Freundes nicht, bis der sagte: „Na gut. Mein Pferdebursche kann fahren."

Nur wenige Augenblicke später trafen die Kutschen der älteren Damen ein, die sich nacheinander verabschiedeten, nicht ohne Miss Hope für den angenehmen Nachmittag und Sir Oswald für die Erfrischungen zu danken. Giles wurde ermahnt, ein guter Junge zu sein und seiner Mutter nicht so viele Sorgen zu bereiten, und Agatha Piltons Tochter eingeladen, sie möglichst bald einmal zu besuchen. Nachdem die letzte gegangen war, herrschte in der Eingangshalle gespannte Stille.

„Die Ruhe vor dem Sturm", flüsterte Giles. Lady Elinore war blass – bis auf die beiden hellroten Flecken auf ihren Wangen. Ihre Lippen hatte sie zu einer schmalen Linie zusammengepresst. Ihre Augen blitzten verärgert.

Lady Augusta, die sich der Spannung im Raum bewusst war, erklärte: „Oswald, ich bin erschöpft. Bring mich nach oben und besorg mir etwas zu trinken!"

„Das kommt davon, wenn du deine Innereien mit Tee überschwemmst, Gussie. Ich werde dir einen schönen Kräutertrank …"

Lady Augusta schnaubte abfällig. „Ich will keine Kräuter, Oswald! Sie haben dann und wann ihren Sinn, aber jetzt brauche ich Cognac."

Sie gingen. Dabei zählte Großonkel Oswald alle Übel von Branntwein auf und die Vorzüge von Kräutertinkturen, während Lady Augusta ihm keine Beachtung schenkte und unbeeindruckt guten Cognac verlangte. Grace und Faith zogen sich zum Aufräumen nach oben in das Kinderzimmer zurück. Sebastian, Lady Elinore, Giles und Hope blieben in der Halle zurück, von wo aus Sebastian sie in die Bibliothek führte.

Lady Elinore starrte Hope finster an. „Vermutlich sind Sie stolz auf das, was Sie getan haben!“

„Ja, das bin ich“, sagte Hope. „Haben Sie nicht gesehen, wie froh diese Kinder sind?“

„Darum geht es nicht.“

„Ganz genau darum geht es. Was können schon ein paar fröhliche Stunden, ein bisschen Schnickschnack anrichten?“

„Eine Menge.“

„Eine Menge Gutes, denke ich.“

„Ich habe diesen Ausflug wider besseres Wissen erlaubt, und jetzt sehe ich, wie recht ich hatte. Diese Mädchen werden nie mehr in ihre Routine zurückfinden.“

„Gut“, entgegnete Hope.

„Wie können Sie nur so hereintanzen mit Ihren frivolen Ideen und glauben, Sie wüssten, was gut für die Mädchen ist?“

„Ich war einmal ein Mädchen, dem es auch ganz ähnlich ging.“

Lady Elinore machte eine abfällige Geste. „Ganz ähnlich wie ihnen, beileibe nicht! Sie stehen ihnen vielleicht im Alter näher als ich, aber Sie haben ein völlig behütetes Leben geführt! Was wissen Sie schon über die Härten und Misshandlungen, die meine Mädchen erlitten haben?“

Hope sehnte sich danach, Lady Elinore die scharfe Erwiderung zu geben, die ihr auf der Zunge lag, aber sie war sich Mr. Reynes zu deutlich bewusst, der mit besorgt gerunzelter Stirn dastand. Die wachsende Feindseligkeit zwischen den beiden Frauen bereitete ihm sichtlich Unbehagen, sodass Hope sich zwang, ihr Temperament zu zügeln. Sie antwortete so ruhig wie möglich. „Mein Leben war nicht so behütet, wie Sie meinen.“

Eine Stimme von der Tür unterbrach sie. „Härten und Misshandlung? Meine Schwester kennt sich nur zu gut damit aus! Unser Großvater hat sie regelmäßig mitleidlos geschlagen. Er hat sein Bestes getan, sie zu brechen." Faith trat in die Bibliothek und nahm die Hand ihrer Schwester, hielt sie hoch. „Ihnen ist vielleicht aufgefallen ..."

„Nein, Faith." Hope versuchte ihre Hand wegzuziehen. „Hier geht es nicht um mich."

„Doch. Es ist der Grund, weswegen du das heute getan hast." Faith wandte sich an die anderen. „Meine Schwester und ich sind Zwillinge, aber gewissermaßen spiegelverkehrt: Ich habe ein Muttermal auf der linken Schulter und sie auf der rechten, ich bin Rechtshänderin, sie ist Linkshänderin."

„Und?", fragte Lady Elinore unbeeindruckt.

„Mein Großvater hielt Hope für böse, weil sie ihre linke Hand bevorzugte. Er behauptete, die linke Hand sei ein Werkzeug des Teufels. So hat sie den größten Teil ihrer Kindheit mit der Hand auf den Rücken gebunden verbracht. Und zwar keineswegs sanft." Erneut fasste Faith nach Hopes Hand.

Hope versuchte sie wegzuziehen. Es war ein Teil ihres Lebens, den sie vergessen wollte, aber Faith ließ sie nicht los, hob das Handgelenk in die Höhe. „Mein Großvater hat sie so fest nach hinten gebunden, dass sich die Haut wund gerieben hat. Von der Zeit als unsere Eltern starben, als wir sieben Jahre alt waren, bis zu dem Tag vor zwei Jahren, da wir ihm entkommen sind. Wagen Sie es nicht, zu sagen, sie wüsste nichts von Härten!"

Eine lange peinliche Pause entstand. Hope zog ihre Hand fort. Leise erklärte sie: „Es tut mir leid, Lady Elinore, wenn Sie aufregt, was ich getan habe."

Lady Elinore erwiderte steif: „Was Sie als Kind erleiden mussten, tut *mir* leid. Trotzdem haben Sie unüberlegt gehandelt und damit die Grundlage dieser Anstalt und die ganze gute Arbeit, die wir bei den Mädchen geleistet haben, untergraben."

Hope hob die Augenbrauen. „Wie das? Ein paar Bänder, um ihre Kleider zu verschönern? Eine Puppe für die Kleineren?"

Missbilligend verzog Lady Elinore den Mund. „Ein Stoffstück mit einem aufgemalten oder aufgestickten Gesicht ist nicht rational."

Hope unterbrach sie: „Es geht doch gar nicht um rational oder nicht, sondern um ein Kind, das niemanden auf der Welt hat, aber Trost in der einsamen Nacht findet, wenn es seine Puppe an sich drückt."

„Es sind doch nur ein paar Lumpen! Sie können genauso gut die Decke an sich drücken, unter der sie schlafen."

Hope starrte sie ungläubig an. „Sie hatten nie eine Puppe, nicht wahr?"

Lady Elinore wirkte unbehaglich. „Natürlich nicht! Sentimentaler Unsinn! Mit Puppen zu spielen ist nichts als Zeitverschwendung."

Hope schüttelte den Kopf. „Eine Puppe ist so viel mehr als etwas Stoff und ein paar Knöpfe. Eine Puppe wird zu einer Person, einer Freundin, einer Schwester, einer Vertrauten. Eine Puppe gehört einem allein – vollkommen und ganz, ist etwas zum Liebhaben und Drücken, jemand, dem man seine Träume und Ängste anvertraut."

Lady Elinore sah skeptisch aus. „Wofür soll das denn gut sein?"

„Trost. Liebe. Ein Gefühl von Sicherheit", antwortete Hope leise. „Haben Sie nie allein im Bett gelegen und konnten nicht einschlafen, mitten in der Nacht, vielleicht regnet es sogar draußen und der Wind pfeift ums Haus? Wenn man sich allein gelassen, ungeliebt und einsam fühlt …"

Lady Elinore wirkte so betroffen, dass Hope rasch sagte: „Ich meine nicht Sie persönlich. Wir alle erleben solche Augenblicke, auch Kinder. Ich erinnere mich an eine Zeit, als ich dachte, das Leben könne nicht schlimmer werden, dass uns niemand in der Welt liebt und wir allen egal sind."

Bedrücktes Schweigen herrschte im Zimmer, während sich alle erinnerten …

Giles Bemerton, der als Siebenjähriger zur Schule geschickt worden war, klein, einsam und verletzlich, gequält von den älteren Jungen …

Lady Elinore, die sich ihrer Mutter im Britischen Museum am nächsten fühlte …

Sebastian Reyne, ein Junge, der die Verantwortung eines Mannes schulterte, verzweifelt versuchte, seine Familie zusammenzuhalten, versagte und dabei alles verlor …

Eine Weile sprach niemand. Lady Elinore holte ein kleines gestärktes Taschentuch aus ihrem Retikül und putzte sich die Nase. „Nun gut", sagte sie. „Ich akzeptiere Ihre Argumente für die Puppen. Aber was Sie mit den Kleidern angestellt haben! Sie haben keine Ahnung, welche gefährlichen Neigungen Sie damit geweckt haben."

Bei diesen Worten verflog ein Großteil von Hopes Mitgefühl für Lady Elinore. Ihr Temperament regte sich. „Gefährliche Neigungen? Mir war nicht klar, dass ein bisschen Spitze und ein paar Knöpfe eine so dramatische Wirkung haben könnten."

Unnachgiebig schob Lady Elinore ihr Kinn vor und hob die Hände. „Die Wirkung war doch offensichtlich! Haben Sie es denn nicht gesehen?"

Hope betrachtete Lady Elinore aus schmalen Augen. „Ich habe eine Gruppe fröhlicher junger Mädchen gesehen, die heute wesentlich hübscher aussahen als gestern. Was haben Sie gesehen?"

„Mädchen, die mit dem Ziel gekleidet waren, männliche Aufmerksamkeit zu erregen. Mädchen am Rande der Verderbtheit!“

„Unsinn!“

„Sie können sich gerne darüber lustig machen, aber sogar Mr. Bemerton hat es bemerkt.“

Abwehrend hielt Giles die Hände in die Höhe. „Lassen Sie mich da heraus.“

„Aber es stimmt doch“, beharrte Lady Elinore. „Sie haben selbst gesehen, wie sie aussahen, als sie hineingingen wie … wie – was haben Sie gesagt, wie sie wirkten?“

„Wie stille, kleine Mäuse.“

„Ja, und jetzt sahen sie wie Paradiesvögel aus.“

„Nein!“ Giles stand auf. „Das haben Sie gesagt, nicht ich, Elinore.“

Sie wirkte schockiert, weil er ihr widersprach. „Aber es stimmt doch.“

„Nein, tut es nicht! Wie können Sie so etwas nur sagen?“, begann Hope. „Sie sind bloß …“

Lady Elinore wandte sich zu ihr um. „Worüber Sie sich nicht im Klaren sind, ist die Tatsache, dass viele dieser Mädchen aus einem Leben in Sünde und Laster gerettet wurden. Aus Häusern mit üblem Ruf.“

Hastig schritt Sebastian ein. „Lady Elinore, ich denke nicht, dass es angebracht ist, Miss Hopes Ohren mit solchen Geschichten zu besudeln …“

„Meine Ohren zu besudeln!“, rief Hope aus, plötzlich wütend. „Was für ein bodenloser Unsinn! Wenn einige dieser armen Kinder es geschafft haben, die Sünde und die Laster zu überleben, die ihnen von anderen aufgezwungen wurden, dann kann ich es wohl ertragen, davon zu hören!“

Sebastian schaute sie entsetzt an.

Jetzt war kein Halten mehr für Hope. „Und wenn sie unter, dem Bösen in der Welt zu leiden hatten, dann sind sie Opfer, oder?"

„J-ja", pflichtete ihr Lady Elinore zu.

„Warum behandeln Sie sie dann, als seien sie von Haus aus schlecht?"

„Was meinen Sie? Das tue ich nicht. Sie müssen reformiert und gebessert werden, selbstverständlich, und ihr Hang zur Unmoral muss ausradiert werden ..."

„Gebessert?" Hope verlor die Beherrschung. *„Hang zur Unmoral?* Solchen Unfug habe ich mein Leben lang von meinem Großvater zu hören bekommen – nur, dass er behauptete, alle Frauen seien sündig geboren! Diese Mädchen sind doch nur Kinder, die keine Wahl hatten bei dem, was sie getan haben! Wenn Sie beraubt werden, bedürfen Sie dann einer Besserung?"

Lady Elinore wirkte verwirrt.

Hope wartete keine Antwort ab. „Nein, natürlich nicht. Und diese Kinder wurden ihrer Kindheit und ihrer Unschuld beraubt. Sie kennen Furcht und Hass, Böses und Härten. Was sie lernen müssen, ist Liebe und Hoffnung, Stolz und wie man im Leben glücklich wird." Ihre Stimme wurde weicher. „Hübsche Kleider machen sie nicht zu möglichen Paradiesvögeln – sie sind einfach nur junge Mädchen, die die natürliche Freude an ein paar hübschen Sachen empfinden. Erinnern Sie sich nicht mehr, wie es war, ein schönes neues Kleid ..." Sie brach ab, schaute auf Lady Elinores formloses Gewand. „Nein, vermutlich nicht."

Lady Elinores Mund zitterte.

Hope trat vor und nahm sanft ihre Hand. „Bitte, regen Sie sich nicht auf. Ich weiß, dass Sie es gut meinen. Aber Sie folgen den Vorschriften Ihrer Mutter blindlings, und die sind so hart und freudlos."

„Meine Mutter war eine großartige Frau", erklärte Lady

Elinore mit bebender Stimme.

„Aber warum wollte sie, dass Frauen sich nicht daran freuen, schöne Sachen zu tragen? Warum einem einsamen Kind den Trost einer Puppe verwehren?"

„Viele Leute bewundern die Ideen meiner Mutter."

„Vielleicht", antwortete Hope behutsam, „aber sie scheint nicht glücklich gewesen zu sein. Und hat ihre rationale Lebensweise Ihnen Glück und Freude gebracht?"

Lady Elinore verzog das Gesicht. „Pflicht ist wichtiger als persönliches Glück." Es hörte sich stark nach einem Zitat ihrer Mutter an.

Hope drückte ihre Hand. „Mag sein, aber wenn Pflicht und Freude kombiniert werden können, warum sollte man sich dann das persönliche Glück versagen?"

Lady Elinore zog ihre Brauen zusammen, erwiderte jedoch nichts.

Ein längeres Schweigen folgte. Schließlich erklärte sie mit zitternder Stimme. „Verstehe. Danke, dass Sie Ihren Standpunkt erläutert haben. Ich … ich werde jetzt gehen." Sie stand auf und blickte sich um, hilflos, ein wenig blind.

Sebastian und Giles standen noch dort.

„Bastian?", fragte Giles.

Sebastian rührte sich nicht. Wie gebannt starrte er Hope an, und als sein Freund ihn mit dem Ellbogen anstieß, zuckte er zusammen und sagte unbestimmt: „Ja, ja, sicher."

Giles öffnete die Tür. „Lady Elinore."

„D-danke, Mr. Bemerton." Still und mit Würde verabschiedete Lady Elinore sich. Sebastian und die anderen folgten ihr schweigend in die Halle.

Ein Lakai wurde geschickt, eine Droschke anzuhalten, und sobald sie vor der Tür stand, half Mr. Bemerton Lady Elinore hinein. Sebastian schien geistesabwesend, seine Miene war ausdruckslos. Behände sprang Giles in die Droschke und befahl dem Kutscher loszufahren.

Sobald sich das Gefährt in Bewegung setzte, erkundigte sich Giles: „Benötigen Sie ein Taschentuch, Elinore?“

Aber Lady Elinore antwortete nicht. Sie starrte ins Leere, eine steile Falte auf der Stirn.

14. KAPITEL

Wenn Sie doch nur begreifen würde, dass die Thesen meiner Mutter zu weiblicher Kleidung wissenschaftlich untermauert sind!" Lady Elinore erholte sich zusehends und begann, sich in Rage zu reden. „Leuchtende Farben wecken in Männern zügellose Leidenschaft. Wir haben die Pflicht, unsere Mädchen davor zu bewahren!"

Giles starrte sie an. „Solchen Unsinn können Sie doch unmöglich glauben."

Die Droschke kam vor Lady Elinores Haus zum Stehen. „Es ist kein Unsinn! Es stimmt. Meine Mutter hat Untersuchungen dazu angestellt. Männliche Leidenschaft wird durch Farben angeregt."

Er stieg aus der Kutsche und drehte sich um, um ihr zu helfen. „Tragen Sie deswegen diese grässlichen grauen Fummel?"

Sie bedachte ihn mit einem verächtlichen Blick, bevor sie seine Hand nahm. „Meine Kleider sind keine Fummel. Sie sind aus erlesenen Stoffen gearbeitet: Samt, Seide und Merinowolle."

„Sie sind alle grau und so formlos geschnitten, dass auch noch ein Merinoschaf darunterpassen würde."

Sie eilte die Stufen zu ihrem Haus empor, öffnete die Eingangstür mit einem Schlüssel, dann drehte sie sich zu ihm um und erklärte kühl: „Meine Kleider sind warm und zweckmäßig; sie entsprechen den rationalen Anforderungen an Kleidung."

Aus schmalen Augen musterte er sie und folgte ihr ins Innere. „Welche darin bestehen, jede Ihrer weiblichen Formen nach Kräften zu verbergen und zu vermeiden, männliche Leidenschaft zu wecken."

Da sie diese radikal formulierte Bemerkung nicht bestätigen wollte, antwortete sie nicht und begann sich ihren Umhang auszuziehen. Er kam zu ihr und nahm ihn ihr von den Schultern, hielt ihn in die Höhe. „Wohin damit?"

„Hier. Ich nehme ihn." Sie öffnete eine Tür und hängte den Umhang an einen Haken, trat zurück und strich sich verlegen das graue Kleid glatt.

Giles schaute auf das formlose Gewand, das straff zurückgekämmte, zum großen Teil unter einem hässlichen grauen Häubchen versteckte Haar, dann auf die Frau in den Kleidern. „Sie haben keine Ahnung, oder?"

Sie hob die Augenbrauen und blickte ihn geringschätzig an. „Wovon?"

„Hiervon." Er riss die Garderobentür auf, schob sie hinein und folgte ihr, schloss die Tür hinter sich. Dunkelheit umfing sie.

Mit den Fäusten begann sie auf ihn einzuschlagen. „Wie können Sie es wagen!"

Er fasste ihre Hände und hielt sie fest. Es war pechschwarz um sie herum. „Sie haben keine Angst im Dunkeln, oder?"

„Natürlich nicht."

Seine Stimme klang tiefer als gewöhnlich. „Ich werde dir nicht wehtun, Elinore. Das weißt du." Er wartete.

„Ich habe Ihnen weder gestattet, mich mit meinem Vornamen anzusprechen, noch mich zu duzen!"

„Ich weiß, ich bin ein Schuft. Schufte bitten nicht um Erlaubnis. Wir nehmen uns", er trat näher, bis sein Körper ihren leicht berührte, „… Freiheiten heraus."

Sie stieß ein leises Keuchen aus und versuchte zurückzuweichen, aber der Wandschrank war zu klein. Sie drückte sich gegen die Umhänge. „W-was haben Sie vor?"

Ihre Hände zitterten in seinen. Er streichelte sie beschwichtigend mit seinem Daumen. Sie versuchte sie ihm zu entziehen, aber vergebens.

„Das hier ist ein Farbenexperiment."

„Was?"

„Ich teste die Theorie deiner Mutter. Über Farbe. Wir überprüfen jetzt, ob meine ungebärdigen männlichen Leidenschaften durch das Fehlen von Farbe erlöschen. Nachdem ich diesem wahren Farbenreigen aus Frauenkleidern draußen ausgesetzt war, bedarf ich dringend der Beruhigung. Du bist genau die Richtige dafür." Seine Finger unterbrachen nie ihr zärtliches Streicheln.

Sie sagte kein Wort. Nach einem Augenblick fügte er hinzu: „Es wird vielleicht ein paar Minuten dauern, diese Ruhe zu erlangen, aber du wirst sie mir gewähren, das weiß ich. Zum Wohle der … Wissenschaft."

Schweigen. Er konnte sie atmen hören, und ihr Puls unter seinen Fingern beschleunigte sich.

„Also, worüber wollen wir reden, während das Experiment seinen Lauf nimmt? Ich weiß – du merkst doch, dass mein Freund Sebastian Reyne dir den Hof macht, nicht wahr?"

Sie zögerte. „Ja."

„Weißt du auch, dass er dich nicht liebt?"

Diesmal dauerte es länger, bis sie sagte: „Ja. Das stört mich nicht."

Sein Griff festigte sich. Er wollte sie am liebsten schütteln, zwang sich jedoch, milde zu bemerken: „Das sollte es aber. Jede Frau verdient es, geliebt zu werden." Er wartete einen Moment, doch sie antwortete nicht, daher fragte er: „Liebst du ihn?"

„Nein." Sie fügte leise, fast verzweifelt hinzu: „Liebe ist nicht rational."

„Nein, Gott sei Dank, das ist sie nicht!" Er wartete, aber sie schwieg. „Also … es stört dich nicht, dass Sebastians einziger Grund, dich zu heiraten, darin besteht, dass er es für seine Pflicht seinen Schwestern gegenüber hält?"

„Pflicht ist eine solide Basis für die meisten Vorhaben. Ich bewundere sein Pflichtbewusstsein. Das ist eine rationale Eigenschaft."

„Ach ja? Und ich wette, du bist bis zum Rand voll mit rationalen Eigenschaften, was?"

„Ich bemühe mich darum."

„Ich wette, du warst nicht einmal in deinem Leben pflichtvergessen."

„Nicht, dass ich mich erinnern könnte. Wie schon gesagt, ich bewundere Pflichtergebenheit." Ihre Stimme klang kühl, beherrscht, aber dennoch bebte sie kaum merklich.

„Sebastian ist jemand, der sein ganzes Leben seinen Pflichten unterordnet."

„Dann passen wir doch gut zusammen, oder?"

„Ich bezweifle es. Pflicht ist ein verflucht armseliger Bettgenosse."

Sie versteifte sich. „Müssen Sie vulgär werden?"

„Ja, ich bin schließlich ein Schuft, schon vergessen? Wir sind nun mal vulgär. Und ich denke, Pflicht ist ein schlechter Ersatz für Liebe."

„Pflicht besteht, Liebe vergeht."

„Vielleicht. Überzeugt bin ich davon nicht. Ziemlich unschurkenhaft, ich weiß." Er legte sich ihre Hände auf die Brust. „Du hast die Herrlichkeit der Liebe nicht bedacht. Ach, diese Herrlichkeit … Selbst wenn Liebe vergeht, so ist sie es doch wert, nur für ein paar Augenblicke dieser Herrlichkeit", erklärte er sanft.

„Was Sie nicht sagen." Als eiskalte Abfuhr versagte diese Erwiderung auf ganzer Linie. Elinore klang unsicher, beinahe wehmütig, erholte sich aber rasch. „Etwas so Flüchtiges gäbe eine schlechte Grundlage für ein lebenslanges Vorhaben ab."

„Du warst noch nie verliebt, Elinore, nicht wahr?"

„Ganz gewiss nicht!"

Er musste lächeln. „Nein, Liebe ist bestimmt nicht rational, und du machst nur rationale Sachen."

„Selbstverständlich."

„Was das anbetrifft, so ist es nicht sonderlich rational von dir, so eng mit mir in einem dunklen Wandschrank zusammenzustehen, oder?"

Eine kleine Pause entstand, bevor sie erwiderte: „Ich glaube, Sie wollten die Theorien meiner Mutter über Farben testen."

„Ach ja?"

Das Schweigen wurde drückender. Giles senkte den Kopf und flüsterte dicht an ihrem Ohr. „Du weißt natürlich, dass ich in meinem ganzen Leben noch nichts Pflichtbewusstes getan habe."

„Sie sollten sich schämen."

„Und wir haben ja schon festgestellt, dass ich einen – sagen wir – teuflischen Ruf bei den Damen habe."

„Sollen wir nicht der Einfachheit halber sagen, Sie sind schlicht verrucht?", erwiderte sie spitz.

Er lachte leise. „Nun gut, verrucht vielleicht, aber ich hoffe doch nicht schlicht … Also haben wir hier eine interessante Kombination: eine Dame, die nie in ihrem Leben etwas Schlimmes getan hat, und ein Gentleman – nun gut, ein Schuft, der nie in seinem Leben pflichtbewusst gehandelt hat."

„Sie könnten sich ändern, bessern."

„Ja, das könnte ich. Besserung und Pflicht sind so interessante Konzepte. Ihre Definition hängt ganz vom Standpunkt ab." Sie begann unruhig zu werden, streifte mit ihrem Körper versehentlich seinen. Sie erstarrte.

Leise sagte er: „Elinore, du meinst also, ich sollte pflichtbewusster werden?"

„J-ja."

„Dann, denke ich, ist es meine Pflicht, meinen guten Freund Sebastian Reyne davon abzuhalten, einen schrecklichen Fehler zu begehen."

Mit dünner Stimme erkundigte sie sich: „Und was für ein Fehler sollte das sein?"

„Dich zu heiraten."

In gekränktem Ton setzte sie an: „Ich weiß, ich gehöre nicht zu der Sorte Frauen, die Männer gewöhnlich heiraten wollen ..."

„Es gibt keine bestimmte Sorte. Ich halte es auch für meine Pflicht, dir zu zeigen, dass es mehr im Leben gibt, als rational zu sein." Er ließ eine Hand nach unten gleiten, schlang einen Arm um ihre Mitte, die andere Hand legte er auf ihren Nacken und zog sie an sich.

Sie fing an, sich zu wehren. „Jetzt reicht es aber! Lassen Sie mich augenblicklich los! Das Experiment ist vorüber."

„Oh, aber meine unbeherrschbare männliche Leidenschaft ist nun geweckt", erwiderte er. „Siehst du?" Er zog ihre Hand an sich herab. Sie zuckte zusammen und erstarrte.

„W-was ist das?"

„Der unwiderlegbare Beweis unbeherrschbarer männlicher Lust." Er ließ seine Worte wirken und fragte sich, ob sie wusste, dass sie ihre Hand nicht weggezogen hatte. Sie lag immer noch leicht auf seinem Schritt. Ihre Finger begannen ihn zögernd zu erkunden. Giles schloss die Augen und versuchte, unter der federleichten Berührung ihrer Finger nicht zu stöhnen.

„Oh, es ist I..." Sie brach mit einem Keuchen ab.

Mit wenigstens dem Anschein von Ruhe gelang es ihm zu sagen: „Ja, es ist genau, was du meinst. Was hast du vor, dagegen zu unternehmen, Elinore?"

Sie riss ihre Hand hoch. „N-nichts! W-wagen Sie es ja

nicht!", erklärte sie mit zitternder Stimme. „Ich warne Sie. Ich bin bewaffnet!" Ihr Atem streifte sein Gesicht.

„Ja, und wie gefährlich! Also, was zögerst du, benutze doch deine Hutnadel", entgegnete Giles. Er wartete eine Weile, aber keine Hutnadel wurde gezückt. Lady Elinore wartete atemlos, vor Anspannung und Erwartung bebend in der Dunkelheit. Er senkte seinen Mund auf ihren.

„Liebe?" Bei der Frage unterbrach Sebastian sein Auf- und Abschreiten. „Ich weiß nicht, ob ich Miss Hope liebe oder nicht." Er überlegte einen Moment. „Ich bin mir nicht sicher, ob es mir gegeben ist, jemanden zu lieben."

„Denkst du?" Giles hob skeptisch die Augenbrauen. „Du liebst doch deine Schwestern."

Sebastian blieb stehen, dachte kurz nach und winkte dann ab. „Das ist es etwas anderes. Familie ist etwas anderes. Sie sind Kinder, und ich schulde ihnen meinen Schutz und meine Fürsorge."

„Warum bezahlst du nicht einfach jemanden, sie zu schützen und zu versorgen?" Giles zuckte die Achseln. „Es würde alle deine Probleme lösen."

„Das würde es nicht!", widersprach Sebastian heftig. „Außerdem muss ich mich selbst um sie kümmern. Sie müssen in dem Wissen aufwachsen, dass sie jemandem wichtig sind – nicht weil derjenige dafür bezahlt wird oder dazu genötigt wurde, sondern weil derjenige es will. Sie müssen wissen, wie wichtig sie und ihr Glück sind."

„Und dass du für sie sterben würdest, wenn es nötig wäre?", fragte Giles leise.

Sebastian zuckte die Schultern, solche Erklärungen behagten ihm nicht. „Was auch immer für ihre Sicherheit und ihr Glück nötig ist." Ja, auch bis zum Tod.

„Das, mein Guter, ist Liebe."

„Das ist nicht, was ich für Miss Hope empfinde." Was nicht ganz der Wahrheit entsprach. Denn er verspürte den heftigen Wunsch, sie zu beschützen, sie zu umsorgen und sie glücklich zu machen. Auch für sie würde er sein Leben geben.

Und er verspürte den ebenso heftigen Wunsch, sie in sein Bett zu holen und zu lieben, bis sie beide sich nicht mehr rühren konnten. Der Gedanke allein reichte, ihn zu erregen. „Oh, verflucht, Giles! Ich weiß nicht, was ich tun soll. Ich habe noch nie so gefühlt."

Giles lachte leise. „Willkommen unter den Sterblichen, mein Freund."

Sebastian stöhnte. „Das, was sie neulich gesagt hat: ‚Wenn sich Pflicht und Glück vereinen lassen, warum sollte man sich dann das persönliche Glück versagen?' Das geht mir einfach nicht aus dem Kopf. Weil sich nicht leugnen lässt, dass sie gut für die Mädchen wäre."

Giles wartete, aber Sebastian sprach nicht weiter, darum sagte Giles es für ihn: „Und sie wäre gut für dich, Bastian."

Er stöhnte und stützte den Kopf in die Hände. „Ich weiß. Nie in meinem Leben habe ich mich mehr nach jemandem gesehnt. Nur bin ich so gut wie an Lady Elinore gebunden."

Giles zuckte die Achseln. Er schenkte Brandy in zwei Gläser und bemerkte mit nachdenklicher Stimme: „Du hast ihr doch noch keinen Antrag gemacht, oder?"

Sebastian warf sich in einen Stuhl. „Nein, aber nachdem ich ihr so unverhohlen den Hof gemacht habe, zwingt mich meine Ehre dazu, es zu tun." Er stöhnte und fuhr sich mit beiden Händen durchs Haar. „Du hast mich gebeten, mehr Finesse an den Tag zu legen, nicht so schnell vorzugehen, aber ich wollte ja nicht auf dich hören! Warum hast du mir nicht einfach einen Ziegelstein auf den Kopf gehauen, um mir Verstand einzubläuen?"

Sein Freund lächelte gequält. „Einen Ziegelstein, Bastian? Ich würde niemals zu so groben Mitteln greifen."

Sebastian achtete nicht auf ihn. „Eine Frau wie sie – du hast doch selbst gesagt, dass sie verzweifelt nach einem Mann suchte. Und jetzt habe ich dafür gesorgt, dass sie sich Hoffnungen macht, habe sie zum Mittelpunkt eines Spektakels gemacht."

Giles hob eine Augenbraue. „Was für ein Spektakel?"

„Ich bin mir der Gerüchte wohl bewusst. Anmaßender Emporkömmling mit undurchsichtigem Hintergrund macht sich an adelige Erbin heran. Aber das muss man ihr lassen, sie hat nie auf mich herabgesehen oder mich als gesellschaftlich unterlegen behandelt. Ich kann sie nicht guten Gewissens im Stich lassen, um einer anerkannten Schönheit wie Miss Hope den Hof zu machen. Lady Elinore würde zum Gespött der Leute werden."

„Das ist möglich." Giles reichte ihm das Brandy-Glas.

„Das würde ich keiner Frau wünschen." Sebastian nahm den Brandy. „Außerdem mag ich Lady Elinore. Vielleicht ist sie langweilig, wenig aufregend und ihre Kleider sind trist und unförmig, aber sie hat das Herz auf dem rechten Fleck. An den Waisenmädchen liegt ihr wirklich viel."

„Das stimmt", pflichtete ihm Giles bei. „Hat mich erst neulich stundenlang damit gelangweilt."

„Was ist eigentlich geschehen, nachdem du sie nach Hause gebracht hast?", fragte Sebastian. „Danke übrigens, ich war in Gedanken mit etwas anderem beschäftigt." Mit Miss Hopes Worten und den Möglichkeiten, die sich dadurch eröffneten.

„Hm? Oh, wir haben über Rationalität und die Theorien ihrer Mutter gesprochen." Er grinste. „Es war ein faszinierendes Thema."

„Die Mutter war nicht ganz richtig im Kopf, wenn du

mich fragst", erklärte Sebastian. „Die Tochter ist nicht so schlimm, bloß ..."

„Sie ist überhaupt nicht wie ihre Mutter", widersprach Giles heftig. „Lady Elinore hatte einiges zu ertragen und verdient wesentlich mehr Achtung, als ihr die meisten Menschen zugestehen."

Sebastian betrachtete ihn finster. „Du hast recht. Ich denke, es ist offenkundig, was meine Pflicht ist." Er leerte das Glas mit einem Zug. „Ich habe mich noch nie in meinem Leben vor meiner Pflicht gedrückt."

„Nein. Was reichlich unbequem ist, finde ich." Giles beugte sich vor und füllte Sebastians Glas nach. „Kannst du mir helfen? Von welcher Pflicht sprichst du?"

„Sie zu heiraten, natürlich."

„Lady Elinore? Du hast doch gerade selbst gesagt, dass du sie nicht liebst. Ist das fair ihr gegenüber? Oder euch beiden?"

„Ich weiß nichts von Liebe. Aber wenn ich sie heiraten würde, wäre ich ein guter Ehemann. Ich würde sie gut behandeln und wäre ihr wenigstens treu, was mehr ist, als viele andere Männer der Gesellschaft von sich behaupten können."

„Du hast auch Thea nicht geliebt", erinnerte ihn Giles. „Und obwohl du deiner Meinung nach ein guter Ehemann warst und treu dazu, hatte ich den starken Eindruck, dass keiner von euch beiden glücklich war."

Unbehaglich rutschte Sebastian hin und her. „Das war etwas anderes. Ich war jung und dumm und habe es nicht begriffen. Ich dachte, Thea wollte mich heiraten, aber ... Dabei war es ihr Vater, der die Verbindung vorschlug. Es ging um die Zukunft der Weberei." Er zuckte die Schultern. „Thea wollte mehr, als ich ihr geben konnte."

Er hatte Thea alles gegeben, was er zu geben hatte: seinen Körper, seine Loyalität und seinen Schutz. Und er hatte hart gearbeitet, um das Geschäft weiter auszubauen, ihr alles zu bieten, was sie sich wünschte. Es war nicht genug gewesen.

„Genau. Und als du Thea geheiratet hast, warst du nicht in eine andere verliebt.“ Giles schwenkte den Brandy in seinem Glas, hielt es vor die Kerze und starrte nachdenklich auf die bernsteinfarbene Flüssigkeit. „Glaubst du ehrlich, du und Lady Elinore wäret in einer Vernunftehe glücklich? Die Frau schreit förmlich danach …!“ Er musste sich verschluckt haben, denn er begann zu husten.

Sebastian zuckte zusammen. „Was hast du gesagt?“

Als Giles den Hustenanfall überwunden hatte, trank er den Rest seines Brandys und erklärte: „Sie schreit förmlich danach, erwürgt zu werden! Du musst zugeben, eine Frau, die so hart daran arbeitet, ihre Weiblichkeit und ihre zarteren Gefühle zu unterdrücken, ist eine Frau, mit der es sich verteufelt schwierig leben ließe. Glaub mir, Bastian, Lady Elinore wird keine zahme, anspruchslose Ehefrau sein. Dein ganzes Leben wird nach den Grundzügen der Rationalität auf den Kopf gestellt.“ Er machte eine kurze Pause, bevor er beiläufig hinzufügte: „Sie scheint mir recht einsam zu sein. Hilfsbedürftig, verletzlich. Was, wenn sie wie Thea mehr von dir verlangt, als du ihr geben kannst?“

„Himmel, nein! Ich glaube nicht, dass ich das noch einmal ertrüge.“ Stöhnend barg Sebastian seinen Kopf in den Händen.

Giles stellte sein Glas ab und setzte sich auf. „Gut, dann ist das entschieden. Du kannst Lady Elinore nicht heiraten, und da du ihr nichts versprochen hast, schuldest du ihr auch nichts. Aber du hast recht: Es wäre nicht nett, sie fallen zu lassen wie einen Sack Lumpen. Selbst wenn ihre Kleider daran erinnern. Du hast ihre Hoffnungen hochgeschraubt, jetzt musst du sie langsam wieder senken. Und ich, dein ältester Freund und erfahrener Frauenkenner, werde dir helfen."

„Du?", fragte Sebastian zweifelnd.

„Ich", bestätigte Giles im Brustton der Überzeugung. „Und wir fangen mit der Oper an. Du hast sie, glaube ich, dahin eingeladen. Ich begleite dich, wir machen eine Gesellschaft daraus – die Merridews, Lady Elinore, du und ich. Ich könnte noch Bertie Glossington einladen, aber er ist ein liederlicher Kerl und würde die Damen beleidigen, indem er die Balletttänzerinnen anstarrt."

Sebastian erkannte ein Ablenkungsmanöver, wenn es ihm unterkam. Bertie Glossington war zweifellos ein Ablenkungsmanöver.

„Warum, um alles in der Welt, möchtest du bei einer kleinen Gesellschaft zum Opernbesuch dabei sein, zu der außer dir ich, Lady Elinore und die Merridew-Zwillinge gehören? In meinen Ohren hört sich das nach einem sicheren Rezept für eine Katastrophe an. Wenn ich weniger mit Lady Elinore gesehen werden sollte ..."

„Du kannst doch aber keine bereits ausgesprochene Verabredung rückgängig machen. Außerdem liebt Lady Elinore die Oper, und du wirst sie nicht enttäuschen wollen. Nein, du musst gehen und Miss Hope auch. Vertrau mir, Bastian. Es ist alles eine Frage der Strategie. Wir müssen die beiden Damen häufiger zusammenbringen, sie ermutigen, sich anzufreunden – Frauen tun das bei jeder Gelegenheit. Der Himmel weiß, sie könnte ein paar Tipps in Modesachen und im Umgang mit dem anderen Geschlecht gut gebrauchen."

„Und?", wollte Sebastian wissen, weil sein Freund nicht weitersprach.

„Also, wir planen mehrere gemeinsame Ausflüge, du, das

kleine graue Gespenst und ich sowie Miss Hope. Dann, langsam und allmählich, wird man sehen können, wie sich deine Aufmerksamkeit mehr und mehr von der einen zu der anderen Dame verlagert."

„Damit Lady Elinore wie eine Närrin erscheint und sich auch so fühlen muss?", erwiderte Sebastian unverblümt. „Das gefällt mir nicht."

„Ah, aber das liegt nur daran, dass du die Brillanz meines Plans noch nicht durchschaut hast", informierte ihn Giles. „In der Zwischenzeit werde ich Lady Elinore mehr und mehr Aufmerksamkeit zuwenden und sie so von dir ablenken."

Sebastian schnaubte. „Oh ja. Sie würde sich wesentlich besser vorkommen, wenn sie von zwei statt nur einem Herrn fallen gelassen wird."

„Nein", widersprach Giles geduldig. „Da zwei so schneidige Kerle wie wir ihre Gesellschaft gesucht haben ..." Er schaute seinen Freund kritisch an und verbesserte sich: „Nun gut, wenn ein schneidiger junger Mann und ein gesitteter, solider Kerl wie du ihre Gesellschaft suchen, wird das Lady Elinore zu einem gewissen Ansehen verhelfen. Nachdem sie zuerst dich – unermesslich reich, wenn auch ein wenig unbeholfen – und dann mich – einen anerkannten Connaisseur weiblicher Reize – gefesselt hat, wird sie auch bei anderen Aufmerksamkeit erregen. Sie werden glauben, sie müsse interessanter sein, als sie auf den ersten Blick wirkt, und ihre Bekanntschaft suchen."

„Und wenn nicht?"

„Vertrau mir, mein Lieber, sie werden. Ich weiß, es mag dir ein wenig unbescheiden vorkommen, aber wohin ein Bemerton führt, werden andere folgen."

„Hört sich albern an. Ich kann mir einfach nicht vorstellen, dass die Herren der guten Gesellschaft sich um einen kleinen, grau gekleideten Blaustrumpf scharen. Außerdem hat dein Plan noch ein weiteres Riesenloch: Lady Elinore mag dich nicht."

Giles war gekränkt. „Mag mich nicht? Mich? Was für ein Unsinn! Natürlich mag sie mich. Alle Welt mag mich."

Sebastian grinste. „Schon, aber sie ist eine Frau, die ihre eigenen Wege geht. Ich meine mich zu erinnern, dass sie einmal mit dir getanzt hat – mit dir! Und wie du selbst erzählt hast, hat sie keinen Zweifel daran aufkommen lassen, dass sie dich abstoßend fand. Und später hat sie dich nicht einmal wiedererkannt – dich!"

Giles winkte ab. „Pah! Sie hat mich erkannt. Das war doch nur weibliche List!"

„Sah mir aber gar nicht danach aus. Sie scheint nicht der Typ Frau zu sein, der zu weiblichen Listen greift. Das wäre nicht rational."

Abfällig schnaubte Giles und erklärte finster: „Glaub mir, Bastian, alle weiblichen Wesen wenden weibliche Listen an. Von dem dreijährigen Mädchen bis zu hundertjährigen Nonnen, höre auf meine Worte."

„Hat dir mehrmals, soweit ich weiß, einen Rüffel erteilt", erinnerte ihn Sebastian. „Auch neulich schien sie nicht allzu glücklich über deine Bemerkungen im Waisenhaus. Ist dir bestimmt dreimal praktisch ins Gesicht gesprungen."

„Unsinn! So ein zierliches Geschöpf könnte ohnehin kaum Schaden anrichten", tat Giles den Hinweis ab.

„Mangelndes Selbstbewusstsein kann man dir jedenfalls nicht vorwerfen", murmelte Sebastian.

Giles verkündete hochnäsig. „Du kannst gerne spotten, aber Eifersucht ist das Kennzeichen der Kleingeister, Reyne. Bemertons siegen – das ist das Familienmotto. Du magst keine ernsthaften Rivalen im Geschäftsleben haben, ich hingegen bin unübertroffen in Herzensangelegenheiten.

Und ich – ich verstehe Frauen."

Sebastian wölbte seine Augenbrauen. „Berühmte letzte Worte."

„Pah! Ungläubiger Thomas! Jetzt geh und versuch, Miss Hope mit deinem zweifelhaften Charme zu erobern. Lady Elinore kannst du getrost mir überlassen!"

„Machen Sie sich keine Sorgen, Mr. Reyne. Wir kommen nicht zu spät", versicherte ihm Lady Elinore, während sie in einem grauen Samtumhang die Treppe hinabstieg. „Niemand ist pünktlich in der Oper."

Warum? Seiner Ansicht nach war das idiotisch, eine Loge für den Abend zu mieten war schließlich nicht billig. Warum für etwas bezahlen und es dann nicht ganz nutzen? Er verstand die gute Gesellschaft einfach nicht.

„Genau genommen, werden wir sogar unmodisch früh da sein." Sie zog sich ein Paar langer grauer Abendhandschuhe an. „Aber mir gefällt das, weil ich es hasse, den Anfang einer Geschichte zu verpassen. Geht es Ihnen auch so?"

Sebastian nickte, fühlte sich ein wenig besser. Wenn eine Oper auch eine Geschichte hatte und nicht nur Gesang, war es vielleicht gar nicht so übel.

In der Kutsche bemerkte Lady Elinore: „Meine liebe Mutter billigte die Oper gar nicht. Sie hielt sie aufgrund der unmäßig geäußerten Leidenschaft für vulgär. Und das stimmt schon, aber ich empfinde die Musik als erhebend. Und Cosi ist einfach herrlich. Was meinen Sie, Mr. Reyne?"

Da er keine Ahnung hatte, wer Cosi war, entschloss sich Sebastian, reinen Tisch zu machen. „Ich fürchte, ich weiß praktisch nichts über Opern, Lady Elinore. Bis heute war ich noch nie in einer."

Dieses Geständnis erwies sich als Fehler. Durch seine Unwissenheit fühlte sie sich aufgefordert, ihm eine umfassende Einführung in diese Kunstform zu geben, von den Anfängen bis in die Gegenwart.

Als sie in ihrer Loge ankamen, war der Zuschauerraum vergleichsweise dunkel, während die Bühne hell erstrahlte. Gerade als sie Platz nahmen, hob sich der Vorhang.

Interessiert schaute Sebastian sich um. In Manchester hatte er gelegentlich das Theater besucht, doch das Opernhaus war wesentlich eleganter und prächtiger. Es gab eine ganze Reihe von Logen, von denen die meisten aber noch leer waren.

Das Orchester begann zu spielen und die Sänger zu singen. Ihm gefiel die Musik, nur waren die Worte sehr schwer zu verstehen.

Er blickte zu Lady Elinore. Sie schien völlig gebannt, und um ihre Lippen spielte ein leises Lächeln.

Sebastian beugte sich vor und sah zur Bühne. Die Sänger gingen auf und ab und sangen und sangen, aber egal, wie sehr er sich bemühte, er konnte nicht herausbekommen, wovon sie sangen und worum es in der Geschichte ging. Da waren zwei Frauen und zwei Männer, vielleicht Liebespaare. Und dann war da noch dieser andere Kerl …

Er warf Lady Elinore noch einen Seitenblick zu. Sie wiegte sich sacht zur Musik, offensichtlich völlig darin gefangen.

Schließlich gab er es auf und unterhielt sich damit, die anderen Theaterbesucher zu beobachten. Die anderen Logen füllten sich nach und nach. Er entdeckte mehrere Leute, die er bei Bällen und Ähnlichem kennengelernt hatte. Lord und Lady Thorn betraten die Loge genau gegenüber zusammen mit einer kleineren Gesellschaft, darunter auch Graf Rimavska. Heute Abend trug er einen schimmernden Umhang aus schwarzem Pelz mit rotem Futter.

Nur ein paar Leute in den Logen schenkten dem Geschehen auf der Bühne Aufmerksamkeit. Die meisten winkten Bekannten zu, überflogen die Menge durch ihre Operngläser, unterhielten sich oder lachten, ohne sich über die Lautstärke Gedanken zu machen. Die Damen waren sehr elegant gekleidet und saßen meist in der ersten Reihe, sodass ihre Kleider, ihr Schmuck und ihre Frisuren gebührend bewundert werden konnten.

Lady Elinore saß ebenfalls ganz vorne, aber sie wollte sehen können, was auf der Bühne passierte, nicht damit man ihr formloses graues Seidenkleid, das Fehlen jeglicher Juwelen oder das straff nach hinten frisierte Haar besser sehen konnte. Sebastian bewunderte sie fast für ihr beinahe trotziges Festhalten an ihren Prinzipien. In ihrer Weigerung, sich dem Diktat der Gesellschaft zu beugen, lag Klasse, fand er. Charakterstärke wie diese traf man nur selten.

Auf der anderen Seite konnte Charakterstärke auch schnell in Verbohrtheit ausarten. Wo hörte das eine auf, wo begann das andere?

„Hier seid ihr!“ Giles steckte seinen Kopf zur Logentür herein. „Ihr müsst verteufelt früh gekommen sein.“ Er sprach in normaler Lautstärke.

„Psst!“, zischte Lady Elinore.

Giles grinste und zog den Kopf zurück. „Nach Ihnen, meine Damen.“

„Hallo! Wie geht es Ihnen, Mr. Reyne“, flüsterte Miss Faith Merridew. „Haben wir den Anfang verpasst?“ Sie eilte zur ersten Stuhlreihe und setzte sich, sodass zwischen ihr und Lady Elinore ein Platz frei blieb, und schaute wie gebannt zur Bühne.

„Mr. Reyne.“ Die Anstandsdame trat ein, bot ihm flüchtig die Hand und hob Miss Faith’ blauen Umhang auf, den sie einfach auf einen Stuhl geworfen hatte. Sie hängte ihn und ihren eigenen an den Haken auf der Rückseite der Loge auf. Dabei sah sie aus, als habe sie eben in eine Zitrone gebissen.

Sebastian schluckte. Er wusste, wer jetzt kommen würde.

Miss Hope erschien, in einen weinroten Samtumhang gehüllt. Die leuchtende, dunkle Farbe umrahmte sie wie ein Juwel. Sie warf ihm ein strahlendes Lächeln zu und sagte leise: „Guten Abend, Mr. Reyne."

Sebastian gelang ein fast schroffes: „Darf ich Ihren Umhang nehmen, Miss Hope?"

Sie neigte den Kopf, drehte sich um und zuckte die Schultern, sodass der dunkelrote Stoff in seine wartenden Hände glitt.

Sebastian schluckte erneut. Sein Mund war ganz trocken.

Ihr Kleid war aus grüner Seide und mit Satin und weinroter Spitze besetzt. Es war tief ausgeschnitten und die hohe Taille betonte ihre schlanken Formen.

Ihre Haut wirkte seidenweich und sahnig, akzentuiert vom satten Grünton des Kleides. Ihre goldenen Locken waren hoch gesteckt, sodass ihr Nacken entblößt war, verletzlich und verzaubernd. Wenn er seinen Kopf nur ein wenig neigte, könnte er sie genau da küssen. Der schwache Duft ihres Parfums stieg ihm neckend in die Nase. Er sehnte sich danach, seinen Mund auf diese süße Wölbung zu pressen, sein Gesicht an der köstlichen Vertiefung zu bergen, ihre Haut zu kosten …

Wieder musste er schlucken.

„Oh, passen Sie doch auf! Sie verknittern ja den neuen Umhang!" Die Stimme der Anstandsdame drang unangenehm schrill in seine Gedanken. Sie zog ihm den Umhang aus den Fingern und drängte sich an ihm vorbei zum Kleiderhaken.

Über Miss Hopes Alabasterschulter hinweg grinste Giles ihn an. „Ich wusste doch, dass dir die Oper gefällt, Bastian."

Er schlenderte zur Logenbrüstung und spähte in das Publikum unten. „Wie läuft es? Sind schon viele da? Irgendjemand Interessantes?"

„Pst!", zischte Lady Elinore wieder. „Manche von uns sind wegen der Musik hier!" Während sie sprach, wandte sie den Blick nur flüchtig von der Bühne ab, nickte den anderen kurz zu, ließ aber keinen Zweifel daran, dass sie sich erst in der Pause unterhalten würde. Miss Faith schien das gutzuheißen.

Giles zwinkerte Sebastian zu und erklärte in normal lauter Stimme: „Ich denke, die Dame möchte, dass wir uns hinsetzen und zuschauen, Bastian, daher lass uns einen Platz finden. Wo wäre es Ihnen am liebsten, Miss Hope, Mrs. Jenner?"

Lady Elinore drehte sich zu ihm um und bedachte ihn mit einem strafenden Blick. „Mr. Bemerton!", zischte sie vorwurfsvoll.

„Guten Abend, Lady Elinore. Meiner Seel, steht Ihnen diese Farbe aber gut. Sie sollten sie viel öfter tragen", sagte Sebastians unverbesserlicher Freund. Als ihr Blick grimmiger wurde, fügte er in beschwichtigendem Ton hinzu: „Ja, ja, wir setzen uns ja hin. Regen Sie sich nicht auf, liebe Dame. Es gibt genug Platz für alle."

Lady Elinore wandte sich wieder der Bühne zu. Wenn sie nicht so eine rationale junge Dame wäre, hätte man sagen können, dass sie eingeschnappt aussah.

Die Anstandsdame Mrs. Jenner nahm den Stuhl neben Miss Faith. Sie warf Sebastian einen warnenden Blick zu, dann deutete sie auf den leeren Platz zwischen Miss Faith und Lady Elinore und rief fordernd: „Hope, Liebes." Es war unverkennbar geplant, dass Miss Hope so weit entfernt wie nur möglich von Mr. Reyne sitzen sollte.

Hope schaute Sebastian in komischem Bedauern an und

wollte gerade gehorchen, als Giles erklärte: „Himmel! Da ist mein alter Freund Bertie Glossington! He, Bertie! Bertie!" Er trat an die Brüstung und beugte sich darüber, schwenkte sein Taschentuch, dann hörte er auf und richtete sich auf. „Nein, das ist er doch nicht. Schade."

„Mr. Bemerton", fuhr ihn Lady Elinore an. „Setzen Sie sich, und seien Sie still."

„Nur zu glücklich, Ihnen zu Diensten zu sein", sagte Giles und ließ sich auf den leeren Stuhl neben ihr fallen, bevor er in einem lauten Flüstern hinzufügte: „Schande über Glossington. Sie hätten ihn gemocht, Lady Elinore. Ein gutmütiger Kerl, Bertie. Immer zu Späßen aufgelegt."

Lady Elinore setzte sich aufrechter und richtete ihren Blick fest auf die Bühne, ihr Kinn kämpferisch vorgeschoben, was dem Verursacher der nächsten Unterbrechung nichts Gutes verhieß. Grinsend lehnte Giles sich zurück. Er drehte sich um und zwinkerte Sebastian zu.

Sebastian hätte über seine Unverschämtheit gelacht, wäre er nicht so abgelenkt gewesen. Er nahm auf dem letzten freien Stuhl Platz – dem neben Hope Merridew.

Jetzt konnte er ihr Parfum riechen. Der Duft verwirrte ihm die Sinne, er hatte keine Ahnung, was er tun sollte. Oder was er sagen könnte.

Ihre Schultern schimmerten sahnig im Licht der Bühne, ihr grünes Seidenkleid schien fast schwarz.

Konversation treiben? Wie konnte so etwas von einem Mann erwartet werden, wenn Miss Hope ihm nahe war? Er konnte sich auf nichts konzentrieren. Nicht auf die Musik, nicht auf die unverständliche Handlung – ja, noch nicht einmal auf Mrs. Jenners Bemühungen, mit ihrem Schützling den Platz zu tauschen, was Hope sich zu tun weigerte unter Verweis auf Lady Elinores ausdrücklichen Wunsch, nicht gestört zu werden.

Ihr Kleid war über dem Busen tief ausgeschnitten, sodass er kaum den Blick abwenden konnte. Er wurde zum Lüstling. Sie war Gast in seiner Opernloge. Und er war der Gastgeber des Abends. Er dürfte ihren Busen gar nicht bemerken, geschweige denn sich vorstellen, seine Hände darauf zu legen …

Sebastian schloss die Augen, damit er die Versuchung nicht mehr sehen konnte.

Ein Fehler. In der Dunkelheit hörte er sie leise neben sich atmen. Wie er ein so schwaches Geräusch im Lärm der Oper überhaupt wahrnehmen konnte, war ihm ein Rätsel, aber er hörte jeden Atemzug, spürte die Bewegung, wenn sie sich anders hinsetzte. Ihr zarter weiblicher Duft hüllte ihn ein, und in der Dunkelheit lief seine Fantasie völlig aus dem Ruder …

Er öffnete seine Augen und setzte sich aufrecht hin. Konzentriere dich auf die Oper, sagte er sich. Schau dir die Leute im Publikum an. Starre diesen entsetzlichen ungarischen Geiger an. Alles, nur denke nicht an Miss Hope.

Sie drehte den Kopf und lächelte ihn an.

Die Wirkung stellte sich sofort ein. Das, was er am meisten gefürchtet hatte, war geschehen: Während er in aller Öffentlichkeit neben Miss Hope Merridew saß, war er voll erregt. Er verkniff sich ein Stöhnen. Hoffentlich würde das dämmerige Licht seinen Zustand verbergen.

Er schaute streng geradeaus, versuchte sein Problem mit der Macht seiner Gedanken zu vertreiben, nahm seine ganze Selbstbeherrschung zusammen.

Davon gab es nicht mehr viel. Es war, als hätte seit seinem Entschluss, Hope Merridew zu umwerben, sein Körper beschlossen, dass die Werbung zu Ende sei und die Flitterwochen begonnen hätten.

Doch die Gesellschaft musste Zeuge werden, wie er seine

Aufmerksamkeit langsam von Lady Elinore auf Miss Hope verlagerte. Nach und nach, hielt er seinem Körper vor, bedeutete nicht, sie sich über die Schulter zu werfen, aus der Oper zu tragen und auf sein Pferd zu werfen, um dann mit ihr in die Nacht zu reiten. Aber sein Körper gehorchte ihm nicht.

15. KAPITEL

Mr. Reyne scheint der Oper nicht viel Aufmerksamkeit zu schenken, überlegte Hope. Steif und unbehaglich saß er neben ihr, sie konnte die Spannung spüren, die von ihm ausging.

Vermutlich würde ein Mann, der den größten Teil seines Lebens in Fabriken verbracht hatte, nur wenig über Opern wissen. Sie und ihre Schwestern hatten nie Musik gehört, bevor sie nach London kamen, aber mit Faith als Zwillingsschwester würde sogar der unmusikalischste Mensch in Kürze alles lernen, was es über Opern zu wissen gab. Und Hope war alles andere als unmusikalisch. Vielleicht hatte Mr. Reyne niemanden, der es ihm erklärte.

Sie beugte sich vor und flüsterte ihm ins Ohr. „Hat Ihnen jemand die Handlung erzählt?"

Er zuckte zusammen, rutschte fast vom Stuhl. „Handlung? Oh, von der Oper. Nein."

„Gut, dann …" Sie lehnte sich zu ihm, ihre Hand auf seiner Schulter, und begann ihm die Geschichte zuzuflüstern.

„In Italienisch!", rief er.

„Pst!", zischten Lady Elinore und Faith im Chor.

Er schwieg, starrte Hope aber verwundert und nicht wenig gekränkt an. „Italienisch!", wiederholte er. „Kein Wunder, dass ich kein Wort verstehen konnte."

Über seine Miene musste sie lachen. „Hat Sie niemand gewarnt?"

Er schüttelte den Kopf. Genau in diesem Moment merkten sie beide, dass ihre Gesichter nur wenige Zoll voneinander entfernt waren. Sie erstarrten. Er schaute ihr tief in die Augen, und gebannt schaute sie zurück.

Sie wusste nicht, wie lange sie so dasaßen, sich in die Augen blickten und den Atem des anderen einatmeten, während herrliche Musik die Luft um sie herum füllte, aber sie hatte den Eindruck, als würde etwas Wichtiges zwischen ihnen gesagt, ohne dass ein Wort fiel.

Der Vorhang senkte sich, und Applaus brauste auf. Sie fuhren auseinander. „Ist es vorbei?", fragte Mr. Reyne.

„Bastian, du weißt doch sehr gut, dass zwischen den Akten eine Pause ist. Die Pause ist das Beste an der Oper", erklärte Mr. Bemerton. „Es ist eine Zeit, zu der man reden darf", er sah zu Lady Elinore, die daraufhin die Nase in die Luft hob, „alle sich gegenseitig in den Logen besuchen, die eleganten Kleider bewundern, trinken, essen und so viel Klatsch wie möglich verbreiten. Das ist es, wozu die meisten Menschen in die Oper kommen." Herausfordernd grinste er Lady Elinore an.

„Sehen Sie", rief sie unbeeindruckt, „ist das nicht Graf Rimavska, der berühmte Violinist? Er scheint uns zuzuwinken."

Hope schaute zur gegenüberliegenden Loge, und wirklich, da war er, übertrieben theatralisch in Rot, Gold und Pelze gewandet. Er winkte ihrer Loge zu, genauer gesagt, er winkte Faith, die errötete.

„Er sieht immer so schrecklich romantisch aus, nicht wahr?", bemerkte Lady Elinore nachdenklich.

„Romantisch?" Mr. Bemerton starrte sie an.

Lady Elinores blasse Wangen färbten sich hellrot. „In einem poetischen Sinn", sagte sie würdevoll. „Außerdem hat er ein beachtliches musikalisches Talent, das jeder rationale Mensch bewundern würde."

Mr. Bemertons Blick verfinsterte sich. „Mit ein bisschen Glück fällt er aus der Loge und bricht sich das Genick."

„Das wäre ein großes Unglück, denn die Welt verlöre ein großes Talent", erwiderte Lady Elinore gesetzt.

Mr. Bemerton ließ einen unhöflichen Laut hören.

Sie schaute ihn von oben herab an, wie jemand ein lästiges Insekt betrachten würde. Das Rot ihrer Wangen vertiefte sich.

Mr. Reyne erhob sich, runzelte die Stirn. „Ich habe Erfrischungen für die Pause bestellt, aber sie sind noch nicht da. Ich werde mal nachsehen, wo sie bleiben."

„Ich begleite dich. Ich brauche frische Luft", erklärte Mr. Bemerton mit einem Stirnrunzeln zu Lady Elinore und Faith. „Ich verspüre leichte Übelkeit."

Hope bemerkte kaum, wie sie gingen. Faith winkte dem Grafen schüchtern zurück, und ihr Gesicht schien zu leuchten. „Er möchte, dass ich komme und mich zu ihnen in die Loge geselle. Darf ich, Mrs. Jenner?"

„Ich wüsste nicht, warum nicht, meine Liebe. Lady Thorn ist dort, also spricht nichts dagegen. Und ich sehe meine Freundin Lucille in der Loge nebenan. Hope, Sie werden uns begleiten."

Und nicht hier bleiben und am Ende mit Mr. Reyne sprechen, fügte Hope im Geiste hinzu. Sie lächelte süß. „Danke, nein."

Ihre Anstandsdame musterte sie streng. „Dann seien Sie so gut und bleiben Sie an Lady Elinores Seite. Ich werde Sie von Lucilles Loge aus im Auge behalten."

An der Tür blieb sie stehen, blickte zu Mr. Reynes leerem Stuhl. „Und wenn ich wiederkomme, werden wir für den Rest der Aufführung die Plätze tauschen." Mit diesen Worten ließ sie Hope mit Lady Elinore allein.

Sie hatten kein Wort miteinander gewechselt seit dem Tag der Teeparty für die Waisen. Hope hatte zweimal vorgesprochen, aber Lady Elinore war nicht zu Hause gewesen. Daraufhin hatte Hope eine Nachricht gesandt, die jedoch unbeantwortet geblieben war. Jetzt starrte Lady Elinore ins

Publikum, offenbar gefesselt von der Aussicht, doch Hope ließ sich nicht täuschen.

Sie wollte eine Brücke über die Kluft zwischen ihnen schlagen, aber ihr fiel nicht ein, was sie sagen konnte. Sie hatten wenig gemein: Lady Elinore war eine gebildete Dame mit strikten Prinzipien, die unermüdlich für andere wirkte. Hope dagegen hatte nur wenig Bildung genossen, sie war hoffnungslos ungeschickt in den meisten vornehmen Beschäftigungen, und ihr Lebensmotto war der selbstsüchtige Wunsch nach persönlichem Glück.

Hope wusste, ihre Worte hatten die Ältere irgendwie getroffen. Sie hatte erst zu spät gemerkt, wie verletzlich Lady Elinore war. Sie wirkte immer so selbstsicher und so überzeugt von der Richtigkeit der Theorien ihrer Mutter.

Schlimmer noch, Hope wollte ihren Verehrer für sich. Sie war schon eine Weile halb verliebt in Mr. Reyne gewesen, aber seit sie sich geküsst hatten …

Das Schweigen in der Loge wurde unerträglich spannungsgeladen. Hope brach es als Erste. „Lady Elinore, ich weiß sehr gut, dass ich Sie gekränkt habe, und das bereue ich zutiefst. Bitte nehmen Sie meine Entschuldigung an. Ich hätte nicht so respektlos über Ihre Mutter sprechen dürfen."

Lady Elinore rührte keinen Muskel. Gerade, als Hope sich fragte, ob sie sie überhaupt gehört hatte, sagte sie zusammenhanglos: „Mutter billigte Musik nicht. Sie fand, dass sie gut sei, um zu beruhigen, aber sie entflamme auf der anderen Seite wilde Leidenschaften. Daher beschloss sie, es sei besser, Musik um jeden Preis zu meiden."

Voller Mitgefühl blickte Hope sie an. „Unser Großvater hielt Musik für sündig. Wir haben keine Musik gehört, bis wir nach London kamen, mit Ausnahme von Faith' kleiner Holzflöte, die sie trotz seines Verbotes immer heimlich gespielt hat. Den Dienstboten war sogar verboten zu pfeifen."

Beide schwiegen wieder, doch diesmal war es kein unbehagliches Schweigen.

Lady Elinore seufzte. „Ich habe immer versucht, Mutters Geboten zu folgen – sie war eine außergewöhnliche Frau, wissen Sie, mit wunderbaren, rationalen Ideen –, aber Musik scheint das Eine zu sein, auf das ich nicht verzichten kann."

„Ich sehe nicht, warum Sie auf etwas verzichten sollten", erwiderte Hope. „Ihre Mutter hat ihre Entscheidungen für sich selbst getroffen. Sicher haben Sie dieselbe Freiheit. Ich habe jedenfalls fest vor, immer selbst zu entscheiden."

„Wirklich?", fragte Lady Elinore nachdenklich.

„Ja, in der Tat. Genau genommen, als wir sechzehn waren und noch auf dem Anwesen unseres Großvaters gewissermaßen begraben, da habe ich mir geschworen, dass ich eines Tages frei sein würde und niemand mich jemals wieder … binden würde … einsperren."

Lady Elinore schien fasziniert, daher fuhr Hope fort: „Ich habe mir damals gelobt, dass, falls … nein, wenn ich seiner Kontrolle entkomme, ich den Rest meines Lebens in vollen Zügen genießen werde. Ich wollte keine Chance auf ein wenig Freude ungenutzt verstreichen lassen, wie klein sie auch sein möge." Verlegen schwieg sie, wusste, dass sie sich auf dünnes Eis begab. Aber diese stille, merkwürdige Frau hatte sie unerwartet berührt, und Hope wollte, dass sie sie verstand.

„Bei Großvater gab es wenig Freude, müssen Sie wissen. Er war ein hasserfüllter, bitterer Mann. Bösartig."

„Meine Mutter war nicht bösartig", warf Lady Elinore rasch ein.

„Nein, natürlich nicht", beeilte sich Hope zu sagen. „Das wollte ich nie andeuten …"

„Ich weiß. Aber Sie haben dennoch recht, und zwar mit dem, was Sie neulich gesagt haben. Seither habe ich viel darüber nachgedacht. Mutter war verbittert, und es gab wenig Freude in unserem Leben. Mein Vater hat sie … uns sehr schlecht behandelt, soweit ich weiß. Vor seinem Tod."

„Das tut mir leid."

„Ich habe ihn nicht kennengelernt. Sie lebten getrennt, und er starb, als ich noch klein war. Was ein glücklicher Umstand war, denn er war ein Verschwender. Wäre er nicht früh gestorben, hätte er sein ganzes Vermögen verschleudert statt nur die Hälfte davon."

„Verstehe."

„Ich werde … erben, eines Tages", sagte Lady Elinore traurig. „Es ist eine Art Prüfung."

Hope zog die Augenbrauen in die Höhe. „Meine Schwestern und ich sind auch Erbinnen, aber ich halte das für sehr angenehm. Ich bin viel lieber reich als arm. Warum betrachten Sie Ihr Vermögen als eine Prüfung?"

Eine längere Pause entstand. Dann nickte Lady Elinore zur gegenüberliegenden Loge. „Ihre Schwester ist bei Lady Thorn eingetroffen."

„Ich weiß." Sie hatte den Grafen aufspringen und sich theatralisch über ihre Hand beugen sehen, um sie mit extravaganten Gesten zu küssen. Konnte ihre Zwillingsschwester sich wirklich in diesen Mann verliebt haben?

„Ich hätte nichts dagegen, die Grafen persönlich kennenzulernen", gestand Lady Elinore. „Ich habe es bei Lady Thorns Soiree versucht, aber das Gedränge war zu groß. Ich wollte ihm sagen, wie sehr ich sein Spiel genieße. Es ist wirklich herrlich."

Hope hatte plötzlich einen Einfall. Sie stand auf und nahm ihren Schal. „Dann kommen Sie. Lassen Sie uns zu Lady Thorns Loge gehen. Sie sollen den Grafen kennenlernen, und ich werde meine Schwester vor seinen Schmeicheleien schützen."

„Aber Ihnen wurde doch aufgetragen, hier zu warten."

„Nein, eigentlich nicht. Mir wurde gesagt, ich solle bei Ihnen bleiben."

Lady Elinore wirkte nicht überzeugt. „Die Herren wollen uns Erfrischungen holen. Sie werden sich fragen, wo wir sind."

Hope zuckte die Achseln. „Es ist eine von Tante Augustas Maximen, dass es den Herren nur guttut, sich zu wundern. Wir lassen uns nicht in einer Loge abstellen, um zu warten. Schließlich sind wir unabhängige junge Damen. Wir haben die Gelegenheit, uns zu amüsieren, eine kleine Chance auf etwas Freude, Lady Elinore. Sollen wir sie ergreifen oder ungenutzt verstreichen lassen?"

Lady Elinore wirkte hin und her gerissen.

Hope sagte: „Natürlich, ich verstehe es zu gut, wenn Sie lieber hier bleiben, um mit Mr. Bemerton die Klingen zu kreuzen ..."

Lady Elinore sprang auf. „Auf keinen Fall! Ich verabscheue den Mann. Er hat kein bisschen Anstand in sich!" Sie schnappte sich ihren Schal und ihr Retikül. „Sollen wir?"

Als Hope jedoch die Tür öffnete, stand dort James und versperrte ihr den Weg. „Verzeihung, Miss Hope", sagte er. „Ich habe Order von Mrs. Jenner, keine Besucher zu erlauben, bis sie oder Mr. Bemerton zurück sind."

„Ausgezeichnet James, aber wir verlassen ja die Loge und wollen nicht hinein. Also geh bitte zur Seite."

James zögerte.

„James", meinte Hope gedehnt.

„Miss Hope", begann James, „Sie wissen sehr gut, sie möchte, dass Sie hier bleiben."

Hope lächelte süß. „Wenn Wünsche Flügel hätten, James ... Außerdem kannst du nicht Lady Elinore mit einsperren, und sie möchte die Loge verlassen. Mrs. Jenner hat mich angewiesen, bei Lady Elinore zu bleiben. Mir würde es nicht im Traum einfallen, ihr nicht zu gehorchen." Damit ging sie an ihm vorbei.

James schüttelte den Kopf. „Eines Tages, Miss ..."

Aber Hope und Lady Elinore waren schon fort, schritten zu dem breiten Hauptflur, wo Leute standen und plauderten. Der Lärm der geschrienen Unterhaltungen und der Geruch überhitzter und großzügig parfümierter Körper waren höchst unangenehm.

Als sie das Gedränge sah, blieb Lady Elinore stehen, umklammerte nervös ihren Schal und ihr Retikül. „Es ist ein grässliches Gewühl. Sind Sie sicher, dass wir weitergehen sollten? Ich glaube nicht ..."

„Möchten Sie den Grafen kennenlernen oder unverrichteter Dinge wieder in die Loge zurückgehen?"

Lady Elinore überlegte einen Moment, dann nickte sie. „Gut, gehen wir weiter, Miss Hope."

Hope grinste. „Ich denke, Sie sollten mich Hope nennen, jetzt, da wir Verbündete sind."

Lady Elinore wurde rot. „Danke. Ich freue mich sehr", erklärte sie gerührt.

In diesem Moment wurde Hope klar, dass Lady Elinore gar nicht die Sorte Freundschaft kannte, die für die Merridew-Schwestern selbstverständlich war. Sie schaute die kleine, dürre Frau in den hässlichen grauen Kleidern an und legte ihr unwillkürlich einen Arm um die Schultern. „Wir wollen Freundinnen sein, ja?"

Lady Elinore starrte sie einen Moment lang an, bevor ihr zu Hopes Unbehagen Tränen in die Augen traten. „Oh ja, bitte." Sie drückte Hopes Arm.

Da und dann beschloss Hope, wegen Lady Elinore etwas zu unternehmen. Sie wusste nicht was genau, aber es würde etwas sein. Wenn das simple Angebot von Freundschaft aus dem Mund eines zehn Jahre jüngeren Mädchens sie zu Tränen rühren konnte, dann gab es in Elinores Leben eindeutig zu wenig Freundschaft.

„Kommen Sie." Hope nahm ihre Hand. „Jetzt stellen wir Ihnen erst einmal den Musiker … hoppla!" Über die Köpfe der Menge hinweg erspähte sie Mr. Reyne, der auf dem Weg zurück zur Loge war und auf sie zukam. Er hatte sie noch nicht gesehen. Sie zögerte, versuchte zu entscheiden, ob sie ihn um seine Begleitung bitten oder ihm lieber aus dem Weg gehen sollte.

Eine schmale Tür befand sich zu ihrer Linken, auf der „Privat" stand. Hope wusste, was dahinter lag: eine Treppe für Dienstboten, abseits der öffentlichen Flure. Ein Gentleman hatte einmal versucht, sie hinter eine solche Tür zu locken, zweifellos, um einen Kuss zu stehlen. Sie hatte sich geweigert. Sie hasste dunkle, schmale Treppen. Und den Gentleman hatte sie auch nicht gerade gemocht.

„Na, haben wir uns verlaufen, meine Hübsche?" Ein elegant gekleideter junger Mann, der offensichtlich zu viel getrunken hatte, bekam Hope am Arm zu fassen und hielt sie fest.

„Lassen Sie mich los", verlangte sie kühl. Mehrere Freunde des Mannes standen um sie herum, machten anzügliche Bemerkungen und lachten. Es war klar, dass alle dem Alkohol reichlich zugesprochen hatten.

Die Männer brüllten vor Lachen. „Wie etepetete!", erklärte einer. Alle schienen das unglaublich witzig zu finden. „Etepetete!", wiederholten sie im Chor.

Besorgt blickte sie über die Schulter des Mannes. Mr. Reyne kam näher. Sein Gesicht war wie aus Stein. Er hatte sie gesehen. Unbeirrt pflügte er durch das Gedränge, war aber immer noch zwanzig, dreißig Schritt entfernt.

„Lassen Sie mich los!" Sie trat dem Mann fest auf den

Fuß, worauf er sie fluchend gehen ließ, begleitet von lautem Spott seiner Freunde. Rasch trat Hope von ihnen weg, ehe sie sie erneut packen konnten, und fand sich mit dem Rücken zu der schmalen Tür. Wenn sie diese Treppe nahmen, würde sie eine Szene vermeiden, denn sie zweifelte nicht daran, dass eine handgreifliche Auseinandersetzung folgen würde, wenn Mr. Reyne erst einmal bei den betrunkenen jungen Männern angekommen war.

„Hier hinein", sagte sie zu Lady Elinore, die von den jungen Männern ignoriert worden war. „Wir können das Gedränge umgehen, wenn wir auf der anderen Seite des Zuschauersaales wieder auf diesen Rang zurückkehren." Sie schob Elinore vor sich in den dunklen Raum, folgte ihr und schloss die Tür.

Dunkelheit umhüllte sie augenblicklich.

Beklemmung erdrückte Hope fast, erstickte sie. Sie versuchte einzuatmen, aber ihre Brust war wie zugeschnürt. „Schnell", krächzte sie und versuchte Lady Elinore vorwärts zu drängen. „Wo sind die Stufen? Wir müssen hier heraus."

„Ich kann nichts sehen", beklagte sich Lady Elinore. „Au! Oje." Sie lachte. „Es ist kein Treppenhaus. Nur ein großer Wandschrank. Hier sind Besen … und ein Eimer."

„O Gott!" Hope drehte sich um und tastete verzweifelt nach dem Türgriff. Sie musste heraus. Sie konnte nichts sehen. Ihr Mund wurde trocken.

Es gab keinen Griff. Hope suchte verzweifelt danach, dann begann sie mit den Fäusten gegen die Tür zu hämmern. Die Dunkelheit umschloss sie, dick, schwer, löschte alles andere aus. Sie würde hier drinnen sterben. Sie fasste sich an die Kehle, rang nach Luft. Jede Minute würde ihr übel werden.

Wie aus weiter Ferne hörte sie Lady Elinore Stimme: „Miss Hope? Ist etwas nicht in Ordnung?", fragte sie. „Können Sie die Tür nicht öffnen?"

Hope unterdrückte ein Würgen, unfähig, genug Luft zu holen, um zu sprechen. Alles, wozu sie in der Lage war, war weiter zu atmen, rasch und flach.

Sie kratzte an der Tür. Gleich würde sie das Bewusstsein verlieren. Sie spürte, wie sich Lady Elinores Arme um sie legten. „Miss Hope? Sind Sie krank? Kann ich Ihnen helfen?"

Die Arme fesselten sie. Hope stieß sie weg, rang nach Atem. Ihr Herz klopfte schneller, unregelmäßig. Schon matter, hämmerte sie erneut. *Faith!*

Jeden Augenblick würde sie ohnmächtig werden. Ihre Brust war so eng. Es gab nicht genug Luft. *Faith!*

Plötzlich war da Licht, herrliches Licht. Und Luft. Und er. Nicht Faith. Er. Sie konnte sein Gesicht nicht erkennen, denn ihre Augen waren verquollen, und sie sah nur verschwommen. Aber sie hörte seine Stimme wie von weit, weit weg, tief, stark und besorgt.

„Gütiger Himmel, Miss Hope. Was ist geschehen?"

Sie versuchte zu ihm zu wanken, die schwarze Panik hinter sich zu lassen, aber ihre Knie gaben nach. Sie wurde von kräftigen Armen gehalten, an eine starke, breite Brust gedrückt.

Sicher. Sie war in Sicherheit.

„Sie steht am Rande einer Ohnmacht. Haben Sie ein Riechsalz, Lady Elinore?"

„Nein, tut mir leid. Eine rationale Frau wird nicht ohnmächtig. Meine Mutter sagte immer, dass für die Ohnmacht von Damen in der Regel Hunger oder zu enge Verschnürung verantwortlich wären, beides nicht rational."

Er fluchte.

Hope konnte sein Herz klopfen hören, stark und sicher. Ihr eigenes Herz flatterte wild … *wie ein Fisch an Land, der in den Händen des Fischers nach Luft schnappte.*

„Vielleicht hat sie Fieber. Ihre Haut ist feucht, und sie zittert. Meine verstorbene Mutter sagte immer ..."

„Ich glaube nicht, dass es ein Fieber ist. Warum waren Sie im Schrank?"

„Wir dachten, es sei eine Treppe für Dienstboten, und als wir unseren Fehler bemerkten, war die Tür schon zu. Zu allem Unglück war der Griff innen abgefallen, sodass wir nicht herauskamen."

„Und deswegen ist ihr das passiert?"

„Ja, ich denke schon."

„Dann ist sie nicht krank. Ich habe so etwas schon einmal gesehen und weiß, was zu tun ist."

„Sind es die Nerven? Meine Mutter hat in dem Fall immer eine Ohrfeige ..."

„Niemand wird sie ohrfeigen!" Seine Stimme war schroff, unnachgiebig. Hope zuckte zusammen. Die Stimme senkte sich zu einem tiefen Grollen nahe ihrem Ohr. „Ist ja gut." Eine große, schwielige Hand strich ihr sanft übers Haar. „Niemand wird Ihnen etwas tun. Es ist nur ein vorübergehender Schreck. Sie werden sich gleich erholt haben, sobald ich Sie an die frische Luft gebracht habe." Die Zärtlichkeit in dem tiefen Grollen ging ihr unter die Haut, beschwichtigte sie.

Die Stimme änderte sich wieder, wurde befehlend, knapp. „Giles, begleite Lady Elinore zur Loge zurück und hole Miss Hopes warmen Umhang. Sie ist eiskalt. Schick einen Lakaien, damit er ihre Schwester unterrichtet, was vorgefallen ist. Ich denke, Miss Faith hat sie so schon gesehen und weiß, was zu tun ist. Du da, zeig mir den schnellsten Weg zum Dach dieses Gebäudes. Da ist eine Guinea für dich drin. Und du, Saaldiener, sieh nach, ob ein Arzt im Hause ist. Ich denke, ich weiß, was los ist, aber sollte ich mich irren, brauchen wir einen Arzt. Ober, ich brauche Brandy – den besten, den es hier gibt, und etwas Wasser, alles oben auf dem Dach. Jeder bekommt eine Guinea, mehr, wenn es schneller geht. Jetzt los!“

Hope nahm kaum wahr, wie sie den Korridor entlanggingen. Sie schloss die Augen, damit sie die neugierigen Gesichter nicht sehen musste. Kalt, ihr war so kalt. Sie kämpfte gegen die Benommenheit, die sich drehende Welt.

Die Arme schlossen sich fester um sie, und die tiefe Stimme ertönte wieder an ihrem Ohr. „Sch, Süße. Ich halte dich, du brauchst keine Angst zu haben. Fürchte dich nicht. Niemand wird dir etwas antun.“

„K-kalt.“

„Ich weiß“, murmelte er beruhigend. „Dein Umhang ist gleich da, aber in der Zwischenzeit wärme ich dich. Hier.“ Er zog seinen Rock um sie.

Verwirrt versuchte sie ihm ins Gesicht zu sehen. Es war immer noch verschwommen und undeutlich. Eine große Hand drückte ihr Gesicht an seine Brust, gegen das Hemd aus feinstem Leinen. „Näher. Lass dich von meinem Körper wärmen.“ Die Hand drängte sie sanft an seine Brust. Er strömte himmlische Wärme aus, und sie presste sich zitternd an ihn.

„So ist es gut. Gleich fühlst du dich besser.“

Schwer atmend lag sie an seiner Brust, sog seine Wärme auf und genoss das Streicheln seiner Hände.

„Ich möchte jetzt, dass du versuchst, langsamer zu atmen. Das wird dir helfen, denke ich. Atme ein, ganz langsam“, wies er sie an. „Und jetzt wieder aus, auch ganz langsam. Genau. Gut. Und jetzt atme weiter so. Ich bringe dich nach draußen an die frische Luft.“

Luft. Da konnte sie atmen. Ihre Todesangst nahm ab.

Sie atmete dicht an seinem Hemd, als er sie nach oben brachte. Sie erstickte nicht. Ihr wild klopfendes Herz beruhigte sich. Mit jedem Luftholen atmete sie ihn ein, den Duft von Mann, gestärktem Leinen und Sandelholzseife. Die Panik ließ nach, und das Drehen wurde langsamer.

Er wandte sich zur Seite, als sie eine Treppe erreichten.

Hilflos. Nein, nicht hilflos. „Ich kann gehen", sagte sie zitternd. „Lass mich herunter. Ich kann gehen."

Er zögerte einen Moment, und sie stemmte sich gegen seine Brust. Behutsam stellte er sie auf die Füße. Sie machte einen Schritt, dann versagten die Knie ihr den Dienst. Schwindel erfasste sie.

„Doch nicht, denke ich", knurrte er zärtlich.

Wieder wurde sie auf seine Arme gehoben, sicher gehalten. Sie klammerte sich an seinem Hemd fest und barg ihr Gesicht an seiner Brust. Sein Duft war vertraut. Sie liebte ihn. *Sicher. Stark. Beschützt.*

„Atme ein … und wieder aus. So ist's richtig. Es geht schon besser, nicht wahr? Und in einem Augenblick sind wir draußen an der frischen Luft, und dann bist du wieder ganz du selbst."

Sicher. Sie entspannte sich und ließ sich von ihm nach draußen bringen.

Lady Elinores Stirn legte sich in besorgte Falten. „Ich denke, ich sollte zu ihr gehen."

„Bastian hat alles im Griff", erklärte Giles. „Es gibt nichts mehr zu tun. Er hat Brandy, und ihre Schwester und ihre Anstandsdame sind benachrichtigt worden. Als ich ihm ihren Umhang gegeben habe, sagte er, dass sie sich rasch erhole."

Sie schaute zur Tür oberhalb der letzten Stufe. „Aber sie … sie ist dort oben allein mit Mr. Reyne."

„Genau. Das ist es, was sie braucht. Ungestörtheit, um sich zu erholen."

Sie erwog seine Worte, dann entspannte sie sich. „Ja, es muss unangenehm sein, von allen angestarrt zu werden." Sie richtete sich auf. „In dem Fall werde ich an meinen Platz zurückgehen.“

Er streckte eine Hand aus und hielt sie zurück. „Nicht so schnell, Elinore.“

Sie versteifte sich und starrte auf seine Hand. „Lassen Sie mich sofort los!“

Er grinste, sagte aber mit milder Stimme: „Miss Hope braucht dich. Du musst hier bleiben, um ihren Ruf zu schützen.“

Sie schaute zu der Tür zum Dach. „Sie haben doch eben gesagt …“

„Wenn sie später mit dir, mir und Bastian zusammen zurückkehrt, wird niemand etwas daran auszusetzen haben, wenn sie aber mit Bastian allein …“

„Oh!“

„Genau. Jetzt komm und setz dich hin, ich vermute, wir werden eine Weile warten müssen.“ Giles staubte die Stufe mit seinem Taschentuch ab und bedeutete ihr, sich hinzusetzen. „Mehr als genug Platz für zwei.“

Sie beäugte die schmale Stufe kritisch, bevor sie frostig erklärte: „Danke, ich stehe lieber.“

Achselzuckend nahm er Platz. Sie stand stocksteif neben ihm. Nach einer Weile sagte er: „Elinore.“

Zornig wirbelte sie zu ihm herum. „Ich habe Ihnen nicht erlaubt, mich … uff!“

Giles zog sie auf seinen Schoß. Sie wehrte sich einen Augenblick lang, dann saß sie reglos. „Mr. Bemerton, das hier ist höchst ungehörig“, zischte sie.

„Ja, aber es macht Spaß. Erinnerst du dich noch an den Garderobenschrank? Das hat doch Spaß gemacht, oder?“ Eine längere Pause entstand. Schließlich fragte er: „Warum hast du eigentlich nicht deine Hutnadel benutzt?“

Sie schaute weg und biss sich auf die Lippe.

„Du könntest sie jetzt nehmen, wenn du magst."

Mit zittriger Stimme sagte sie: „Mr. Bemerton, warum tun Sie das? Sie können mich unmöglich begehren! Warum also machen Sie sich über mich lustig?"

„Elinore, glaub mir, ich mache mich nicht über dich lustig." Giles drückte sie sachte nach hinten und küsste sie zart auf die bebenden Lippen. „Und du hast keine Ahnung, was möglich ist und was nicht." Er küsste sie wieder, weniger zart.

Sie machte ein Geräusch tief in der Kehle. Ihre Hand zuckte, glitt zu ihrem Oberteil, verharrte zitternd, dann weiter zu seinem Nacken. Von dort aus schob sie sie schließlich in sein dickes, goldenes Haar.

16. KAPITEL

Hope stand auf dem Dach und blickte auf London, das vom silbernen Licht des abnehmenden Mondes und dem der Gaslaternen auf den Straßen beleuchtet wurde. Sebastian nahm ihren Samtmantel und hüllte sie in die weichen Falten. Sie schien unter dem Gewicht zusammenzusacken, obwohl er gar nicht so schwer war.

Sie drehte sich um, ihr Gesicht blass; sie schaute ihn an. Er war darauf gefasst, dass die Reaktion einsetzte, sie in Tränen ausbrach, doch sie überraschte ihn.

„Ich muss mich entschuldigen", erklärte sie mit gefasster Stimme, in der nur noch der Anflug eines Zitterns zu hören war. Sie sah unaussprechlich schön und traurig aus.

Sebastian schluckte. „Weswegen?"

Sie hob eine Augenbraue und erklärte sarkastisch: „Weil ich Angst hatte, als ich in einem Schrank eingesperrt war? Ein schlichter, harmloser Besenschrank. Noch nicht einmal mit Spinnen!" Sie sagte das wie auswendig gelernt. In ihrer Antwort lag ein Grad an Selbstverachtung, der ihn schockierte.

Er goss Brandy in ein Glas und gab es ihr. „Manchmal sind unsere Ängste stärker als wir, egal, wie sehr wir uns bemühen. Deswegen muss man sich nicht schämen. Jetzt trink das. Danach wird es dir besser gehen."

Sie nahm das Glas und starrte ihn an: „Ein Wandschrank! Was für ein Feigling hat Angst vor einem schlichten Schrank?" Angewidert schloss sie die Augen. „Und ich war noch nicht einmal allein. Was muss Lady Elinore von mir denken?"

„Sie hat sich dabei nichts zu denken!", knurrte Sebastian. „Mach dir deswegen keine Sorgen, hörst du? Jetzt trink den Brandy!"

Einen Moment schaute sie ihn stumm an, dann verschwand

der bittere Ausdruck aus ihren Augen. Sie lächelte reuevoll. „Vermutlich wirst du ihr einfach befehlen, nicht schlecht von mir zu denken."

„Nein." Sebastian schüttelte den Kopf. Er hatte sie angefahren wie ein Vorarbeiter in der Fabrik! Kein Wunder, dass sie meinte, er würde einer Dame vorschreiben, was sie zu denken habe. „Lady Elinore hat ein gutes Herz. Sie wird es verstehen."

„Ja, das stimmt. Aber wer kann schon die Furcht vor einem Schrank verstehen?", fragte sie so traurig, dass er sie wieder in seine Arme schließen wollte. Sie wandte sich von ihm ab, stellte ihr unberührtes Glas auf die Balustrade und schaute auf die Straße unten. Sebastian musterte sie hilflos. Am liebsten hätte er sie fest an sich gedrückt, gezwungen, seinen Trost anzunehmen. Er hasste diesen Ausdruck von Scham und Elend in ihren Augen. Was sollte er nur tun?

Ihr Umhang glitt ihr von der Schulter. Er trat vor und legte ihn wieder um sie. Seine Arme blieben um ihre Taille gelegt, stützten sie. Noch konnte er die schwachen Schauer spüren, die sie durchliefen. Er zog sie an seine Brust, bot ihr seine Wärme und Stärke an. Sie lehnte sich mit dem Rücken gegen ihn, starrte betrübt über die Dächer Londons. Ihr Haar war unordentlich und leicht feucht. Er atmete ihren Duft ein. Sie schien untröstlich.

Er sagte die ersten Worte, die ihm in den Sinn kamen. „Ich kannte einmal einen Mann in der Weberei, ich war selbst noch ein Junge. Er hieß Reuben Davy, ein großer, kräftiger Kerl. Reuben konnte alles tragen. Ich hielt ihn für den stärksten Mann der Welt. Er kämpfte auch, war Meister der Grafschaft."

Sie verriet durch nichts, ob sie ihm zuhörte. Eine leichte Brise wehte ihre Locken durcheinander. Unten schob ein Mann in einer Schubkarre seine Waren nach Hause, eine Kutsche fuhr vorüber; die Hufe der Pferde klapperten laut auf dem Kopfsteinpflaster.

„Eine Sache aber gab es, die Reuben auf keinen Fall tat: in den Keller gehen. Für nichts und niemanden. Ein paar Arbeiter hielten es für einen Witz, dass ein großer kräftiger Mann wie Reuben Angst vor der Dunkelheit hatte. Sie legten ihn eines Tages herein, stülpten ihm einen Sack über den Kopf und sperrten ihn im Keller ein. Zum Spaß."

Eine Weile schwiegen sie beide. Hope stand stocksteif. In der Ferne segelte eine Möwe über der Themse, ihr Schrei klang hohl und einsam.

„Als sie ihn fanden, weinte Reuben wie ein Kind, rang keuchend um Luft und war so in seinem Entsetzen gefangen, dass er Stunden brauchte, um sich zu beruhigen. Er musste aus dem Keller getragen werden, obwohl er so schwer war."

Sie stand still wie eine Statue, starrte blicklos auf die dunkle Stadt. Eine Barke glitt lautlos über den Fluss.

„Viel später hat er mir erzählt, dass er mit sieben Jahren im Bergbau zu arbeiten begonnen hatte. Damals störte ihn die Dunkelheit nicht weiter. Er arbeitete jahrelang da. Aber eines Tages, gegen Ende der Schicht, stürzte der Schacht ein. Es dauerte fünf Tage, bis er gerettet wurde. Alle anderen Männer und Jungen waren tot, sein Vater und zwei seiner Brüder eingeschlossen. Er lag tagelang unter der Erde, umgeben von Toten, und wartete auf sein eigenes Ende. Er war erst zwölf Jahre alt – so alt wie ich, als er mir die Geschichte erzählte. Reuben ist nie wieder in einen Minenschacht gestiegen. Er konnte es nicht. Und er ging auch nicht in den Keller oder in einen kleinen Wandschrank."

Ein Karren holperte über die Straße unten. Irgendwo bellte ein Hund. Sebastian legte Hope eine Hand auf die Schulter.

„Später verprügelte er die Männer. Reuben Davy war ein

Mann, der einem Respekt abnötigte. Auch wenn er es nicht ertrug, sich in engen, dunklen Räumen aufzuhalten. Wir alle haben etwas, das wir nicht ertragen."

Er spürte, wie alle Spannung aus ihr wich. Langsam, ganz langsam drehte sie sich um, und er ließ die Arme sinken. In ihren Augen schwammen Tränen. „Danke", flüsterte sie.

Am liebsten hätte er sie an sich gerissen und alle Sorgen fortgeküsst. Stattdessen nahm er das Brandyglas und hielt es ihr an die Lippen. „Hier, trink. Es wird ein bisschen brennen, aber nachher wirst du dich besser fühlen."

Sie warf ihm einen unergründlichen Blick zu und lehnte sich gegen ihn. Er konnte sie riechen, den schwachen Duft, der unverwechselbar ihrer war. Sein Mund wurde trocken, als sie mit ihren Lippen das Glas berührte, das er hielt. Nie zuvor hatte er einer Frau das Glas gehalten, damit sie trinken konnte. Es hatte etwas merkwürdig Intimes.

Seine freie Hand legte er ihr auf den Nacken, dann kippte er das Glas. Sie nahm einen Schluck der goldenen Flüssigkeit, schluckte, schauderte, als der Alkohol ihr brennend die Kehle hinablief. Als er in ihrem Magen ankam, keuchte sie und erschauerte erneut. Mit zurückgelegtem Kopf schloss sie die Augen, genoss die Wärme des Brandys. Ihre Lippen und Wangen schimmerten feucht.

Sobald sie die Augen wieder öffnete, sagte sie schlicht: „Mein Großvater hat mich immer in den Wandschrank unter der Treppe eingesperrt." Ein kleiner Schluchzer entrang sich ihr. „Ich ertrage es nicht, eingesperrt zu sein, und das wusste er."

Er nickte. So etwas hatte er sich schon gedacht.

„Nie wieder, das verspreche ich. Nie mehr", flüsterte er und strich ihr übers Haar. Seine Finger wirkten im Vergleich mit ihrer zarten Schönheit grob, verwachsen und hässlich. „Jetzt noch einen Schluck."

Sie leckte sich über die Lippen, spitzte sie. Es wäre besser, wenn er sie nicht so hungrig beobachtete, aber er konnte seinen Blick einfach nicht abwenden, so sehr begehrte er sie. Ihre Augen waren riesig im Mondlicht, ihre Lippen feucht und leicht geteilt.

Er streichelte die Stelle, auf die er vorhin nur gestarrt hatte, ihren Nacken. Ein leiser Luftzug wehte ihre Locken gegen seine Finger. Rythmisch strich er über ihre seidenweiche Haut. Ein Schauer durchlief sie.

„Kalt?", fragte er.

Sie schüttelte den Kopf. Auf ihren Wangen glitzerten Tränenspuren, ihre Wimpern waren nass. Sie hob ihm ihr Gesicht entgegen, und mit einer raschen Bewegung nahm er ihren Mund in Besitz.

Sie erwiderte seinen Kuss mit einer unerfahrenen Ehrlichkeit, die ihn direkt ins Herz traf. Und in seine Lenden.

Er schmeckte Tränen und Verlangen. Unschuld. Erschöpfung. Er löste sich von ihr, rang um Beherrschung, ohne sie loszulassen, atmete schwer, während er seinen Körper seinem Willen unterwarf. Sie war geschwächt von der erlebten Aufregung, und er sollte sie eigentlich beschützen, sie umsorgen, statt sie auf dem Dach der Oper in der Kälte festzuhalten und mit seiner unkontrollierbaren Begierde zu konfrontieren. Was dachte er sich nur – wollte er sie etwa gegen die Steinbrüstung gelehnt nehmen?

Er dachte überhaupt nicht, das war das Problem.

Wieder strich er ihr übers Haar, und wieder erschauerte sie. Ihr musste kalt sein. Er hielt sie dicht an sich gedrückt und drehte sich mit ihr um, sodass er nun die gemauerte Brüstung im Rücken hatte. Jetzt konnte sie sich an ihn lehnen oder zurückweichen. Was sie nicht tat, stattdessen lehnte sie sich fester an ihn, drückte ihren weichen Körper gegen seinen harten.

Die Kälte aus den Steinen drang durch seine Kleider. Eine willkommene Abkühlung, dachte er grimmig. Ihre Augen lagen im Schatten. Seine Erregung ließ nicht nach.

Hope versuchte in seiner verschlossenen Miene zu lesen. Der Branntwein brannte noch in ihrem Hals und ihrem Magen. Sein Blick war verhangen, seine Gedanken nicht zu erraten. Im Mondschein war die gemeißelte Vollkommenheit seiner Lippen deutlich zu sehen. Gemeißelte männliche Schönheit.

Warum küsste er sie nicht wieder? Wusste er nicht, dass sie seine Küsse brauchte, gerade jetzt mehr als je? Er hatte sie für sich gefordert; jetzt wollte sie von ihm besessen werden. Und sie brauchte das, musste ihn halten, küssen, lieben, die düsteren Schatten der Einsamkeit aus seinen Augen vertreiben. Er hatte sie aus der Dunkelheit ins Mondlicht gebracht. Nun wollte sie für ihn dasselbe tun. Weil er es war, der Eine, der Mann aus Schatten und Mondschein, von dem sie geträumt und auf den sie ihr Leben lang gewartet hatte.

In der kalten Einsamkeit der Nacht war er da zu ihr gekommen … und jetzt auch.

Er hatte einen Arm um ihre Taille geschlungen, sie gehalten und von der kühlen Steinmauer weggezogen an seinen warmen Körper. Kraft und Wärme. Machtvolle, lebenspendende Wärme. Seine andere Hand lag in ihrem Nacken, sanft wie bei einem Neugeborenen. Mit einem Finger streichelte er ihre Haut, langsam, rhythmisch … sandte geheime Schauer der Sehnsucht ihren Rücken hinab.

So sanft. Er war so groß und stark, sah so hart aus … und war doch so sanft.

„Küss mich noch einmal“, flüsterte sie. „Ich brauche dich, Sebastian.“

Er erstarrte – und sie stand einen Moment lang am Abgrund von etwas, das sie nicht kannte. Dann senkte er den Kopf und küsste sie.

Hitze, Hunger, Inbesitznahme mit einer einzigen aufwühlenden Berührung. Sein Kuss erschütterte sie bis in die Seele. Bohrender, unerbittlicher Hunger, wie sie ihn nie zuvor gespürt hatte, aber sogleich wieder gezügelt.

Sie kannte Hunger, kannte Verlangen. Innig erwiderte sie seinen Kuss, hielt nichts zurück, zeigte ihm, was sie nicht mit Worten sagen konnte.

Er wich zurück, atmete schwer. Sie konnte seine Augen nicht sehen, spürte aber, wie er sie damit verschlang. Sie hob ihr Gesicht, hoffte, er würde die Bitte in ihren Augen lesen, verstehen. Sein Mund wurde hart, bevor er sich zu ihr beugte und sie behutsam küsste, ehrfürchtig, als könnte sie zerbrechen.

Federleichte Küsse hauchte er auf ihre Wangen und ihr Kinn, streichelte die Reste ihrer Tränen fort, küsste erst das eine feuchte Lid, dann das andere mit vernichtender Zärtlichkeit. Unter seinen behutsamen Liebkosungen konnte sie sein loderndes Verlangen spüren, das er streng im Zaum hielt. Sein großer, kräftiger Körper war angespannt, dennoch hielt er sie ganz leicht, gerade genug, um sie zu stützen, während er ihr Gesicht mit seidigen Engelsküssen übersäte. Engelsküsse, die Schauer durch sie sandten, wie Brandy in ihrem Blut. Brennend, beschwichtigend, erregend …

Sie fuhr mit den Händen über seine Arme. Unter dem feinen Stoff seines Hemdes war jeder Muskel hart vor Anstrengung, sein Verlangen zu zügeln.

Es war genau wie bei den Walzern, erkannte sie, der Grund, weswegen er so steif und unbeholfen mit ihr tanzte. Er hielt sich zurück. Eigentlich wollte er mehr als nur mit ihr tanzen. Er wollte mehr, als federleichte Küsse auf ihre Augenlider zu hauchen.

Und sie wollte auch mehr.

Der letzte Rest von Zweifeln, die sie gehabt hatte, sich einem so großen, kräftigen Mann zu schenken, verflog bei dieser Erkenntnis. Nie hätte sie es für möglich gehalten, dass ein Mann so zärtlich sein konnte, so sanft, geschweige denn ein so hart wirkender, beherrschter Mann.

Sie fühlte sich geborgen. In seinen Armen und zum ersten Mal seit dem Tod ihrer Eltern fühlte sie sich geborgen. Voll und ganz geliebt, behütet, beschützt, begehrt. Danach hatte sie sich ihr Leben lang gesehnt. Und jetzt wollte sie fliegen, in seinen Armen fliegen.

Von unten drang schwach Musik zu ihnen. Der nächste Akt hatte begonnen. Seine Augen waren dunkle Schatten, seine Stimme belegt und angespannt, als er sagte: „Wir sollten zurückkehren. Bist du bereit hineinzugehen?"

„Nein", flüsterte sie. „Ich möchte mit dir hier bleiben. Ich möchte dir gehören." Sie drückte sich an ihn, schwelgte in seiner Stärke, seiner Wärme. Mit ihren Händen fuhr sie seine muskulösen Arme empor über seinen Hals in sein kurz geschnittenes dunkles Haar, zog seinen Kopf zu sich herab. Ihr Mund fand seinen, und sie küsste ihn aus ganzem Herzen, blind, fieberhaft.

Ein paar Sekunden lang ließ er sich von ihr küssen, ließ sich fast passiv von ihr erkunden, plötzlich aber übernahm er die Initiative, drückte seine Lippen fest und besitzergreifend auf ihre, suchend, liebkosend, kostete sie tief und leidenschaftlich. Das Gefühl, ihm so eng verbunden zu sein, war unglaublich, Hitze breitete sich in Wellen in ihr aus.

Sein Geschmack, das beharrliche Fordern seiner Zunge und Hände ließ sie erbeben, brachte eine unbekannte Saite in ihr zum Klingen. Sie konnte nicht denken, nur reagieren. Sie wollte ihm näher sein, klammerte sich an ihn, erwiderte Kuss um Kuss, bis sie allen Sinn für ihre Umgebung verlor.

Er ließ seine Hände über sie wandern, zog eine heiße Spur über ihren Körper. Seine Fingerknöchel streiften ganz zart ihre Brustspitzen, und sie merkte nur vage, dass sie sich ihm entgegenbog und einen unverständlichen Laut ausstieß. Stöhnend streichelte er ihren Busen wieder und wieder. Sie rieb sich an ihm wie eine Katze.

Heiser fragte er: „Darf ich?"

Sie runzelte verwirrt die Stirn, verstand nicht, was er meinte, und im Grunde genommen war es ihr auch gleich. „Mehr", verlangte sie.

Er küsste sie fest, dann öffnete er die Verschnürung ihres Kleides vorne und zog es ihr über die Schultern. Mondlicht schien auf ihre Haut. Sie spürte die Kälte, eine leichte Brise wisperte über ihre nackten Brüste. Plötzlich war sie verlegen und unsicher – bis sie den Ausdruck in seinen Augen sah. Sie schaute zu, wie er mit seinen großen Händen ihre blassen Brüste umfing, und mit einem Mal fühlte sie sich, als müsste sie weinen.

„Einmal hast du ein Kleid mit gelben Rüschen getragen", erklärte er rau. „Ich habe immer auf diese Rüschen gucken müssen, wie sie deinen Busen umrahmten, und wünschte mir, meine Hände wären an ihrer Stelle."

Seine Augen waren dunkel, eindringlich. „Ich habe oft davon geträumt. Nie hätte ich gedacht, dass mein Traum einmal wahr werden könnte."

„Ich wusste immer, dass mein Traum wahr würde", flüsterte sie und bedeckte seine Hände mit ihren.

„So schön." Er beugte den Kopf und küsste jede Brust ganz zart, verehrungsvoll, fuhr mit seinem Mund leise vor und zurück und sandte Wellen der Lust durch ihren Körper. Sie schaute auf seinen dunklen Schopf, der sich über sie beugte. Dann schloss sich sein wunderschöner, harter, sanfter Mund um eine feuchte, aufgerichtete Spitze, und sie drängte sich gegen ihn, als durchzuckte sie ein Blitz.

Er schaute auf, und sein Blick durchbohrte sie mit derselben Hitze. Wieder wandte er seine Aufmerksamkeit ihren Brüsten zu, bis sie das Gefühl hatte, in Flammen zu stehen.

„Sebastian“, hörte sie sich keuchen. „Sebastian.“

Erst spürte sie kühle Nachtluft auf ihren Schenkeln, dann glitt seine warme Hand über ihre Seidenstrümpfe, liebkoste die Haut über den Strumpfbändern. Ihre Beine begannen zu zittern, gaben nach.

Sein Arm schloss sich fester um ihre Mitte, stützte sie, während sie ihm halb entgegenfiel. Sein Blick bohrte sich brennend in ihren, gefüllt mit Hunger und Verlangen, wie sie es sich noch nicht einmal erträumt hätte. Verlangen nach ihr. Hunger ...

Seine großen, rauen Hände glitten höher, malten Kreise auf ihre empfindsame Haut, bis er sie so innig berührte, dass sie sich einen Moment versteifte, Verlegenheit sie zu erfassen drohte, dann aber begann er sie zu liebkosen, und ein wahrer Gefühlssturm brach über sie herein.

Seine Finger schienen genau zu wissen, was zu tun war, und sie drängte sich ihnen zitternd entgegen, vor und zurück, wollte mehr und mehr, wusste aber nicht was.

Wieder bedeckte sein Mund ihren, hart, heiß und mitreißend. Keine sanften Engelsküsse, sondern leidenschaftliche, verlangende Liebkosungen, so herrlich und wundervoll, sie forderten und gaben gleichzeitig. Er brachte sie beide bis an den Rand von etwas Unbekanntem, sie fühlte sich wie von einer Welle getragen, den Empfindungen völlig ausgeliefert. Wie Schweben, aber erdverbundener, urtümlicher.

Sie hielt sich an ihm fest, während sie immer schneller in den Wirbel geriet, erschauerte ...

Ein Kreischen zerriss die Nacht. Unheimlich, wie eine verlorene Seele in der Hölle. Da, wieder. Schließlich ein Krachen.

Benommen packte sie ihn an den Schultern. „Was war das?"

Er hatte seinen Kopf in den Nacken gelegt, die Augen geschlossen und presste sie einen Augenblick lang fest an sich, ehe er sie langsam, widerstrebend losließ. Er schluckte krampfhaft und sagte: „Es tut mir leid. Ich hätte nicht ..." Er zog ihr Oberteil wieder hoch über ihre Schultern, band mit zitternden Fingern die Verschnürung zu. Eine Grimasse, die fast wie Schmerz aussah, flog über sein Gesicht, und er erklärte gepresst: „Ich habe deine kurzzeitige Hilflosigkeit ausgenutzt. Es tut mir leid. Ich hätte es nicht tun dürfen."

Sie starrte ihn an, wusste nicht, was sie darauf erwidern sollte, unfähig zu begreifen, was eben geschehen war. Im einen Moment hatte sie sich am Rande von etwas ... Bedeutsamem befunden, und dann war sie in die Realität gestoßen worden, stand zitternd in der Kälte, als hätte ihr jemand einen Eimer kaltes Wasser über den Kopf gegossen. Er verschnürte die Bänder an ihrem Oberteil und steckte sie ordentlich in den Ausschnitt, seine Finger – die Finger, die sie an den Rand besinnungslosen Entzückens gebracht hatten – streiften nun kaum ihre Haut.

Wieder ertönte das gequälte Kreischen. Sie erschauerte. „Was ist das für ein Lärm?"

Er seufzte. „Katzen."

„Katzen?", wiederholte sie ungläubig. „Für mich hört sich das mehr nach völlig verängstigten Kindern in Not an."

Er sah irgendwie verlegen aus. „Nun, es sind aber keine Kinder, sondern Katzen. Auf dem Dach."

Sie runzelte kräftig die Stirn, zweifelte an seinen Worten. „Sicher?"

„Vollkommen."

„Ich habe nie eine Katze solche Geräusche machen hören. Wenn es Katzen sind, dann muss jemand sie quälen."

Er warf ihr einen unergründlichen Blick zu. „Niemand quält sie."

„Aber es hört sich an, als hätten sie Schmerzen."

Daraufhin sagte er etwas, das sie nicht ganz verstehen konnte. Etwas in der Art, dass er das Gefühl kannte.

„Wie bitte?"

„Sie leiden keine Schmerzen. Es geht ihnen gut. Jetzt ist es aber wirklich Zeit, zu den anderen zurückzukehren. Sie werden sich schon wundern, was aus uns geworden ist." Er begann sie zur Tür zu führen.

Das durchdringende Kreischen ertönte erneut.

Besorgt blieb sie stehen. „Woher willst du wissen, dass es den Katzen gut geht? Man meint, sie litten entsetzlich."

Er schloss kurz die Augen, seufzte und erklärte knapp: „So hören sich Katzen an, wenn sie sich begatten."

Begatten? Überrascht schlug sie sich eine Hand vor den Mund. Und dann dachte sie darüber nach. Endlich begriff sie, warum ihm das so peinlich war. Wenn sie nicht von sich begattenden Katzen unterbrochen worden wären …

Er wirkte so grimmig und unzugänglich, dass sie nichts sagen konnte. Sie gestattete ihm, sie in ihren Samtumhang zu hüllen und zur Tür zu bringen, seine Hand ruhte leicht auf ihrem Rücken, brannte sich durch ihre Kleider so mühelos wie ein Brandeisen.

Die Katzen schrien erneut.

Ihr entschlüpfte ein Laut.

Er blieb sofort stehen. „Geht es … geht es dir gut?" Er beugte sich vor, um ihr ins Gesicht sehen zu können. „Entschuldige. Ich weiß, ich hätte nicht tun dürfen, was ich getan habe. Ich habe den Kopf verloren, habe mich hinreißen lassen …"

Wieder der Schrei.

„Verdammte Katzen", explodierte er.

„Genau meine Meinung", stimmte sie ihm zu und kicherte erneut.

Ungläubig schaute er sie an. „Du … du lachst?"

„Ich weiß, das sollte ich nicht, aber … du musst doch zugeben, dass es komisch ist. Da waren wir und haben … und sie waren da und haben … und …"

Wie aufs Stichwort erklang das Schreien noch einmal.

Sie lachte. „Es ist schrecklich …"

Sein Gesichtsausdruck ernüchterte sie. Sie hob die Arme und nahm sein Gesicht zwischen ihre Hände. „Oh, bitte, schau nicht so. Ich bereue keinen einzigen Moment von dem, was geschehen ist. Heute Nacht war wie verzaubert. Danke, dass du mich aus meiner persönlichen Hölle gerettet hast." Zärtlich küsste sie ihn auf den Mund. „Und danke, dass du mir den Weg zu meinem persönlichen Himmel gezeigt hast. Heute Nacht haben wir ihn nicht erreicht, aber das werden wir noch … nicht wahr, Sebastian?"

Er starrte sie wortlos an, sein Gesicht ernst, fast düster. In seiner Wange zuckte ein kleiner Muskel. Er sagte nichts, zog sie nur in seine Arme und hielt sie dort einen langen Augenblick fest an sich gedrückt.

„Meinst du das ernst?", fragte er rau.

„Ja." Das war ein Versprechen.

Bei ihrem leisen Ja barg er sein Gesicht in ihrem Haar. Einen Moment später hob er ihr Kinn an und küsste sie auf den Mund, schaute ihr in die Augen und erklärte schlicht: „Ich werde es in Ordnung bringen, das verspreche ich dir."

Als sie die Treppe hinabstiegen, saßen Giles und Lady Elinore schweigend nebeneinander auf der untersten Stufe. Elinore sprang auf. „Wie geht es Ihnen, Miss Hope? Es tut mir so entsetzlich leid, dass Sie …"

Hope umarmte sie. „Danke, aber es geht mir wieder gut, Elinore. Es war sehr freundlich von Ihnen zu warten, und auch noch an einem so ungemütlichen Ort."

„Ja, was tut ihr eigentlich hier?", fragte Sebastian. Lady Elinore wirkte irgendwie verstört.

„Euren Ruf schützen", antwortete Giles. „Mrs. Jenner und Miss Faith waren beide entschlossen, zu Miss Hope aufs Dach zu gehen, aber ich habe erklärt, dass Lady Elinore und ich die ganze Zeit bei euch bleiben werden. Miss Faith hat die Anstandsdame überreden können, mit ihr in die Loge zurückzukehren."

„Ausgezeichnet", sagte Hope. „Faith weiß, dass ich es nicht ertrage, wenn Mrs. Jenner viel Aufhebens um mich macht." Sie warf Sebastian einen raschen, verlegenen Blick zu. „Nicht, dass bei unserem Ausflug auf das Dach etwas Ungehöriges geschehen wäre." Sie spürte, wie sie rot wurde.

Giles wölbte eine Augenbraue, bemerkte aber nur: „Natürlich nicht. Und es geht mich auch nichts an."

Lady Elinore sah nicht so aus, als fühlte sie sich wohl. „Es wird nicht unbemerkt bleiben. Wir waren mindestens fünfundzwanzig Minuten fort. Und wir haben den größten Teil des zweiten Aktes versäumt."

„Das tut mir leid, Lady Elinore. Ich weiß, wie sehr Sie die Oper lieben …"

„Oh, das ist schon in Ordnung", unterbracht Giles sie beiläufig. „Lady Elinore und ich haben unsere Bekanntschaft vertieft, nicht wahr, Elinore?"

Lady Elinore wurde über und über rot. Zu Hope sagte sie: „Ich habe mir Ihretwegen Sorgen gemacht."

Hope drückte ihre Hand. „Danke. Es … es ist eine alberne Schwäche von mir, sonst nichts. Ich ertrage es nicht, in einem engen, dunklen Raum eingesperrt zu sein."

„Daran ist nichts albern", knurrte Sebastian hinter ihr.

Seine Worte wärmten sie. Wie auch seine Hand auf ihrem

Rücken, die er dort liegen ließ, bis sie ihre Plätze in der Loge erreichten.

„Was ist es für ein Gefühl?", fragte Faith leicht wehmütig, als sie sich an diesem Abend fürs Bett fertig machten.

Rasch drehte Hope sich um. Ihre Zwillingsschwester konnte *das* doch unmöglich gespürt haben – was sie in Mr. Reynes Armen auf dem Dach gefühlt hatte. „Was?"

Aber Faith war damit beschäftigt, ihre Kleider ordentlich zusammenzulegen, und achtete nicht auf verräterisches Erröten. „Wenn man verliebt bist." Sie schaute auf. „Du bist in Mr. Reyne verliebt, nicht wahr?"

Hope zögerte.

„Ich weiß, dass du dich von ihm hast küssen lassen. Das konnte ich erkennen, als du in die Loge zurückkamst." Sie seufzte. „Oh, Hope. Du hast gestrahlt, als hätte jemand in dir eine Kerze angezündet, so schön, so glücklich. Dass du so aussiehst nach einer deiner Attacken ..." Sie lächelte unsicher. „Es muss Liebe sein. Genau wie Mama es versprochen hat."

Hope nickte. Plötzlich kamen ihr die Tränen, und sie umarmte ihre Schwester fest. „Ja", flüsterte sie. „Ich liebe ihn." Sie hatte diese Worte noch nie zuvor laut ausgesprochen und drückte Faith noch einmal. „Oh, Faith, ich *liebe* ihn." Sie hatte nie für einen anderen empfunden, was sie für Sebastian empfand.

„Ist es ernst?"

Hope nickte. „Ja!"

„Und er ist der Mann aus deinem Traum?"

„Ich weiß es nicht, und es ist mir auch egal. Der Traummann ist nicht mehr wichtig. Ich liebe *ihn.*"

Bestürzt blieb Faith der Mund offen stehen. „Wie kannst du sagen, der Traummann sei unwichtig? Das geht nicht. Es muss wahr sein."

Hope schüttelte den Kopf. Sie würde niemals das verzauberte Gefühl vergessen, im Mondschein in den Armen ihres Traummannes zu tanzen, aber ihr großer, schroffer, geliebter Sebastian würde niemals so Walzer tanzen, als seien sie beide eins. Sie lächelte zärtlich. „Nein, der Traum war nur ein Traum. Aber mein Sebastian ist wirklich. Wundervoll wirklich, und unsere Liebe ist echt."

„Aber ich dachte … wenn der Traum …" Faith brach ab. „Er hat es dir gesagt? Hat die Worte ausgesprochen?"

Hope schüttelte den Kopf. „Nein, aber das wird er noch."

Faith sah nachdenklich aus. „Ich glaube, ich bin vielleicht auch verliebt. Graf Rimavska könnte es sein, Hope."

Hope wusste nicht, was sie darauf erwidern sollte. Faith war von ihm geblendet, dass wusste sie, doch Liebe … „Bist du dir sicher?"

Mit einer Mischung aus Reue und Aufregung schaute Faith sie an, bevor sie nickte. „Ich weiß nicht. Ich vermute es. Er … er fasziniert mich. Wenn ich mit ihm zusammen bin … dann fühle ich mich … wie verzaubert. Am Rande von etwas Erschreckendem wie einem tiefen Abgrund, und doch kann ich nicht anders, als zu wünschen, mich hineinzustürzen."

Das verstand Hope. Sie hatte mit Mr. Reyne am Rande desselben Abgrundes gestanden. Und in seinen Armen hatte sie sich freudig, glücklich hineingeworfen. *Sebastian.*

Faith betrachtete sie mit feuchten Augen und seufzte aus tiefstem Herzen, als sie ins Bett stieg. „Ist es nicht herrlich? All diese Jahre haben wir davon geträumt, uns zu verlieben, und jetzt endlich ist es geschehen. Und auch noch uns beiden gleichzeitig."

Hope erwiderte ihr Lächeln. „Wenigstens ist deiner reich und hat einen Titel. Der Himmel weiß, was Großonkel Oswald sagen wird, wenn ich ihm anvertraue, dass ich meinen Sebastian heiraten will."

Faith lachte. „Ich weiß ganz genau, was er sagen wird." Mit verstellter Stimme erklärte sie: „Schockierend. Einen Diamanten wie dich an einen Emporkömmling zu verschwenden, wenn Herzöge darum betteln würden! Schockierend!"

17. KAPITEL

Als Erstes am nächsten Morgen machte Sebastian Lady Elinore seine Aufwartung. Auf das vor ihm liegende Gespräch freute er sich nicht. Er hoffte, sie würde nicht wütend auf ihn sein oder die Fassung verlieren, aber er schuldete ihr Aufrichtigkeit.

Sie öffnete ihm selbst die Tür und führte ihn in den kleinen Salon, bot ihm eine Tasse Tee an. Als er annahm, ging sie den Tee selbst zubereiten. Wieder wurde ihm ihre angespannte finanzielle Lage klar. Es war unerhört, dass eine Frau wie sie gezwungen war, sich einen Ehemann zu suchen, nur um das zu erben, was ihr rechtmäßig zustand. Beide Eltern hatten Lady Elinore nicht gut behandelt.

Sebastian fühlte sich umso schuldiger. Er hatte sie auch nicht gut behandelt. Aber er war fest entschlossen, seinen Fehler nicht zu verschlimmern, indem er darin verharrte.

Sobald sie das Zimmer wieder betrat, sagte er: „Lady Elinore, es tut mir leid, wenn ich Sie …"

Sie unterbrach ihn, indem sie ihm eine Hand auf den Arm legte. „Dazu besteht keine Notwendigkeit, Mr. Reyne. Ich weiß, was Sie sagen wollen. Sie haben sich in Miss Hope verliebt, nicht wahr?"

Sebastian nickte.

„Ich bin sehr froh", erklärte sie schlicht. „Wir hätten sicher eine gute Vernunftehe geführt … und vor ein paar Wochen noch war eine Vernunftehe alles, was ich erwartete."

Angesichts dieser unerwarteten Wende hob Sebastian eine Augenbraue. „Und jetzt nicht mehr?"

„Nein", erwiderte sie ruhig. „Jetzt will ich mehr, viel mehr."

Er küsste ihre Hand. „Ich freue mich für Sie, Lady Elinore. Sie verdienen mehr. Denken Sie, Sie und ich könnten Freunde bleiben?"

„Oh ja, bitte. Wir werden uns häufiger sehen", antwortete sie mit einem leichten Erröten. „Ich habe mich mit Hope angefreundet, wissen Sie. Und ich treffe mich oft mit Lady Augusta Montigua del Fuego. Lady Augusta hat beschlossen, dem Vorstand der Tothill-Fields-Anstalt beizutreten."

„Lady Augusta?", wiederholte Sebastian erstaunt. Er konnte sich kein seltsameres Paar vorstellen als die Aufsehen genießende, unverblümte Lady Augusta und die zurückhaltende alte Jungfer Lady Elinore, die jedoch voller Überraschungen steckte.

„Sie ist sehr freundlich, wissen Sie, und mag Kinder. Für eine Reihe der Mädchen hat sie schon Pläne. Sie ist eine außergewöhnliche Frau mit einer Menge Energie." Leicht verlegen senkte sie den Kopf und fügte hinzu: „Sie hat mich auch unter ihre Fittiche genommen."

„Gütiger Himmel!"

„Sie hatte nie Kinder", erklärte Lady Elinore leise. Sie sprach von den Kindern aus dem Waisenhaus, das wusste Sebastian, aber als er die kleine, einsame Gestalt vor sich betrachtete, musste er denken, dass Lady Elinore auch nie eine wirkliche Mutter gehabt hatte.

Später, als er auf dem Heimweg war, fiel ihm auf, dass heute etwas an Lady Elinore anders gewesen war. Verblüfft runzelte er die Stirn. Etwas an ihrem Aussehen. Dann schüttelte er den Kopf. Was wusste er schon? Es gab nur eine Frau, die ihn interessierte: Miss Hope Merridew.

„Ich kann keine Entenküken sehen", beklagte sich Cassie.

„Vor ein paar Tagen habe ich drei beobachtet", entgegnete Sebastian. „Versuch es doch an der Bucht mit dem Schilf. Hast du Küken entdeckt, Dorie?"

Sie schüttelte den Kopf und ging ein Stück am Ufer entlang, schaute suchend in das Schilf. Cassie folgte ihr, ebenfalls dicht am Wasser.

„Ich zöge es vor, wenn du dich heute nicht zu den Enten gesellen würdest, Cassie", bemerkte er in dem schwachen Versuch, einen Witz zu machen. Sie schnitt ihm eine Grimasse, und Sebastian überlegte, wie viel sich in so kurzer Zeit geändert hatte. Cassie war heute nicht mehr mit dem feindseligen, verbitterten Mädchen zu vergleichen, das er vor ein paar Monaten gefunden hatte. Er war sich nicht sicher, ob seine Schwester es aufgegeben hatte, ständig das Messer bei sich zu tragen, aber er wollte sie auch nicht fragen. Sie würde darauf verzichten, wenn sie sich ganz sicher fühlte.

Dorie hatte keine so deutlichen Fortschritte gemacht. Bei Tisch steckte sie sich nach wie vor heimlich Essen in die Taschen. Und sie war nervös und übertrieben anhänglich, besonders wenn sie in der Öffentlichkeit und unter Fremden waren. Wenigstens klammerte sie sich mittlerweile auch an ihn und Hope, nicht länger nur an Cassie. Ein Kind sollte sich nicht verantwortlich für das Wohl und Wehe eines anderen Kindes fühlen. Cassie war sich dessen vermutlich nicht bewusst, aber sie schien wesentlich fröhlicher, da sie nun die Verantwortung für Dorie teilen konnte.

Sebastian lächelte, während er Dorie beobachtete. In ihrem gelben Kleid sah sie selbst ein bisschen wie ein Entenküken aus. Von der Kükenschar war sie noch ein kleines Stück entfernt, aber jeden Augenblick würde Dorie sie entdecken. Heute Morgen hatte er eine Nachricht von Hope erhalten, dass sie und ihre Schwestern am Vormittag einen Ausritt in den Park planten. Wenn er seine Schwestern für das Reiten interessieren wollte, wäre das heute eine gute Gelegenheit.

Die Vorstellung von gemeinsamen Familienausritten war verlockend, nicht zuletzt wenn er an die in Frage kommende Ehefrau an seiner Seite dachte. Außerdem ritten fast alle vornehmen Damen, und er wollte nicht, dass seine Schwestern da eine Ausnahme machten.

Hope würde sie dazu bringen, das wusste er. Sie konnte jeden dazu bringen, alles zu tun.

Wieder traf ihn der Gedanke an Hope als seine Frau mit voller Wucht. Er würde Hope Merridew heiraten. Es war kaum zu glauben.

Er hatte sie noch nicht gefragt, erst würde er mit ihrem Großonkel sprechen müssen. Aber seit der Nacht in der Oper wusste er: Keine andere Frau kam in Frage. Er war nie ein Mann mit Träumen gewesen. Pläne, ja. Pläne hatten mit Handeln zu tun, besaßen Substanz – danach hatte er sein Leben ausgerichtet. Aber Träume …

Er hätte nie gewagt, von Hope Merridew zu träumen.

Plötzlich nahm er wahr, wie Dorie ihm aufgeregt zuwinkte. „Hast du sie gefunden?“, rief er.

Sie nickte heftig, dann legte sie sich einen Finger auf die Lippen, damit sie still waren. Zusammen eilten sie zu ihr, und richtig, da war die Entenmutter mit sieben flaumigen gelb-braunen Federbällchen, die geschäftig hinter ihr herpaddelten.

Sie fütterten die Mutter, und Dorie zerbröselte ihr Brot in winzige Krumen für die Küken. Ihr schmales, kleines Gesicht leuchtete vor Aufregung. Sie brauchte ein Haustier, erkannte Sebastian plötzlich. Dorie hatte das Bedürfnis, sich um ein kleineres Wesen zu kümmern. Es täte ihr gut, ein Tier zu haben, das sie brauchte.

Wieder fiel ihm Hope ein, und er schaute heimlich auf seine Taschenuhr. Elf Uhr, hatte Hope geschrieben. Es war beinahe so weit.

„Ist uns das Brot ausgegangen?“

Dorie nickte.

„Dann ist es Zeit zu gehen.“

Das Licht in ihren Augen erlosch, und er beeilte sich, ihr

zu erklären: „Die Entenmutter wird unruhig, wenn wir zu viel Interesse an ihren Kindern zeigen.“ Er hatte keine Ahnung, was Entenmütter dachten, aber das Argument schien seine Schwester zu überzeugen. Sie gingen vom Ufer weg und kehrten gehorsam an seine Seite zurück. Erneut freute er sich, wie sehr sie sich verändert hatten.

Beim Gehen erwähnte Sebastian ein Haustier. Wie er es sich gedacht hatte, waren beide Mädchen begeistert. „Wir hatten nie ein Haustier“, gestand ihm Cassie. „Dorie hat aber die ganze Zeit Mäuse gezähmt.“

„Ehrlich?“ Er zog die Brauen hoch. Das würde das plötzliche Anwachsen der Mäusepopulation in seinem Stadthaus und die Brotkrumen erklären, die sie sich in die Taschen steckte.

Dorie schaute ihre Schwester finster an, und hastig fuhr Cassie fort: „Und einmal haben wir süße kleine Kätzchen gefunden, aber Albert hat sie alle ersäuft.“

„Albert?“, fragte Sebastian beiläufig. Diese Informationsfetzen über ihr bisheriges Leben waren ihm wichtig. Langsam setzte er sich daraus ein Bild zusammen. Eines Tages, hoffte er, würde er alles wissen.

„Mams jüngerer Bruder. Er war ein Scheusal“, sagte Cassie knapp, als bereute sie es, ihn erwähnt zu haben.

„Du hast vorher nie von ihm erzählt.“

„Nein. Er kam erst zu uns, nachdem sein älterer Bruder gestorben war. Kurz vor Mams Tod.“

Dorie schob ihre Hand in Sebastians und umklammerte sie. Sie kamen in einen Teil des Parks, der belebter war. Beruhigend lächelte er ihr zu.

„Oh, seht mal, da sind die Merridews!“, rief Cassie plötzlich. „Zu Pferde! Alle drei, und James auch.“

Sebastian folgte der Richtung ihres Blickes. Ein besitzergreifendes Gefühl wallte in ihm auf. Da war sie, seine Geliebte, in ihrem Reitkostüm aus blauem Samt, einen frechen Hut keck auf den Locken. Sie erblickte ihn und lächelte strahlend, und er spürte sein Herz einen Satz machen, konnte immer noch kaum glauben, dass diese wunderbare, herrliche Frau *ihn* wollte – Sebastian Reyne.

Die vier Reiter lenkten ihre Pferde zu ihnen.

„Grace sitzt gut zu Pferde, nicht wahr?", sagte Sebastian.

„Hm", stimmte ihm Cassie nachdenklich zu.

Er behielt eine ausdruckslose Miene bei, obwohl es ihm schwerfiel. Grace und Cassie waren beste Freundinnen, aber eine Spur von Konkurrenz färbte ihre Freundschaft. „Ja, sie sieht da oben gut aus, wie sie ihr Pferd so mühelos beherrscht. Nicht, dass es wichtig wäre, da du ja ganz richtig gesagt hast, du wolltest keine blöden Pferde reiten."

Von der Seite bedachte sie ihn mit einem frostigen Blick.

Die Merridews kamen bei ihnen an und begrüßten sie. Hope sagte sogleich: „Cassie, was hältst du von Grace' neuem Reitkostüm? Ich denke, es ist ganz reizend und steht ihr ausgezeichnet, nicht wahr? Aber sie ist nicht zufrieden, weil sie Samt wollte." Er durchschaute ihre Taktik sofort. Cassie hatte eine heimliche, aber stetig wachsende Leidenschaft für schöne Kleider.

Faith erklärte in einem Tonfall, der klar aussagte, dass es kein neues Argument war: „Grace ist zu jung für Samt."

„Ich kann erkennen, dass es feinste Wolle ist", trug Sebastian sein Scherflein bei.

„Ja, und die Verschnürung ist der letzte Schrei. Grün steht ihr, nicht wahr? Welche Farbe hat dein Reitkostüm, Cassie?", erkundigte sich Hope unschuldig.

„Ich habe keines."

„Nein?", fragte Grace verwundert. „Was ziehst du denn dann zum Reiten an?"

Cassie sagte nichts.

Sebastian bemerkte: „Cassie hat kein Reitkostüm, weil ...“

Cassie sandte ihm einen flehentlichen Blick. „Weil es noch nicht fertig ist. Welche Farbe hatte es noch gleich? Dunkelrot? Mit Goldverzierung?“

„Ja“, stimmte ihm Cassie dankbar zu. Schüchtern schaute sie zu Hope und gestand: „Ich habe noch nie ein Pferd geritten.“

„Würdest du gerne einen Augenblick vor mir im Sattel sitzen?“, bot ihr Hope an. „Dein Bruder kann dir beim Aufsitzen helfen.“

Cassie sah überrascht aus, aber als Sebastian seine Hände um ihre Taille legte, ließ sie es geschehen. Er hob sie vor Hope. Es war ein wenig eng in dem Damensattel, und Cassie wirkte leicht beunruhigt. „Lass uns ein Stück gehen“, schlug Hope vor, und ehe Cassie Einwände erheben konnte, setzte sich das Pferd in Bewegung.

Sie saß steif vor Hope, die ihr geduldig alles erklärte. Grace ritt auf ihrem Pferd neben ihnen, sprach angeregt auf Cassie ein. Ihre Gegenwart war sehr nützlich, denn sie bestärkte Cassie darin, sich keine Furcht anmerken zu lassen.

„Möchtest du auch nach oben?“, fragte Faith.

Dorie schüttelte den Kopf.

„Dort hinten bei dem Springbrunnen ist ein Junge mit einem Korb junger Hunde“, sagte Faith. „Würdest du sie gerne sehen?“

Dorie schaute Sebastian an und nickte.

„Dann komm. Entschuldigen Sie uns bitte, Miss Faith.“ Er nahm ihre Hand und ging mit ihr zu der kleinen Menschenansammlung. Kinder und Erwachsene drängten sich um den Jungen mit dem Korb voller sich windender schwarz-weißer Hundewelpen. Dorie hatte sich anfangs abseits gehalten, aber sobald sie die Welpen entdeckte, vergaß sie ihre Angst und drängte vorwärts.

Die Welpen waren vielleicht sechs oder sieben Wochen alt und Mischlinge. Der Junge verkaufte sie für ein paar Schillinge. Dorie war wie verzaubert und beobachtete die Hündchen mit leuchtenden Augen, verfolgte gebannt ihre Possen, während sie übereinanderkletterten, an Ohren und Schwänzchen ihrer Geschwister knabberten, sich anblafften und dabei wedelten.

„Sebastian, schau mal", hörte er hinter sich und drehte sich zu Cassie um, die stolz vor Hope saß und an den Umstehenden vorbeiritt. „Ich reite!", rief sie aufgeregt.

Er grinste und nickte.

„Was schaut ihr euch an?", fragte sie.

„Welpen."

„Oh! Oh, kann ich sie auch mal sehen? Kann ich absteigen, Miss Hope?"

„Ich helfe dir." Sebastian schaute zu Dorie, die immer noch gebannt vor den Hundejungen stand. „Ich helfe deiner Schwester nur kurz beim Absitzen", erklärte er. Dorie erwiderte nichts, daher ging Sebastian rasch zu Hopes Pferd.

„Oh, das war herrlich", verkündete Cassie, als er sie aus dem Sattel hob. „Ich kann gar nicht erwarten, dass mein Reitunterricht beginnt. Wo ist Dorie?"

„Ich konnte sie nicht von den Welpen weglocken. Sie sucht sich gerade einen aus."

„Ich will sie auch sehen." Schon wollte sie loslaufen.

Sebastian hielt sie am Arm fest. „Bedank dich bitte erst bei Miss Hope."

„Entschuldigung. Vielen Dank, Miss Hope. Und auf Wiedersehen." Nach einem hastigen Knicks eilte Cassie davon.

Sebastian verdrehte die Augen. „Ich dachte, ich würde *einen* Welpen kaufen. Jetzt, fürchte ich, werden es zwei."

Hope lachte. „Das ist eine wunderbare Idee."

Er nahm ihre Hand und schaute zu ihr empor. „Du bist

wunderbar." Leise fügte er hinzu: „Ich musste immerzu an gestern Abend denken. Es war ..."

Cassie kam zu ihnen zurückgerannt und schlug ihn auf den Arm. „Du hast doch gesagt, Dorie sei bei den Welpen!"

Sebastian runzelte die Stirn. „Da ist sie auch." Cassie musste noch Manieren lernen.

„Nein, ist sie nicht. Sie ist nirgends zu sehen", behauptete sie vorwurfsvoll. „Du solltest doch auf sie aufpassen."

Sebastian schaute zu der Gruppe um die Welpen. „Bist du dir sicher, Cassie? Gerade eben war sie noch da."

„Jetzt aber nicht mehr."

„Oh Gott." Er blickte sich besorgt um, wusste, wie leicht Dorie Angst bekam. „Hope, kannst du sie irgendwo entdecken?"

Von ihrem erhöhten Sitz aus suchte Hope besorgt mit den Augen den Park ab. „Da!", rief sie. „Jemand verschleppt sie." Sie drückte ihrem Pferd die Absätze in die Flanken und trieb es an.

Sebastian folgte zu Fuß, rannte, als sei ihm der Teufel selbst auf den Fersen. In einiger Entfernung konnte er einen Mann laufen sehen, eine kleine Gestalt in einem gelben Kleid über der Schulter. Sie wehrte sich. Der Anblick beschleunigte seine Schritte.

Wie hatte der Schurke ein Kind mitten aus einer Gruppe Menschen entführen können? Und warum? Warum Dorie? Sebastian rannte weiter und langsam verringerte sich der Abstand zwischen ihm und dem Entführer.

Hope auf ihrem Pferd holte rascher zu dem Mann auf, schrie ihn wie eine Amazone an. Der Mann wurde schneller. Hope galoppierte an ihm vorüber, und er schwenkte zur Seite. Sie wendete ihr Pferd und raste auf ihn zu. Er wich aus und änderte seine Richtung, dabei aber ließ er Dorie fallen. Sie rappelte sich auf und lief so schnell von ihm weg, wie sie konnte, rannte wie ein erschreckter kleiner Hase in keine bestimmte Richtung, sondern einfach weg. Die Parktore waren nicht weit. Wenn sie in ihrer heillosen Angst aus dem Park lief, wäre es viel schwieriger, ihr zu folgen.

„Dorie! Dorie, komm zu mir!“, rief Sebastian, aber sie hörte ihn nicht.

Ihr Entführer folgte ihr und schrie dabei: „Komm zurück, du kleine Ratte, oder ich bring dich um. Und deine Schwester auch, wart's nur ab!“ Im Laufen zog der Mann ein Messer, während er weiter Drohungen ausstieß.

Schwester? Er wusste, sie hatte eine Schwester?

Dorie stolperte. Sebastian blieb das Herz fast stehen. Wenn der Schurke sie jetzt erwischte, würde er sie als Geisel benutzen. Oder sie gleich umbringen. Ihm wäre es egal, ob er für Mord oder Entführung am Galgen landete.

„Renn weiter, Dorie“, brüllte Sebastian. „Ich halte ihn auf.“

Diesmal hörte sie ihn und begann wieder zu laufen, aber die Verzögerung hatte es ihrem Verfolger erlaubt aufzuholen. Er war nur noch vier, fünf Schritte hinter ihr und kam immer näher. In diesem Moment stürmte Hope auf ihrem Pferd von hinten heran. Als sie dicht genug bei dem Kind war, rief sie: „Dorie, streck deine Hand aus, ich hebe dich aufs Pferd.“

Zu Sebastians Entsetzen hing Hope seitwärts aus dem Sattel, wie sie es getan hatte, als sie ihr haarsträubendes Kunststuck übte. Ihm blieb keine Zeit, ihr zuzubrüllen, es zu lassen, weil er den Mann selbst fast eingeholt hatte. Vor seinen Augen galoppierte Hope Merridew in vollem Tempo auf seine kleine, zarte Schwester zu, beugte sich herab und riss sie zu sich hoch, gerade als der Mann mit seinem Messer nach ihr ausholte.

Hope kämpfte einen Moment, um nicht aus dem Sattel zu rutschen – Dorie war wesentlich schwerer als ein Zweig –, dann aber richtete sie sich auf und ritt weiter. Dorie dicht an ihre Brust gedrückt, stieß sie einen Triumphschrei aus. „Ich habe sie, Sebastian!" Dorie klammerte sich an ihr fest wie ein kleiner Affe. Über Hopes Schulter blickte sie mit gespenstisch weißem Gesicht zu Sebastian und gab ihm mit der Hand ein Zeichen, als wollte sie sagen: *Mir geht es gut.*

Ein Ruf erklang von der Seite. Die Parkwächter waren alarmiert worden und kamen angelaufen.

Der Mann schaute sich um und flüchtete.

Sebastian folgte, jetzt von Wut statt Angst um seine Schwester und Hope angetrieben. Rasch holte er ihn ein und brachte ihn mit einem gezielten Sprung zu Fall. Gemeinsam rollten sie über den Boden.

Der Mann kam fluchend auf die Füße und schwenkte sein Messer. Seine verfaulten Zähne entblößend, knurrte er: „Komm her, du feiner Pinkel. Woll'n wer doch ma seh'n, welche Farbe dein Blut is'!" Er machte einen Ausfall mit dem Messer, einer böse aussehenden Klinge. Seine Lage war aussichtslos, wenn er gefasst wurde, würde er hängen. Und er hatte ein Messer und nichts zu verlieren. Bedrohlich kam er auf Sebastian zu, in der klaren Absicht, ihn zu verwunden und dann zu entkommen.

Aber Sebastian hatte Straßenkampf auf die harte Tour gelernt, in den Gassen einer Fabrikstadt. Er wich gerade so viel zurück, um der Klinge auszuweichen, dann trat er den Mann in die Seite. Der stolperte rückwärts, und Sebastian sprang vor und versetzte ihm einen Schlag ins Gesicht. Er packte die Hand mit dem Messer und verdrehte sie, bevor er mit der Faust kräftig auf das Handgelenk schlug. Das Messer fiel zu Boden, und Sebastian trat es weg. Nach einem halben Dutzend Faustschlägen lag der Mann keuchend auf der Erde und blutete aus Mund und Nase.

Sebastian stand einen Moment über ihm, rang nach Atem,

aber der andere rührte sich nicht.

„Hurra! Du hast ihn besiegt!“, rief Hope, unverhohlen erfreut über den Ausgang und ohne die geringsten Anzeichen weiblicher Empfindsamkeit. Ihr Pferd tänzelte nervös, von ihrer Aufregung angesteckt.

„Dorie?“, fragte er.

Dorie nickte. Ihren Klammergriff um Hopes Hals hatte sie gelockert, aber sie schien vollkommen zufrieden, auf dem Pferd zu bleiben. Zweifellos hatte das viel mit der Alternative zu tun. Er blickte zu dem Mann auf dem Boden, der kein Lebenszeichen von sich gab. Die Parkwächter waren noch ein paar hundert Schritt entfernt, aber sie würden den Mann festnehmen.

Sebastian ging zu Hope und seiner Schwester. Er hatte das Messer aufblitzen sehen, Sekundenbruchteile, ehe Dorie von seiner verrückten, tapferen und unerschrockenen Liebsten in Sicherheit gehoben worden war.

„Sebastian!“ Das hohe, dünne Stimmchen klang anders als alle anderen, die er je gehört hatte. „Hinter dir!“

Er wirbelte herum. Der Mann hatte das Messer aufgehoben und wollte es Sebastian in den Leib rammen. Doch die Warnung war rechtzeitig gekommen, sodass Sebastian das Messer mit seinem Arm abwehren konnte. Er holte zu einem kraftvollen Kinnhaken aus. Der Kopf des Mannes flog nach hinten, und er brach bewusstlos zusammen, gerade als die Parkwächter zusammen mit Cassie eintrafen, kurz darauf gefolgt von Faith und Grace Merridew sowie James. Eine kleine Menschenansammlung bildete sich. Seine Schwestern mussten hier so schnell wie möglich weg.

Die Parkwächter hatten den letzten Angriff des Mannes gesehen und fesselten ihn sicher an Händen und Füßen, solange er noch ohne Bewusstsein war. Danach würden sie zum Gefängnis aufbrechen. Sebastian gab ihnen seine Karte und versprach, sobald wie möglich beim nächsten Friedensrichter vorzusprechen. Aber zuerst, so erklärte er, müsse er seine Damen nach Hause bringen.

„Hast du nicht gehört …“, begann Hope aufgeregt.

Sebastian schaute sie rasch an und schüttelte den Kopf. „Wir gehen erst nach Hause“, sagte er. „Dann können wir reden. Gib mir bitte Dorie.“

Bereitwillig kam Dorie in seine Arme, klammerte sich an ihn, wie sie sich auch an Hope festgehalten hatte. Sie zitterte und barg ihr Gesicht an seinem Hals. Er drückte sie an sich, streichelte ihr übers Haar. „Du warst ganz tapfer, meine Kleine, aber jetzt ist es vorbei. Du bist in Sicherheit. Er kann dir nichts mehr tun.“

Er blickte zu Cassie, die den bewusstlosen Mann anstarrte. „Es war sehr klug von dir, die Wächter zu holen, Cassie“, bemerkte er. „Danke. Meine Schwestern sind beide sehr tapfer.“

Sie wirkte erfreut, aber auch unbehaglich. Sie öffnete den Mund, um etwas zu sagen, überlegte es sich jedoch anders.

„Sagst du uns seinen Namen, Cassie?“, bat Sebastian ruhig.

Sie zuckte zusammen und biss sich schuldbewusst auf die Unterlippe.

Sebastian nickte ihr aufmunternd zu. „Es ist in Ordnung. Sag es einfach. Er ist Mams Bruder, nicht wahr?“

„Woher weißt du das?“, platzte sie heraus.

„Du vergisst, dass ich sie kannte. Die Familienähnlichkeit ist unverwechselbar.“

Sie nickte. „Ja, es ist Albert. Albert Watts. Aber was wollte er mit Dorie? Er hasste uns und wollte uns nicht bei sich haben. Er war es, der uns nach London gebracht hat, um uns …“

„Nicht hier“, unterbrach Sebastian sie scharf. Er schluckte

und zwang sich, in milderem Ton hinzuzufügen: „Entschuldigung, aber wir sprechen lieber darüber, wenn wir ungestörter sind." Ihre Worte bestätigten seine schlimmsten Befürchtungen. Finster starrte er den Bewusstlosen an und wünschte sich einen Moment, er hätte ihn umgebracht. Er wollte zu ihm gehen und ihn unter seinem Absatz zerquetschen. Daher benötigte er eine Weile, bis er seine Wut gezügelt und seine Selbstbeherrschung wiedergefunden hatte.

„Meine Herren", wandte er sich an die Parkwächter. „Ich werde dieses Stück Dreck, dessen Name Albert Watts ist, in Ihren fähigen Händen lassen. Er ist ein Verbrecher der übelsten Sorte. In Bow Street wird er vermutlich wegen mehrerer anderer Gesetzesverstöße gesucht. Sobald ich meine Schwestern nach Hause gebracht habe, komme ich nach." Er gab jedem der beiden eine Goldmünze. „Danke für Ihre prompte Hilfe."

Einer der Wächter schüttelte den Kopf. „Das haben Sie alles ganz alleine gemacht, Sir – Sie und die Dame!" Voller Bewunderung schaute er Hope an. „Ich habe nie so etwas gesehen, noch nicht einmal bei Astley's oder sonst wo. Sie waren wunderbar, wie Sie die Kleine auf Ihr Pferd gehoben haben."

Hope errötete kleidsam.

Der Wächter war gar nicht zu bremsen. „Und was Sie angeht, Sir, ich hoffe, Sie meinen nicht, dass ich mir Freiheiten herausnehme, wenn ich sage, dass Sie in den Ring gehören mit Ihrem linken Haken. Einfach großartig, Sir, schlichtweg großartig. Gentleman Jackson hätte es nicht besser gekonnt."

Sebastian senkte den Kopf, so gut es ging mit Dorie im Arm. Am liebsten hätte er sie nie wieder losgelassen. Die meisten Teile des Puzzles lagen nun am richtigen Platz; seine Schwestern mussten nur noch die letzten Lücken füllen. „Danke, meine Herren, aber ich würde meine kleine Schwester jetzt gerne heimbringen. Sie hat einen schlimmen Schreck hinter sich.“ Er sah zu Cassie. „Beide haben das.“

„Soll ich Ihnen eine Droschke rufen, Sir?“, bot sein Bewunderer an.

„Das wäre ausgezeichnet“, antwortete Sebastian, und die Wächter entfernten sich eilig, den gefesselten Watts zwischen sich und eine Reihe Schaulustiger im Schlepptau.

„Wir gehen dann auch“, begann Hope.

„Nein. Komm mit mir – mit uns. Bitte.“ Eindringlich schaute er sie an und erklärte leise: „Ich brauche dich, Hope.“ In seinen Armen regte sich Dorie und hielt Hope flehend die Hand hin.

Mehr war nicht nötig. Ihre Augen schimmerten feucht. „Natürlich. Faith, Grace, es macht nichts, oder?“ Sie schüttelten die Köpfe.

Nachdem sie abgesessen war und James die Zügel gegeben hatte, trat sie zu Sebastian und legte einen Arm um ihn und Dorie, Cassie umfing sie mit dem anderen. „Es ist gut“, sagte sie. „Lasst uns nach Hause gehen.“

18. KAPITEL

„So, Dorie, ich denke, jetzt musst du uns erzählen, was da im Park geschehen ist“, bat Sebastian. Sie saßen in dem gemütlichen Salon auf der Rückseite von Sebastians Stadthaus. Trotz des milden Frühlingswetters brannte ein Feuer im Kamin. Die Mädchen tranken heiße Schokolade und aßen Kekse, während Hope und Sebastian Tee vor sich stehen hatten.

Cassie hob abrupt den Kopf. „Dorie?“, fragte sie verwirrt.

Hope nickte. „Also hast du sie vorhin gehört.“

„Ja, das habe ich. Es war der süßeste Laut, der je an mein Ohr gedrungen ist – einmal abgesehen davon, dass er mir das Leben gerettet hat“, antwortete Sebastian. Zu Cassie gewandt, erläuterte er: „Deine Schwester hat gesprochen, Cassie. Sie hat mich vor Albert Watts’ zweitem Angriff gewarnt und mir dadurch das Leben gerettet.“ Sanft berührte er Dories Wange.

Sie lächelte flüchtig, unsicher, schaute verlegen zu ihrer Schwester und sagte mit entschuldigender Miene: „Tut mir leid, Cassie.“

Cassie war völlig verblüfft. „Du kannst reden! Das ist ja wunderbar, Dorie.“ Sie umarmte ihre Schwester.

Sebastian wollte wissen: „Wie hat er dich in seine Gewalt gebracht? Ich meine, mit all diesen Leuten um dich herum …“

„Er hat mich nicht gepackt“, erklärte Dorie. Ihre Stimme war dünn und brüchig, aber ansonsten sprach sie vollkommen normal.

Ihre Unterlippe bebte, aber er musste sie fragen. Er musste es wissen. „Du bist also mit ihm gegangen?“

Sie biss sich auf die Lippe und nickte.

„Warum? Du wusstest doch, ich war nicht weit weg.“

„E-er hatte sein Messer. Plötzlich war er hinter mir, als ich mir die Welpen anschaute. Er hat mir sein Messer von hinten in den Rücken gedrückt und zugeflüstert, dass er mich sofort erdolchen würde, wenn ich nicht ohne Aufsehen mit ihm käme." Sie zitterte, und Sebastian legte seinen Arm fester um sie.

„Es war sehr tapfer von dir, Dorie", warf Hope ein. „Du hast genau das Richtige getan."

Dorie schaute sie mit großen Augen an, dann Sebastian.

„Ja, so konnten wir dich retten."

„Aber warum wollte er überhaupt, dass du mit ihm gehst?", erkundigte sich Cassie.

Sebastian hakte nach: „Du wusstest etwas über Albert, nicht wahr, Dorie? Etwas, das Cassie nicht ahnte."

Sie nickte.

„Du kannst jetzt reden", sagte er leise. „Er ist im Gefängnis und wird nie wieder herauskommen. Dafür werde ich sorgen. Er kann dir nicht wehtun."

„Er hat unsere Mam umgebracht", flüsterte sie.

„Hast du ihn dabei gesehen?" Er drückte sie fester an sich.

Mit unglücklicher Miene nickte sie. „Mam war krank, lag in ihrem Bett oben. Ich war auch oben. Ich sah Onkel Albert die Treppe hochschleichen, ganz leise." Sie schaute Cassie an. „Du warst unten und hast gearbeitet. Er hat ein Kissen genommen. Ich dachte, er wollte es ihr bequemer machen – aber er hat es ihr aufs Gesicht gedrückt und festgehalten."

Hope schlug sich entsetzt eine Hand vor den Mund.

Mit dünner ausdrucksloser Stimme sprach Dorie weiter: „Sie hat getreten und um sich geschlagen … aber er hat es einfach fest auf ihr Gesicht gedrückt, immer fester und fester … und dann wurde sie still." Ein Schluchzer entrang sich ihr. „Ich hatte solche Angst. Dann hat er ihr das Kissen unter den Kopf geschoben. Da hat er mich entdeckt. Ich hatte eine Tasse Tee in der Hand, die klapperte."

„Was ist danach geschehen?"

Einen Moment schwieg sie, bevor sie antwortete: „Ich habe versucht wegzulaufen, aber er hat mich geschlagen. So heftig, dass ich die Treppe heruntergefallen bin."

„Daran erinnere ich mich", unterbrach sie Cassie. Zu Hope und Sebastian sagte sie: „Ich hörte einen Krach und bin hingelaufen. Der Teekessel und die Tasse waren kaputt. Es war wirklich ganz schön laut."

„Lauter als Mams Sterben." Dorie schluchzte erstickt auf, und Sebastian und Cassie legten die Arme um sie.

„Du hattest eine Verletzung am Kopf", sprach Cassie weiter. „Es hat geblutet und geblutet. Da war überall Blut, und du musstest mehrere Tage das Bett hüten." Verwundert schaute sie sie an und sagte langsam, nachdenklich: „Und als du wieder aufgewacht bist, konntest du nicht reden. Onkel Albert sagte, du seiest durch den Sturz blöde geworden." Sie schaute Sebastian an. „Das hatte ich bis eben ganz vergessen. Wie konnte ich das nur vergessen?"

Hope legte ihr eine Hand auf den Arm. „Deine Mam ist gestorben. Das hat vermutlich alles überschattet."

„Aber du bist nicht blöde, Dorie, also …"

„Onkel Albert hat gedroht, wenn ich ein Wort sage, würde er mich töten und Cassie auch." Sie schaute Sebastian und Cassie an. „Also habe ich es nicht getan. Ich habe kein Wort gesagt."

Sebastian schloss die Augen. Es war schlimm, sich vorzustellen, dass sie die Drohung des Bastards wörtlich genommen und einfach nicht mehr gesprochen hatte.

„Ich denke, er hat auch Onkel Eddie umgebracht."

„Onkel Eddie?", fragte Sebastian.

„Mams anderer Bruder. Er war der Älteste, ihm gehörte

das Wirtshaus“, erklärte Cassie. „Nach seinem Tod ging es an Mam, und nachdem sie gestorben war …“

„… hat Onkel Albert es bekommen“, vervollständigte Dorie den Satz.

Jetzt verstand Sebastian, warum ihn die Mädchen anfangs abgelehnt hatten. Die selbstverständliche Benutzung der Bezeichnung „Onkel“ für diese Fremden, von denen einer ein Mörder war, erfüllte ihn mit Widerwillen.

„Wie lange seid ihr nach Mrs. Morgans Tod noch im Wirtshaus geblieben?“

„Eine Weile“, erklärte Cassie. „Länger als ein Jahr. Aber Albert konnte nicht gut mit Geld umgehen – nicht wie Mam oder Onkel Eddie. Darum hat er uns behalten. Er mochte uns nicht, aber ich kann gut rechnen, Geld verwalten und so was, und Dorie ist sehr begabt in der Küche. Wir haben ihm das Gasthaus geführt.“ Trocken fügte sie hinzu: „Damals fing ich damit an, ständig mein Messer bei mir zu tragen.“

Zwei kleine Mädchen, die sich fürs Überleben abschufteten und einem mörderischen Schwein das Geschäft führten! Ein Kind von zwölf Jahren, das zum eigenen Schutz ein Messer bei sich tragen musste. Mühsam zügelte Sebastian seine Wut und brachte hervor: „Sind meine Schwestern nicht wundervoll, Hope? So eine schwierige Situation so tapfer und souverän zu meistern – und das in ihrem jungen Alter!“

Sie lächelte unter Tränen. „Ich denke, alle Reynes sind in dieser Beziehung etwas ganz Besonderes.“

In seiner Kehle bildete sich ein Klumpen, der ihn am Sprechen hinderte.

Cassie fuhr fort: „Wir haben das Wirtshaus verlassen, als Albert eines Tages heimkam und sagte, er habe sein ganzes Geld verloren. Er musste alles verkaufen.“ Sie zuckte die Schultern. „Das hat er dann auch getan. Das war, als …“ Dorie stieß sie an, und Cassie brach ab. Es folgte ein längerer stummer Austausch zwischen den Mädchen, bevor Cassie den Blick senkte, als schämte sie sich, und leise erklärte: „Du wirst vielleicht nicht hören wollen, wohin wir danach gegangen sind. Die Dame vom Fields hat gesagt, wir dürften es niemandem erzählen."

Oh Gott, nein, dachte Sebastian. Er wollte es nicht hören. Dieses Wissen hatte er seit dem Augenblick verdrängt, da Morton Black ihm beigebracht hatte, wo genau seine Schwestern gefunden worden waren. Und ganz bestimmt konnte er es nicht ertragen, die Ereignisse von ihren kindlichen Lippen zu vernehmen. Er stand auf und warf in seiner Hast beinahe den Stuhl um. „Du hast recht, Cassie. Du hast uns genug erzählt. Wir …"

„Ich würde es gerne hören", bemerkte Hope ruhig.

„Sie sind müde. Sie müssen sich …"

„Sie haben ihre Geschichte noch nicht zu Ende erzählt", wandte sie leise, aber fest ein.

„*Nein!* Du weißt nicht, um was du da bittest!", widersprach Sebastian mit leiser, verzweifelter Stimme. Er starrte sie an, versuchte ihr wortlos seine eindringliche Botschaft zu vermitteln. *Nicht mehr. Die Mädchen haben genug gesagt.*

Sie erwiderte seinen Blick offen. „Kann ich dich kurz allein sprechen?"

„Meinetwegen." Er führte sie in sein Arbeitszimmer. „Du weißt nicht, was du da verlangst. Sie wissen es. Ich weiß es. Das ist genug."

„Ich begreife, dass es schlimm sein muss, aber haben sie dir eigentlich je erzählt, was genau geschehen ist?"

Er schüttelte den Kopf und erklärte ausdruckslos: „Das müssen sie nicht. Ich weiß alles darüber. Mein Agent Morton Black hat einen vollständigen Bericht über ihren Fundort abgeliefert. Aus irgendeinem Grund dachte er, dass ich sie unter diesen Umständen vielleicht nicht wiederhaben wollte, nachdem … danach."

Da lächelte sie. „Er kennt dich nicht besonders gut, nicht wahr, Liebling?"

Er zog sie fest an sich, und die Qual in seinem Herzen war ihm ins Gesicht geschrieben. „Du kannst dir denken, was …"

Sie lehnte sich in seinen Armen zurück und nahm seine Hände. „Sebastian, du musst es sie erzählen lassen. Alles. Egal, wie hässlich, schmerzlich oder entsetzlich. Diese Kinder müssen es aussprechen dürfen. Dann erst können sie es verwinden und heilen."

Er dachte über ihre Worte nach, sein Gesicht gramzerfurcht. Schließlich schüttelte er den Kopf. Mit heiserer Stimme sagte er: „Ich kann nicht … ich kann es nicht ertragen, es zu hören. Es tut nicht gut, eine schmerzliche Vergangenheit aufzuwühlen. Man soll sie besser ruhen lassen."

Sie schlang ihm die Arme um den Hals und drückte seinen Kopf an ihre Brust. „Nein, mein Liebster. Wenn du das tust, wird es in dir und ihnen schwären, und deine Schuldgefühle und ihre Scham werden wachsen. Zwischen dir und deinen Schwestern wird ein Abgrund bleiben, der nie überwunden wird. Du musst sie anhören, zum Wohl von euch allen dreien."

„Du kannst dir nicht vorstellen, wie es ist, zu wissen, dass ich verantwortlich bin für das, was geschehen ist … ich! *Es war meine Schuld!"* Er stöhnte.

Sie seufzte. „Ja, genauso wie es Cassies Schuld ist, dass Dorie entführt wurde."

Entsetzt blickte er auf. „Nein. Es war nicht Cassies …"

Sie schüttelte ihn: „Du warst etwa genauso alt wie Cassie jetzt, als deine Schwestern verschwanden, Sebastian!"

Er schwieg.

Sie strich ihm übers Haar. „Du musst dir selbst verzeihen, Liebster. Alle anderen haben es schon."

„Vielleicht", antwortete er langsam. „Aber ich ertrage es nicht, *alle Einzelheiten* zu hören. Sie sind *meine Schwestern. Kinder.*"

Sie streichelte sein Gesicht und hauchte einen Kuss auf sein gesenktes Haupt. „Dann, Liebster, bleib hier. Ich werde es für dich anhören. Die Mädchen müssen es aussprechen, und irgendjemand muss ihnen zuhören." Sie küsste ihn noch einmal. „Bleib hier, Lieber. Ich hole dich, wenn es vorüber ist."

Sie hatte vielleicht sechs Schritte in Richtung Tür gemacht, als er bedrückt erklärte: „Nein, warte. Ich komme selbst."

Er blieb neben ihr stehen. „Du bist stärker, als ich glaubte." Sein Lächeln war zittrig. „Was hast du neulich gesagt? ‚Wenn es diesen Kindern gelungen ist, das Schändliche zu überleben, das ihnen von anderen angetan wurde, dann kann ich es wohl ertragen, davon zu hören.'" Er nahm ihre Hand, und sie kehrten in den Salon zurück, wo die Mädchen sie mit besorgten Mienen erwarteten.

„Erzähl uns alles, Cassie. Miss Hope hat mich überzeugt, dass wir alles offenlegen müssen. Was auch immer ihr sagt, es wird nichts ändern, Cassie. Du und Dorie, ihr seid meine Schwestern, und ich liebe euch. Nichts, das geschehen ist, kann daran etwas ändern, nichts."

Hope stand auf und kniete sich vor das Sofa. Sie nahm Cassies und Dories Hände in ihre und erklärte voller Wärme und Herzlichkeit: „Und ich habe euch beide wie Schwestern lieben gelernt. Alles, was ihr sagen werdet, wird diesen Raum nicht verlassen, das verspreche ich."

Er starrte sie an. Was hatte er getan, um diesen Engel zu verdienen? Er kam zu ihr und kniete sich neben sie. Sie verschränkte ihre Finger mit seinen und wartete. Cassie schaute Dorie an, zögerte.

„Albert hat nicht nur das Wirtshaus verkauft", begann Dorie mit ihrer klaren Stimme. „Er hat auch uns verkauft."

Es war wie ein Tritt gegen die Brust. Seit Monaten hatte er es gewusst, aber es ausgesprochen zu hören tat viel mehr weh, als er für möglich gehalten hätte.

Cassie fuhr fort: „Er hat uns nach London auf eine Auktion gebracht. Angeblich wollte er uns Arbeit beschaffen, weil wir so fleißig wären."

„Aber er hat uns an eine Frau verkauft, der ein Bordell gehörte."

Dories sachlicher Ton entsetzte ihn. Nur wenige Zwölfjährige wussten überhaupt, was ein Bordell war. Sebastian wappnete sich für den Rest. Schließlich hatte er es lange schon vermutet. Seit dem Augenblick, in dem er erfahren hatte, dass die meisten Waisenmädchen aus der Tothill-Fields-Anstalt aus Kinderbordellen kamen, hatte er es gewusst. Und das Wissen hatte innerlich an ihm genagt.

Doch wenn sie ertragen hatten, was ihnen angetan worden war, dann würde er es ertragen, davon zu hören. Er hielt Hopes Hand fester. Sein Leben, sein Rettungsanker.

„Wir haben versucht wegzulaufen, aber Tante Sadie – so sollten wir sie nennen – hatte zwei kräftige Männer mitgebracht, und sie haben uns gepackt und nicht losgelassen", erklärte Cassie.

Dorie erzählte weiter: „Sie haben uns zu dem Bordell gebracht. Wir wurden beide gebadet. Dann haben sie uns gezwungen, scheußliche Kleider anzuziehen und uns in ein Zimmer gesperrt. Es war ziemlich weit oben im Haus. Auf dem Dachboden, genau unter dem Dach." Sie legte den Kopf in den Nacken, als sie sich erinnerte, und sagte nachdenklich: „Es war etwa so steil wie das Dach hier, ein schmales Fenster war darin eingelassen. Man konnte von da aus über die Dächer der Stadt schauen." Sie schnitt eine Grimasse. „Ich habe nicht lange hinausgesehen, weil ich Angst vor großen Höhen habe. Aber es war schön, ein Stück Himmel zu sehen."

Sebastian fuhr sich mit zitternder Hand übers Gesicht. Hope legte ihren Arm um ihn. Mit seiner anderen Hand umklammerte er ihre.

„Aber Cassie ist gerne hoch über dem Boden. Da hatte sie die Idee." Sie grinste ihre Schwester an.

Sebastian wartete gespannt. „Was für eine Idee?"

„Da war eine kleine Truhe am Fußende des Bettes", fuhr Cassie fort. „Dorie kann sich ausgezeichnet in enge Stellen zwängen, darum habe ich ihr gesagt, sie solle sich darin verstecken. Die Sachen aus der Kiste haben wir aus dem Fenster geworfen."

„Ich passte genau hinein", erklärte Dorie stolz.

„Und ich bin aus dem schmalen Fenster geklettert", erzählte Cassie. „Das Dach war wirklich sehr steil und glitschig, weil es aus Schiefer war, aber barfuß ging es." Sie grinste Sebastian an. „Du weißt ja, ich und Dächer."

Er versuchte ein Lächeln auf seine Lippen zu zwingen, aber es ging nicht.

„Ich bin also auf das Dach gestiegen, ganz nach oben, wo man rittlings sitzen kann."

„Auf den Dachfirst", sagte Sebastian wie betäubt.

„Ja, genau. Es war sehr hoch oben, und ich konnte auf die Straßen unten sehen." Sie lächelte in die Runde.

„Was ist dann passiert?", fragte Hope.

„Ich habe gewartet, bis Leute unten langgingen, und dann habe ich angefangen Dachschindeln nach unten zu werfen. Sie sind auf dem Pflaster zerschellt und haben mächtig Lärm gemacht. Und alle haben hochgeschaut, darum habe ich so laut geschrien, wie ich nur konnte, dass meine Schwester und ich entführt worden seien und in ein Bordell verkauft und ob jemand bitte kommen könnte und uns helfen."

Angesichts solcher Kühnheit schnappte Hope nach Luft. Sebastian starrte seine Schwestern verdutzt an.

„Und ich habe weitergeschrien und gebrüllt und Ziegel auf die Straße geschmissen. Dann kam Tante Sadie und hat ihren Kopf aus dem Fenster gesteckt und mich ‚ungezogenes Mädchen' genannt, sagte, ich sollte hereinkommen. Den Leuten unten hat sie zugerufen, ich sei ihre Nichte und spielte ihr nur einen Streich …"

„Aber Cassie hat zurückgeschrien, dass sie niemandes Nichte sei und dass diese entsetzliche Frau eine schreckliche Bordellbesitzerin sei und wir nicht hier bleiben wollten. Sogar in der Truhe konnte ich sie hören."

„Und ich habe geschrien, dass wir von zu Hause verschleppt worden seien, und habe immer weiter Schindeln vom Dach geworfen, bis keine mehr da waren. Da waren aber schon Leute von überall hergekommen. Sie traten die Tür zu Tante Sadies Haus ein und kamen hoch in das Mansardenzimmer. Ein paar Männer haben Tante Sadie gepackt und vor den Richter gebracht. Dann haben sie mir gesagt, ich solle vom Dach herunterkommen, und das habe ich auch getan", beendete Cassie ihre Erzählung stolz.

„Und danach kam ich aus der Truhe, und alle waren verwundert."

Sebastian starrte seine Schwestern wie betäubt an. „Ihr seid ein Wunder!", erklärte er zittrig und zog sie in seine Arme, drückte sie an sich.

Sie waren nicht in die Kinderprostitution gezwungen worden! Seine kleinen Schwestern waren doch nicht vergewaltigt und misshandelt worden. Er sog die Luft tief und dankbar in seine Lungen. Das Schlimmste war nicht geschehen. Er hatte geglaubt, Cassies Messer und Dories Schweigen seien Folgen ihrer schrecklichen Erlebnisse im Bordell. Der Gedanke hatte ihn monatelang gequält.

Er konnte nicht sprechen. Seine Augen waren feucht. Er blinzelte die Tränen fort und umarmte seine Schwestern erneut, sandte ein stilles Dankgebet gen Himmel für ihren Einfallsreichtum, ihren Mut und ihr glückliches Entkommen.

„Und was geschah dann?", erkundigte sich Hope kurz darauf. Irgendwie saßen sie inzwischen alle auf dem Boden vor dem Kaminfeuer, Cassie und Dorie zwischen Sebastian und Hope.

Cassie antwortete; sie war es einfach gewohnt, für sie beide zu sprechen. „Sie haben uns zum Richter gebracht, und er hat uns lauter Fragen gestellt, und ich habe ihm alles erzählt, und er hat gesagt, Tante Sadie müsse ins Gefängnis. Aber sie wussten nicht, wo Albert war, daher konnten sie ihn nicht auch bestrafen."

„Und als er herausfand, dass wir keine Familie haben, hat er uns ins Fields geschickt."

„Ins Fields?"

„In die Tothill-Fields-Anstalt für Mittellose Mädchen", erklärte Cassie. „Da waren wir – ich weiß nicht genau – etwa zwei Monate lang."

„Da habe ich sie schließlich gefunden", warf Sebastian ein. „Oder, genauer gesagt, Mr. Black hat sie dort für mich aufgespürt."

„Oh!", rief Hope. „Darum also hast du …"

„Das Waisenhaus gekauft? Ja", sagte Sebastian und warf ihr einen bedeutungsvollen Blick zu. Er war ihr absichtlich ins Wort gefallen, weil er wusste, was sie zu sagen beabsichtigte. Aber er wollte nicht, dass seine Schwestern von der Teegesellschaft erfuhren oder mit ihren früheren Mitbewohnerinnen zusammentrafen. Sie sollten auf keinen Fall mit der Tothill-Fields-Anstalt in Verbindung gebracht werden.

Er fügte hinzu: „Lady Elinore weiß nicht, dass sie dort waren. Sie wurden als Carrie und Doreen Morgan geführt, nicht als Cassandra und Eudora Reyne. Sie hat sie nie getroffen. Lady Elinores Mutter lag im Sterben, sodass sie in der Zeit das Waisenhaus nicht besuchte."

Plötzlich musste Sebastian daran denken, was gewesen wäre, wenn Lady Elinore es herausgefunden hätte. Hätte sie seine Schwestern als gefallene Mädchen behandelt, die der Besserung bedurften?

Er blickte zu Hope, die auf dem Boden saß und seine Schwestern umarmte, sie mit bedingungsloser Liebe umgab, und sandte ein weiteres Dankgebet zum Himmel.

Nach einer Weile sagte Hope: „Nun, ich weiß nicht, was ihr Mädchen meint, aber ich denke, eine Feier ist angesagt."

„Feier?", fragte Cassie.

„Aber sicher", erwiderte Hope voller Überzeugung. „Wir haben eine ganze Reihe von Sachen zu feiern. Erst einmal Dories Rettung aus den Fängen des hinterhältigen Albert Watts." Während sie sprach, zählte sie an den Fingern ab. „Und die Rückkehr von Dories Stimme. Und wir müssen natürlich auch euer geniales Entkommen aus dem Haus der schrecklichen Tante Sadie würdig begehen. Außerdem gab es heute noch eine Premiere."

Alle blickten sie an.

Augenzwinkernd erklärte sie: „Ihr habt heute beide zum ersten Mal auf einem Pferd gesessen. Daher schlage ich für heute Nachmittag einen Ausflug zu Astley's Amphitheater vor, wo wir uns eine der spektakulären Vorstellungen ansehen. Ihr könnt dort hervorragende Reiterinnen sehen, die mich fasziniert haben, seitdem ich das erste Mal in London war."

Sie fing Sebastians Blick auf und fügte übermütig hinzu: „Nicht, natürlich, dass ihr sie nachahmen solltet. Es macht aber ungeheuren Spaß, ihnen zuzuschauen. Und eine Sache ist mir völlig klar: Keiner von uns hatte genug Spaß in der

Kindheit, daher ist es unsere Pflicht, das nach Kräften nachzuholen."

Anmutig erhob sie sich. „Ich werde jetzt nach Hause gehen, mich umziehen und meine Schwestern holen, und ihr zieht euch auch um. Um zwei Uhr kommt ihr mit eurer Kutsche und holt uns ab. Und nach der Vorstellung bei Astley's lädt uns euer Bruder auf ein Eis zu Gunter's ein. Was meint ihr?"

„Ja, bitte!", riefen beide Mädchen begeistert, alle Gedanken an vergangene Schrecken wie weggewischt. Erst jetzt begriff Sebastian, was sie bezweckte. Sie hatte ihnen Kindlichkeit und Unschuld zurückgegeben. Wäre es nach ihm gegangen, hätte er sie in Watte gepackt und vermutlich geglaubt, sie müssten sich erholen, vielleicht schlafen. Sie dagegen schlug ihnen einen Ausflug vor und eine Belohnung, erlaubte ihnen, die Vergangenheit hinter sich zu lassen.

Seine wunderschöne, wunderbare Wunderfrau. Es war kein Zufall, dass sie Hope hieß. Sie war seine Hoffnung, jetzt und für immer.

Die Mädchen liefen aus dem Zimmer, um sich für den Ausflug fertig zu machen, und Sebastian und Hope blieben allein im Zimmer.

„Ich dachte, es wäre so viel schlimmer", erklärte er abgehackt. „Ich dachte ..."

Sie hob den Arm und legte ihm eine Hand auf die Wange. „Ich weiß. Mir ging es auch so."

„Sie sind etwas ganz Besonderes, nicht wahr? Und ich habe dir noch gar nicht gedankt, dass du Dorie gerettet hast", sagte er leise. „Komm her!" Er zog sie an sich und küsste sie zärtlich. „Du hast nicht nur Dorie gerettet, du hast uns alle gerettet, besonders aber mich. Habe ich dir schon gesagt, wie sehr ich dich liebe, Hope Merridew?"

Sie lächelte unter Tränen. „Mm, wenn ich dich gerettet

habe, dann aus völlig eigennützigen Gründen. Ich liebe dich auch, Sebastian Reyne. So, so sehr!“ Sie schaute ihn an, und in ihren Augen stand so unverhohlen ihre Liebe, dass er sie wieder küsste. Und wieder.

„Musst du nach Hause und dich umziehen?“, fragte er leise. „Ich finde, du siehst wunderschön aus, so wie du bist.“

Sie wich zurück und betrachtete ihn unter halb gesenkten Augenlidern. „Ja“, antwortete sie. Sie ging zur Tür und schloss sie. Und drehte den Schlüssel um. Mit einem geheimnisvollen kleinen Lächeln drehte sie sich zu ihm um.

„Wir haben eine halbe Stunde.“

Ihr Reitkostüm war aus blauem Samt, aber als Sebastian die Jacke aufknöpfte, entdeckte er, dass sie darunter nur ein dünnes Seidenhemd trug. Er konnte ihre Haut durchschimmern sehen und die rosa Brustspitzen, die sich unter seinem Blick aufrichteten. Behutsam drückte er Hope auf die Chaiselongue.

Eine halbe Stunde würde nicht reichen.

Er küsste sie tief, leidenschaftlich, sandte das Blut in schwindelerregendem, heftigem Drängen durch ihre Adern. Sie erwiderte den Kuss, klammerte sich an die breiten Schultern, die sie früher so eingeschüchtert hatten.

Seine Kraft gehörte ihr. Und sie sehnte sich danach mit einer Heftigkeit, die ihr fast Angst machte. Sie schob seine Jacke auf und suchte nach den Knöpfen seines Hemdes. Hitze breitete sich in Wellen in ihr aus, sie konnte einfach nicht genug von ihm bekommen. Seine Brust war fest, hart und herrlich anders als ihre eigene. Sacht fuhr sie mit ihren Fingernägeln über seine Haut, und er stöhnte kehlig, erschauerte unter ihrer Berührung. „Mein Tiger“, flüsterte sie.

Er gab einen seltsamen Laut von sich und griff nach ihr. Weiblicher Stolz wallte in ihr auf, weil er sie begehrte. Sie, die ungeschickte, schlimme Hope Merridew. Er umfing ihre seidenverhüllte Brust und streichelte mit seinen Daumen die fester werdende Knospe.

Sie warf ihren Kopf nach hinten und bog sich ihm entgegen, als noch mehr Hitze sie durchströmte. „Oh, das fühlt sich so …“

Sein Mund schloss sich um eine Spitze. Hope versteifte sich, musste sich einen Schrei verkneifen, so herrlich waren die Gefühle, die er ihr schenkte. Sie klammerte sich an ihm fest.

„Kleine Tigerin“, knurrte er. „Gefällt dir das?“

„Mhm.“ Sie zog seinen Kopf zu sich herab, und er nahm ihre andere Brustspitze in den Mund, liebkoste sie durch den dünnen Seidenstoff hindurch.

Unruhig wand sie sich unter ihm, spürte ihn trotz ihrer Röcke deutlich. Sie wollte nichts zwischen seiner und ihrer Haut haben. Hastig begann sie ihr Hemd aufzuknöpfen, zerrte an den kleinen Perlmuttknöpfen.

Seine Hand hielt sie auf. „Nein.“

„Warum nicht? Ich möchte dich fühlen …“

„Nicht hier, nicht jetzt. Wenn ich dich nehme, mein ungeduldiger Liebling, wird es kein hastiger Akt auf einem harten, schmalen Sofa sein, sondern langsam und in einem Bett. Ich will, dass es für dich perfekt wird.“ Er machte eine Pause und sagte: „Ich möchte dich zur Frau haben, Hope Merridew. Wirst du mich heiraten?“

Sie dachte, sie müsse vor Glück platzen. Halb lächelte sie, halb weinte sie – und warum sollte sie auch nicht weinen, wenn er alles war, was sie sich je erträumt hatte? Sie nahm sein Kinn in eine Hand und küsste ihn, ein bisschen ungeschickt, aber voller Gefühl. „Oh, ja, Sebastian. Ich werde dich heiraten, voller Stolz und Freude.“ Sie machte eine Pause, dann sagte sie: „Und mit Lust. Jetzt, bitte.“

Er warf den Kopf nach hinten und lachte. „Nun gut,

meine ungeduldige Tigerin, hier hast du deine Lust.“ Und damit griff er unter ihre Röcke, streichelte sie. Sie keuchte auf, als sie seine Hand an ihrer weiblichsten Stelle spürte, im selben Moment schloss sich sein Mund wieder um eine Brustspitze. Mund und Hand bewegten sich im selben Rhythmus, und sie verlor sich in Wellen intensiver, unglaublich herrlicher Empfindungen.

Nachher war sie sich nicht sicher, ob sie geschrien hatte. Vermutlich ja. Sie lag erschöpft da, schaute ihrem Mann in die grauen Augen.

Es dauerte eine Weile, bis sie wieder sprechen konnte. „Himmel“, flüsterte sie. „Was war das?“

Er grinste. „Worum du gebeten hast.“

Sie erschauerte sinnlich. „Oh. Ich wusste nicht, dass man darum bitten kann.“

Er küsste sie und erklärte: „Wenn wir verheiratet sind, kannst du so oft darum bitten, wie du willst.“

„Himmel.“ Sie dachte nach. „Ich glaube, Tante Gussie bekommt es auch, und sie ist nicht verheiratet. Selbst Katzen kriegen es auf den Dächern.“

Er lachte befreit, ehrlich belustigt, dann begann er ihr Reitkostüm wieder zuzuknöpfen. „Nein, meine süße Last. Du wirst warten müssen.“

Sie wirkte nachdenklich. „Hast du es auch gehabt?“

„Nein“, antwortete er knapp.

„Aber es ist möglich?“

„Ja. Wenn wir verheiratet sind. Jetzt ist genug geredet, mein Lieb. Meine Schwestern kommen jede Minute zurück.“

Hope schaute auf die Uhr. Zu ihrer Verwunderung war die halbe Stunde vorbei. Es war lange nicht genug. Dann musste sie an seine Worte denken und lächelte. *Wenn wir verheiratet sind.* Sie würde Sebastian Reyne heiraten.

Nach dem Besuch bei Astley's, während Hope und ihre Schwestern mit seinen bei Gunter's Eis aßen, sprach Sebastian beim Richter in der Bow Street vor, um ihm alle Informationen zu geben, die er über Albert Watts hatte. Er war fest entschlossen, Dorie die Tortur zu ersparen, vor Gericht aussagen zu müssen.

„Nicht nötig", sagte der Richter. „Watts wurde im Gefängnis vor einer halben Stunde tot aufgefunden. Die Kehle aufgeschlitzt, von einem Ohr zum anderen. Ich fürchte, wir haben den Kerl mit ein paar seiner Feinde zusammengesteckt, und so weit ich es sehe, hatte er davon einen Haufen." Der Richter zuckte die Achseln. „Schlecht für die Disziplin unter den Insassen, natürlich, aber es spart dem Henker Arbeit. Wir hatten genug gegen Albert Watts vorliegen, um ihn gleich mehrmals hinzurichten."

19. KAPITEL

„Immerhin habe ich mich dem Anlass entsprechend gekleidet, während du …“ Giles betrachtete Sebastian geringschätzig von Kopf bis Fuß. „Du trägst noch nicht einmal ein Kostüm.“

Sebastian zuckte die Schultern. „Es ist ein Maskenball. Und ich bin maskiert.“

„Es ist ein *ungarischer Zigeunermaskenball!*“

„Dann gehöre ich eben zu einer schlichten Zigeunersorte. Nicht alle von uns können schneidig sein“, entgegnete Sebastian. Mit zuckenden Lippen fügte er hinzu: „Außerdem siehst du so schmissig aus, dass es für uns beide reicht. Das Kopftuch und die Goldohrringe stehen dir ausgezeichnet!“ Er duckte sich, wich Giles’ Faust geschickt aus.

„Ich nehme an, ich sehe lächerlich aus“, verkündete Giles düster.

„Ja“, stimmte ihm Sebastian zu, „aber das tun die anderen auch alle. Kein Zigeuner, der etwas auf sich hält, würde sich in diesen Kostümen blicken lassen, egal ob ungarisch oder sonst was!“

„Darum geht es doch gar nicht – es ist nur ein Spaß!“, erklärte Giles in leidgeprüftem Ton.

„Ach, Spaß soll das sein? Nun, dann geh und habe Spaß. Such Lady Elinore und bring sie in Mode. Wenigstens wird sie nicht schwer in diesem Farbenrausch zu finden sein – halt einfach nur nach einem grauen Klecks Ausschau.“

Giles seufzte. „Ja. Wo sie solche Kleider herbekommt, übersteigt mein Begriffsvermögen. Vermutlich gibt es irgendwo in London eine wahnsinnig gewordene Schneiderin, die solche Scheußlichkeiten anfertigt. Oder sie werden von ihren Waisenmädchen hergestellt – ich weiß es nicht.“ Er runzelte die Stirn. „Es ist schon spät. Was, wenn sie gar nicht kommt?“

„Warum sollte sie nicht kommen?"

Düster verkündete Giles: „Wer weiß schon, was diese Frau sich so denkt? Ich habe ihr angeboten, sie zu diesem Ball zu begleiten – wegen unseres Planes, natürlich –, aber sie hat abgelehnt! Die Frau hat abgelehnt! Mich! Man sollte meinen, eine Frau, die noch nie männliche Begleitung hatte, würde mit beiden Händen zugreifen, aber nein …" Er machte eine resignierte Handbewegung.

„Mach dir keine Sorgen. Hope ist ebenfalls noch nicht hier, es ist noch reichlich Zeit. Warum gehst du nicht und amüsierst dich ein bisschen, Giles? Es gibt doch genug Schönheiten hier. Ich weiß nicht, ob es an den Masken liegt oder woran, aber mehrere Damen haben mir schon eine Reihe höchst unziemlicher Avancen gemacht, darum …"

„Das kann ich einfach nicht glauben!", rief Giles empört.

„Oh doch! Eine Dame hat sogar vorgeschlagen …"

„Das meine ich nicht. Ich meine – schau nur!"

„Wohin?" Sebastian drehte den Kopf, um Giles' Blick zu folgen. Die Treppe war zweigeteilt und führte an beiden Seiten des Ballsaals nach unten. Hope und ihre Zwillingsschwester stiegen zusammen mit Graf Rimavska und Sir Oswald Merridew die rechte Treppe hinab, während Lady Augusta, unverwechselbar in einem tief ausgeschnittenen lila Gewand mit einem Besatz aus orangefarbenen und grünen Federn, mit zwei weiteren Damen die linke Treppe nahm.

Beim Anblick seiner Liebsten straffte Sebastian unwillkürlich die Schultern. „Oh gut, sie ist da."

„Gut! *Gut,* sagst du? Es ist schlicht unerhört!" Giles klang aufgebracht. Er starrte auf die linke Treppe.

Sebastian folgte dem Blick seines Freundes und zuckte die Achseln. Lady Augustas Kleider waren häufig unerhört, aber Giles konnte sich gerne darüber so sehr aufregen, wie er wollte; Sebastian war an keiner anderen als Hope interessiert.

Seine Brust schnürte sich zusammen, und sein Mund wurde trocken, als er sie anschaute. Sie war eine Vision in Bernstein, Sahne und Gold. Ihr Kleid war aus Seide, in unzähligen Bernsteinschattierungen, und wenn sie sich bewegte, umfloss der Stoff sie wie flüssiger Honig. Das kurze Oberteil war aus dunkel-bernsteinfarbenem Samt und hatte einen dreieckigen Einsatz aus fast durchsichtiger Spitze. Mit einer goldenen Kordel war es nach Zigeunerart provozierend eng geschnürt und insgesamt tief über ihrem Busen ausgeschnitten.

Sie sah einfach hinreißend aus. Schlichtweg köstlich.

Giles explodierte. „Das Kleid ist ein Affront gegen Sitte und Anstand! Was, zum Teufel, ist nur in sie gefahren? Sie wurde dazu gezwungen, glaub mir."

Seine Heftigkeit riss Sebastian aus seiner Versunkenheit, aber Giles blickte immer noch zur linken Treppe, nicht zu Hope. „Von wem sprichst du? Lady Augusta?"

„Sei nicht albern!", fuhr ihn Giles an.

Sebastian schaute erneut; es war eine Menge nötig, seinen draufgängerischen Freund zu schockieren. „Ich kann nichts entdecken, das irgendjemanden ernsthaft entsetzen würde außer einem echten ungarischen Zigeuner. Wer wurde gezwungen und zu was?"

„Lady Elinore, verdammt. Aber ich werde dem ein Ende bereiten."

„Lady Elinore? Wo? Ich kann sie nirgends entdecken."

Giles achtete nicht weiter auf ihn. Wütend vor sich hin schimpfend, bahnte er sich einen Weg durch die vornehme Gästeschar zu den drei Damen am Fuß der linken Treppe. Sebastian sah kurz zu Hope und folgte dann seinem Freund, da er Ärger fürchtete.

„Elinore, was zum Teufel hast du vor?"

Sebastian blinzelte. Hatte Giles heimlich getrunken? Sein

Freund baute sich finster blickend vor einer maskierten Dame auf, die niemals Lady Elinore sein konnte. Zugegeben, sie war klein und schlank, aber da endete auch schon alle Ähnlichkeit.

Diese Dame war in ein leuchtend scharlachrotes Abendkleid gewandet, das über dem zierlichen Busen tief ausgeschnitten war. Einzig ein schmaler Einsatz aus schwarzer Spitze bewahrte das Kleid vor Anstößigkeit, allerdings nur sehr knapp. Auf ihrem Kopf türmten sich kurze, dunkle Löckchen, kein straff aufgesteckter Knoten, und sie trug ein gewagtes Stirnband aus scharlachroten Federn, schwarzer Spitze und glitzernden Strasssteinen. Goldreifen schimmerten an beiden schlanken, nackten Armen, und ein schwarzes Samtband mit Strasssteinen umschloss ihren eleganten Hals.

Es war schlicht unmöglich, dass dieses umwerfende Geschöpf Lady Elinore sein konnte. Sebastian stieß seinen Freund an, aber Giles schien nichts von seinem Irrtum zu merken.

„Nun? Wer ist dafür verantwortlich?“ Giles starrte Lady Augusta wütend an.

„Guten Abend, Giles“, begann Lady Augusta absichtlich begriffsstutzig. „Verantwortlich für was? Den Ball? Das ist natürlich Lady Thorn. Zu Ehren von Graf Rimavska. Was für einen hübschen Zigeunerjungen Sie abgeben, mein lieber Giles, ehrlich! Diese Bommeln sind einfach göttlich.“

Giles wurde rot, würdigte die Bemerkung aber keiner Erwiderung. „Elinore!“, knurrte er.

Die zierliche Dame sagte nichts, starrte ihn nur hochmütig an.

„Giles, komm mit“, begann Sebastian und legte seinem Freund eine Hand auf die Schulter. „Das hier ist nicht …“

Giles schüttelte seine Hand wütend ab. „Elinore, wer hat dir das angetan?“

Endlich sprach die Dame: „Ich glaube nicht, dass wir uns kennen, Sir. Und nun haben Sie bitte die Güte, uns durchzulassen, wenn es recht ist."

„Mach dich nicht lächerlich …", setzte Giles an.

Die Dame brachte einen Elfenbeinfächer zum Vorschein. „Aus – dem – Weg – wenn's – recht – ist." Bei jedem Wort schlug sie ihm damit leicht auf die Brust.

Verdutzt wich Giles einen Schritt zurück, und die kleine Dame in Scharlachrot rauschte hoch erhobenen Hauptes an ihm vorbei. Lady Augusta folgte ihr, blieb aber kurz stehen, um Giles in die Wange zu kneifen: „Wenn Sie ein braver Junge sind, stelle ich Sie vielleicht später meiner hübschen kleinen Freundin vor." Mit einem boshaften Kichern segelte sie davon.

„Diese Frau ist eine Hexe", bemerkte Giles und rieb sich verärgert die Wange.

„Es ist ja auch deine eigene Schuld", erklärte Sebastian. „Das war nicht Lady Elinore, und ich verstehe nicht, warum du darauf beharrt hast. Hast du Maden im Hirn?"

„Maden? Bist du blind? Das war Elinore, aber garantiert. Halb nackt und in Scharlachrot, ausgerechnet!" Giles schaute ihr nach und sagte mit heiserer, leicht verzweifelter Stimme: „Himmel, Bastian, was habe ich nur getan? Sie hat sich ihr Haar abgeschnitten und trägt ein Kleid, das eher zu einer Balletttänzerin passt als zu einer Dame. *Scharlachrot!*"

Sebastian konnte nicht glauben, dass die Dame in Rot Lady Elinore war, aber Giles' felsenfeste Überzeugung weckte Zweifel an seiner Einschätzung. Er wirkte ehrlich bestürzt.

„Wenn es Lady Elinore ist, müsste es dich doch in einen Freudentaumel stürzen, sie endlich in Farben zu sehen. Und so modisch gekleidet."

Sein Freund stöhnte. „Aber nicht in *Scharlachrot.* Oh,

was habe ich nur getan, was habe ich getan?", wiederholte er reuig.

Sebastian runzelte die Stirn. „Was *hast* du getan, Giles?"

Giles schloss gequält die Augen. „Sie im Wandschrank verführt! Und dann noch einmal auf der Hintertreppe in der Oper."

„*Was?*"

„Nicht ganz natürlich. Sie ist noch Jungfrau. Irgendwie." Er stöhnte wieder. „Allerdings scheint sie das nicht zu glauben. Sieh sie dir nur an, Bastian! Sie hat sich wie eine gefallene Frau gekleidet! Und das ist ganz allein meine Schuld. Ich habe ihre Prinzipien mit Füßen getreten, ihre Moral zu Staub zermahlen und ihre Grenzen ignoriert. Ich dachte, bloß weil sie nicht ihre Hutnadel zückte, gefiele ihr, was wir tun. Ich war mir sogar sicher."

Giles fuhr sich mit den Händen durchs Haar und verschob dabei sein Zigeunerkopftuch. „Bei ihrer Erziehung denkt sie jetzt bestimmt, das macht sie zu einem Flittchen oder gar einer Prostituierten. Ich habe sie ruiniert."

Sebastian dachte darüber nach. Die kleine, elegante Frau in Rot und Schwarz sah ihm nicht nach einer Frau aus, die von Scham und Selbstverachtung überwältigt war. Genau genommen schien sie sich bestens zu amüsieren. Und ihr Kleid war keine Anschaffung in letzter Sekunde. Er schaute seinen Freund an, und seine Lippen zuckten. Giles' gequälte Miene passte nicht gerade gut zu seinem albernen Zigeunerkostüm.

„Wenn du das glaubst, musst du es wiedergutmachen."

Giles beäugte ihn beunruhigt. „Wie kann ich es wiedergutmachen? Das ist die Frage."

Sebastian zuckte die Achseln. „Es gibt eine altbewährte Methode, solche Fehltritte wiedergutzumachen."

Giles schaute ihn verständnislos an.

Angesichts der Begriffsstutzigkeit seines Freundes verdrehte Sebastian die Augen. „Du hast doch selbst gesagt, dass sie heiraten muss."

„*Heiraten? Lady Elinore Whitelaw? Ich?*"

Sebastian konnte nicht sicher sagen, ob Giles entsetzt war, verblüfft oder nur ungläubig. Beschwichtigend hob er die Hände. „Es ist nur *eine* altbewährte Methode für solche Probleme. Es gibt noch andere. Du musst das Durcheinander wieder in Ordnung bringen, egal, wofür du dich entscheidest. Das ist dein Problem, Giles."

Er schaute quer durch den Saal zu Hope, zu der sich gerade eben Lady Augusta, die Anstandsdame und die geheimnisvolle Dame in Rot gesellten. „Mein dringendstes Bedürfnis ist jetzt erst einmal, Miss Hope um den Walzer zum Supper zu bitten." Wie Lady Augusta klopfte er Giles begütigend die Wange. „Komm, hübscher Zigeunerjunge, und sieh, ob du einen Tanz mit Lady Augustas neuer kleiner Freundin ergattern kannst."

Giles knurrte eine Warnung, folgte ihm aber gehorsam über die Tanzfläche.

Eine Reihe zigeunerhaft gekleideter Herren drängte sich um Hope und ihre Schwester wie Bienen auf der Suche nach Honig. Als Sebastian sah, wie das eng geschnürte Oberteil Hopes Busen umrahmte, verspürte er einen eindeutig primitiven Drang. Sie konnten sich um Miss Faith drängen, so viel sie wollten, aber Hope gehörte ihm.

Sebastian bahnte sich seinen Weg durch die Menge, Giles dicht hinter sich. Die zierliche, in Rot gekleidete Dame hob ihren Kopf hochmütig, als sie sich näherten, und eilte fort. Giles wandte sich zur Seite und heftete sich an ihre Fersen. In diesem Moment erreichte Sebastian Hope und vergaß alles um sich herum.

„Miss Hope.“ Sebastian verbeugte sich und widerstand nur mit Mühe dem Drang, ihr die Hand zu küssen. Suchend schaute er ihr ins Gesicht. Sie errötete zart, während sie den Blick hob und seinen erwiderte. Er starrte sie einfach an, wünschte sich, sie wären allein. Er musste sie küssen. Wieder und wieder. Ihre Blicke versanken ineinander. Es war nicht genug.

Sir Oswald Merridew räusperte sich mahnend, und Sebastian wurde sich seiner Umgebung wieder bewusst. Irgendwie gelang es ihm, Sir Oswald zu begrüßen, Lady Augusta und Hopes Zwillingsschwester, den Grafen und die Anstandsdame, die ihn mit ihren Blicken durchbohrte. Bestimmt litt sie wieder unter Magenverstimmung, die Arme.

„Mr. Reyne!“, sagte die Anstandsdame scharf.

„Ja, Madam?“ Höflich neigte er den Kopf, wünschte, er könnte sich an ihren Namen erinnern.

„Ihre Hand?“

„Eh?“ Sebastian war verwirrt. Er hatte die Anstandsdame doch gar nicht um einen Tanz gebeten. Sie schnaubte praktisch vor Missbilligung, Sir Oswald betrachtete ihn mit gerunzelter Stirn, und Lady Augusta und Miss Faith lächelten breit. Hope errötete rosig und bemühte sich, ihr Lächeln zu unterdrücken. Um ihn herum konnte er die adeligen Zigeuner wispern und flüstern hören.

„Ihre Hand, mein Herr!“ Die Anstandsdame starrte bedeutungsvoll auf seine linke Hand.

Was war denn? Diesmal hatte er daran gedacht, seine Handschuhe anzuziehen. Er senkte den Blick. „Ah!“ Hastig ließ er Hopes Hand los, die irgendwie in seiner gelandet war und die er unwillkürlich über sein Herz gelegt hatte. „Verzeihung.“

Hopes Röte vertiefte sich. Ihre Augen strahlten zu ihm empor. Ein kleines Grübchen zitterte links neben ihren Lippen. Wie gebannt starrte er darauf.

„Sie wollten Miss Hope etwas fragen", half ihm Lady Augusta auf die Sprünge, begleitet von einem nicht gerade diskreten Stoß in die Rippen und einem Augenzwinkern. Sebastians verwirrtes Hirn begann wieder zu arbeiten.

„Ach ja. Miss Hope, ich bin gekommen, um Sie um die Ehre des Supper-Tanzes zu bitten."

„Der Supper-Tanz? Ja, natürlich." Sie nahm ihre Tanzkarte und sagte, während sie seinen Namen notierte: „Ich schreibe Sie für den Supper-Tanz auf … und …" Sie schenkte ihm ein bezauberndes Lächeln. „Und den letzten Walzer auch, Mr. Reyne."

Den letzten Walzer! Es war, als hätte ihm jemand einen Schlag in den Magen versetzt. Einen Moment bekam er keine Luft. Hatte er sie richtig verstanden? *Sie hatte ihn für den letzten Walzer aufgeschrieben?*

Die Anstandsdame machte ein zischendes Geräusch. Sir Oswald schnaubte überrascht. Hinter ihm war Gemurmel zu hören. Sie schrieb nie einen Namen für den letzten Walzer auf.

Sebastian verneigte sich und nahm ihre Hand, hauchte einen Kuss auf die Innenseite ihres Handgelenkes. „Ich zähle die Augenblicke", versicherte er ihr.

Dann wandte er sich an Sir Oswald. „Dürfte ich Sie unter vier Augen sprechen, Sir?"

Sir Oswald kniff die Augen zusammen. „Nun gut, Mr. Reyne. Kommen Sie mit."

„Sie sollten sie besser glücklich machen, junger Mann!"

„Das wird meine Lebensaufgabe sein", erwiderte Sebastian schlicht. Ohne Murren hatte Sir Oswald ihnen seinen Segen gegeben. Sebastian konnte es kaum glauben.

Der ältere Mann schnaubte. „Hab Erkundigungen über Sie eingeholt, Reyne. Kein unbeschriebenes Blatt, was?"

Sebastian hob die Augenbrauen. „Inwiefern?"

„Ich bin auch im Geschäft, obwohl das nicht allgemein bekannt ist. Sie machen Ihre Sache gut." Er musterte ihn scharfsinnig. „Man glaubt allgemein, dass Sie die Tochter des Chefs ihres Geldes wegen geheiratet haben."

„Ach ja?" Sebastian heuchelte Interesse an einem Gemälde. Er würde sich für nichts und vor niemandem rechtfertigen. Was geschehen war, war geschehen.

„Alles papperlapapp, nicht wahr? Ist genau andersherum, habe ich herausgefunden. Ihr Vater hat Sie umworben. Wollte Sie wegen Ihrer geschickten Finger, Ihrer Ideen und Ihrem Geschäftssinn."

Sebastian betrachtete seine Hand, zeigte seine verkrüppelten Finger.

Sir Oswald machte eine wegwerfende Geste. „Das meine ich nicht wörtlich. Es heißt, Sie hätten einen Kopf für Maschinen. Sie haben so viele Verbesserungen in seinen Manufakturen durchgeführt, dass er seine Produktion nahezu verdoppeln konnte. Der Kerl hatte Angst, Sie an einen anderen Fabrikbesitzer zu verlieren. Hat Sie mit seiner Tochter verheiratet, um Sie zu halten. Wollte eine Dynastie gründen."

Das konnte Sebastian nicht abstreiten. Es entsprach ziemlich genau der Wahrheit. Was Sir Oswald ausgelassen hatte, waren Sebastians Gefühle dabei. Er war dreiundzwanzig gewesen, und obwohl er Thea nicht geliebt hatte, hatte er gehofft, eine Familie zu bekommen.

Es hatte nicht geklappt.

Sir Oswald unterbrach seine Gedanken. „Wie ich gehört habe, war sie keine einfache Frau."

Sebastian erwiderte nichts.

„Fordernd. Verzogen. Zänkisch."

Sebastian zuckte die Achseln.

Der alte Mann nickte zufrieden. „Das sagt man auch."

Stirnrunzelnd fragte Sebastian: „Was?“

„Dass Sie ein Mustergatte waren. Treu, geduldig. Und Sie haben nie ein Wort gegen sie gesagt.“

Sebastian wandte sich wieder der Betrachtung des Gemäldes zu. Solche Unterhaltungen behagten ihm nicht.

„Wie ist sie gestorben?“

Sebastian schluckte. Es fiel ihm immer noch schwer, darüber zu reden. „Einen Monat nach dem Tod ihres Vaters hatte sie eine Fehlgeburt. Sie wurde tot in einer Blutlache gefunden.“

Sir Oswald nickte. „Daher die Schauergeschichten. Aber ich habe die Sache überprüft. Es war nicht ihre erste Fehlgeburt.“

Sebastian hob die Augenbrauen. „Sie sind sehr gründlich.“

Das nahm Sir Oswald selbstzufrieden zur Kenntnis.

Sebastian seufzte. „Nein, es war nicht ihre erste Fehlgeburt. Ich wollte nicht, dass sie noch einmal das Risiko eingeht, aber ihr Vater war besessen von dem Wunsch nach einem Erben.“ Er ballte die Hand zur Faust.

„Ich verstehe nicht, warum Sie den Klatsch nicht im Keim erstickt haben. Sie waren noch nicht einmal da, als es passierte, sondern im Westen bei einer der Minen.“

Sebastian zuckte die Achseln. „Die Leute glauben, was sie wollen.“

Der alte Mann schnaubte. „Das werden wir noch sehen.“

Sebastian erhob sich, um zu gehen, aber Sir Oswalds nächste Bemerkung ließ ihn erstarren. „Ich habe Ihre Familienverbindungen überprüft.“

Wütend fuhr er herum. „Verdammt, dazu hatten Sie kein Recht! Meine Familienverbindungen sind allein meine Angelegenheit.“

„Nicht wenn die halbe vornehme Gesellschaft überzeugt ist, Sie seien ein Bastard. Warum haben Sie das zugelassen?“

Wortlos schaute Sebastian ihn an.

„Hah! Stolz, was? Lassen Sie sich etwas von mir sagen, junger Reyne." Sir Oswald hob mahnend einen Finger. „Stolz macht nicht satt."

Sebastian blinzelte. „Das habe ich nie angenommen."

„Ach ja?" Der alte Herr wirkte sehr zufrieden mit sich. „Cousin zweiten Grades des Earl of Reyne. Warum sollten Sie das geheim halten wollen?"

„Er gehört nicht zu meiner Familie!", erklärte Sebastian, wütend, dass er sich seinen Zorn hatte anmerken lassen.

„Die erkennen Sie nicht an?"

„Ich erkenne *sie* nicht an!" Er runzelte die Stirn, begriff, dass er es erklären musste. „Der Earl of Reyne hat meine Mutter, meinen Bruder und meine kleinen Schwestern in größter Not im Stich gelassen. Ich habe nichts mit dem Haus derer of Reyne zu schaffen."

Die buschigen weißen Augenbrauen wurden hochgezogen. „Wurden Sie nicht auch einfach Ihrem Schicksal überlassen?"

Sebastian winkte ab. „Ich habe überlebt."

„Und Ihre Mutter und Ihr Bruder nicht. Verstehe." Nach einem Moment fügte er hinzu: „Ihre Schwestern haben auch überlebt."

„Das haben sie aber nicht dem verfluchten Earl of Reyne zu verdanken, zum Teufel mit ihm!" Sebastian bemühte sich um einen gleichmütigeren Tonfall. „Tatsächlich haben die Mädchen beinahe nicht überlebt! Sie haben keine Ahnung, wie dicht sie an einer Katastrophe vorbeigeschrammt sind. Daher nein! Ich habe mit dem Earl of Reyne nichts zu schaffen."

Der alte Mann nickte mitfühlend. „Verstehe." Er machte eine kleine Pause, bevor er vorsichtig begann: „Der neue Earl ist etwa in Ihrem Alter oder jünger. Der alte starb ohne direkten Nachfolger, und der neue kann mit den Ereignissen von damals nichts zu tun gehabt haben."

Gleichmütig zuckte Sebastian die Achseln. Der neue Earl war ihm vollkommen egal. Er hoffte nur, der alte Earl – dem seine Mutter und er selbst unzählige Male geschrieben hatten – schmorte in der Hölle.

Sir Oswald war noch nicht fertig. „Hätten Sie etwas dagegen, wenn ich meine Fühler in diese Richtung ausstrecke?"

Ungeduldig erwiderte Sebastian: „Weshalb sollte Ihnen das wichtig sein?"

„Hope wird mich eines Tages zum Urgroßonkel machen." Er rieb sich die Nase. „Das Kind soll keinen dunklen Fleck auf seinem Stammbaum haben. Besser, sein Vater ist Cousin zweiten Grades des Earl of Reyne als ein Emporkömmling ohne Familie."

Er wartete, ließ seine Worte wirken, ehe er beiläufig hinzufügte: „Wäre vermutlich auch für Ihre Schwestern besser, jetzt wo ich darüber nachdenke. Wird ihre Chancen auf eine gute Ehe erhöhen. Die kleine Dorie wird zu einer echten Schönheit heranwachsen. Mit dem richtigen Hintergrund könnte sie sogar einen Duke an Land ziehen!" Seine Augen funkelten ehrgeizig. „Falscher Hintergrund, auf der anderen Seite ..." Er schüttelte den Kopf und seufzte bedauernd. Unter seinen buschigen Augenbrauen beobachtete er Sebastian.

Sebastian wusste sehr gut, dass der alte Mann versuchte, ihn zu manipulieren, aber er wusste auch, dass er recht hatte, verflucht und zugenäht! „Meinetwegen. Tun Sie, was Sie nicht lassen können – aber ich werde nicht zu ihnen kriechen, mit der Mütze in der Hand!"

Sir Oswald wirkte entsetzt. „Ich bitte Sie, nehmen Sie von der Mütze überhaupt Abstand, mein lieber Junge. Vollkommen unmodern, Mützen – gehen höchstens noch im Schlafzimmer. Gehört sich einfach nicht für Herren von Stand, wenn Sie wissen, was ich meine. Auf jeden Fall ist es wesentlich wahrscheinlicher, dass die Reynes zu Ihnen kommen als andersherum."

Sebastian schnaubte abfällig. „Im Leben nicht."

Der ältere Mann hob mahnend einen Finger. „Eine feine, alte Familie. Ein reizendes altes Herrenhaus und eine Menge Land. Und alles bis zum Dach mit Hypotheken belastet!" Er grinste. „Sie sind der einzige Reyne mit Geld, mein Sohn. Glauben Sie mir, die werden Sie mit offenen Armen willkommen heißen."

Sebastian schnaubte wieder.

Schmeichlerisch erklärte Sir Oswald: „Wenn die junge Cassie ihr Debüt bei einem Ball in Reyne House gibt, dann würde das viel Aufsehen erregen. Sie müssten natürlich für alle Kosten aufkommen. Es wird nicht billig, aber eine Investition in die Zukunft des Mädchens sein."

Sebastian überlegte. Ursprünglich hatte er eine Frau aus einer angesehenen Familie gesucht, damit seine Schwestern den ihnen zustehenden Platz in der guten Gesellschaft einnehmen könnten. Sein Stolz war völlig unwichtig.

Außerdem hatte er schon lange den verbitterten, verletzten Mann hinter sich gelassen, der er früher gewesen war. Der neue Earl war nicht verantwortlich für die Taten seines Vorgängers. Er dachte an Hope, seine wunderschöne Träumerin, seinen neuen Anfang und nickte. „Gut, Sir. Tun Sie, was Sie wollen."

„Ausgezeichnet! Jetzt zu Ihrer Hochzeit – St. George, Hannover Square, nehme ich an?"

Sebastian zuckte die Achseln. „Was immer Hope möchte. Mir ist es gleich."

Sir Oswald rieb sich zufrieden die Hände. „Gut, gut. Dann wird es St. George. Die berühmteste Kirche ganz Englands. Die einzig mögliche Wahl."

„Tante Gussie hat Lady Elinore unter ihre Fittiche genommen“, erklärte Hope, während sie sich beim Tanz um Sebastian drehte.

Er machte einen vage interessierten Laut, daher fuhr sie fort: „Es überrascht mich nicht, dass du sie nicht erkannt hast, aber Mr. Bemerton irrt, wenn er glaubt, jemand würde sie zu etwas zwingen, das sie in Wahrheit nicht will.“ Sie lachte. „Ich dachte, er würde den armen Mr. Hathaway an Ort und Stelle erwürgen, als Lady Elinore entschied, dass sie lieber mit ihm tanzen möchte statt mit Mr. Bemerton. Und ich bin mir auch sicher, dass Mr. Hathaway nicht der skrupellose Schwerenöter ist, als den Mr. Bemerton ihn hinstellt.“

Wieder gab er statt einer Antwort nur einen unbestimmten Laut von sich. Hope entschied, dass er sich auf die Tanzschritte konzentrierte. Lady Thorn hatte kühnerweise einen neuen ungarischen Tanz eingeführt, den sie den Rimavska-Galopp nannte. Glücklicherweise war er recht einfach und sehr aufregend – fast wie ein schneller Walzer tanzte man in Paaren und im Kreis um die Tanzfläche. Gleitschritt … Drehung … dann Wechsel.

„Tante Gussie kann ziemlich überwältigend sein, aber ich glaube, Lady Elinore ist genauso stur. Ihre ersten … Debatten waren … äh … ziemlich explosiv, aber das Ergebnis ist wirklich ungewöhnlich, nicht wahr?“

Er wirbelte sie herum – Gleitschritt … Drehung … Wechsel – beobachtete sie zärtlich, hungrig. Wie er sie ansah, gab ihr stets das Gefühl, etwas Besonderes zu sein.

Brummig erklärte er: „Es ist mir egal, ob sich Lady Elinore als graues Gespenst verkleidet oder als Lady Godiva. Die Nacht ist jung, die Musik spielt, und ich halte dich in meinen Armen. Nicht so, wie ich es am liebsten hätte … denn ich möchte dich für mich ganz allein haben.“

Augenblicklich waren Lady Elinore und Tante Gussie vergessen. Sie erwiderte seinen Blick, und ihr Mund war mit einem Mal trocken. Abgelenkt stolperte sie, aber er hielt sie mühelos und führte sie weiter durch den Tanz. Er war so herrlich stark. Sie musste daran denken, wie es war, von ihm getragen zu werden … und von ihm liebkost zu werden …

Suchend schaute sie sich im Ballsaal nach ihrer Anstandsdame um, ihrer Zwillingsschwester und ihrem Großonkel. Alle waren gänzlich mit dem neuen Tanz beschäftigt. „Wir könnten uns für ein paar Minuten in den Garten stehlen", schlug sie vor. „Niemand wird etwas merken. Sie achten nur auf ihre Tanzschritte."

Er brachte sie in die entlegenste Ecke des Gartens, weit weg von dem Licht, das aus den französischen Fenstern auf Terrasse und Garten fiel, weg von dem flackernden Schein der Fackeln außen am Haus.

Sie gingen um ein Rosenbeet herum, dessen üppiger Duft die Luft erfüllte. Die Musik war nur noch leise zu hören, der Garten lag still und schweigend, die Luft war frisch und sauber von dem letzten Regenschauer. Es duftete köstlich, die Nacht war samtig; kein Mond stand am Himmel. Eine milde Brise ließ die Blätter der Birken rascheln, die die hohe Gartenmauer säumten.

Seine Arme schlossen sich um sie, und sie erbebte, obwohl ihr nicht kalt war. Seine Lippen waren verstörend sanft, neckend, überredend, erregend. Sie klammerte sich an ihm fest, wollte mehr.

Er drückte sie fester an sich, und sie begann sich an ihm zu reiben, genoss seine Stärke, seine Körperwärme und seine Kraft, wollte mit ihm verschmelzen.

„Mehr", flüsterte sie. „Mehr." Sie drängte sich weiter an ihn, wünschte sich eine engere Verbindung, griff blindlings nach ihm, wusste jedoch nicht, was sie tun musste, um zu bekommen, wonach sie sich sehnte.

Als Antwort küsste er sie leidenschaftlich, lange, berauschende Küsse, als sei sie der Mittelpunkt seines Lebens, sie allein. Sie spürte sein Verlangen, sein Begehren.

Der Duft der Nacht umfing sie. Schließlich löste sich Sebastian schwer atmend von ihr. „Wir müssen aufhören", keuchte er. „Sonst ..."

„Warum?", wollte sie wissen, fühlte sich zittrig und unvollständig.

Er ließ sie los und lehnte sich gegen eine steinerne Urne, die üppig mit Minze und Zitronenverbenen bepflanzt war. Der Duft der zerdrückten Blätter und Blüten war scharf und rein. Er atmete ihn tief ein. „Wenn wir nicht aufhören, nehme ich dich hier im Garten, und das geht einfach nicht. Nicht, solange jedermann über uns stolpern kann."

Sie biss sich auf die Lippe, als ihr wieder einfiel, was auf der Chaiselongue geschehen war, wie sie geschrien hatte. Wenn sich das hier wiederholte ...

Zärtlich streichelte er ihr Gesicht und sagte leise und mit rauer Stimme: „Es wird eine andere Zeit geben, einen anderen Ort, mein Lieb. Und wenn wir verheiratet sind, müssen wir nicht mehr aufhören."

Sie hielt ihm ihre Hand hin. „Versprochen?"

Er nickte langsam. „Versprochen."

Der letzte Walzer würde gleich beginnen. Alle Herren hatten inzwischen davon gehört, dass Hope Merridew den Kerl für den letzten Walzer auf ihrer Tanzkarte eingetragen hatte – und das war auch noch der dritte letzte Walzer, den sie ihm gewährte! Nicht alle waren bereit, das hinzunehmen. Als Sebastian zu Hope gehen wollte, um sie auf die Tanzfläche zu führen, verstellten drei Männer ihm den Weg.

„Schauen Sie, Reyne. Wo Sie herkommen, mag es üblich sein, eine Dame mit Aufmerksamkeiten zu verfolgen, aber hier in unseren Kreisen gehört es sich nicht."

Sebastian hob die Augenbrauen. „Ach ja?"

Drohend machten die Herren einen Schritt auf ihn zu, mehrere andere gesellten sich zu ihnen. „Ja, allerdings. Miss Hope wählt jedes Mal einen anderen Partner für den letzten Walzer des Abends. Es ist so etwas wie eine Tradition."

„Wirklich?"

„Ja. Warum versuchen Sie nicht zur Abwechslung einmal, es den Gentlemen nachzutun, die Sie nachäffen, und lassen das Mädchen in Ruhe?"

Sebastian erwiderte leise, aber nicht minder drohend: „Ich äffe niemanden nach. Und Miss Hope hat mir aus freiem Willen den letzten Walzer versprochen, heute Nacht und jede andere Nacht in Zukunft."

Empörtes Zischen folgte auf seine Worte.

Sebastian lächelte. „Miss Hope hat mir die große Ehre erwiesen, meinen Antrag anzunehmen." Er machte eine Pause, um die Worte wirken zu lassen, dann fügte er hinzu: „Und Sir Oswald hat heute Nacht der Verbindung seine Zustimmung erteilt. Wenn Sie mich nun entschuldigen wollen, meine Herren, meine Verlobte wartet. Und wo ich herkomme, lässt man eine Dame nicht warten."

Schockiert traten die Männer zurück und ließen ihn passieren.

Langsam endete der letzte Walzer. Sebastian stand mit Hope in den Armen, wollte sie nicht loslassen. Ihre Augen waren träumerisch geschlossen, ihr Körper wiegte sich noch zur verklingenden Musik. „Ich wünschte, ich könnte auf ewig weitertanzen", murmelte sie. „Tanzt du mich nach Hause, Liebster?"

Die Muskeln in seinen Armen spannten sich unwillkürlich. Er wollte sie an sich ziehen.

„Wohin du willst, Liebling. Zum Ende der Welt und wieder zurück, wenn du möchtest."

Einen Augenblick später erklang im Garten Violinenspiel.

„Der Graf", sagte Hope. „Jetzt erinnere ich mich wieder, dass Lady Thorn sagte, der Abend würde mit einem Feuerwerk ausklingen! Komm mit – lass uns eine Stelle finden, von der aus wir alles sehen können. Ich liebe Feuerwerk."

Leute drängten auf die Terrasse, von der wunderschönen Melodie des einsamen Geigenspielers gelockt. Der Graf stand zum Teil im Schatten, nur seine Umrisse und die seiner Violine waren in dem flackernden Licht der nahen Fackeln zu erkennen. Die Violine jubelte und schluchzte, ließ niemanden unberührt.

Kein Wunder, dass Faith ihm nicht widerstehen kann, dachte Hope. Er war die Verkörperung des romantischen Helden, wie sie ihn sich in ihrer Kindheit ausgemalt hatten. Und seine Musik war geradezu magisch.

Sie spürte, wie sich die Muskeln im festen, kräftigen Arm des Mannes an ihrer Seite spannten, und lehnte sich gegen ihn, schwindelig vor Liebe. Kein ausgedachter Held konnte jemals ihrem Sebastian Konkurrenz machen.

Die Musik erreichte ein lang gezogenes, zitterndes Crescendo und erstarb jäh. In der plötzlichen Stille war ein lautes Klatschen zu hören, gefolgt von dem gedämpften Ausruf eines Mannes. „Ich bin nicht im Geringsten ruiniert", erklärte eine Frauenstimme empört. Leises Lachen und Gemurmel erhob sich unter den Umstehenden.

Erstickt erklärte Sebastian: „Wenn ich mich nicht völlig irre, war das …"

Hope lachte. „Es war, da bin ich sicher." Sie drückte sich gegen Sebastian. „Es ist ein wundervoller Abend, nicht wahr? Sieh nur."

Sebastian folgte ihrem Blick. Am samtblauen Nachthimmel zerbarst ein Stern in einem Funkenregen. Das Feuerwerk hatte begonnen. Die glitzernden Silber- und Goldfunken erleuchteten kurz die Nacht mit ihrem hellen Licht. Fasziniert beobachteten die Ballgäste das Schauspiel.

Hope und Sebastian schauten ebenfalls gebannt zu. Oder wenigstens Hope schaute gebannt zu, während Sebastian ihr Gesicht betrachtete, das nicht minder bezaubernd war. Er hatte schon früher Feuerwerk gesehen und es sehr genossen, aber er hatte noch keines mit ihr zusammen gesehen. Ihre Fähigkeit zur Freude war ansteckend. Wie ein Verdurstender sog er diese Freude in sich auf.

Unter dem Vorwand, einen besseren Aussichtspunkt zu suchen, zog er sie mit sich ein Stück weg von der Terrasse, dorthin, wo er zwischen zwei Feuerwerksexplosionen einen Kuss stehlen konnte. Die meisten Gesichter waren nach oben gewandt, aber als er sich wieder vorbeugte, um Hope zu küssen, bemerkte er etwas aus dem Augenwinkel.

Hope flüsterte er ins Ohr: „Ich wusste gar nicht, dass es ansteckend ist. Schau mal dort.“ Er deutete auf einen schlanken, goldhaarigen Zigeuner, der eine zierliche, rot gekleidete Dame in den Armen hielt und leidenschaftlich küsste.

„Ich bin so froh“, erklärte Hope. „Jetzt können wir uneingeschränkt glücklich sein.“ Sie schlang ihm die Arme um den Hals und bedeckte sein Gesicht mit Küssen. „Dies ist die himmlischste Nacht. Ich denke, Liebe liegt in der Luft.“

Genau genommen lag eine Menge Rauch von dem Feuerwerk in der Luft, aber Sebastian störte sich nicht daran. Er hielt Hope im Arm, und das war alles, was für ihn zählte.

20. KAPITEL

Am Nachmittag des nächsten Tages erhielt Sebastian eine dringende Nachricht von Hope.

„Meine Schwester Charity liegt in den Wehen“, empfing sie ihn, sobald er eintraf. „Wir brechen noch heute nach Carradice Abbey auf.“

„Aber ich dachte ...“

„Schon, aber meine Schwester Prudence ist ebenfalls guter Hoffnung, und von den Bewegungen der Kutsche wird ihr furchtbar schlecht. Daher sind Charity und ihr Ehemann Edward vor einigen Monaten nach Carradice Abbey gereist, um auf die Geburt zu warten. Prudence muss bei ihr sein, weißt du.“

„Verstehe.“ Die Brust schnürte sich ihm zusammen. Sie würde ihm gleich wieder entrissen werden, jetzt, da er sie endlich gefunden hatte. „Wann werde ich dich wiedersehen?“

Sie nahm seine Hände. „Komm mit uns. Bring deine Schwestern mit. Gideon und Prudence wird es nicht stören. Sie werden sie lieben.“ Sie blinzelte eine Träne fort. „Ich möchte dich bei mir haben, Sebastian. Charity ist die Erste von uns, die ein Kind bekommt, und ich habe sie so lange nicht gesehen.“ Sie biss sich auf die Lippe, schaute ihn an.

Sie machte sich Sorgen um ihre Schwester, erkannte er. Frauen starben immer wieder bei der Geburt oder kurz danach. Er dachte an Thea, die alleine gestorben war.

„Wenn du es willst, komme ich selbstverständlich mit“, erklärte er schlicht.

Innerhalb einer Stunde stand eine Reihe Kutschen zur Abfahrt bereit. Zu Sebastians Überraschung war auch Lady Augusta mit von der Partie. „Würde es um nichts in der Welt verpassen wollen, lieber Junge“, rief sie. „Ich werde Großtante. Wussten Sie nicht, dass die Schwestern der Mädchen mit meinen Neffen verheiratet sind?“

Sie kamen hervorragend voran und kehrten in Leicester zur Nacht ein. Der Gasthof war klein, aber sauber und gemütlich, und die Reisegesellschaft belegte alle verfügbaren Zimmer.

Die füllige, mütterliche Gattin des Wirtes brachte alle Damen nach oben, wo heißes Wasser sie erwartete. Sie servierte ihnen Hühnersuppe, frische Brötchen und eine herzhafte Fleischpastete, gefolgt von Apfelkuchen mit Sahne. Innerhalb einer Stunde nach ihrer späten Ankunft lagen alle in ihren Betten.

Sebastian konnte nicht schlafen, ohne nach seinen Schwestern gesehen zu haben. Er spähte zur Tür herein. Zusammen mit Grace lagen sie in einem riesigen Bett, schlummerten tief und fest wie kleine Kätzchen. Das Dienstmädchen Lily schlief auf einer schmalen Liege in der Ecke.

Am liebsten hätte er auch nach Hope gesehen, aber sie teilte sich ein Zimmer mit ihrer Zwillingsschwester. Die Wirtin sah ihn vor der Tür zögern und sagte fest: „Die Damen schlafen alle schon. Gehen Sie auch ins Bett, Sir.“

Sebastian ging. Aber trotz seiner Erschöpfung kam der Schlaf nicht leicht. Es begann zu regnen, und die Tropfen prasselten gegen die Fensterscheiben.

„Schläfst du?“ Es war Hope, nur mit einem Flanellnachthemd bekleidet, ihre Wangen rot und ihre goldenen Locken wirr. Ihr Nachthemd war weit geschnitten und bis zum Kinn zugeknöpft, trotzdem hatte nie eine Frau verführerischer ausgesehen. Sie sah so rein aus, frisch und liebreizend, aber trotzdem zerknautscht und sinnlich. Wie ein köstlich verpacktes Geschenk.

Er setzte sich auf, erinnerte sich, dass er nackt war und zog die Decke hoch. „Was ist?“ Sie sollte nicht hier sein.

„Ich kann nicht schlafen“, sagte sie betrübt und kam zum

Bett. „Ich möchte hier bei dir bleiben."

Er zögerte und wandte schwach ein: „Das solltest du nicht."

„Stimmt." Sie kletterte in ihrem Nachthemd und barfuß zu ihm auf die Matratze und kniete sich neben ihn.

„Ich hasse die tiefe Nacht, wenn ich nicht schlafen kann. Du musst mich halten, Sebastian." Ihre Unterlippe zitterte. Es passte so gar nicht zu seiner tapferen kleinen Elfe, dass er es nicht ertrug. Er breitete seine Arme aus, und sie warf sich hinein.

Augenblicklich war er erregt.

Sie schmiegte sich an seine nackte Brust und rieb ihre Hand über die festen, kurzen Härchen. „Das ist schön."

Trotz seines heftigen Verlangens zwang er sich, sie sachte von sich fortzuschieben, und zog das Laken hoch, um seine Blöße zu bedecken. Sie hatte ihn einmal edelmütig genannt. Edelmütig war nicht, ihr die Jungfräulichkeit in einem kleinen Landgasthof zu rauben, während ihr Großonkel und der Rest der Familie nur ein paar Schritte entfernt schliefen.

Sie erschauerte, und er beugte sich über sie, zog die Bettdecke um sie fest, eine weitere Barriere zwischen ihrer weichen Wärme und sich.

Sie runzelte die Stirn. „Ich möchte doch im Bett mit dir liegen."

„Das geht nicht", entgegnete er knapp. „Ich habe kein Nachthemd."

„Wirklich?" Aus weit aufgerissenen Augen betrachtete sie seine breiten nackten Schultern. Sie streckte die Hand aus und knetete seine Haut wie eine Katze, ließ ihn ganz vorsichtig ihre Fingernägel spüren.

Seine Erregung wuchs. So wie auch seine Entschlossenheit, sie so zu behandeln, wie eine jungfräuliche Unschuld behandelt werden sollte. Er würde sie züchtig im Arm halten, selbst wenn es ihn umbrachte. Auch wenn es schwerer war, als alles andere in seinem Leben. Es würde ihn *nicht* umbringen. Wenigstens hoffte er das.

Sie schlüpfte aus den Decken, in die er sie gewickelt hatte, und statt seine Qual zu lindern, erfüllte es ihn mit einem Gefühl des Verlustes. Sie krabbelte über seine Beine und setzte sich auf seine Oberschenkel. Das Nachthemd war hochgerutscht. Er atmete scharf aus.

„Ich bin kein Kind, Sebastian."

Er stöhnte. „Dessen bin ich mir bewusst."

Sie rieb ihren Po an seinen Beinen, und er stöhnte wieder. Lächelnd wiederholte sie die Bewegung, dann beugte sie sich vor und begann seine Schultern zu streicheln. Seine Schultern und dann seinen Brustkorb, die Arme. Seine Muskeln zuckten unter ihren Händen.

„Wenn man sich vorstellt, dass ich einmal deswegen nervös war", murmelte sie. „So schön."

Mit der Fingerspitze umkreiste sie seine Brustwarzen, kratzte sie ganz leicht mit den Nägeln. „Versuchst du wieder edel zu sein, Sebastian?", fragte sie leise.

„Ich gebe mir verdammt viel Mühe", stöhnte er.

„Aber wir werden doch heiraten, oder?"

Er versuchte nicht daran zu denken, was ihre unschuldige Berührung mit ihm anstellte. „Das weißt du doch."

Sie lehnte sich zurück und lächelte verführerisch. „Warum müssen wir dann warten? Ich begehre dich, Sebastian." Ihre Hand glitt tiefer. „Begehrst du mich nicht?"

„Du weißt verdammt gut, dass ich das tue", knurrte er.

„Neulich in der Oper, da hast du mir eine völlig neue Welt gezeigt, und ich meine nicht den Anblick Londons bei Nacht." Sie beugte sich vor und knabberte ganz zart an einer seiner Brustwarzen. „Faszinierend", hauchte sie. „Wie bei mir, nur ganz anders ... und nicht in gelben Rüschen."

Das Bild, das sie mit ihren Worten malte, entlockte ihm ein gequältes Stöhnen.

„In der Nacht in der Oper, da hast du mir gezeigt, welche Lust ein Mann – der richtige Mann – einer Frau bereiten kann." Sie nahm sein Gesicht zwischen ihre Hände. „Und an dem Tag, an dem Dorie wieder zu sprechen begonnen hat, auf der Chaiselongue in deinem Salon, hast du mir eine Kostprobe deiner Hitze, deiner Stärke gegeben. Und du hast mir herrliches Vergessen geschenkt. Ich möchte das wieder. Jetzt. Und ich will mehr." Fast sah sie ein bisschen schüchtern aus, als sie erklärte: „Ich möchte geliebt werden, voll und ganz und rückhaltlos. Hier und jetzt und in diesem Bett, während der Regen an die Scheiben klopft und meine Schwester in Wehen liegt. Ich möchte das alles ausschließen und ganz allein mit dir sein, mit meinem wunderbaren, starken Beschützer Sebastian."

Bei ihren Worten bildete sich ein Klumpen in seiner Kehle. Ehe er etwas erwidern konnte, fuhr sie fort: „Weißt du, dass du die allerherrlichsten Schultern hast? Allein vom Anschauen werde ich schwach." Ihre Augen strahlten, als sie hinzufügte: „Wirst du mich jetzt also bitte lieben?" Ob er sie bitte jetzt lieben würde?

Als wäre sie es, die hilflos in den Netzen eines verzweifelten Verlangens zappelte, nicht er. Ein Schauer durchlief ihn, und er schluckte, zügelte seine Lust, um seiner Dame zu Gefallen zu sein. Seiner unschuldigen Herzensdame. Heute Nacht gehörte ihr, ihr allein.

Er ließ das Laken auf seine Hüften rutschen und beobachtete hungrig, wie sie ihn mit schüchterner, weiblicher Faszination musterte. Behutsam legte er ihr die Hände auf die Hüften und zog sie zu sich. Dabei rutschte ihr Nachthemd höher, bis es sich um ihre Taille bauschte, sie gerade noch notdürftig bedeckte.

Es würde nur einen Moment dauern, den Stoff zur Seite zu schieben und in sie einzudringen. Sein ganzer Körper pochte vor Verlangen, sie ganz zu besitzen. Sie war bereits erregt, das konnte Sebastian sehen. Seine Frau. Seine Seelengefährtin. Seine Liebste.

Eine Weile regte er sich gar nicht. Dann umfing er ihr Gesicht und zog ihren Mund sachte auf seinen. Sie beugte sich vor, die Hände auf seinen Schultern, die sie herrlich genannt hatte, und küsste ihn zärtlich.

Mit seinen Lippen teilte er ihre, vertiefte allmählich den Kuss. Immer drängender liebkoste er ihre Zunge, bis sie sich an ihn klammerte, mehr verlangte.

Sie streichelte und rieb seine Schultern, fuhr mit den Fingern durch sein kurz geschnittenes Haar, presste sich mit geschlossenen Augen an ihn, während sie sich im Kuss verlor.

Seine Zunge umspielte ihre, und er umfing eine Brust durch den dicken Flanellstoff hindurch, testete ihr Gewicht, spürte wie die Knospe sich unter seiner Berührung verhärtete und fest wurde. Sie machte kleine Laute der Lust, während sie mit den Armen seine Schultern und mit den Beinen seine Hüften umklammerte. Zärtlich fuhr er mit den Fingern über die Brustspitze, genoss ihr Erschauern. Jede ihrer Bewegungen spürte er in seinem ganzen Körper.

Sie brach den Kuss ab und wich zurück, starrte auf die Hand, die ihre Brust liebkoste. Unter ihren Blicken streichelte er die Spitze erneut im selben Takt, mit dem sich seine Zunge in ihrem Mund bewegt hatte. Ihre Augen wurden groß, sie bäumte sich auf und drückte ihre Brust fester in seine Hand, während ihre Hüften zuckten. Ein heiserer kleiner Schrei entrang sich ihrer Kehle.

Sie warf den Kopf nach hinten und schnurrte beinahe vor Lust, als er beide Hände benutzte, sie durch den Flanell hindurch zu streicheln und zu erregen.

Plötzlich fasste sie seine beiden Hände und hielt sie fest, sodass er aufhören musste. Sie starrte auf seinen Oberkörper. „Funktioniert das auch bei dir?"

Er zuckte die Schultern, als wüsste er es nicht. Mit seidenweicher Stimme erklärte sie: „Dann lass es uns herausfinden." Sie legte ihm beide Hände auf die Brust und streichelte ihn bewundernd. „So schön hart."

Sogleich umfing er ihre Brüste. „So schön weich."

Sie lachte und schob seine Hände weg. „Hör auf. Ich möchte mich konzentrieren, und das geht nicht, wenn du mich so berührst." Sie rieb ihre Hände in Kreisen über seine Haut, näherte sich langsam seinen Brustwarzen. Er beobachtete sie, liebte sie für die Konzentration, die sich auf ihrem lieblichen Gesicht zeigte. Schließlich strich sie mit ihren Fingern darüber und kniff ihn zart. Er bäumte sich unter ihr auf, als ein feuriger Blitz ihn durchzuckte, von ihren Finger geradewegs in seine Lenden gesandt.

„Aha!" Sie berührte eine Brustwarze und kniff versuchsweise hinein. Er bäumte sich wieder auf. Nachdenklich runzelte sie die Stirn, blickte von seiner nackten Brust zu ihrer flanellbedeckten. Erinnerte sie sich an das letzte Mal, als er ihren Busen entblößt hatte und ihre Brustknospe in den Mund genommen hatte?

„Auf dem Dach des Opernhauses hast du gesagt, du hättest die gelben Rüschen an meinem Kleid beneidet, dass du dir gewünscht habest, deine Hände wären an Stelle der Rüschen. Und auf der Chaiselongue hast du durch das Seidenhemd … an mir … gesaugt. Sollte ich das hier nicht besser ausziehen?" Sie errötete, als sie das sagte. „Ich meine …"

Er brachte sie mit einem Kuss zum Verstummen. „Nein", sagte er. „Das solltest du nicht."

Die Röte wich aus ihren Wangen. „Oh." Es war eine Mischung aus Erleichterung und Enttäuschung.

Leise erklärte er: „Ich tue das."

„Oh!" Die Röte kehrte zurück. Sie saß da und wartete.

Zwanzig kleine, polierte Perlmuttknöpfe von ihrem Kinn bis fast zur Taille.

Ein Knopf. Dann der zweite. Ihr schlanker Hals wurde enthüllt. Er bedeckte ihn mit federleichten Küssen.

Der dritte, vierte und fünfte Knopf gaben den Blick frei auf die Kuhle über ihrem Schlüsselbein. Er beugte sich vor und erkundete sie mit seiner Zunge.

Beim siebten und achten Knopf wurde sein Mund trocken, und sein Atem ging schwer. Er schaute sie an. Sie erwiderte den Blick und leckte sich langsam die Lippen. Sein Herz galoppierte.

Beim zehnten Knopf tauchte das sahnige Tal zwischen ihren Brüsten aus den Stofffalten auf, und er presste sein Gesicht dagegen, kostete ihre seidenweiche, warme Haut. Sie umklammerte seinen Kopf, fuhr ihm mit den Fingern durchs Haar und küsste ihn.

Beim fünfzehnten Knopf waren beide Brüste entblößt, ihre festen, rosigen Spitzen schienen um seine Aufmerksamkeit zu betteln. Seine Hände zitterten. Mit den letzten Knöpfen kämpfte er einen Moment, dann gab er auf. Sein Atem ging inzwischen abgehackt, aber ihr ging es nicht anders – als wären sie um die Wette gelaufen.

Er griff nach dem Saum ihres Nachthemdes, das sich um ihre Hüften bauschte, und begann es langsam, ganz langsam zu heben.

„Oh!" Sie stöhnte bei der leichten Reibung auf ihrer überreizten Haut.

Er zog es über ihre Hüften. Dies war seine Frau. Über ihre Taille. Es blieb kurz an ihren Brüsten hängen, hob sie an. Er zog erneut, und sie hielt ihre Arme wie ein Kind in die Höhe, damit er ihr das Nachthemd ganz ausziehen konnte.

Nur war sie kein Kind. Sie war eine Frau, wunderschön und weiblich.

Er warf das Kleidungsstück zur Seite und bewunderte ihre Nacktheit. Einmal hatte er die Kopie eines berühmten italienischen Gemäldes gesehen, eine goldhaarige Schönheit, die scheu und nachdenklich in einer riesigen Muschel stand. Venus wurde die junge Frau auf dem Gemälde genannt; in ihrer Reinheit wirkte sie madonnenhaft.

Aber die italienische Schöne war nicht schöner oder sinnlicher als seine eigene Venus, die rittlings auf ihm saß, scheu und stolz zugleich.

Sie strahlte Lebendigkeit aus, Wärme, Liebe. Für ihn. Für den einfachen Sebastian Reyne. Er konnte es kaum glauben. Diese herrliche, liebevolle Frau würde seine Frau werden, die Liebe seines Lebens. Nie wieder würde er einsam sein.

Er nahm ihre Hand, küsste sie und legte sie sich aufs Herz. „Meine eigene teure Venus."

„Venus war eine heidnische Göttin, nicht wahr?"

„Ja. Die Göttin der Liebe", bestätigte er. Würde der Vergleich sie beleidigen?

Sie lächelte strahlend. „Ich bin mir nicht sicher, ob ich weiß, wie man eine heidnische Liebesgöttin ist, aber ich möchte es gerne lernen", erklärte sie. „Zeig es mir."

Und ehe er sprechen konnte, hob sie sich von ihm und zog das Laken weg. „Oh", hauchte sie erstaunt. Sie berührte ihn vorsichtig. „Das hier habe ich spüren können, wie es sich gegen mich gedrückt hat, nicht wahr? Es ist so warm und …"

„Mmpf", war alles, was er zwischen zusammengebissenen Zähnen hervorpressen konnte. Er fasste nach ihrer neugierigen Hand. „Nicht jetzt."

„Oh."

„Wenn du weitermachst, ist es gleich vorbei."

Sie runzelte die Stirn. „Aber …"

„Ich möchte, dass wir uns beim ersten Mal Zeit nehmen, damit es für dich etwas ganz Besonderes wird."

„Das ist es doch schon." Sie betrachtete ihn nachdenklich und begann ihn zu streicheln. „Ich denke, du versuchst wieder edelmütig zu sein."

Sebastian blinzelte verwirrt. Er hatte sie gerade nackt ausgezogen. Was war daran edelmütig?

Sie umkreiste mit der Fingerspitze seine Brustwarzen, und er erbebte, wand sich hilflos unter ihren Händen. „Und du, Sebastian Reyne, sollst wissen, dass ich nicht deine heidnische Göttin sein kann, wenn du den Edelmütigen spielst." Sie beugte sich vor und küsste die flache Brustwarze, dann biss sie zart hinein.

Er bäumte sich auf.

Sie lehnte sich zurück, einen Ausdruck tiefster, weiblicher Zufriedenheit auf dem Gesicht. „Es ist sehr lieb von dir, und ich liebe dich dafür, aber du musst dich wirklich nicht beherrschen, vorsichtig sein und dich zurückhalten. Ich habe lange genug gewartet. Wie gesagt, ich möchte, dass du mich nimmst." Sie fuhr mit dem Fingernagel über ihn und sagte leise: „Ich möchte besessen werden, erschütternde Leidenschaft erfahren."

„Erschütternde Leidenschaft, verstehe", sagte er unter Aufbietung seiner ganzen Selbstbeherrschung.

Sie drückte ihn zärtlich. „Ich möchte den hungrigen, leidenschaftlichen Mann, der mich beinahe auf dem Dach der Oper verführt hätte. Der Mann, dessen Hände vor Verlangen zitterten, als er mich auf der Chaiselongue liebkoste. Du hast dir beide Male deine Erfüllung versagt. Diesmal will ich, dass du nichts zurückhältst. Ich will nicht, dass du aufhörst. Ich will, dass du mit mir diese herrlichen Empfindungen erlebst."

In seinen Augen glühte ein machtvolles Gefühl. Frohlocken, vielleicht. Triumph. Leidenschaft.

„Nun gut, meine Göttin. Dein Wunsch ist mir Befehl."

Er stemmte sich hoch, sodass sie auf dem Rücken landete. Begierig fuhr er mit der Zunge in ihren Mund und küsste sie. Hope spürte, was sie seit dem ersten Mal gefühlt hatte, als er sie anschaute, und wonach sie sich seitdem sehnte.

Seine unermessliche Sehnsucht nach ihr, nach Hope Merridew. Das Wissen wärmte sie, wie nichts anderes es konnte. Es verwandelte ein ungeschicktes Mädchen in … in die wunderschöne geliebte Liebesgöttin eines Mannes – ihres Mannes.

Sie erwiderte seinen Kuss, so fest sie konnte, verlor sich in seiner sengenden, wirbelnden Leidenschaft, folgte seiner Führung blindlings, freudig. Seine Hände waren überall, streichelten sie, liebkosten, erregten. Sie fuhr mit den Händen über seinen Körper, genoss seine Hitze, seine Kraft und sein Verlangen.

Er zog eine Spur aus Küssen über ihr Kinn, ihre Wangen, ihren Hals, die Kuhle am Halsansatz, bevor er sich ihren Brüsten zuwandte. Die leicht raue Männerhaut auf ihrer zarten Haut erzeugte eine herrliche Reibung, und dann nahm er eine Spitze in den Mund, saugte daran. Beinahe hätte sie aufgeschrien. Nicht Lust, nicht Schmerz; etwas übermächtiges, süchtig machendes anderes.

Sie überließ sich ganz seinen heißen, drängenden Liebkosungen, seine Hand glitt zwischen ihre Schenkel und streichelte sie dort.

Vage merkte sie, dass sie sich unter ihm wand, sich aufbäumte, während er sie berührte, bis ihr Körper zu brennen anfing. Dann plötzlich zerbarst etwas in ihr und sie stand in Flammen.

Er wartete einen Augenblick, ließ sie am Rande des Unbekannten schwanken, bevor er sie mit seinem Körper bedeckte und mit einem machtvollen Stoß in sie eindrang.

Sie keuchte auf und umklammerte ihn in jäher Panik.

Rau flüsterte er: „Es ist in Ordnung, Liebste. Das Schlimmste ist vorüber."

Das Schlimmste? Es war nicht so übel, was sie fühlte. Es war nur … anders. Gedehnt bis zum Zerreißen. Aber sie hatte keine Schmerzen. Wie erobert, aber nicht von einem Feind. Und Verbundenheit, herrlich innige Verbundenheit.

Vorüber? „Ich möchte nicht, dass es vorüber ist." Sie schlang ihre Arme und Beine um ihn, suchte blindlings die Verbindung zu vertiefen, machte es ihm unmöglich, sie zu verlassen.

Dann fing er an, seine Hüften rhythmisch vor und zurück zu bewegen, riss sie mit sich höher und höher, bis sie zusammen in einem Wirbel unglaublicher Gefühle von der Klippe in den Abgrund stürzten.

Bis sie in seinen Armen erschauerte, alles um sich vergaß – außer ihn.

„Alles in Ordnung, Liebste?"

Hope blinzelte und reckte sich. Mit leiser Verwunderung bemerkte sie, dass der Regen noch gegen die Bleiglasscheiben prasselte, dass Wasser in der Regenrinne gurgelte.

Wie konnte alles noch so sein wie vorher, wenn sie sich so vollkommen verändert fühlte?

„Liebste?" Seine Stimme war tief, besorgt.

Sie drehte sich in seinen Armen um und schaute ihn an. Ihr Mann. Ihr Geliebter. Er wirkte beunruhigt. Sanft strich er ihr über die Wange. Sie war überrascht zu sehen, dass sein Daumen feucht schimmerte. Hatte sie geweint? Daran konnte sie sich nicht erinnern.

„Wie fühlst du dich?" Die Frage war ungemein wichtig.

Hope dachte über ihre Antwort nach, suchte nach dem perfekten Vergleich. Es war so wunderbar, etwas so Besonderes, dass sie es richtig anfangen wollte, damit er begriff.

„Als ich ein kleines Mädchen war“, begann sie langsam, „habe ich eine Schlange beobachtet, deren Haut aufplatzte. So wie die Schlange, so fühle ich mich jetzt.“

„O Gott!“, entfuhr es ihm entsetzt.

Er beugte sich zu ihr, um sie zu küssen, aber sie hielt ihn mit einer Hand auf, streichelte zärtlich sein Kinn. „Nein, warte, lass mich ausreden. Ich will es erklären.“

Er schluckte, musterte sie ernst.

„Die Schlange war von einem trüben, gefleckten Grau, und als die Haut langsam aufplatzte, sah es erst schmerzhaft aus, obwohl ich nicht glaubte, dass es das war. Das Tier rieb und schabte sich an den Steinen und plötzlich riss die Haut auf.“

Er stöhnte. Sie legte ihm eine Hand auf den Mund. „Warte. Die Schlange schlängelte sich zwischen zwei Steine und begann sich zu winden, und plötzlich glitt sie aus der alten, grauen Haut heraus, ließ sie zurück. Und Sebastian, die neue Schlange war so frisch und schön, ihre Farben so strahlend und klar.“ Sie blickte ihn an, und er verschwamm vor ihren Augen. „Ich fühle mich wie diese Schlange, ganz neu und anders und wunderschön. Und du bist dafür verantwortlich.“

Ihre Worte rührten ihn, sodass er sein Gesicht in ihrem Haar vergraben musste, um keine unmännlichen Tränen zu vergießen. Schließlich konnte er erwidern: „Aber du bist schön. Eine anerkannte Schönheit des *Ton.*“

„Ach das!“ Sie schüttelte den Kopf. „Egal, was andere Leute von meinem Aussehen halten, ich habe mich nie schön gefühlt. Ich habe eine Zwillingsschwester, die genauso aussieht wie ich. Meine Schwester Charity ist viel schöner als wir beide, und Grace, denke ich, wird uns eines Tages alle überstrahlen. Prudence, unsere älteste Schwester, ist der wunderbarste Mensch auf der Welt, und doch hielt die gute Gesellschaft sie für unscheinbar.“ Sie lächelte. „Aber Prudence’ Ehemann Gideon findet sie unglaublich schön und ist ehrlich verwundert, wenn andere das nicht sehen.“

Aus leuchtenden Augen schaute sie ihn an und streichelte seine Wange. „Das machst du mit mir. Ich habe mich immer als die unzulängliche, ungeschickte Schwester gesehen, die nichts richtig kann, der nichts gelingt. Ich bin der Wildfang, diejenige, die die Regeln bricht, die handelt, ohne nachzudenken, und immer und überall in Schwierigkeiten gerät. Ich habe Angst im Dunkeln, davor, eingesperrt zu werden. Ich bin streitsüchtig, ungeduldig …“

Mit einem Kuss brachte er sie zum Schweigen. „Du bist wunderschön, innerlich und äußerlich. Wenn die Leute dich Wildfang nennen, dann ist das ein Kosename, kein Schimpfwort.“ Er küsste sie noch einmal. „Du bist großherzig und liebevoll, und du bringst Freude mit, wo auch immer du hingehst. Du heilst alte Wunden und verhilfst anderen zu der Lebensfreude, die du fühlst.“ Er nahm ihr Gesicht in seine Hände und sagte leise: „Und heute Nacht hast du mich zum stolzesten und glücklichsten Mann auf der Welt gemacht.“

Ihr Gesicht verzog sich, und sie drückte ihn krampfhaft an sich, murmelte an seinem Hals: „Ich liebe dich, Sebastian Reyne.“

„Und ich liebe dich, meine liebste Elfe.“

„Elfe?“, fragte sie nach.

„Als ich dich das erste Mal tanzen gesehen habe, musste ich an eine Elfe denken“, erläuterte er. „Du warst so leichtfüßig und graziös.“

Sie gähnte ein wenig und schmiegte ihren Kopf an seine Schulter. „Das gefällt mir“, verkündete sie schläfrig. „Ich kann mir aussuchen, ob ich eine Elfe bin oder eine heidnische Liebesgöttin.“

„Oder ein kühner Wildfang“, fügte er hinzu. „Ich liebe alles an dir." Jedes Wort unterstrich er mit einem Kuss.

Lächelnd schlief sie in seinen Armen ein. Der Wind pfiff heulend um die Dachbalken, der Regen prasselte gegen die Fensterscheiben, und Sebastian lag im Bett in dem kleinen Landgasthof, glücklicher und zufriedener als je zuvor in seinem Leben. Er war zu Hause.

Im Morgengrauen erwachte sie, und sie liebten sich erneut, ehe sie über den Flur auf Zehenspitzen in ihr Zimmer und in ihr Bett zurückschlich.

Später am Nachmittag bogen die Kutschen durch von Steinpfosten gesäumte Eisentore. Carradice Abbey stand inmitten sanft rollender Hügel in einem weitläufigen Park. Es war ein imposantes, dreistöckiges Gebäude, das trotz der einen oder anderen barocken Verzierung im klassischen Stil gehalten war, mit einem flachen, von einer Balustrade gesäumten Dach.

Etwa zwanzig breite Steinstufen führten zu einem eindrucksvollen Eingang, der von vier griechischen Säulen flankiert wurde. Als die Kutschen vorfuhren, kam ein hoch gewachsener, dunkelhaariger Gentleman leichtfüßig die Stufen hinabgelaufen.

„Gideon!", ertönte ein Schrei aus der zweiten Kutsche, und noch bevor sie vollständig zum Stehen kam, riss Grace den Schlag auf und sprang heraus. So schnell sie konnte, rannte sie über die ordentlich geharkte Kiesauffahrt und warf sich ihm in die Arme.

Er fing sie auf und wankte lachend rückwärts, während sie ihn heftig auf die Wange küsste. „Sei gegrüßt, Braten. Ich habe dich auch vermisst."

Hope drückte Sebastians Arm und erklärte: „Das ist mein Schwager Lord Carradice – Prudence' Ehemann. Grace betet ihn an. Man würde nicht glauben, wenn man sie so sieht, dass sie früher ein verschüchtertes, bedrücktes Kind war, nicht wahr?"

Grace umarmte Lord Carradice, hängte sich an seinen Hals, und er erwiderte ihre Umarmung. „Vorsichtig, Braten. So entzückt ich auch bin, dich zu sehen, bin ich doch älter geworden, seit wir uns das letzte Mal getroffen haben."

„Ach Quatsch."

„Was für eine elegante Ausdrucksweise, Braten – oder sollte ich dich jetzt besser Tante Braten nennen?"

Grace erstarrte. „Tante Braten? Meinst du etwa …?"

Hope und Faith stürmten die Treppe empor und fassten Gideon am Arm. „Stimmt es? Das Baby ist schon da? Und Charity? Wie geht es ihr? Was ist es? Ein Junge oder ein Mädchen? Ist es gesund? Wann ist es geboren? Wie geht es Charity?"

Lord Carradice stellte Grace auf den Boden, küsste Faith und Hope auf beide Wangen und sagte: „Es ist alles in Ordnung, meine Lieben. Ich beantworte eure Fragen sofort, ihr müsst euch nicht sorgen. Alles ist bestens. Ah, da kommt ja Tante Gussie, die mich mit doppelt so viel Fragen in der halben Zeit bestürmen wird. Tante Gussie!"

Zu Sebastians Verwunderung hob Lord Carradice Lady Augusta hoch und drehte sich einmal mit ihr im Kreis, als wöge sie nicht mehr als eine Feder. Sie kreischte so laut wie Grace und küsste ihren Neffen fröhlich. „Gideon, du schrecklicher Junge, hör sofort damit auf! Du hast gesagt, Charity geht es gut und dem Baby auch? Was …"

„Halt!" Er hob theatralisch eine Hand. In der kurzen, überraschten Stille sprach er so schnell er konnte: „Charity geht es ausgezeichnet, sie ist nur müde. Das Baby ist ein Mädchen und vor zwei Tagen geboren. Sie ist winzig, hat ein knallrotes Gesicht und sieht – aber das muss unter uns bleiben – ein bisschen hässlich aus, aber weder Edward noch Charity oder auch meine Prudence können das erkennen, also erwähnt es bitte nicht, da sie alle miteinander sehr gereizt reagieren, wenn das Thema zur Sprache kommt. Edward ist völlig hingerissen, also erwartet kein vernünftiges Gespräch mit ihm. Das Baby ist kräftig und gesund und schreit in regelmäßigen Abständen das Haus zusammen. Sie haben sie Aurora genannt, was hervorragend zu ihr passt, denn sie röhrt wirklich ziemlich laut. Aua!" Er drehte sich um und starrte die kleine, sehr schwangere Dame vorwurfsvoll an, die unbemerkt hinter ihm die Treppe hinabgekommen war und ihn leicht auf den Kopf geschlagen hatte. Ernster fügte er hinzu: „Und was habe ich dir gesagt über dich und Treppen?"

Sie schenkte ihm keine Beachtung und trat mit tränenfeuchten Augen zu den Merridew-Mädchen. Die älteste Schwester Prudence. Alle vier Schwestern umarmten sich, küssten sich und vergossen ein paar Tränchen.

Gideon beobachtete sie mit einem stolzen Lächeln. Als er sein Taschentuch hervorzog, bemerkte er Sebastian. Er musterte ihn, dann hielt er ihm die Hand hin. „Schön, dass Sie gekommen sind. Ich bin Carradice."

Sebastian stellte sich vor, und sie schüttelten sich die Hände. Er nickte zu Hope. „Sie hat sich große Sorgen gemacht."

„Ja, sie stehen sich alle sehr nahe. Meine Frau vermisst sie sehr. Und hier ist Edward, der stolze Papa."

Ein Mann mittlerer Größe stieg die Stufen hinab, sein rundliches Gesicht zierte ein breites Lächeln. Lady Augusta eilte zu ihm. „Edward, mein lieber Junge, herzlichen Glückwunsch."

„Danke, Tante Gussie! Du siehst wunderbar aus. Gideon hat euch die Neuigkeiten schon erzählt, sehe ich. Ist es nicht herrlich? Charity schläft gerade, aber sie wird sich so freuen, euch alle zu sehen."

Edward begrüßte alle der Reihe nach, bevor er sich zu Sebastian und dessen Schwestern umdrehte. Er hielt ihm die Hand hin, aber sein Lächeln schloss auch die beiden Mädchen ein. „Guten Tag. Ich denke, wir kennen uns noch nicht, oder?"

„O Himmel! Meine Manieren!", rief Hope und holte das Versäumte rasch nach.

„Kommt doch alle herein", sagte Prudence. „Der Tee wird in zwanzig Minuten serviert."

Sie ging zur Freitreppe, als ihr Ehemann zu ihr trat. „Keine Stufen, schon vergessen?" Damit hob er sie auf die Arme und trug sie nach oben, ohne auf ihre halbherzigen Einwände zu achten. Er stellte sie ab, als sei sie aus Glas gesponnen. Alle anderen folgten ihm ins Haus, lachend, schwätzend und sich immer wieder umarmend.

Dorie und Cassie blieben zurück, beobachteten alles schüchtern. „Sie sind eine echte Familie, nicht wahr?", bemerkte Cassie verwundert.

„So wie wir", erklärte Sebastian fest und bot jeder seiner Schwestern einen Arm. Zusammen betraten sie Carradice Abbey.

„Hope, Liebes, du strahlst ja richtig." Prudence und Faith saßen auf dem Bett in Hopes Schlafzimmer und sahen ihr beim Auspacken zu. Hope hatte gerade ihr Flanellnachthemd aus der Reisetasche genommen und drückte es an ihre Brust. „Oh, Prudence, ich bin so glücklich. Magst du ihn?"

Prudence nickte. „Er ist sehr ruhig, aber er lässt dich nicht aus den Augen, so wie Edward es bei Charity tut."

„Und wie Gideon bei dir, Prudence. Es ist wunderbar", sagte Faith.

„Du musst Mama und Papa die Neuigkeit erzählen",

erwiderte Prudence. „Gideon hat das Steingrabmal hergebracht. Wir besuchen es morgen."

„Das Grabmal? Mamas und Papas Grabmal?" Es war nur ein Haufen Steine, den die Schwestern aufgeschichtet hatten, als sie noch frisch verwaiste Kinder waren und ihre Eltern schrecklich vermissten. Mama und Papa waren in der warmen, sonnengeküssten Erde Italiens begraben. Aber ihr Grabmal hier war aus den kalten Steinen auf Großvaters Landsitz in Northumberland errichtet. Sie hatten den Steinen alle ihre Geheimnisse anvertraut, und lange Zeit war es ihr einziger Ort des Trostes gewesen.

Prudence nickte, und ihre Augen leuchteten. „Ja, da er wusste, keine von uns würde je nach Dereham zurückkehren wollen, hat mein liebster Gemahl jeden Stein herbringen lassen. Er hat sogar einen von Grace' Milchzähnen darin gefunden und auch mitgenommen." Sie stand auf. „Jetzt kommt mit nach unten. Der Tee müsste inzwischen fertig sein, und ich bin halb verhungert."

Gerade waren sie mit dem Tee fertig, als ein Dienstmädchen anklopfte. „Euer Gnaden, Sie hatten gebeten, benachrichtigt zu werden, sobald Ihre Gnaden aufwacht."

„Ah!" Edward strahlte. „Charity ist wach. Kommt, ihr wollt sie sicherlich sehen und unsere wunderschöne Aurora auch."

Lady Gussie, Hope, Faith und Grace eilten sogleich nach oben. Edward blickte Cassie und Dorie an. „Würdet ihr beide auch gern das Baby sehen? Soweit ich weiß, will euer Bruder Hope heiraten, was euch also fast zu angeheirateten Tanten des Babys macht."

Dorie und Cassie schauten Sebastian um Bestätigung heischend an. Er nickte und erkannte im selben Moment, dass er ihnen schon früher von seinen Heiratsplänen hätte erzählen sollen. Es war alles so schnell gegangen. Er setzte zu einer

Erklärung an, aber sie fielen ihm ins Wort.

„Oh, wir wissen, dass du Miss Hope heiraten willst“, sagte Cassie, „aber uns war nicht bewusst, dass wir damit neue Verwandte bekommen. Wenn Hope unsere Schwägerin wird, wäre dann Grace so etwas wie eine Schwester?“

„Und wir sind wirklich Tanten? Von einem echten Baby?“, hauchte Dorie verwundert.

Er nickte, leicht belustigt angesichts ihrer Reaktion.

Edward bot ihnen seine Hände. „Dann kommt und seht euch eure neue kleine Nichte an.“ Ohne Zögern ergriffen die Mädchen seine Hände und stiegen eifrig die Stufen empor.

Ein weiterer Schritt, dachte Sebastian dankbar. Seine Schwestern lernten zu vertrauen.

Edward blieb auf der Hälfte der Treppe stehen und schaute zurück. „Sie auch, Reyne. Wir brauchen die gesamte Familie bei uns.“

Sebastian nickte und folgte schweigend. Er konnte nicht sprechen. In seiner Kehle saß ein Klumpen. Es war ihm nicht in den Sinn gekommen, dass er auch neue Verwandte erhalten würde. Er war nun Teil der *gesamten Familie.*

Charity saß aufrecht im Bett, eine goldblonde, strahlende junge Mutter. In ihrem Arm hielt sie ein kleines Bündel. Erst hielt Hope ihre Nichte, wobei sie in Sebastians Augen wie die allerschönste Madonna überhaupt aussah. Dann nahm Faith sie. Grace war als Nächste an der Reihe, gurrte leise. Lady Augusta hielt Aurora sehr vorsichtig und behutsam. Großonkel Oswald tätschelte ihr die Schulter, spähte zwischen die Stofffalten und grinste. Lady Augusta reichte fünf Minuten später Gideon das Baby mit den Worten, dass das schlimme Kind ihre Wimpernfarbe verlaufen ließe. Der gesamte Raum wurde Zeuge, wie Gideon augenblicklich wie

Butter in der Sonne dahinschmolz, Faxen für die Kleine machte, leise brabbelte und behauptete, sie habe ihn angelächelt. Das Baby widersprach nicht.

„Würdest du sie gerne auch einmal halten?“

Die Duchess hatte zu Dorie gesprochen. Cassie hatte sich im Hintergrund gehalten, aber Dorie war still immer näher gekommen, bis sie an der Ecke des Bettes stand und fasziniert auf das Bündel schaute.

Dorie blinzelte erstaunt, dann nickte sie.

Charity klopfte neben sich auf das Bett. „Komm her, Dorie – so heißt du, nicht wahr?“

Dorie nickte wieder und kletterte vorsichtig auf die Matratze.

Die Duchess lächelte. „Grace hat uns eine Menge von dir und Cassie in ihren Briefen geschrieben. Willkommen in der Familie.“ Sie legte Dorie das Baby in den Arm. „Aurora, das ist deine Tante Dorie.“

Dorie schaute das Baby an, dann zu Sebastian. *„Tante Dorie“*, flüsterte sie andächtig, dann beugte sie sich vor und küsste das Baby behutsam auf die Stirn.

Nach einem Blick in Dories Gesicht ging Sebastian zum Fenster. Blindlings schaute er hinaus, kämpfte mit den Tränen.

Dankbar spürte er, wie Hope sich an seinen Rücken schmiegte.

Am nächsten Morgen lud Prudence Sebastian, Hope und die Mädchen ein, sie zum Häuschen des Jagdaufsehers zu begleiten. „Anslow und seine Frau erwarten uns. Ich denke, Mrs. Anslow wird ihren berühmten Pflaumenkuchen gebacken haben.“

„Aber warum?“, fragte Hope.

Prudence grinste. „Das ist eine Überraschung.“ Sie blinzelte Sebastian verschwörerisch zu.

Er nickte. Gideon hatte ihm schon von der Überraschung erzählt.

Das Haus des Jagdaufsehers stand am Rande eines Dickichts und bot einen weiten Blick auf die rollenden Hügel. Im Vorgarten blühten unzählige Blumen.

Mrs. Anslow öffnete ihnen die Tür und führte sie stolz in ihr kleines Besucherzimmer. „Ich hole Anslow und den Tee."

Ein großer, grauhaariger, vom Wetter gegerbter Mann in Lederkleidern gesellte sich kurz darauf zu ihnen, gefolgt von Mrs. Anslow mit einem Teetablett. Hinter ihr kam …

„May!", rief Hope und blinzelte erstaunt. „Das bist du doch, oder?"

Das kleine, dürre Mädchen grinste sie breit an, sodass ihre Zahnlücke zu sehen war. Aufgeregt berichtete sie: „Ja, Miss, ich bin's. Ich lebe jetzt hier, bei den Anslows."

Mrs. Anslow legte ihr einen Arm um die Schultern und drückte sie. „Und sie ist ein so liebes Mädchen." Das Gesicht der kleine May strahlte fröhlich. Sie lief zum Teetisch und begann die Tassen hinzustellen.

„Wir hatten nie Kinder, Anslow und ich, daher haben wir, als Mylady fragte, uns gedacht, es würde nicht schaden. Anslow war sich nicht so sicher, ein Waisenkind aus London aufzunehmen …"

Der Mann erklärte schroff: „Aye, aber es ist alles gut gegangen. Sie ist ein großartiges Kind, unsere May. Wer hätte denn Interesse, meine Welpen anzusehen?"

„Welpen?", quietschte Dorie. Sie schaute zu Sebastian, der grinste.

Anslow deutete mit dem Kopf hinter sich. „Draußen im Schuppen. Komm, May, wir zeigen sie den Mädchen." Er ging voran, und May hüpfte neben ihm, hielt seine Hand so stolz, dass Hope mit den Tränen rang. Dorie und Cassie, die sich nicht lumpen lassen wollten, nahmen Sebastians Hände und folgten ihnen.

„Das war eine Überraschung“, sagte Mrs. Anslow. „Mylady hat es eingefädelt. Sie wusste, dass ich einsam bin, so ganz ohne eigene Kinder.“

Hope blickte Prudence an. „Du warst das? Aber wie?“

Prudence lächelte froh. „Du hast mir von ihr geschrieben, erinnerst du dich? Von dem kleinen Mädchen, das um eine Puppe zum Liebhaben betete … und ich musste an die Anslows denken, die um ein Kind beteten. Dann erwähnte Tante Gussie in einem Brief, dass sie nun zum Vorstand der Anstalt gehöre. Daher habe ich ihr von den Anslows berichtet, und sie hat May geschickt.“

„Aye“, stimmte ihr Mrs. Anslow zu. „Und wir könnten nicht glücklicher sein.“

Alle waren im roten Salon versammelt. Es war ein warmer Abend, und die französischen Fenster standen offen. Eine leise, süß duftende Brise bauschte die Vorhänge.

Auf der Terrasse spielten Cassie und Grace mit ihren neuen Welpen. Bellen und Lachen drangen immer wieder nach innen.

Charity war mit Aurora nach unten gekommen. Sie und Edward saßen lächelnd nebeneinander auf dem Sofa. Edward hielt das schlafende Baby, ganz der stolze, vernarrte Papa.

Dorie thronte auf einem Lehnstuhl. Sie hatte ein kleines Bündel im Arm. Große braune Augen schauten sie bewundernd an, eine runde kleine Schnauze tauchte plötzlich auf, und dann leckte ihr eine nasse, warme Zunge übers Gesicht. Dorie kicherte und drückte ihren Welpen an sich.

Sebastian wurde die Brust eng. Alles würde gut werden. Besser als gut. Es würde einfach wundervoll sein.

Prudence und Gideon schlenderten Arm in Arm auf die Terrasse, unterhielten sich. Lady Augusta und Sir Oswald spielten Karten mit den Zwillingen.

Sebastian schaute sich im Zimmer um. Er besaß mehr, als er je für möglich gehalten hätte, und der Gedanke ängstigte ihn auf einmal. Was, wenn das Leben seiner Kontrolle entglitt? Das war ihm auch vorher schon geschehen. Menschen verschwanden. Familien konnten durch eine Laune des Schicksals auseinandergerissen werden, Pläne ins Leere laufen … wenn sie nicht sofort umgesetzt wurden.

Er ging zu Hope und legte ihr die Hände auf die Schultern. „Lass uns rasch heiraten."

Sie Oswald schaute von seinen Karten auf. „Es kann erst in ein paar Monaten sein. Man kann die Dinge in einer so bekannten Kirche wie St. George nicht überstürzen."

„Und Hope muss sich noch ihre Aussteuer kaufen", fügte Lady Augusta hinzu.

Hope lehnte sich nach hinten, bis sie mit den Schultern Sebastian berührte, küsste die Hand auf ihrer Schulter und lächelte ihn an. „Wann wollt ihr Aurora taufen lassen?", fragte sie Charity.

Edward antwortete: „In drei Wochen. Ich habe es heute Morgen arrangiert."

Zu Sebastian bemerkte Hope: „Dann lass uns doch am nächsten Tag heiraten. Freunde und Verwandte, die zur Taufe kommen, können gleich zur Hochzeit bleiben, und wir müssten uns nicht damit herumplagen, irgendwelche Kirchen zu buchen. Gideon hat nämlich eine ganz reizende Kapelle hier auf seinem Besitz. St. Giles. Und außerdem", fügte sie leise hinzu, „ist Mamas und Papas Grabmal direkt neben der Kirche. Es ist, als wären sie bei uns."

Sebastian beugte sich vor und küsste sie. Sie hatte ihm von dem Grabmal erzählt. „Perfekt."

Großonkel Oswald verfolgte die plötzliche Geschäftigkeit, als Hochzeitspläne geschmiedet wurden, und rief empört: „Wird denn kein Mitglied dieser Familie jemals in St. George am Hannover Square heiraten?“

In der Stille, die darauf folgte, sagte Lady Augusta gedehnt: „Nun, Oswald … ich könnte es tun, wenn du willst.“

Die Stille hielt an, war aber irgendwie gespannter und erwartungsvoll.

„Du meinst – Gussie! Nach all diesen Jahren, erhörst du mich endlich? Wirst du mich wirklich heiraten?“

Sie nickte und sah mit einem Mal fast wie ein Mädchen aus. „Ja, Oswald.“

Er sprang auf, fasste sie an den Händen, küsste sie, erst auf die Finger, dann auf den Mund. Benommen sagte er: „Ich muss sie bestimmt hundert Mal gefragt haben!“ Sicherheitshalber erkundigte er sich: „In St. George am Hannover Square?“

Ungläubig hob sie eine Augenbraue, als wäre die Frage überflüssig. „Natürlich. Mir würde es nicht im Traum einfallen, irgendwo anders zu heiraten. Wenn ich schon das dritte Mal heirate, dann will ich eine große, aufsehenerregende Hochzeit mit allem Drum und Dran! Ich gehöre nicht zum alten Eisen.“

Voller Inbrunst stimmte Großonkel Oswald ihr zu: „Nein, Gott sei Dank, das tust du nicht.“

EPILOG

Von Carradice Abbey zur Kirche St. Giles führte ein kurzer, reizvoller Spaziergang über einen schmalen, gewundenen Weg. Die Kirche stammte aus dem 16. Jahrhundert und hatte einen Boden aus Steinplatten, die in jahrhundertelangem Gebrauch glatt geschliffen worden waren. Sie war aus Steinen der Gegend errichtet und innen zum Teil mit dunklem Eichenholz getäfelt. Über die Jahre waren Glasfenster hinzugefügt worden, die an diesem herrlichen Junitag die Kirche in ihr buntes Licht tauchten.

Der Innenraum war reich mit Blumen geschmückt: rosa und weiße Waldreben, lila Wildorchideen, Lilien, lange Zweige duftenden Bauernjasmins, Lavendelsträußchen und Unmengen Rosen. Rosen in jeder Farbe und Form, eng geschlossene Knospen und voll entfaltete Blüten. Ihr Duft erfüllte die Luft.

Dieselben Blumen zierten das kleine steinerne Grabmal neben der Kirche. Die Merridew-Schwestern hatten sie gestern dort abgelegt; das neuste Familienmitglied, die frisch getaufte Aurora, war auch dabei gewesen, stolz getragen von ihrer Taufpatin Dorie.

Auf den Eichenbänken saßen dicht gedrängt die Gäste und unterhielten sich in gedämpfter Lautstärke. Die Orgel spielte leise. Letzte Nachzügler suchten sich Plätze.

Ganz vorne saßen Prudence und Gideon, Edward und Charity. Giles' Mutter hatte ihren Platz in der ersten Bank auf der anderen Seite. Hinter ihr befanden sich Lady Gosforth und eine Gruppe ihrer Freundinnen. Den Rest kannte Sebastian nicht.

Prudence stieß ihren Ehemann in die Seite. Sebastian und Giles waren die letzten zehn Minuten auf und ab geschritten. Es war schwer zu entscheiden, welcher Mann nervöser war: Giles oder Sebastian. Alle paar Sekunden schauten sie besorgt zur Tür. Jetzt waren sie stehen geblieben und – wenigstens sah es so aus – debattierten leise. „Ich frage mich, was sie reden“, flüsterte sie.

„Aber sie hat überhaupt keinen Busen!“, erklärte Sebastian. „Du kannst doch keine Frau ohne Busen heiraten!“

„Was? Oh!“ Giles stöhnte, als er sich an die lang zurückliegende Unterhaltung erinnerte. „Lady Elinore hat Busen, oh ja … einen kleinen, exquisiten Busen … nach dem ich vollkommen und unwiderruflich verrückt bin. Ich bin von Lust schier überwältigt, Bastian. Ich!“

Angesichts der aufrichtigen Verzweiflung in der Stimme seines Freundes zuckten Sebastians Lippen.

„Weißt du“, fuhr Giles vertraulich fort, „ich sehne mich inzwischen nach den Zeiten zurück, als sie sich noch in Unmengen grauen Stoff hüllte!“

„Warum? Was würde das ändern?“

Giles seufzte. „Nichts. Ich habe sie schon begehrt, ehe sie sich entschied, halb nackt und in Farben herumzulaufen! Nur wenigstens war sie, solange sie in Grau verpackt war, mein persönliches kleines Geheimnis. Aber jetzt …“

„Du bist eifersüchtig auf die anderen Männer, die sie ansehen?“ Sebastian konnte es kaum glauben. „Du?“

„Mitleiderregend, nicht wahr? Ich habe keinen eigenen Willen, keine Kontrolle, nicht einmal einen Rest von Würde, wenn es um diese Frau geht. Ich bin vernarrt – ein gefühlsduseliger Waschlappen. Wie konnte es nur so weit mit mir kommen?“

Sebastian lächelte. „Ich glaube, man nennt es Liebe.“

„Ich dachte, Liebe sei ein Spiel.“

„Und ich hielt es für ein Märchen, das man kleinen Kindern auftischt, aber wir haben uns beide geirrt.“

„Ja.“ Giles holte seine Taschenuhr hervor und schaute darauf. „Ich fürchte, meine Uhr ist stehen geblieben.“

„Nein, ist sie nicht.“

„Sind sie zu spät?“

„Nein, höchstens eine Minute. Wir waren sehr früh hier, wenn du dich erinnerst.“ Gemeinsam starrten sie auf die mächtigen Eichenportale, aber sie bewegten sich nicht, kein Anzeichen einer nahenden Braut war zu erkennen. Nach einer Weile sagte Sebastian: „Also hat Lady Elinore auf Dauer ihren grauen, formlosen Gewändern abgeschworen?“

„Mhm. Sie hat entdeckt, dass sie nicht funktionieren, weißt du.“ In seiner Stimme schwang ein Anflug von Selbstgefälligkeit mit.

„Ach so … Bist du dir wirklich ganz sicher? Sie ist wenigstens zehn Jahre älter als du.“ Sebastian war wild entschlossen, Giles für jedes einzelne Wort büßen zu lassen.

„Es sind nur sechs.“ Giles grinste verwegen. „Aber was mir an Jahren fehlt, mache ich mit Erfahrung wett.“

„Ich habe gehört, sie sei unscheinbar und uninteressant.“

Sein Freund machte ein angewidertes Gesicht. „Habe ich das wirklich gesagt? Was für ein blinder Narr ich doch war. Sie sieht nicht gewöhnlich aus, aber nachdem sie erst einmal aufgehört hatte, ihr Haar so straff nach hinten zu dem scheußlichen Knoten zu frisieren …“ Er stützte seinen Kopf in beide Hände. „Sie ist die süßeste kleine Schönheit, Bastian.“

Sebastian amüsierte sich köstlich. „Aber du hast doch einmal mit ihr getanzt. Und sie fand dich abstoßend. *Dich!*“

Selbstgefällig schaute Giles an sich hinab. „Sie hat ihre Meinung geändert“, erklärte er glatt.

Sebastian schüttelte gespielt betrübt den Kopf. „Und ich habe sie immer für eine Frau mit Geschmack gehalten.“

„Das ist sie auch. Schließlich hat sie dich ja nicht genommen. Sie wollte mich. Wenn das kein Zeichen eines überlegenen Geschmackes ist, weiß ich auch nicht."

„Pah!" Sebastian machte eine wegwerfende Geste. „Soweit ich mich entsinne, gilt ihre ganze Leidenschaft guten Taten. Zählst du als gute Tat?"

„Weit gefehlt." Giles hob mahnend den Finger und erklärte selbstzufrieden: „Du vergisst ihre Schwäche für wissenschaftliche Forschungen."

„Ich weiß. Aber was hast *du* mit wissenschaftlichen Forschungen zu tun?"

Giles erklärte süßlich: „Lady Elinore plant, während der kommenden Jahrzehnte einige der Theorien ihrer hoch geschätzten Mutter gründlicher zu untersuchen. Und ich werde ihr einziger Assistent dabei sein."

Sebastian fielen auf Anhieb wenigstens ein Dutzend von Lady Ennismores hirnverbrannteren Theorien ein, von denen keine einzige mehr als einen flüchtigen Blick verdiente. „Du machst Witze. Welche Theorie?"

Giles sah aus wie eine Katze, die den Kanarienvogel verspeist hatte und eine Schüssel Sahne obendrein. „Die, die sich mit dem Erregen unkontrollierbarer männlicher Leidenschaft beschäftigt."

Sebastian verschluckte sich fast.

„Ich werde ihr einziges Studienobjekt sein", erläuterte Giles bescheiden. „Es wird eine erschöpfende Aufgabe sein, das weiß ich, aber alle Bemertons tragen einen starken Hang zum Edelmut in sich, und wir wachsen immer mit den Anforderungen. Außerdem weißt du ja, dass ich Wissenschaft stets überaus fesselnd fand."

Die Eichentüren öffneten sich, und die Köpfe beider Männer waren mit einem Mal wie leer gefegt. Die Orgelmusik schwoll, und Sebastian und Giles nahmen ihre Plätze vor dem Altar ein.

Vier Brautjungfern, wunderschön in ihrer frischen Jugend, schritten feierlich den Gang hinab. Erst Dorie und Cassie, dann Faith und Grace.

Hope betrat die Kirche, eine Vision in cremefarbener Seide und Spitze, ging am Arm ihres Onkels, und Sebastians Sicht verschwamm; er nahm niemand anderen wahr außer der Frau, die er liebte und die auf ihn zuschwebte. Seine wunderschöne, geliebte Hope. Seine Hope, seine Hoffnung, auf ewig.

Lady Augusta ging hinter ihr, und an ihrem Arm schritt eine kleine, schlanke Frau. Lady Elinore Whitelaw trug ebenfalls Spitze. Und Giles' Sicht verschwamm, und er nahm niemand anderen wahr, als die Frau, die er liebte und die zu ihm kam. Endlich.

Die Orgelmusik hob zu einem jubelnden Crescendo an, der Pfarrer trat in seiner Festrobe vor, und die Doppelhochzeit begann.

Die Hochzeit von Sebastian Reyne und Hope Merridew.

Und die von Giles Bemerton und Lady Elinore Whitelaw.

Später wurde gelacht und geweint, umarmt und geküsst.

Es wurde gefeiert, und am Abend nach dem Festmahl wurde getanzt.

Hope und Sebastian standen auf der Terrasse und küssten sich. Die Nacht war warm, der Mond voll, und sie hatten vor, sich fortzustehlen, um sich das erste Mal als Mann und Frau zu lieben. Aber als sie auf Zehenspitzen davonschleichen wollten, stimmten die Musiker gerade einen Walzer an.

„Lass uns tanzen, mein Gatte." Hope breitete die Arme aus. „Es ist der letzte Walzer des Abends, und du weißt ja, den tanze ich mit niemandem außer dir."

Sebastian erwiderte nichts. Er hatte den ganzen Tag lang nur wenig gesprochen. Er zweifelte, dass er dazu in der Lage war. Sein Herz war zu voll für bloße Worte.

Sie hatte ihn aus den Schatten der Vergangenheit in ihr ganz besonderes, einzigartiges Licht geholt. Das Licht der Liebe.

Er schloss Hope in die Arme, küsste sie tief und gründlich. Und während sie sich küssten, begannen sie sich zur Musik zu bewegen. Sie tanzten langsam, sinnlich aneinandergeschmiegt, Brust an Brust, Bein an Bein, dass nichts mehr zwischen ihnen Platz hatte. Zwei Menschen, die wie ein einziges Wesen tanzten, ein lebendiger Teil der Musik, gebadet in Mondlicht und der warmen Nachtluft.

Magisch.

– ENDE –

Anne Gracie
Ein köstliches Spiel
Band-Nr. 25385
6,95 € (D)
ISBN: 978-3-89941-622-0
480 Seiten

Lisa Kleypas
Es begann in einer Winternacht
Band-Nr. 25401
5,95 € (D)
ISBN: 978-3-89941-656-5
352 Seiten

Laurin Wittig
Retter in dunkler Nacht
Band-Nr. 25397
5,95 € (D)
ISBN: 978-3-89941-644-2
352 Seiten

Teil 7 der Bridgerton-Saga

Julia Quinn
Mitternachtsdiamanten
Band-Nr. 25394
5,95 € (D)
ISBN: 978-3-89941-640-4
368 Seiten

Elizabeth Hoyt
Aphrodites Schwester
Band-Nr. 25390
5,95 € (D)
ISBN: 978-3-89941-633-6
400 Seiten

Jessica Trapp
Der Kerker des Königs
Band-Nr. 25359
5,95 € (D)
ISBN: 978-3-89941-578-0
320 Seiten

Diana Groe
Der Gesang der
schönen Sklavin
Band-Nr. 25377
5,95 € (D)
ISBN: 978-3-89941-610-7
384 Seiten

Gaelen Foley
Nacht der Sünde
Band-Nr. 25373
6,95 € (D)
ISBN: 978-3-89941-606-0
512 Seiten